À PROPOS DE L'AUTRICE

Amoureuse de la ville, accro aux livres et obsédée par les pivoines, **Katrina Cudmore** vit à Cork, en Irlande, avec son mari, ses quatre enfants pleins de vie et un chien plutôt bête. Diplômée en psychologie et titulaire d'un master en ressources humaines, Katrina a travaillé longtemps dans des multinationales. Elle n'arrive pas à croire à la chance qu'elle a aujourd'hui d'exercer un travail lui permettant de rêver d'amour et d'hommes séduisants !

Le baiser du prince

*

Le play-boy de Monrosa

*

Idylle avec un souverain

Collection : SAGAS

Titre original :
BEST FRIEND TO PRINCESS BRIDE

Ce roman a déjà été publié en 2022

HARPERCOLLINS FRANCE
83-85, boulevard Vincent-Auriol, 75646 PARIS CEDEX 13
Service Clients — https://www.harlequin.fr/contenu/contactez-nous
ISBN 978-2-2805-2700-2 — ISSN 2426-993X

Édité par HarperCollins France.
Composition et mise en pages Nord Compo.
Imprimé en décembre 2025 par ScandBook UAB en Lituanie
en utilisant 100% d'électricité renouvelable.
Dépôt légal : janvier 2026.

FSC
www.fsc.org
MIXTE
Papier | Pour une gestion forestière responsable
FSC® C021394

Pour limiter l'empreinte environnementale de ses livres, HarperCollins France s'engage à n'utiliser que du papier fabriqué à partir de bois provenant de forêts gérées durablement et de manière responsable.

KATRINA CUDMORE

Le baiser du prince

INTÉGRALE
LA COURONNE DE MONROSA

Traduction française de
CHRISTINE MAZAUD

SAGAS

HARLEQUIN

1

Kara Duffy tomba et poussa une exclamation. Le visage couvert de terre, elle se rétablit tant bien que mal et se remit à courir. La boue dans laquelle elle progressait était épaisse et gluante. Et elle s'était fait mal.

Entendant des pas, elle se retourna.

Pour cette première course dans la boue – organisée pour lever des fonds pour une œuvre caritative –, non contente d'être la dernière à franchir la ligne d'arrivée, elle allait être secourue par un de ceux qui s'étaient portés volontaires pour aider les malheureux qui, comme elle, peineraient à terminer. De nouveau, elle vacilla.

Non, non et non ! Coûte que coûte, elle allait finir. Cette course avait beau être une compétition pour rire, elle n'abandonnerait pas.

Allez, debout !

S'il lui restait un semblant de dignité, il fallait qu'elle se relève et continue.

Une nouvelle fois, elle chuta. Les mains et les genoux dans la boue, elle tenta de se relever mais glissa encore et, ravalant sa fierté, jura.

Au lieu du volontaire qui, pensait-elle, allait se précipiter pour l'aider, trois hommes, la trentaine, musclés et bronzés, vêtus de noir des pieds à la tête, la regardaient. Deux d'entre eux avaient une mine de circonstance, le troisième essayait désespérément de retenir un fou rire.

Mon Dieu ! Le prince Edwin de Monrosa et sa garde rapprochée, Domenico et Lucas. Rien que ça !

Plongeant le visage dans ses mains, elle s'aperçut entre ses doigts que c'était bien Edwin qui se moquait.

Heureuse de le revoir après des semaines sans nouvelles, elle rit à son tour et retira ses mains.

Se penchant enfin vers elle, il l'aida, moqueur, à se désembourber. D'un discret signe de tête, il fit signe à ses deux officiers de rejoindre les organisateurs de la course, près de la tente dressée pour l'occasion.

— Tu as l'air épuisé, dit Edwin, son indéfectible sourire aux lèvres. Je proposerais bien de te porter mais je ne voudrais pas me faire agonir de sottises, comme la fois où je t'ai exfiltrée d'un terrain plein de boue.

De quoi parlait-il ? Elle réfléchit en rajustant son T-shirt qui s'était relevé, et éclata de rire.

Ah, bien sûr ! Il parlait du jour où ils s'étaient rencontrés. Elle avait dix-sept ans et participait à un match de rugby. Une pro, bâtie comme une armoire à glace, s'était jetée sur elle. Pétrifiée, Kara essayait de reprendre son souffle quand elle avait senti qu'on la soulevait.

Une équipière venue à la rescousse, sûrement.

Elle avait tourné la tête pour voir. Un garçon brun, très grand, l'air désolé pour elle, lui avait pris la main. C'était Edwin. Mais elle ne se doutait pas encore de l'importance qu'il allait prendre dans sa vie.

Depuis le décès de Michael, son frère à elle et le meilleur ami d'Edwin, Edwin s'était improvisé, bien qu'elle s'en défende, son protecteur et mentor. Son ange gardien.

Pour l'heure, pataugeant encore dans la boue, elle n'avait qu'une envie, prendre une douche et, pourquoi pas, boire un chocolat chaud. Tentée pour une fois d'accepter l'aide d'Edwin, elle hésita une seconde et refusa finalement.

— Tu devrais faire attention à ton dos, lui dit-elle en guise de réponse.

— Mon dos ? À mon âge ? Je n'ai que trois ans de plus que toi.

— Peut-être mais chaque année de plus compte.

Il haussa les sourcils et, gentiment, lui caressa le bout du nez.

— Tu as les joues maculées de boue.

Aussitôt, elle recula. C'était bête mais le seul fait qu'il la touche lui donnait la chair de poule.

— Je voudrais finir la course, dit-elle. L'équipe va regretter de m'avoir mise en avant pour sa campagne de pub. Comment veux-tu qu'on récolte des fonds avec moi ? Je n'aurais jamais dû accepter de poser pour les photos et la vidéo ; on me voit passer, la première, la ligne d'arrivée !

Elle se retourna pour y aller mais il la retint. Elle le dévisagea, soudain des questions plein la tête.

— Dis-moi, qu'est-ce qui t'amène ici aujourd'hui ? Je te verrais mieux sur une plage au soleil quelque part sous les tropiques, ou en train de skier. Ça doit te manquer, non ?

— J'ai décidé de déroger à mes habitudes dominicales pour passer du temps avec toi.

Comme elle trébuchait une nouvelle fois, cette fois à cause d'un trou, il lui reprit la main.

— Je sais que cette collecte de fonds compte beaucoup pour toi. C'est pour ça que je voulais être là, d'autant plus que cette course porte le nom de Michael.

Au nom de Michael, elle sentit son cœur se serrer. Cela faisait pourtant dix ans qu'il n'était plus là.

Relevant la tête, elle chercha le regard d'Edwin, le regard doré du garçon au grand cœur.

— Je te remercie de soutenir notre action, Edwin.

Elle lui sourit.

— Toute l'équipe apprécie ton soutien. On en parlait justement ce matin, et Kate et Triona déploraient que l'on ne te voie plus depuis quelque temps…

— À propos de ton équipe, coupa-t-il, où sont tes amis ?

— Je leur ai dit de continuer, je les ralentissais.

— Ils n'auraient pas dû te laisser seule. Quant à ton entraîneur, il aurait pu te conseiller des vêtements plus… adaptés.

Elle regarda les pieds d'Edwin et fit la moue.

— Tu voudrais peut-être que je mette des rangers, comme toi ? Allez, avoue. Tu t'es entraîné avec l'armée de Monrosa !

Il écarquilla les yeux.

— Non, non, reprit-elle. Ne me regarde pas comme ça. Personne ne me fera croire que tu as passé trois mois en mission diplomatique, alors que tu reviens avec des biceps dignes d'un boxeur poids lourd.

Comme elle s'y attendait, il haussa les épaules – il le faisait souvent –, alors elle poursuivit.

— Je n'avais pas besoin que l'équipe reste avec moi. Tout allait bien jusqu'à ce maudit plan incliné.

Il soutint son regard – ce qu'il ne faisait jamais d'habitude – et fit une moue dubitative qu'elle trouva étrange.

— Quelque chose ne va pas ? demanda-t-elle.

Sans répondre, il l'emmena rejoindre Domenico et Lucas qui les attendaient plus loin.

— J'ai quelque chose à te demander, dit-il. Je vais avoir besoin de ton aide... On verra ça plus tard.

Lui tenant toujours la main, il l'éloigna du cloaque. Pour autant qu'elle s'en souvienne, c'était la première fois qu'il avait besoin d'elle. En revanche, lui l'avait toujours aidée. Une grande amitié les unissait. Elle partageait sa passion pour les vieux films en noir et blanc, les randonnées en montagne, pour l'écrivain Douglas Adams. De là à lui demander un service ? Il ne l'avait jamais fait. C'était une grande première. Il était trop réservé pour cela, trop sûr de lui, trop secret. Peut-être trop orgueilleux, aussi. Non, il ne lui avait jamais rien demandé, même pas après le décès de Michael. Le vide que son frère avait laissé lui avait pourtant mis le moral à zéro. Et cela, pendant longtemps.

Qu'aurait-elle fait sans l'amitié d'Edwin ? Il l'avait aidée à surmonter la disparition de son frère, son grand frère chéri. Ses parents s'étaient effondrés. Comme elle, ils idolâtraient Michael. C'était le premier de la famille à fréquenter l'université. Oxford, avec ça ! Leur fils mort, leur douleur avait été insoutenable. Qu'il ait pris la décision d'en finir avec la vie n'avait fait qu'ajouter à leur désespoir. *Pourquoi ? Et si... Peut-être que...* Des interrogations qui resteraient toujours sans réponse.

Kara avait été le témoin impuissant du chagrin de ses parents. Son père avait tout tenté pour sortir sa mère de sa sidération mais celle-ci avait repoussé son aide et s'était retranchée dans un monde auquel personne n'avait accès. Kara avait vu les efforts de son père puis sa contrariété et sa colère jusqu'à ce que, finalement, il baisse les bras et s'en aille. Voir tant de peine et d'impuissance anéantir son père avait détruit l'idée qu'elle se faisait de l'amour et des relations dans un couple.

Alors que le mariage de ses parents sombrait et, plus tard, pendant leur divorce, Kara avait trouvé du réconfort auprès d'Edwin. Ce soutien n'avait pas été de trop. Par ses encouragements, ses conseils, et ses reproches quand elle avait adopté des comportements qui mettaient ses jours en danger, il l'avait remise sur les rails. Sans trop savoir comment, elle avait réussi ses examens de fin d'études et pu intégrer une fac un mois après la mort de Michael. Mais cela n'avait pas été sans difficultés... Heureusement, Edwin lui faisait toujours entendre raison. Il avait réussi à lui faire prendre conscience de la relation destructrice qui la liait à Nick, son petit ami. Elle avait rompu avec lui et compris qu'il y avait *une* chose qui pouvait la motiver : monter une ONG consacrée à la santé mentale des jeunes adultes, souvent mise à mal pendant les difficiles années de transition entre le lycée et l'université. Cela faisait cinq ans maintenant. Elle avait travaillé en coordination avec plusieurs universités, lancé une *hot line* joignable vingt-quatre heures sur vingt-quatre, sept jours sur sept, ouvert sept centres d'accueil en Grande-Bretagne. Les besoins étaient immenses. Tellement de jeunes gens et de familles avaient besoin d'écoute et de soutien... Mais les fonds manquaient cruellement. Et cela la minait.

Arrivés à la grille, ils s'arrêtèrent. Edwin serra la main du garde qui le salua en retour, presque amicalement, bien qu'il sache qu'il serrait la main d'un prince. D'un vrai prince. Quand elle passa la grille à son tour, le garde la remercia.

— Notre fille n'allait pas bien, l'année dernière. Grâce à vous, on l'a tirée de ce mauvais pas. Vos conseillers nous ont bien aidés.

— C'est le but de notre association, répondit-elle en souriant.

Et ils reprirent leur marche vers la tente installée dans la propriété voisine grâce à la générosité de Lady Fairfield qui, avec Edwin, œuvrait pour l'ONG.

Domenico vint à leur rencontre tandis que Lucas restait en retrait.

Après des études supérieures, Edwin avait travaillé quatre ans à la City de Londres avant de rentrer à Monrosa prendre en charge les finances de la principauté. Sa fonction lui imposait de fréquents séjours dans la capitale anglaise. Mais ces derniers mois, il n'avait guère quitté Monrosa et ses contacts avec Kara s'étaient limités à des messages lapidaires.

Pas de nouvelles de toi. Très pris ?

Alors qu'ils marchaient, Edwin s'arrêta subitement, l'air inquiet.

— Mais… tu boites !

Elle se frotta l'arrière de la cuisse.

— J'ai dû me froisser un muscle.

— Montre-moi où exactement, dit-il, s'agenouillant à côté d'elle.

Elle remonta de quelques centimètres son short couvert de boue.

— Là.

Il posa la main sur sa cuisse. Elle aurait dit une caresse mais il ne l'avait sûrement pas fait exprès.

— C'est sans doute une élongation. Allons tout de suite à la ligne d'arrivée. Ils ont sûrement de la glace.

Doutant qu'elle accepte, il observa sa réaction. Elle semblait perplexe.

— Pourquoi es-tu venu, Edwin ?

Au lieu de répondre, il se releva.

— Je vais te porter jusqu'à la ligne d'arrivée.

Elle pouffa de rire.

— Pas question, je vais bien. Il faut que je me débrouille pour finir seule. Je suis sponsorisée.

— Combien te donne-t-il, ton sponsor ?

— Deux mille livres.

Quelques secondes s'écoulèrent. Il la fixait comme il ne le faisait jamais d'habitude.

Sentant une sorte de pincement dans sa poitrine, elle plaqua la main sur son T-shirt. C'était la première fois qu'elle éprouvait ce genre de douleur, comme si… comme si, sans qu'elle s'en rende compte, il lui avait vraiment manqué.

— Je vais te tenir lieu de sponsor.

Et il ajouta, avec un de ces sourires qui n'appartenaient qu'à lui :

— Et maintenant, laisse-moi te porter, tu es blessée.

— Tu plaisantes. Pas question que l'organisatrice de la course franchisse la ligne d'arrivée non seulement la dernière mais dans tes bras ! Dans *tes* bras ! Tu imagines la tête des participants ?

Elle s'éloigna mais il la rattrapa.

— Les médias en feront des caisses, s'ils te voient avec moi dans les bras. Ils n'ont toujours pas compris que nous ne sommes qu'amis.

— Le mariage de mes parents était arrangé, répondit-il. Au départ, eux aussi étaient amis.

Pourquoi lui racontait-il ça ? Il ne lui parlait jamais de ses parents… Ni de son père ni de sa mère, qui était morte quand il était adolescent.

Elle n'eut pas le temps de lui poser la question car, à sa grande surprise, il la prit par la taille. Ils n'avaient pas le genre de relation tactile qu'avaient beaucoup de leurs amis.

— Tu boites de plus en plus bas, Kara. Tu n'es pas raisonnable. Si tu refuses, je vais demander à Lucas de te porter jusqu'à la ligne d'arrivée.

Préférant le contact – pas désagréable – d'Edwin à l'horreur d'être portée par Lucas qui, franchement, avait une terrifiante tête de tueur masqué, elle accepta l'aide d'Edwin.

— Ma mère manque toujours à mon père. Ils s'entendaient bien, reprit-il. Peut-être que les mariages arrangés sont la réponse.

Bon, cette conversation devenait de plus en plus étonnante.

— La réponse à quoi ?

La tente était en vue désormais. Plutôt que de répondre, il continua son interrogatoire.

— Cette course sur boue va rapporter combien à ton association ?

— Environ vingt mille livres. De quoi payer les professionnels que nous avons à Southampton pendant trois mois, l'année prochaine.

Elle répondait à ses questions, elle. Pourquoi lui ne lui répondait-il pas ?

— Tu sais que je serais heureux de contribuer à l'ONG, et plus généreusement que ton sponsor.

C'était un sujet de discussion récurrent entre eux.

— C'est très gentil et je te remercie mais il y a tellement d'autres associations à aider. Je veux que Jeunes Adultes Ensemble soit financé par des gens de notre communauté. La proximité favorise la compréhension et de notre action et des problèmes que posent les maladies mentales. Notre objectif est de dédramatiser tout ce qui touche au cerveau, et tout ce qui l'altère.

Le regard qu'il posa sur elle était si tendre qu'elle se sentit fondre.

— Je suis fier de toi. Tu sais que je suis fier de toi ?

Elle haussa les épaules, s'efforçant de ne pas lui montrer qu'elle buvait du petit-lait mais que ses compliments lui faisaient peur. Que deviendrait sa vie si, un jour, il n'en faisait plus partie ?

Les feux de frein des voitures qui les précédaient s'allumèrent, et Edwin ralentit. Assise à côté de lui, Kara soupira.

— Ils avaient annoncé des travaux sur la route de Brighton.

Elle se retourna pour regarder derrière eux.

— Je t'avais dit de ne pas me raccompagner chez moi. Je suis gênée, Domenico et Lucas sont obligés de me ramener ma voiture.

Edwin jeta un coup d'œil dans son rétroviseur et rit. Avec leurs carrures de sumos, ses agents de sécurité remplissaient à eux deux tout l'habitacle de la petite auto jaune de Kara.

— Je ne voulais pas que tu conduises avec ta jambe blessée.

Agacée, elle remua le sachet de glace qu'il lui avait posé sur la cuisse.

— Non, mais, écoute... Ce n'est vraiment pas grave ! Pas de quoi en faire un plat !

Il tourna les yeux vers elle. Elle s'était débarbouillée et son visage sans maquillage laissait voir les petites taches de rousseur qui lui constellaient les joues de chaque côté du nez. C'était adorable.

— Tu sais que je t'aime bien, sans maquillage et avec tes cheveux détachés. Ça me rappelle la première fois où nous nous sommes vus.

C'était par hasard qu'il était passé près du terrain de rugby ce jour-là, et, quand il l'avait vue, titubante, épuisée, couverte de boue, une envie de la protéger l'avait pris. Une envie qui avait décuplé après la mort de Michael. Ensuite, ému par sa détresse et sa solitude, au fur et à mesure que sa famille se délitait, il s'était juré d'être toujours présent pour elle.

Les obsèques de Michael avaient été un cauchemar. Les parents de Kara, des gens discrets, avaient été contrariés par les médias que la présence d'Edwin avait attirés. Déjà écrasé de culpabilité pour n'avoir pas su, pas pu aider son ami, Edwin avait écouté l'éloge funèbre de Kara qui, la voix brisée par l'émotion, disait qu'elle venait de perdre le seul vrai grand ami qu'elle aurait jamais. « Il était mon inspiration, mon modèle », avait-elle poursuivi. Edwin s'était alors juré qu'il serait toujours là pour la petite sœur que Michael adorait.

Parfois, il avait dû batailler. Le chagrin de Kara ajouté au sien – après avoir perdu sa mère, il venait de perdre son meilleur ami – avait fait resurgir des souvenirs et des sentiments qu'il aurait préféré garder enfouis. Au fil des années, leur relation avait pris la forme d'une très grande amitié. Kara, avec son franc-parler et son sens de l'humour, lui remettait les pieds sur terre et lui faisait prendre conscience des réalités de la vie, alors que les gens se mettaient en général à plat devant lui. L'encensaient.

Était-il prêt à mettre leur amitié en danger ? À compromettre leur confiance réciproque ? Son père l'avait récemment placé devant un cas de conscience et l'inquiétude devant ce qui l'attendait lui donnait envie d'ouvrir sa portière et de sauter en marche...

Ne sachant rien de la grenade qu'il s'apprêtait à dégoupiller, Kara abaissa le pare-soleil et se regarda dans le petit miroir.

— Pas maquillée ? Tu te moques de moi ! Je suis moche. Et

zut, j'ai oublié de prendre ma trousse de maquillage, ce matin. Quant à mes cheveux…

D'un geste de la main, elle releva la mèche blonde qui lui chatouillait la joue.

— L'année prochaine, rappelle-moi de mettre un séchoir à cheveux dans le vestiaire des femmes.

Elle releva le pare-soleil.

— Je suis affreuse. Regarde mes cheveux, ils bouclent. Et puis j'ai besoin de prendre le soleil. On dirait que je viens de passer dix ans séquestrée dans une cave.

Effectivement, elle était blanche avec des cernes sous les yeux mais, quand il la regardait, il ne voyait que son regard, d'un bleu presque transparent, et les marques de fatigue disparaissaient.

— Je parie que tu travailles encore jusqu'à point d'heure !

Elle ne releva pas et alluma la radio. Tomba sur une station de jazz. Il détestait le jazz.

Devant eux, la circulation était pratiquement paralysée. Il éteignit la radio et dit :

— Je t'ai vue parler avec d'autres coureurs. Je suis sûr que tu as plus mal que tu ne le dis.

Elle écarquilla les yeux et se tourna vers lui avec ce regard qui le charmait toujours. Mais il avait appris, dès son plus jeune âge, qu'une personne bien née, a fortiori un prince, n'extériorisait pas ses sentiments. Il resta donc de marbre.

— Au fait, merci d'être passé nous dire bonjour. Les coureurs étaient tout excités de te voir. Grâce à toi, le succès de la compétition de l'année prochaine est assuré. Je ne te dis pas le nombre de coureurs qui sont venus s'inscrire pour le prochain défi.

— Leur intérêt pour cette course ne tient pas à moi mais à l'excellente organisation qu'ils ont pu constater aujourd'hui.

— Allez ! Tu sais bien que les gens s'étaient attroupés à la ligne d'arrivée pour te voir. Et sûrement pas pour me féliciter ! Vous étiez très sexy, tes gardes du corps et toi, dans vos maillots noirs et moulants de sportifs.

Les véhicules n'avançaient toujours pas. Il avait des choses à lui dire. Des choses qui le nouaient. Il venait de passer deux semaines avec son équipe de juristes à voir comment sortir de la situation dans laquelle il se trouvait. Ce qu'il avait à lui demander était énorme. Il aurait préféré ne pas l'entraîner dans ce guêpier. Mais à qui d'autre pouvait-il faire confiance ?

— Je suis ravi, si nous avons pu aider. Quant à toi, l'année prochaine, je te recommande de rester sur le banc de touche !

— Ça, sûrement pas ! Mais je ferai plus attention.

Elle lui fit un grand sourire.

— Ce serait bien que tu participes à nouveau, l'an prochain. Je dirai à Triona de communiquer la date de la course à tes assistants. Si tu es libre...

Il soupira. Être coincé dans cette voiture, à cause de l'embouteillage, alors qu'il avait une conversation hyper sérieuse à avoir avec elle, il y avait de quoi être furieux. L'endroit ne se prêtait pas à la demande qu'il allait lui faire mais continuer à lui mentir – même par omission – le dérangeait au plus haut point.

— Je ne suis pas sûr de pouvoir participer, l'année prochaine.

Intriguée, elle lui posa une main sur le bras.

— Qu'est-ce qui se passe ? Tu n'es pas malade au moins ? C'est pour ça que tu n'as pas donné de nouvelles, récemment ?

Inquiéter Kara ne fit qu'aggraver la culpabilité qui le rongeait déjà. Il avait juré de protéger la petite sœur de Michael et il allait lui faire *cela* ! Lui demander de vivre sous le feu des projecteurs du monde entier.

Michael et lui, lorsqu'ils étaient étudiants à Oxford – sciences politiques, philosophie et économie –, avaient fait connaissance au club d'aïkido. Michael, un an de moins que lui, l'avait invité à plusieurs occasions chez ses parents à Londres. « Pour voir le monde tel qu'il est », lui disait-il. À Londres, Michael l'avait emmené dans des refuges pour SDF et lui avait fait toucher du doigt la vraie vie, la misère, la délinquance. Kara n'était jamais bien loin. Elle écoutait attentivement son frère et riait quand les deux copains s'étrillaient. Elle était venue les voir à Oxford, les avait accompagnés à des fêtes. Elle seule parvenait à entraîner son frère sur la piste de danse. Elle adorait Michael, leurs parents aussi. Edwin le taquinait à ce sujet et Michael répondait d'un haussement d'épaules. Un jour, lors d'une soirée, ils étaient en deuxième année, Michael avait trop bu. Ivre, il avait renversé son verre sur l'ordinateur portable de quelqu'un, qui s'était mis à hurler sur Michael. Michael était resté là, debout, regardant sans réagir la fille qui l'agonissait d'injures, comme si ce qu'elle disait ne l'effleurait même pas. Là-dessus, il était sorti de la maison. Edwin, inquiet du regard vide de son ami, avait couru derrière lui.

Il l'avait retrouvé dans les jardins de Mansfield et avait failli partir quand il avait vu qu'il pleurait. Élevé selon le précepte qu'on ne doit jamais afficher ses émotions, Edwin avait été dérouté par les larmes de son ami, mais il était finalement resté et s'était assis près de Michael. Vingt minutes au moins s'étaient écoulées avant que Michael commence à se livrer. Il avait beaucoup de mal à s'intégrer à Oxford. « Je ne peux pas dire que je me sens exclu de la vie étudiante, mais en marge. »

Il avait évoqué son angoisse permanente, sa peur de décevoir sa famille, ses idées noires, négatives. Edwin avait écouté, essayé de l'aider, mais il était à des années-lumière des tourments de son ami et se sentait mal placé pour apaiser son désarroi. Il l'avait encouragé à se rapprocher des services sociaux de l'université et avait proposé de payer les consultations si Michael préférait voir un médecin en ville.

Après beaucoup de résistance, ils avaient fini par se tomber dans les bras, Michael promettant de prendre contact avec le service de santé de l'université. Les semaines qui avaient suivi, il avait rembarré Edwin chaque fois que celui-ci lui demandait comment il allait. Il disparaissait du campus ou s'enfermait dans sa chambre, prétextant étudier et ne pas vouloir être dérangé.

Vers la fin de l'année, avant la période stressante des examens, Edwin avait fait part de son inquiétude pour Michael aux autorités du collège. Michael l'avait appris et, fou de rage, ne lui avait plus adressé la parole. Un soir, après d'interminables journées d'hésitation – de peur de trahir l'intimité de son ami et de paniquer inutilement sa famille –, Edwin s'était décidé à appeler les parents de Michael. Il avait parlé avec son père qui lui avait dit son extrême étonnement. « Merci de vous préoccuper de notre fils, lui avait-il répondu. Mais je crois que vous faites erreur. »

Le week-end précédent, Michael leur avait confié qu'il aimait sa vie d'étudiant et se faisait une joie à l'idée de passer l'été avec Edwin à Monrosa.

Michael avait raté ses examens de deuxième année. Le lendemain des résultats, il était monté dans un train pour la côte et, le soir, sur la plage, s'était shooté. Overdose. Fatale. Le lendemain matin, tôt, on l'avait retrouvé mort sur le sable.

Kara avait appelé Edwin à Monrosa. Elle sanglotait tellement qu'elle avait été incapable de lui dire ce qui se passait. C'était le voisin qui avait pris le téléphone et lui avait annoncé, à mi-voix, l'abominable tragédie.

Moins d'une heure plus tard, Edwin s'envolait pour Londres, où il avait serré Kara dans ses bras. La voir secouée de tremblements incontrôlables, et muette dans son chagrin tant son désespoir était grand, lui avait brisé le cœur une seconde fois. Cela lui avait rappelé son jeune frère Ivo qu'il avait tenu dans ses bras le matin des funérailles de leur mère. Le chagrin d'Ivo était immense. Il était inconsolable et tremblait si fort qu'Edwin sentait ses os s'entrechoquer dans ses bras.

À la mort de leur mère, il avait évidemment trouvé sa disparition très triste et même inacceptable, irréelle, mais il n'avait pas imaginé les conséquences… les bouleversements que ce décès allait provoquer dans la vie de la famille. L'attitude autoritaire, presque agressive de leur père, qui mettait un point d'honneur à démontrer son efficacité de père désormais veuf. La rébellion de Luis qui ne supportait aucune autorité. Ivo qui les évitait tous, et lui-même qui avait pris ses distances. L'ambiance avait changé !

Il en avait conclu qu'aimer quelqu'un trop fort était destructeur.

Dans le chaos qu'avait provoqué la mort de Michael, ce flot d'émotions avait reflué, le replongeant dans la détresse de perdre un être aimé.

Malgré le choc, la tristesse et le sentiment de culpabilité, il avait réussi à soutenir Kara, en l'encourageant à poursuivre ses études et à accepter d'entrer à l'université. Le temps passant, une amitié était née qui avait survécu aux intrusions des médias, et aux discussions sans fin avec Kara qui, étudiante, expérimentait désormais tout ce qu'elle pouvait trouver de pire, allant jusqu'à frôler l'irréparable par besoin viscéral d'attention.

Et il était maintenant là, avec sa demande qui risquait de faire voler en éclats cette amitié précieuse, indispensable à son équilibre mental.

Il baissa sa fenêtre. Du grésil pénétra dans l'habitacle mais il avait besoin d'air frais pour y voir plus clair.

Après une profonde inspiration, il expliqua :

— Je ne pourrai sans doute pas participer l'année prochaine parce que j'aurai peut-être succédé à mon père sur le trône de Monrosa.

Bouche bée, elle le dévisagea.

— Comment cela ? réussit-elle à dire.

— Mon père a pris la décision d'abdiquer.

— Et tu es le premier dans l'ordre de succession ?

Elle fit un quart de tour sur son siège.

— Ça n'avance toujours pas, dit-elle, en fixant les voitures devant eux. Il a dû y avoir un accident, fit-elle distraitement.

Se retournant vers lui :

— Ça alors ! Je n'avais rien vu venir. Mais tu n'as pas l'air enchanté. J'ai toujours cru que tu n'attendais que ça, pourtant, succéder à ton père… Tiens, une sirène !

Une voiture de police les doubla sur la bande d'arrêt d'urgence.

— La Cour et les citoyens vont avoir du mal à accepter toutes les réformes que j'ai en tête. Surtout celle qui limitera le tourisme de masse dans notre pays. Cette invasion est une nuisance pour les habitants et pour l'environnement.

Scrutant son visage, elle réfléchit.

— Il va falloir que tu vendes ta vision de ton île aux Monrosiens. Vaste programme ! Tu veux la prospérité pour tous, tout en privilégiant l'écologie et en aidant les pauvres. Grâce à toi, ton père a déjà beaucoup réformé votre pays. C'est toi qui l'as convaincu de l'importance de l'environnement et de la santé pour tous. Je sais que tu sauras écouter et comprendre. Et prendre les bonnes mesures sans toutefois nuire à l'économie du pays. Avec le temps, les gens apprécieront, j'en suis persuadée.

L'enthousiasme de Kara le fit rire.

— Je devrais peut-être t'engager comme attachée de presse.

Les batailles qu'il allait devoir mener dans le futur le firent soupirer.

— Le respect de l'environnement n'en est qu'à ses balbutiements. Je vais devoir employer mon énergie à changer les mentalités. Ça ne sera pas une mince affaire. Il y a tellement d'intérêts en jeu. On a déjà défiguré une grande partie du littoral. Pour mon père, ce n'est pas vraiment un problème. Pour moi, si. Une fois sur le trône, je mettrai un frein à ce développement immobilier anarchique. Avec mes conseillers, nous établirons un plan sur vingt ans qui soutiendra l'économie tout en sauvegardant nos côtes. Monrosa est une île exceptionnelle, trop belle pour laisser les promoteurs la massacrer.

Sa mère avait milité pour le respect de l'environnement de Monrosa, en soulignant son microclimat et sa biodiversité. En digne fils de sa mère, il allait faire de la protection de cet environnement son cheval de bataille.

Kara opina.

— Je suis convaincue que tu parviendras à faire appliquer tes réformes. Question de volonté.

Elle s'arrêta et, très concentrée, se mordilla la lèvre.

— J'imagine que je ne te verrai pas beaucoup, une fois couronné. Couronné !

Sa remarque la fit rire elle-même. Elle ne le voyait pas une couronne sur la tête !

— Mais dis-moi, c'est pour ça qu'on ne t'a plus vu, ces derniers temps ?

— J'ai passé le mois à tenter de persuader mon père de rester en fonction. Selon moi, il abdique pour de mauvaises raisons.

Comme elle fronçait les sourcils, il expliqua que, d'après son père, il était temps que quelqu'un de plus jeune, avec des idées nouvelles, prenne les rênes.

— Il dit aussi qu'il veut des petits-enfants avant d'être trop âgé, pour profiter d'eux.

— Je ne vois pas le rapport, dit Kara.

Mal à l'aise, il prit sa respiration.

— Indirectement, si. L'année dernière, il a adopté une loi sur la succession à Monrosa. Ne peut régner qu'un souverain marié.

Franchement étonnée, elle hocha la tête.

— Ce qui veut dire ?

De plus en plus mal à l'aise, il bredouilla puis, pris d'un mauvais pressentiment, se tut. Il ne cherchait pas de femme, il n'avait jamais songé au mariage – il en attendait trop pour l'envisager. Plus exactement, il refusait d'être déçu une nouvelle fois. Allait-il s'aventurer sur le terrain miné du mariage pour accomplir ce que son devoir d'héritier lui imposait ? Pouvait-il se soustraire à ce devoir ?

Ce n'était même pas un sujet. Son destin était tracé. Il serait couronné prince souverain. Il le devait à son pays, à sa famille, à son peuple.

— Je dois me marier sinon c'est ma tante, la sœur de mon père, la princesse Maria, qui montera sur le trône.

Abasourdie, incrédule, Kara cala sa nuque sur l'appuie-tête et fixa la route devant elle.

— Donc tu vas te marier ? dit-elle, n'en croyant pas ses oreilles. Ça alors !

Elle tourna les yeux vers la vitre. Ils avançaient au pas, désormais, le long d'une friche industrielle. Les bâtiments en ruines étaient gris, glauques et sinistres.

— C'est pour ça que je suis ici, pour te l'annoncer. Il y a quelque chose que je...

Elle se retourna brusquement vers lui.

— Je suppose que je dois te féliciter, dit-elle, un sourire forcé aux lèvres. Et qui est l'heureuse élue ? La noce est pour quand ?

Elle se força à rire.

— Je comprends ton silence, maintenant. Monsieur roucoulait ! Moi qui te croyais croulant sous le travail ! En fait, tu étais en pleins préparatifs.

— Mon père a l'intention d'annoncer qu'il abdique jeudi. Jeudi qui vient. La date du couronnement du prochain monarque est fixée. Ce sera le 1er juin.

— Il faut que tu sois marié avant ça ?

Elle n'attendit pas la réponse.

— Mais… c'est dans deux mois ! Qui épouses-tu ? Vous êtes déjà fiancés ? La date du mariage est fixée ?

Toute sirène hurlante, un nouveau car de police les doubla, cette fois sur la gauche. Edwin attendit que la sirène s'éloigne et se lança :

— Tout à l'heure, je t'ai dit que j'avais besoin de toi…

Elle attendit qu'il poursuive. Il avait du mal. Après des années de célibat, son cerveau avait du mal à intégrer qu'il allait devoir prendre femme.

Les bras croisés, elle protesta avant même de savoir la suite.

— Ah non ! Ne me demande pas d'être ton témoin ou je ne sais quoi. Je suis sûre que Luis fera très bien l'affaire. Pour une fois, il réussira peut-être à ne pas faire d'esclandre et à écrire un discours correct. Sinon, tu as Ivo. Il acceptera, je pense.

Croyait-elle vraiment qu'il se serait fiancé sans la prévenir ou sans lui dire ce qui lui pendait au bout du nez ?

— Non ! Ce n'est pas ça. Ce que je veux te demander…

Il marqua un temps d'arrêt et lui fit un sourire embarrassé qui ne changea rien à l'air effaré qu'elle avait du mal à cacher.

— … Je veux te demander de m'épouser. Je veux que tu sois ma femme.

Elle s'interrogea pour savoir d'avoir [illegible] aussi [illegible]

[illegible] le corps [illegible] que

[illegible] je voudrais [illegible]

[illegible] ne m'est jamais venu à l'idée que je [illegible]

[illegible] demande [illegible] dans un [illegible] aussi [illegible]

[illegible] sur [illegible]

[illegible] pas [illegible]

2

Kara s'interrogeait. S'était-elle cogné la tête quand elle était tombée ? Elle aurait juré qu'Edwin venait de la demander en mariage. C'était sûrement le contrecoup du choc qu'elle s'était fait à la tête.

Quelqu'un gratta à la vitre, les faisant sursauter. C'était Domenico qui les prévenait que les voitures devant eux avaient avancé et qu'ils bloquaient la circulation.

Edwin opina, avança. Kara, toujours stupéfaite, le regardait, incapable de détacher les yeux de son ami. C'était comme si elle le voyait pour la première fois. Cet homme – ce prince, ce futur souverain – lui demandait-il vraiment de l'épouser ? Les joues rouges, les yeux braqués sur la route, il pinçait les lèvres.

— Ah ! la bonne blague, dit-elle en éclatant de rire. Dis-moi maintenant, qui épouses-tu ?

Il lui lança un coup d'œil. Il ne semblait pas d'humeur à rire.

— Tu me connais. Je ne plaisanterais pas sur un sujet pareil.

Effectivement. Mais c'était tellement absurde...

— Je suis sérieux, Kara. Je voudrais que tu sois ma femme.

— Bigre ! Il ne m'est jamais venu à l'idée que je pourrais un jour être demandée en mariage dans un endroit aussi romantique qu'un bouchon, quelque part sur une autoroute, un dimanche lugubre de mars.

— Je te promets un fabuleux voyage de noces.

Elle pouffa.

— Dis donc, tu n'aurais pas perdu la tête, par hasard ?

— Tu as oublié la fois où tu m'as téléphoné en pleine nuit pour me dire que si nous étions tous les deux encore célibataires à trente ans, nous nous marierions ?

Zut ! Il avait gardé ça en tête !

— C'était après le mariage d'une amie. J'étais un peu pompette. Un peu émue aussi. Mais ce n'était pas sérieux. Me marier ne me dit rien du tout.

Devant les disputes de ses parents, et ensuite leur divorce, elle s'était juré qu'elle ne suivrait jamais leur trace. Si se marier se terminait toujours comme ça… Elle était donc sortie avec des hommes comme elle, pas intéressés par le mariage. Et, pendant quelque temps, ce genre de relation l'avait satisfaite. Mais une fois ses diplômes en poche, la maison familiale vendue, et elle seule à Brighton car c'était là qu'elle avait trouvé un emploi, elle avait rêvé de stabilité et d'un compagnon. En Nick, elle avait vu la réponse à son besoin de tendresse et d'intimité et s'était lancée à tête perdue dans cette relation. Mais le comportement de Nick avait changé. Il était devenu directif, contrôlant chaque geste de sa vie. Elle ne l'avait pas supporté, avait commencé à étouffer, à ruer dans les brancards et s'était dit qu'elle préférait vivre seule plutôt que poursuivre une relation toxique qui la ferait immanquablement souffrir.

— Ha ha ! attends, dit-elle en croisant les bras. Je n'ai pas encore trente ans.

— Je sais, mais tu les auras dans six mois.

— Merci de me le rappeler.

Elle menait une vie agréable – après quelques années difficiles –, avait de bonnes amies, un métier qui « faisait sens », dixit sa hiérarchie. Et, plus important que tout, une vie personnelle pas compliquée qui lui permettait de se consacrer totalement à sa mission et de travailler seule. Pourquoi, dans ces conditions, l'approche de la trentaine la tourmentait-elle ? La conscience du nombre croissant de nécessiteux, au Royaume-Uni et ailleurs, lui pesait-elle au point de la mettre mal à l'aise ? Elle aurait aimé faire plus mais elle manquait de moyens. Voir tous ces jeunes – des bipolaires, souvent – à la dérive et ne pas en faire assez pour les former et leur donner une place dans la société la rendait malheureuse. Était-ce une raison pour redouter son trentième anniversaire ?

Edwin ralentit puis freina pour laisser un jeune papa avec une poussette traverser au passage clouté.

Kara parlait de temps en temps avec ses parents au téléphone. En général, la conversation était brève et tournait autour de la météo. Il y avait quelques mois, pourtant, sa mère l'avait surprise avec ses questions. « À ton avis, que ferait Michael aujourd'hui ? Serait-il entré en politique, comme il en rêvait ? Serait-il marié ? Aurait-il des enfants ? » Après cet échange, Kara s'était assise et, dans le silence de son appartement, s'était demandé une fois de plus si elle aurait pu empêcher Michael de se donner la mort.

Elle regarda Edwin. Il avait été son plus fidèle soutien tout au long des dix années passées. Jamais il ne s'était découragé. Son influence sur elle avait été positive. Et voilà qu'aujourd'hui il lui faisait cette demande en mariage. Non seulement cela n'avait pas de sens mais il la déstabilisait.

— J'imagine qu'il y a une longue file de prétendantes qui ne demanderaient que ça ! dit-elle en riant. Un mariage, chez vous, les rois et les princes, c'est l'occasion de forger une nouvelle alliance avec une autre Cour et tu…

Elle laissa sa phrase en suspens et attendit sa réponse. Arc-bouté sur son volant, crispé, il cherchait une place pour se garer.

— J'épouserai quelqu'un en qui j'ai confiance, répondit-il presque sèchement.

Il arrêta le moteur, défit sa ceinture de sécurité et se tourna vers elle.

— Et j'ai toute confiance en toi.

Décontenancée par la solennité de son ton, elle frissonna.

— Si c'est tout ce que tu as trouvé ! Je ne trouve pas que ce soit un argument de poids… Heu… Disons, une base suffisante pour un mariage, répondit-elle. Tu fais confiance à Domenico et à Lucas, non ? Et tu n'as pas l'intention de les épouser, que je sache !

Pris de court, il la dévisagea.

— Non, pour la bonne raison qu'ils sont tous les deux mariés et qu'ils n'auront pas le temps de divorcer. Je dois annoncer mes fiançailles avant jeudi, mon père insiste pour déclarer, à ce moment-là, qu'il abdique.

Domenico approcha de la voiture. Edwin lui fit comprendre qu'ils étaient prêts à entrer chez Kara. La main sur la poignée de sa portière, il ajouta que, pour lui, il n'y avait rien de plus important que la confiance quand on se mariait.

— Au moins, on a ça !

Pouvait-elle lui dire qu'elle ne tenait pas à ce qu'il vienne chez elle ? Elle avait besoin d'être seule pour réfléchir. Ce n'était pas une demande en mariage, c'était une bombe qu'il venait de faire exploser.

Elle ne pouvait pas accepter. C'était non, elle ne l'épouserait pas.

— Edwin, laisse-moi s'il te plaît…

Il ne l'écouta pas et la suivit.

Une fois chez elle, elle fila dans la cuisine pour mettre de l'eau à bouillir.

— Je suis une modeste roturière, dit-elle en se tournant vers lui. Je n'ai pas la moindre idée de ce qu'est la vie d'une princesse. Rien que le mot me paraît ridicule. Moi, princesse ? Ha ha !

— Tu aurais le titre d'Altesse Sérénissime, princesse de Monrosa, dit-il.

Il accrocha sa veste au portemanteau qui croulait sous les vêtements.

— En fait, j'ignore le titre exact.

Il tira à lui le tabouret sur lequel il avait l'habitude de s'asseoir et allongea ses longues jambes. Puis il haussa les épaules.

— Personne ne te demande de connaître le protocole qui régit la vie des palais royaux. C'est du détail, je m'en moque. Ce qui compte, c'est que j'aie une femme en qui j'aie confiance, une femme qui comprenne qu'il faut que notre union fonctionne. Je connais ton grand cœur, je sais que tu cherches constamment à aider les autres… Ton statut te permettrait de réaliser cet objectif.

Nerveux, il se frotta la nuque.

— J'ai parfaitement conscience de ce que je te demande, Kara. Et, crois-moi, je ne le fais pas de gaieté de cœur. J'ai passé le plus clair de la semaine à m'interroger. *Je lui demande ou je ne lui demande pas ?* Personnellement, je pense que ça peut marcher. Ni toi ni moi ne cherchons à vivre une grande histoire d'amour. C'est ce que tu m'as souvent dit, en tout cas.

Il y avait comme un doute dans son intonation. Comme s'il voulait vérifier que ce qu'elle clamait il y avait peu de temps encore était toujours d'actualité.

— Je ne cherche ni mariage d'amour ni mariage tout court, Edwin. Ce que je vais dire va peut-être te sembler prétentieux mais je me sens la seule en droit de parler d'amour, parce que je sais ce que c'est. Alors que toi... Tu n'es jamais allé au bout d'une relation. Tu romps tout de suite.

Énervé, il grommela et, se penchant sur le comptoir, frappa le marbre de sa petite cuiller.

— Je suis très bien tout seul. Je me méfie de tout le monde. Avoue que, depuis Nick, tu en fais autant !

— D'accord mais, pour l'instant, ce n'est pas moi qui dois me marier. Reconnais que si tu avais été plus ouvert avec les quelques femmes avec qui tu es sorti ces dernières années, si tu avais bien voulu leur faire confiance, tu ne te retrouverais pas à devoir demander à une amie de t'épouser !

Il se leva et, l'air exaspéré, leva les bras au ciel.

— Tu voulais peut-être que j'aie confiance en Salma Rosucci ?

— OK, OK. Ce n'est pas de chance que Salma soit allée raconter aux paparazzi que vous étiez en vacances en Sardaigne. N'empêche, les photos qu'ils ont prises de vous, vous prélassant au soleil...

Il ronchonna. Puis se pencha vers elle.

— Ce serait si terrible que ça, de m'épouser ?

Dans le fond, non. L'épouser serait même... Ce ne serait pas mal du tout. Elle passerait ses journées avec lui. Il y avait pire, dans la vie.

Revenant sur terre, elle sortit la théière et servit quatre tasses.

— Tu imagines les journalistes ! Ils deviendront dingues.

— Qu'ils deviennent dingues si ça leur chante ! Ils verront vite la personne formidable que tu es.

— Ils vont me dévorer toute crue. Je vois d'ici les gros titres.

« Le prince Edwin épouse la fille d'un maçon. » Ou « Pourquoi Kara Duffy épouse-t-elle le prince milliardaire ? » Et ta famille ? Que dira ta famille ?

— Luis et Ivo se fichent de ce que je fais. Ils ont trop à faire avec leur vie.

— Et ton père ?

— Il n'aura pas son mot à dire. Déjà qu'il m'oblige à me marier, il ne va pas, en plus, m'imposer une épouse !

Elle se prit la tête dans les mains.

— Ce qui veut dire qu'il contestera ton choix. Je sais qu'il me reproche encore de vous avoir fait rater la compétition offshore parce que j'étais malade comme un chien et qu'il a fallu me ramener à terre.

— Laisse filer, mon père est un râleur patenté ! Il ne supporte personne, même pas ses enfants.

— Il ne m'a pas souvent parlé mais la dernière fois que je l'ai croisé dans le palais, il m'a appelée Salma. Non content de ne pas savoir mon nom, il me prend pour une de tes ex. Il sait que tu veux m'épouser ?

— Non.

— Il va bouder ?

Elle fronça les sourcils. Une idée venait de lui traverser la tête.

— Tu ne m'épouserais pas uniquement pour le narguer par hasard ?

Sa remarque le fit rire.

— Je n'y avais pas pensé mais ce serait un bonus.

Les relations entre Edwin et son père, qui n'avaient jamais été bonnes, s'étaient apparemment encore tendues.

Elle poussa une tasse vers lui.

— Je suis presque tentée de dire oui, rien que pour voir comment ton père caractériel et toi allez régler le problème de succession. Avec vos ego surdimensionnés… !

Elle prit les deux autres tasses et se dirigea vers la porte.

— Nos ego surdimensionnés ? Où as-tu pêché ça ?

Son indignation la fit rire.

— Vous passez votre temps à vous mesurer l'un à l'autre. Vous

vous ressemblez trop, tous les deux. Ça finit immanquablement en clash. Vous voulez tous les deux être le chef. Eh bien non, il n'y a pas de place pour deux. Les directions bicéphales n'ont jamais fonctionné.

Il haussa les épaules.

— C'est à cause de mon père qu'on se heurte. Il est têtu et accro au travail.

Semblant découvrir les deux tasses qu'elle tenait, il lui fit signe de revenir.

— Domenico et Lucas n'ont pas besoin de thé.

— Tu m'as déjà dit ça la dernière fois, et encore la fois d'avant. Je suis comme ça, j'ai mauvaise conscience quand je les vois assis, dehors, dans le froid, sans rien de chaud à boire.

Au lieu de s'effacer pour la laisser sortir, il lui prit les tasses des mains.

— Je vais les leur apporter. Repose-toi. Mais préparer le thé pour ma garde rapprochée, ce sera non quand tu seras princesse.

— Je n'ai jamais donné mon accord pour devenir princesse.

Il fit une grimace qui la fit rire.

— Pas encore, mais tu y viendras.

Comme il sortait, elle lui cria :

— Et tu dis que ton père est têtu !

Elle alla chercher leurs tasses dans la cuisine et revint au salon. Edwin qui revenait lui aussi s'assit devant la cheminée. Les flammes jetaient des ombres mouvantes sur son visage.

— Edwin, c'est impossible. Je ne t'épouserai pas. Pour commencer il y a ma famille, et mon passé. Et si rien ne va plus entre nous ? On se fâchera. Je ne veux pas perdre ton amitié, moi !

Il chercha son regard, le soutint.

— Je te promets de ne jamais te faire de mal.

L'enfer aussi était pavé de bonnes intentions ! Nick lui avait fait toutes sortes de promesses qu'il n'avait pas tenues. Il était devenu un amant « pathogène », disait-elle, trouvant l'adjectif « toxique » trop banal. L'amour entre ses parents n'avait pas tenu bon non plus. Au début, effondrée et apeurée, elle les avait observés, consternée que leur chagrin et leur sentiment de culpabilité les rongent. Le désarroi d'avoir perdu Michael avait détruit l'amour qu'ils se portaient. Ils s'étaient pourtant aimés, autrefois. Elle l'aurait juré. Mais leur amour n'était pas assez solide et ils n'avaient pas été assez forts pour surmonter le tsunami de chagrin soulevé par la mort de Michael. Son père avait compté sur le soutien de sa mère mais elle l'avait repoussé. Jour après jour sa mère s'était éloignée de son père et avait peu à peu sombré. Bien que désespéré lui aussi, son père s'était efforcé de tenir le coup. Mais, un jour, il avait abandonné la partie et était devenu l'homme amer et agressif qu'il était aujourd'hui. Sa dégringolade était allée très vite. C'était cette rapidité qui l'avait le plus étonnée. En quelques semaines la famille avait explosé ; ils avaient continué à vivre sous le même toit mais comme trois étrangers.

— De quoi as-tu surtout peur ?

Elle regarda les flammes... puis posa les mains sur ses cuisses et regarda ses doigts. Pour l'anniversaire de leur « première année », Nick lui avait offert une bague qu'elle n'avait pour ainsi dire jamais portée, ce qui l'avait rendu fou. Cela faisait des années maintenant qu'elle n'en portait plus et l'idée qu'Edwin en glisse une à son doigt la révulsait.

Elle comprenait qu'il doive se marier et détestait l'idée de ne pas lui rendre ce service. Mais c'était au-dessus de ses forces.

Elle poussa un long soupir.

La moindre des choses était d'être franche avec lui et de lui donner sa réponse. C'était inélégant, de le laisser attendre.

— De quoi j'ai peur ? D'étouffer. De perdre mon âme dans une relation boiteuse, même s'il ne s'agit que d'un mariage de convenance.

— Je ne te suis pas.

Contrariée qu'il ne veuille pas comprendre, elle plaqua la main sur son cou comme si elle cherchait à débloquer les mots qui restaient coincés dans sa gorge.

— Après Michael... Tu sais que j'ai failli mal tourner...

Elle glissa les mains sous ses cuisses.

— Trop de fêtes, de bières, de petits copains... Pas très sain, tout ça.

— Tu avais des excuses.

Se mordillant les lèvres, elle le fixa. Allait-elle trouver le courage pour la question qu'elle n'avait jamais osé lui poser : « Pourquoi t'es-tu occupé de moi ? » Car si c'était par pitié...

— Tu as été très patient avec moi à cette époque, dit-elle, au lieu de la question qui lui brûlait la langue.

— Tu étais très malheureuse.

Elle battit des paupières, opina, la gorge nouée par l'émotion. Était-ce le décès de sa mère qui avait développé cette empathie chez lui ? En tout cas, il avait compati à son chagrin.

— Une fois mes diplômes en poche, je suis venue ici, à Brighton, pour travailler. Je me croyais capable de prendre ma vie en main. Le divorce de mes parents était prononcé, mais je devais constamment prendre parti dans leurs disputes. J'aimais mon travail, j'avais un joli petit appartement à moi, que j'adorais. Mais je ne connaissais personne à Brighton. C'est à ce moment-là que tu es reparti pour Monrosa.

Elle prit sa tasse et se réchauffa les mains autour de la porcelaine.

— Toi parti, je n'ai plus eu personne pour me dire que je me trompais, que je faisais des erreurs de jugement. Là-dessus, j'ai rencontré Nick. Il était tout ce que je souhaitais. Très attentif, très présent. Avec lui, je me sentais en sécurité.

Elle recula du feu. Elle avait chaud partout.

— C'est difficile à expliquer mais quelque temps plus tard j'ai commencé à le trouver trop présent. Il m'appelait sans arrêt, m'envoyait des messages. Le soir, il venait rôder. Il ne supportait pas que je travaille tard, ni les dîners avec mes collègues de bureau. Je ne parle pas des dîners de filles ! Il a commencé à me téléphoner à mon bureau. Il voulait savoir où et avec qui j'étais. Il disait que c'était pour s'assurer que j'allais bien. Un an à peu près après notre rencontre, il s'est mis à souffler le chaud et le froid. Un jour il était charmant, le lendemain il m'ignorait. Je ne savais jamais à quoi m'en tenir avec lui. C'était usant, nerveusement.

Elle se frotta la nuque. Cesserait-elle un jour de se sentir responsable du comportement de Nick ?

— Ma confiance en moi en a pris un coup, dit-elle.

Elle vit Edwin serrer les dents. Il avait l'air furieux et il y avait de quoi.

— Tu ne t'en souviens probablement pas mais un jour tu es venu à Londres pour un sommet à l'Institut des Hautes Finances et nous nous sommes vus. Tu as tout de suite compris que quelque chose n'allait pas. J'ai prétexté que j'étais mal fichue, stressée par mon boulot. Tu as insisté pour que je prenne mes vacances et je suis partie avec toi pour Monrosa, dans une villa de tes parents, en montagne.

— Je m'en souviens. Tu as parlé d'un virus mais tu n'as pas dit un mot au sujet de Nick.

— Je ne savais pas ce que j'avais. Mais j'étais angoissée. J'ai mis ça sur le compte de l'éloignement de mes parents - ils me manquaient - et de mon travail - j'étais débordée. En fait, je ne voulais pas admettre que ma relation avec Nick était un désastre. Que Nick était toxique.

Le visage d'Edwin était de plus en plus crispé.

— Pourquoi ne m'en as-tu rien dit ?

Parce que je ne voulais pas que tu saches qu'une fois de plus j'avais fait une bêtise. Je voulais que tu me voies comme quelqu'un comme toi, pas comme la petite sœur de Michael qui fait tout de travers et à qui il faut sans cesse venir en aide.

— C'est pendant cette semaine à Monrosa que l'idée de créer une association caritative m'est venue. Je pensais à Michael et à sa difficulté pour s'intégrer aux autres étudiants. Et à mon installation à Brighton et au mal que j'ai eu, moi aussi, à faire mon trou. J'étais seule, je ne connaissais personne, c'était dur. Peu à peu j'ai pris conscience que ma relation avec Nick était destructrice et j'ai rompu dès mon retour à Londres.

Edwin ne perdait pas un mot de ses explications.

— Comment l'a-t-il pris ?

— Disons qu'il a mis du temps à accepter. Il m'a harcelée. J'ai dû bloquer son numéro de téléphone.

— Pourquoi ne m'as-tu rien dit ? Je serais venu à ton secours !

— Bof ! Mon orgueil.

Il se balança en arrière, sembla étudier le plafond et rebascula en avant.

— Je comprends mieux maintenant ta réticence mais je te jure, je ne te ferai aucun mal. Enfin…

Il soupira.

— Si tu ne veux pas, je n'insiste pas.

Et zut ! Une fois de plus elle se sentait coupable.

— Tu vois quelqu'un d'autre à qui tu peux demander ? demanda-t-elle.

— Non, personne en qui j'ai confiance.

— Je sais que c'est important pour toi mais… tu ne peux pas contourner cette nouvelle loi ?

— J'ai passé le mois dernier à essayer. Il refuse.

Il se leva et se dirigea vers la porte.

— Je dois rentrer à Monrosa ce soir. Merci de m'avoir écouté. J'espère que tu as compris pourquoi je t'ai sollicitée. Les gens t'apprécient. En dépit de ce qu'ils pensent, être membre d'une famille royale n'est pas une sinécure. Tu dois être moralement irréprochable, faire preuve d'empathie et, surtout, être un exemple. Je sais que tu as ces qualités. À la tonne !

La voyait-il comme cela ? Vraiment ? Pas comme la jeune adulte qui avait testé sa patience à de nombreuses reprises, mais comme la directrice générale de JAE, l'œuvre caritative dans laquelle elle se donnait à fond ?

— J'imagine que ce sera un arrangement ponctuel… si tu trouves quelqu'un à épouser.

La main sur la poignée de la porte, il se retourna.

— Pourquoi ponctuel ? Il n'y a pas de raison.

— Ben… si. Imagine que tu croises quelqu'un dont tu tombes amoureux ?

— J'ai beaucoup aimé ma vie de célibataire, sans comptes à rendre à personne. Ça ne veut pas dire que je serai infidèle. Ce sera un mariage blanc, certes, je n'en respecterai pas moins les vœux que je prononcerai.

Perdue dans ses pensées, elle fronça les sourcils.

— Tu as pensé à ton père ? Il voudra des petits-enfants...

Il esquissa un sourire.

— Qu'est-ce que tu veux savoir ? Si je suis au point sexuellement ?

— Oh ! non !

— J'ai dit à mon père qu'il me force à me marier mais qu'il n'aura rien à dire par la suite. Enfants, pas d'enfants, ce sera ma décision.

— Comment a-t-il réagi ?

— Bizarrement, cela ne l'a pas du tout perturbé. Ou il n'a pas voulu le montrer. Pourtant, il devait regretter de ne pas avoir précisé dans sa loi que l'héritier s'engageait à donner un descendant à la couronne.

Sur ces mots il quitta la pièce, laissant Kara les mains tremblantes. Ennuyée de ne pas pouvoir, vouloir lui rendre ce service, elle écouta ses pas résonner dans le couloir.

Edwin revint au salon et mit sa veste. Kara fit mine de se lever mais, d'un geste, il la fit rasseoir. Il s'approcha pour lui dire au revoir mais, au lieu de l'embrasser, il posa les mains sur ses épaules, lui communiquant leur chaleur. En se penchant, il avait effleuré ses cheveux et elle avait rougi. Bêtement. Sans raison. Cela ne lui était jamais arrivé.

Un peu désemparée, elle réfléchit.

Il avait dû prendre son courage à deux mains pour lui demander de l'épouser. Lui, si fier et si indépendant, s'abaisser à demander de l'aide... Quel courage ! Il n'avait sûrement pas entrepris sa démarche à la légère. C'était qu'il n'avait vraiment pas trouvé d'autre solution. Elle savait l'importance de cette succession pour lui, connaissait ses ambitions pour Monrosa. Autant de raisons pour elle de dire non. Mais comment l'éconduire quand il l'avait si souvent aidée ?

Il se redressa. Elle laissa sortir l'air qu'elle retenait dans ses poumons. Son cœur se mit à battre comme un papillon pris dans une toile d'araignée. Elle essaya de se calmer pour stabiliser sa voix.

— Écoute, Edwin. Je veux bien t'accorder deux ans. Ensuite, nous divorcerons. Je ne peux pas faire moins...

— Tu veux dire que c'est oui ?

— Je crois.

La prenant dans ses bras, il la serra très fort. Elle avait la tête qui tournait. Lui avait chaud, très chaud. Son torse était brûlant contre elle et il dégageait ce parfum qu'elle lui avait toujours connu et qui lui rappelait immanquablement les forêts de Monrosa.

La fixant toujours, il recula.

— Mon avion m'attend. La nuit porte conseil, réfléchis bien. Et appelle-moi demain. Je ne voudrais pas te pousser à prendre une décision que tu regretterais plus tard.

Cette fois, il quitta la pièce pour de bon. Elle l'entendit refermer la porte d'entrée et poussa un soupir. Elle était chez elle ici, et elle y était bien. Était-elle prête à quitter la vie qu'elle s'était construite pour vivre dans un pays où elle ne connaîtrait personne hormis ce prétendu mari ?

3

3

Kara essaya de se joindre aux joggers qui couraient sur la promenade mais, après quelques minutes, dut déclarer forfait. Sa jambe lui faisait trop mal.

On était lundi. Il était tôt, les réverbères étaient encore auréolés de brume. Elle aurait mieux fait de rester au lit mais, la faute à tout ce qui la tarabustait, cela lui avait été impossible.

Toute la nuit, incapable de trouver le sommeil, elle avait rempli deux colonnes. Une contre, une pour le fait d'épouser Edwin. En vrac :

Colonne numéro un

Quitter mon chez-moi.
Quitter mon travail.
Plus aucune liberté.
Ragots quand on se marie.
Ragots quand on divorce.
Être princesse, c'est comment ?
Parents furieux, même s'ils aiment Edwin. Désapprouveront ce mariage de dessin animé.
Feindre l'amour en public.
Amitié fichue.

Deuxième colonne

Rigolo, qui sait ?

Elle avait rayé ce mobile, trop futile, et écrit dessous en capitales :

Mon tour d'aider Edwin.
Tremplin pour booster JAE.

JAE. L'association avait de grands besoins. Elle recevait en moyenne cinquante messages par jour de gens en demande d'aide et de soutien. Le seul moyen pour toucher un maximum de personnes était que tout le monde se sente suffisamment concerné pour donner des fonds à son œuvre de charité. JAE avait besoin d'elle.

Cette nuit, il ne lui avait pas fallu longtemps pour voir que la colonne des contre était plus longue que celle des pour. Aucune contestation possible.

Il y avait une chose qu'elle n'avait pas pu écrire :

Et si Edwin était comme Nick et me manipulait ?

Peut-être était-ce le moyen qu'il avait trouvé pour s'opposer à son père ? Ou pour détourner l'attention des journalistes de la succession proprement dite, et leur donner un sujet beaucoup plus juteux sur lequel tartiner :

Pourquoi avait-il choisi cette épouse ?

Elle savait qu'elle pouvait faire confiance à Edwin pour dire haut et fort qu'il n'avait rien fait d'autre que l'aider depuis dix ans. Il n'empêche, le doute serait là.

Bravo Nick ! Tu as gagné ! Grâce à toi, je suis totalement parano.

Elle rentra chez elle en boitillant. Il fallait qu'elle se décide. Edwin attendait sa réponse, elle n'avait pas le droit de le faire languir plus longtemps. En allant dans la cuisine chercher son téléphone qu'elle avait mis à charger la veille, elle s'arrêta devant le mur de photos punaisées dans un cadre. À force de passer à côté, elle ne les voyait même plus. Au milieu des autres, il y en avait une qu'elle aimait par-dessus tout. Edwin, Michael et elle assis devant des bières à la terrasse d'un pub à Oxford. Ils portaient au moins trois couches de vêtements chacun car il faisait froid. Michael était assis au milieu, les bras sur les épaules des deux autres. Il fixait la caméra, l'air grave. Michael appréhendait la vie avec un sérieux presque fiévreux, comme s'il avait en permanence des comptes à rendre. Sa dépression s'était-elle déclarée à la fac ou avait-il toujours lutté contre un mal-être qu'elle ignorait ?

Des larmes vinrent brouiller la photo de ses deux meilleurs amis.

Elle en avait perdu un.

Pas question de perdre l'autre. Pas question non plus de se laisser influencer par l'attitude toxique de Nick.

— Allô Edwin ? C'est moi.

— Oui.

Il avait une voix bizarre, un peu enrouée, comme s'il venait de se réveiller.

Edwin au lit ? Portait-il un pyjama ? Elle l'imaginait plutôt nu la nuit. À part ça, comment vivraient-ils, comment dormiraient-ils s'ils se mariaient ?

La gorge serrée, elle lança à toute allure :

— C'est toujours oui. Je t'épouse. Je suppose que je vais devoir venir à Monrosa… Et ensuite ?

Silence au bout du fil.

— Je suis heureux.

Il semblait soulagé. Elle avait, elle, le cœur qui cognait.

Froissement de papier et bruit de pas. Ah ! elle s'était trompée, il n'était pas couché. Peut-être petit-déjeunait-il dans son bureau ?

— Une fois mariés, reprit-il après un long silence, nous occuperons les appartements réservés au souverain. L'aile sud du palais a été rénovée récemment, ce sera parfait. Tu auras un bureau avec terrasse donnant sur les montagnes, tu y seras bien.

Pause. De nouveau des pas. Puis un soupir.

— Nous serons obligés de partager la même chambre et le même lit… Notre personnel est tenu à la plus grande discrétion mais il suffit d'une fuite, d'un petit malin qui raconte notre vie privée à un journaliste…

Non, c'était une plaisanterie ! Partager son lit ?

— J'espère qu'il est grand, ce lit.

Il se gratta la gorge.

— C'est un lit à baldaquin. Tu sais, les lits anciens ne sont jamais immenses. On tient à deux mais on est un peu serrés.

Pou ! Heureusement, il ne pouvait pas la voir. Elle était écarlate, elle le sentait à ses joues.

— Commandes-en un nouveau. Deux mètres sur deux, au moins.

Il éclata de rire et elle raccrocha. Puis, à son tour, pouffa de rire.

Mercredi après-midi. Le grand salon habituellement tranquille du palais de Monrosa, avec ses murs tendus de brocart blanc et or, ses meubles français raffinés dorés à l'or fin, ses tapis de soie tissés main, bruissait de murmures impatients.

— Quelle ambiance ! On croirait qu'on va prononcer un éloge funèbre et pas annoncer des fiançailles, dit Edwin à l'oreille de Victor, son secrétaire particulier.

Victor jeta un coup d'œil alentour. En rang serré près du père d'Edwin, visiblement agacé par le retard que prenait la cérémonie, se tenaient le Premier ministre, le premier aide de camp de Son Altesse, le camerlingue et d'autres conseillers. Tout cet aréopage attendait l'annonce officielle des fiançailles. Un peu plus tôt, le souverain régnant avait en privé informé ses proches de son abdication dès le lendemain, ce qui avait été très mal perçu.

— Son Altesse a régné trente-cinq ans sur Monrosa. Nous sommes une société conservatrice. À la longue, le peuple acceptera cette décision, répondit Victor avec toute la diplomatie dont il devait faire preuve dans ses fonctions.

Le dos tourné à la salle, Edwin observait la bande de reporters qui se pressait au fond des jardins. Autrefois forteresse arabe, le palais avait été revisité au fil des siècles par les héritiers successifs de la famille Prado qui régnait sur Monrosa depuis six cents ans. La contribution du père d'Edwin s'était limitée à la restauration des fresques de Miotto et de Formato dans l'aile sud du palais.

L'ambiance, pour l'instant, était électrique. Les journalistes à l'affût du scoop s'impatientaient eux aussi. Son père ne s'adressait à la presse qu'une fois par semaine, le jeudi après-midi. Si on l'avait convoquée aujourd'hui, c'est que le palais avait une annonce de première importance à délivrer.

— Ça ne va plus tarder, fit Edwin comme pour lui-même.

Les poings serrés, il prit une profonde inspiration. Il fallait qu'il se calme et oublie sa contrariété. Ressasser, ruminer ne servait à rien. Il devait succéder à son père et c'était tout.

Brusquement, il se retourna. Près de sa tante, la princesse Maria, à l'entrée du grand salon, se trouvait Kara, les cheveux tombant en vagues sur ses épaules, ses yeux d'un bleu intense mis en valeur par le maquillage d'une esthéticienne. Elle scannait la pièce du regard quand soudain elle le vit.

Elle eut un sourire un peu nerveux et elle lâcha son regard. Elle portait une robe vert bouteille, courte. Le décolleté en pointe laissait voir une peau claire qu'elle cachait modestement de sa main gauche.

La robe était parfaite. Kara était parfaite. Son sourire irrésistible et ses joues délicatement rosies par l'émotion faisaient d'elle une fiancée digne d'entrer dans une famille princière.

Mais il y avait deux problèmes : elle entrait dans cette famille à reculons. Et ce mariage de convenance allait détruire leur amitié.

Ce qu'elle lui avait raconté de sa relation avec Nick Green l'avait atterré. Nick et lui n'avaient jamais accroché mais il n'avait pas pris la peine de creuser pour comprendre pourquoi. Aujourd'hui, il s'en voulait. Son flair lui avait dit, pourtant, que quelque chose clochait chez ce garçon mais il avait mis cette impression sur le compte de son besoin de surprotéger Kara. Il avait essayé de se réjouir pour elle, en vain. Les voir ensemble lui donnait des boutons.

Quand elle lui avait parlé de Nick, il avait eu l'impression étrange qu'elle cherchait à se rapprocher de lui, à nouer une relation plus intime. Ils étaient amis, il avait sans doute mal interprété.

Que ferait-il si Kara continuait de se confier et attendait quelque chose en retour… Une certaine tendresse, une intimité, un sentiment qu'il serait incapable de lui donner ? Ce n'était pas parce qu'elle le voyait aujourd'hui comme un ami qu'une fois mari et femme leur relation se maintiendrait sur ce plan-là.

Michael aurait désapprouvé cet arrangement qui mettait sa petite sœur dans une situation inconfortable.

Il se passa la main dans les cheveux. Lui-même ne se sentait pas à l'aise. Il éprouvait même un sentiment de culpabilité. Il savait les efforts que son petit arrangement exigeait de Kara et les sacrifices auxquels elle consentait pour lui rendre service. C'était à contrecœur qu'il lui avait demandé de l'aider car il détestait être redevable. Pour la première fois, les rôles s'inversaient. Dans leur relation, il avait toujours été le soutien. Il refusait de dépendre des autres. Il revendiquait sa liberté. Ses aventures s'étaient toujours terminées en queue de poisson à cause de sa soif d'indépendance.

Quelque part derrière lui, une voix appela. Son père.

— Maria, je t'ai demandé de ne pas nous retarder.

Éberluées par cette réprimande, les personnes présentes se retournèrent d'un bloc. Pas déstabilisée pour un sou, sa tante sourit.

— Les journalistes peuvent attendre. Kara et moi avions des choses importantes à nous dire. Nous parlions de sa robe de mariée, dont elle a confié la création à un designer de Monrosa.

Maria poussa doucement Kara vers le grand salon.

— Qu'en penses-tu, Edwin ? Elle n'est pas belle ?

Se tournant vers Johan, son mari, elle lui demanda s'il se rappelait le jour de l'annonce de leurs fiançailles.

— J'étais excitée comme une puce, dit-elle. Tu t'en souviens ?

Il hésita tellement avant de répondre que Maria se renfrogna. Plus agacé que jamais, le père d'Edwin manifesta une nouvelle fois sa contrariété.

— Nous avons des affaires à régler autrement plus importantes que vos histoires de chiffon.

Sourire aux lèvres, Kara avança vers lui.

— Je vous prie d'excuser ce retard mais je suis d'accord avec la princesse Maria. Mon choix d'une créatrice de Monrosa prouve mon engagement dans le développement économique de votre pays.

Elle hocha la tête.

— Compte tenu de la nature et de la soudaineté de nos fiançailles, un retard est inévitable. Les choses ne se déroulent pas toujours selon le timing initial mais je suis sûre que Votre Altesse considérera ce contretemps avec bienveillance.

Son père, que personne n'avait jamais osé contrer, rougit de stupéfaction.

Ravi de l'aplomb de Kara, Edwin rit dans sa barbe. Raùl, le directeur de la communication du palais, s'avança vers Son Altesse.

— Monsieur, la presse attend.

En réponse, Raùl fut crédité d'un grognement exaspéré.

— Bien. Qu'attendez-vous ? Allons-y et commençons, gronda le souverain.

Edwin et Kara restèrent sur place. Discrètement, Raùl glissa à l'oreille d'Edwin de répondre à la place de Kara si celle-ci hésitait.

— Miss Duffy est plus que capable de répondre aux questions des journalistes. Maintenant, je veux un peu de temps, seul avec elle. Nous serons dans le salon de musique, nous vous rejoignons dans dix minutes.

Raùl se tourna vers Son Altesse qui affichait désormais son mécontentement sans retenue.

— Edwin, pourquoi *encore* ce délai ? Cesse de retarder la conférence, je te l'ordonne.

Dans un silence glacé, Edwin approcha et regarda un à un, dans les yeux, les fidèles de son père, leur signifiant ainsi qu'il souhaitait parler en tête à tête avec lui. Quelques secondes passèrent. Les conseillers de son père ne bougèrent pas. Edwin tint bon. Comprenant qu'il ne céderait pas, ils battirent en retraite au fond du salon. C'était un test. Une façon d'éprouver l'autorité qu'il aurait sur la Cour, une fois couronné.

Se courbant, il parla à son père.

— Mis à part un bref meeting ce matin, je n'ai pas passé une minute seul avec Kara depuis notre arrivée de Londres, ce matin. Nous avons besoin de nous parler. Je te demande de bien vouloir respecter mon souhait.

Son père fit un geste en direction des jardins.

— Les journalistes attendent et nous avons des dossiers à voir ensemble. Tu parleras à Salma plus tard.

Exaspéré, Edwin soupira.

— Tu *sais* qu'elle s'appelle Kara. Tu aurais préféré que j'épouse une femme avec des relations haut placées et un passé brillant ? Eh bien, je m'en moque. Nous nous marions parce que tu ne m'as pas laissé le choix mais je ne ferai pas souffrir ma femme. Kara fera bientôt partie de cette famille et, que cela te plaise ou non, à partir d'aujourd'hui nous allons nous comporter comme si nous en formions une. Notre famille ne fonctionne pas normalement depuis trop longtemps. Je te demande de respecter Kara et son rang. Et ne m'oblige pas à devoir, un jour, choisir entre elle et la couronne.

Se tournant vivement, il posa la main sur le dos de Kara et la guida doucement en direction de la porte. Les talons hauts de la jeune femme résonnaient sur le sol de marbre et, sous ses doigts, il sentait le balancement gracieux de ses hanches.

— Qu'as-tu dit à ton père ? murmura-t-elle. Il avait l'air encore plus furax que d'habitude.

Elle ignorait que son père désapprouvait son choix et il n'allait pas le lui dire.

— Excuse ses sautes d'humeur. Il est anxieux pour demain.

Elle jeta discrètement un coup d'œil derrière eux. Personne ne parlait, personne ne bougeait. Tout le monde les regardait sortir.

— Quelle ambiance ! C'est toujours aussi tendu ? J'espère que ce sera plus cool quand tu seras au pouvoir.

— Je ferai en sorte que ce soit le cas. Encore que… Tu dis tout le temps que je suis comme mon père, je finirai peut-être grincheux comme lui.

— Pas tant que je serai là.

Il était prévenu. Elle prenait son rôle au sérieux, elle ne serait pas une potiche.

— Je sens que je vais avoir à faire à forte tête, murmura-t-il.

Ils firent quelques pas sur la terrasse qui donnait sur les jardins. Une armée de photographes et de journalistes les attendait.

Pas vraiment à l'aise, Kara se frotta la nuque en soupirant.

— Ça va aller, lui souffla-t-il. Ne t'inquiète pas.

Bien qu'elle ait déjà eu l'occasion de parler en public, elle se sentait nerveuse. Aujourd'hui, il était vrai, les circonstances étaient exceptionnelles. Inédites. Plus jeune, elle en avait fait des vertes et des pas mûres mais jamais elle n'aurait imaginé se retrouver un jour en pareille situation.

Elle se tourna vers Edwin.

— Tu crois ?

Sur les pelouses taillées au cordeau, les reporters s'agitaient, rappelant à Edwin le lendemain du décès de sa mère. Il avait rejoint son père dehors, où celui-ci devait s'adresser à la presse internationale. Il était éberlué et effrayé, à peine capable de réaliser que sa mère était morte. Il avait supplié son père de ne pas l'obliger à l'accompagner mais avait reçu une réponse sans appel. Son père lui avait fait un discours sur son devoir envers la couronne, sur son pays qui exigeait sa présence. Aujourd'hui encore sa mère lui manquait atrocement, il éprouvait le besoin de la voir, de la sentir, de l'embrasser. Ses paroles encourageantes, ses étreintes quand il devait faire une apparition en public lui donnaient de la force. Tout cela était fini.

— Je te protégerai des journalistes.

Kara lâcha son cou et laissa son bras retomber le long de son corps.

— Ce ne sont pas les journalistes qui me font peur. C'est nous.

— Comment cela ?

— Ces derniers jours, j'ai davantage parlé aux chauffeurs de taxi qu'à toi.

— Je t'ai expliqué, j'ai dû régler des problèmes de succession et ma tante Maria m'a harcelé avec ses idées pour le mariage.

Elle pinça les lèvres.

— Pas *le* mariage, *notre* mariage. C'est à nous de l'organiser.

— Je ne voulais pas t'ennuyer avec des détails, je te pensais très occupée par tes propres affaires.

Elle le fusilla du regard.

— C'est peut-être un mariage blanc, Edwin, mais je veux avoir mon mot à dire.

— Évidemment.

— Dans ce cas, pourquoi me tiens-tu à l'écart ?

— Je ne te tiens pas à l'écart.

Si c'était ce qui avait transpiré de son comportement, il ne l'avait pas fait exprès. OK, il avait été dérangé alors qu'il lui téléphonait mais, pour sa défense, il croulait sous une montagne de choses à organiser. Et ce n'était pas tout. Il ne savait comment négocier leur future relation de couple marié.

Visiblement dubitative, elle haussa les sourcils et lui montra la meute des journalistes.

Embarrassé, il se frotta le menton.

— La presse va nous demander de nous embrasser.

Elle tourna vivement la tête vers lui, les yeux brillants, les joues en feu.

— Ça ne me posera pas de problème, déclara-t-il.

Non, cela ne lui poserait sûrement pas de problème mais s'il l'embrassait, il pouvait dire adieu à leur amitié.

— Pourquoi m'embrasser si tu n'en as pas envie ?

— Je viens de te dire que ça ne me poserait pas de problème.

— Tu en es sûr ? demanda-t-elle avec une sorte de ricanement. En tout cas, ça n'a pas l'air de t'emballer.

— C'est pour toi. Je ne veux pas te mettre en difficulté.

Il regardait les lèvres de Kara sans pouvoir en détacher les yeux. Elles étaient lisses, gourmandes… Elles appelaient le baiser.

Tenté, juste pour voir, il se demanda quel goût elles auraient s'il les prenait.

Voyant son regard, elle recula.

— Un petit baiser comme ça, on doit pouvoir y arriver, dit-elle sur le ton de la plaisanterie. Peu démonstratif comme tu es, surtout devant la presse, je suis certaine que tu ne me feras qu'un bisou très chaste !

— Tu me nargues ?

— Non ! J'imagine. De toute façon, après mon exploit de tout à l'heure avec Raùl…

— Quel exploit ?

— Tu as bien vu. J'ai été nulle quand je lui ai répondu. Alors, un baiser, pourquoi pas ? Cela m'évitera de rester plantée comme une idiote à ne pas savoir quoi dire. Tu me connais, la peur me paralyse. Il faut que je me corrige.

— Non ! Ne change rien surtout. Tu es parfaite telle que tu es.

Visiblement peu convaincue, elle fit la moue. Ce compliment avait un goût de nouveauté. Était-il en train de lui faire du gringue par hasard ?

Elle regarda autour d'elle. Des instruments de musique anciens meublaient la pièce, une harpe, un clavecin...

— Je ne me vois pas tous les matins en train d'avaler mes flocons d'avoine en pyjama dans ce décor, dit-elle.

— Tu feras ce que tu voudras dans nos appartements. Tu pourras même te balader toute nue si ça te chante.

Décidément, la conversation glissait sur une pente qu'elle n'avait pas anticipée... Qu'est-ce qu'il lui prenait ?

Mal à l'aise, il se passa la main dans les cheveux. Il dérapait. Oubliait-il qu'il était son ami, et seulement son ami ?

— Tu risquerais d'avaler ton petit déjeuner de travers, fit-elle, légère.

— Ce serait la fête pour commencer la journée.

Elle commença à rire et, brusquement, s'arrêta.

— Dis donc, Edwin, tu ne serais pas en train de flirter avec moi de peur que je me ravise et fiche le camp ?

Pensait-elle vraiment qu'il la manipulait ?

— Pourquoi dis-tu ça ? Qu'est-ce que c'est que ces arrière-pensées ?

— Je te trouve bizarre. Ça m'inquiète. Nick faisait des trucs comme ça. Je t'ai dit que j'acceptais de me marier, je ne vais pas reculer. Ta tante serait désolée. Il y a un moment, quand elle a demandé à me parler seule à seule, j'ai cru qu'elle voulait me dissuader de t'épouser pour monter elle-même sur le trône, mais c'était exactement le contraire.

Son imagination le fit sourire.

— À propos de ma tante, il y a deux choses qu'il faut que tu saches. Un, elle déteste les mondanités. Elle préfère s'occuper de son jardin, chez elle, au nord de l'île. Deux, c'est une romantique incurable. En organisant ce mariage, elle est aux anges. Cela fait un siècle que je ne l'ai pas vue aussi enthousiaste.

— D'après ce qu'elle m'a dit, ton père envisage de s'installer au nord de l'île. Qu'en dis-tu ?

— Super projet ! Son éloignement me permettra d'asseoir mon autorité.

— Tu ne préférerais pas qu'il reste ici ?

Était-il assez naïf pour se croire capable de ressouder sa famille ?

— Je sais que l'avoir dans les jambes est un cauchemar, dit-il prudemment, mais je veux que nous formions une famille, pouvoir travailler ensemble, en équipe.

Il la fixa, vit qu'elle comprenait. Elle savait ce que représentait une famille explosée.

— C'est ce que ma mère voudrait.

Elle hocha la tête et, tournant le dos à ce qui se passait dans les jardins, le regarda. Il était en bleu marine des pieds à la tête, avec une cravate prune et or.

— Les couleurs du royaume, dit-elle, taquine.

Sa cravate était légèrement de travers. Elle ne résista pas, elle la rectifia.

— Tu sais que tu es très beau. Ta mère serait fière de l'homme que tu es devenu.

Flatté, il se rengorgea.

Du vivant de sa mère, il faisait le maximum pour qu'elle soit fière de lui, et il n'avait pas cessé depuis qu'elle n'était plus là. Comme elle, il voulait être un exemple pour les Monrosiens. Perpétuer ce qu'elle avait entrepris.

Dehors, Raùl courait vers les reporters. Son père lui avait sûrement donné l'ordre de les prévenir que la conférence de presse n'allait plus tarder.

Kara se pencha vers Edwin.

— C'est bien, de vouloir ressouder ta famille.

Elle porta la main à son cou. Elle avait de jolis ongles vernis, rose pâle, et le magnifique saphir brillait à son doigt.

— Je suis désolé que tes parents ne soient pas là, dit-il, l'attirant à lui.

Ils avaient été invités mais avaient décliné au prétexte qu'ils désapprouvaient ce mariage de convenance.

Bouleversée mais s'interdisant de le montrer, elle détourna le regard.

— Dorénavant, ce sera moi ta famille, lui murmura-t-il dans les cheveux, écartant les boucles qui lui chatouillaient le visage.

Les larmes aux yeux, elle recula.

Ému par son chagrin, il lui caressa tendrement la joue. Ce n'était pas des paroles en l'air, il pensait vraiment ce qu'il venait de dire.

Agacée, elle le repoussa.

— S'il te plaît, ne parle pas comme ça. Tu sais bien que ce n'est pas un vrai mariage.

Surpris par la violence de sa réaction, il insista.

— Pourquoi pas ?

Elle s'éloigna. Arrivée au milieu du salon, elle se retourna.

— Parce que… parce que… j'ai déjà perdu une famille.

Il inspira profondément.

— Moi, tu ne me perdras pas.

— Ni toi ni moi ne sortirons indemnes de cette aventure. Alors, s'il te plaît, pas de promesses que nous ne tiendrons pas.

Touché par sa dureté, il resta interdit. Avait-elle raison ? Tort ? Une chose était certaine en tout cas, ils n'étaient pas au diapason.

— Ta lucidité me sidère, dit-il finalement.

— Qu'as-tu dit à Luis et Ivo ?

— Luis est en Australie et Ivo à Budapest. Nous nous sommes parlé en *conf'call*, ce matin.

Il s'arrêta, fronça les sourcils. Ça n'avait pas été facile.

— Disons que le premier choc passé – l'abdication de notre père – ils ont trouvé qu'il abusait, qu'il n'avait pas le droit de me forcer la main. Mais que moi aussi j'exagérais, que je n'aurais pas dû t'embringuer dans cette histoire.

Ivo et Luis connaissaient Kara. C'étaient des sportifs de haut niveau. Ils avaient eu l'occasion de se rencontrer tous les trois à Londres et à Monrosa. Kara et Luis s'échangeaient des textos rigolos. Avec Ivo, c'était beaucoup plus sérieux. Ivo était une sorte d'ambassadeur de son association caritative.

— Pardon ? Ils n'étaient pas au courant de la décision de ton père d'abdiquer ? C'est toi qui la leur as apprise ?

— Il voulait attendre demain matin pour les prévenir. J'ai essayé de le convaincre de le faire avant mais les relations entre mes frères et lui sont tendues. Elles l'ont toujours été. Il n'accepte pas qu'ils fassent du sport, même si c'est à un haut niveau. Qu'ils concourent pour les jeux Olympiques, par exemple, l'indiffère. Il estime que c'est une perte de temps, qu'ils feraient mieux de remplir leurs devoirs de princes à Monrosa.

Elle lissa sa robe sur ses hanches.

— Ne sois pas nerveuse, dit-il. Tu es superbe et tout va bien se passer.

— Tu n'es pas nerveux, toi ?

Depuis l'enfance, il avait appris à ne pas dévoiler ses sentiments, à rester digne en toute circonstance. Il s'abritait facilement, désormais, derrière ce bouclier virtuel, même si cela n'avait pas été évident au départ.

— Non. On va se marier. Ça pourrait être pire. J'espère seulement que je serai un bon mari. Tout ce que je veux, c'est que tu sois heureuse. Si tu ne l'es pas, on se séparera.

— Même avant deux ans ?

Il serra les dents. Ce serait terrible qu'elle s'en aille. Il en avait le cœur serré. Plus d'épouse, plus d'amitié. Un échec. Pire, un drame.

— Si c'est ce que tu veux.

Il ouvrit la porte donnant sur la terrasse.

— Tu es prête ?

Elle eut un sourire forcé.

— Avec toi à mes côtés, ça devrait rouler, dit-elle tout bas.

Rayonnant, en apparence, elle sortit sur la terrasse et, d'une main gracieuse, salua l'assemblée.

Tous ces yeux. Ces appareils photo. Ces micros... Toute la presse internationale avait fait le déplacement. Kara flageola sur ses jambes ; Edwin, avec ses grands pas, ne l'aidait pas.

— Tu veux bien ralentir, s'il te plaît. Et attention, on ne fait pas assez « couple ».

Il pila sur place. Après un moment d'hésitation, il lui sourit et lui remit une mèche de cheveux derrière l'oreille.

— Ça faisait « assez couple », ça ? lui demanda-t-il tout bas.

Lui prenant la main, il se dirigea vers les journalistes. Le contact chaud de ses doigts ajouté à sa crainte d'un faux pas la fit frissonner.

— Mon père m'a dit qu'il regarderait la cérémonie à la télévision, dit-elle comme pour tromper son angoisse.

Sans quitter les reporters des yeux, Edwin répondit tout bas qu'il avait l'intention de rendre visite à ses parents une fois l'abdication prononcée.

— Je suis certain qu'on peut les persuader d'assister au mariage.

— J'ai tout tenté, ces derniers jours, mais rien à faire. Ils détestent les manifestations qui attirent les curieux. En plus, ils sont contre ce « mariage de pacotille » qui ne « rime à rien », dixit mon père. Selon eux, ça ne marchera jamais. De toute manière, il n'est pas prévu au programme qu'il fonctionne ! J'ai essayé de faire valoir les points positifs, tes projets pour Monrosa, les miens pour JAE. Impossible de les convaincre. Ils ne m'ont même pas écoutée. Il faudra inventer une histoire pour expliquer leur absence à notre mariage.

Ce n'était ni le lieu ni le moment idéal pour une longue conversation.

— Ils attendent, fit-elle dans un murmure.

— Tes parents en ont assez vu, répondit-il. Pas question que je leur impose quoi que ce soit. Laissons tomber.

Tentée d'acquiescer, elle se tut. D'un côté, elle ne voulait pas aggraver la tension entre ses parents. D'un autre, son mariage allait attirer l'attention sur elle et, par ricochet, sur l'action qu'elle menait à JAE et donner un sens à la mort de Michael. Ses parents finiraient par comprendre que leur fils décédé, avec sa compassion et son ouverture aux autres, aurait aimé qu'elle fasse tout son possible pour aider ceux qui en avaient besoin.

Voyant qu'Edwin était tendu, elle changea de sujet.

— Tu m'as promis un voyage de noces digne des mille et une nuits... C'est toujours d'actualité ?

Il scruta son visage et, en souriant, s'approcha des journalistes.

Un peu plus tôt dans la journée, Raùl l'avait informé du déroulé de la conférence et lui avait présenté les photos des journalistes accrédités. Sofia Belluci, la correspondante du quotidien local, attaqua la première.

— Félicitations, Votre Altesse.

Elle se tourna vers Kara,

— À vous, aussi, Miss Duffy. Félicitations.

— Merci, s'empressa de répondre Edwin.

— Votre Altesse, pouvez-vous nous dire pourquoi, après tant d'années, Miss Duffy et vous avez décidé de vous marier ?

— Nous avons compris ce que nous représentons l'un pour l'autre.

Sofia rapprocha son micro.

— C'est-à-dire ?

Sans l'ombre d'une hésitation, Edwin répondit :

— Kara est ma meilleure amie.

Il excellait dans l'exercice. Précis. Froid.

— Et pour vous, Miss Duffy ?

Le ton était sarcastique. Kara avait répété les réponses type avec Raùl, le matin même. Et voilà que, le stress aidant, elle ne se rappelait pas une ligne.

Voyons, voyons, que lui avait dit Raùl ?

L'esprit complètement embrumé, elle bafouilla quelques heu… heu puis éructa,

— Edwin est tout pour moi !

Bon sang ! Mais d'où sortait cette réponse ?

Elle avait l'air d'une ado pâmée devant un nouveau petit ami ! Ridicule !

Éberlué, Edwin la regarda et lui caressa tendrement la joue, jouant à merveille le fiancé transi puis, la tenant par la taille, il se tourna vers les journalistes. Quelqu'un passa le micro de Sofia à un homme, la soixantaine élégante. Oscar Collado, l'éditorialiste du quotidien phare de Monrosa.

— Que pense Son Altesse le prince, votre père, de l'annonce de vos fiançailles ? Est-il aussi surpris que nous ?

Edwin se raidit.

— Surpris ? Non. Il est heureux qu'un de ses fils se marie.

Peu satisfait de la réponse, Oscar réfléchit. Allait-il reposer la première partie de sa question ou changer de tactique ?

— Et votre famille, Miss Duffy ? Elle doit être étonnée.

Ce qu'Oscar insinuait était clair. Edwin s'apprêtait à répliquer mais Kara, tout sourire, le devança.

— Edwin et moi ne sommes pas issus du même milieu mais nous voyons notre vie avec le même regard. Nous accordons tous les deux une grande valeur à la droiture, à l'amitié et à la compassion. Nous espérons du peuple de Monrosa ouverture d'esprit et soutien dans notre action.

Peu convaincu par la réponse, Oscar fit une moue déplaisante.

— Comment votre mère aurait-elle réagi à l'annonce de vos fiançailles, Votre Altesse ?

Kara sentit les doigts d'Edwin se raidir autour de sa taille. Elle posa sa main sur la sienne et la serra très fort dans l'espoir qu'il comprenne qu'il ne devait pas répondre à cette indélicate question.

— Je sais que ma mère aurait été enchantée d'avoir une belle-fille comme Kara.

Frappée par l'accent de sincérité de la réponse, elle dut se concentrer pour entendre la question suivante.

— La bague de fiançailles ? Fait-elle partie de la collection royale ?

— Non, elle a fait l'objet d'une commande particulière.

Kara regarda le saphir qu'Edwin lui avait offert quelques heures plus tôt. Il était magnifique. La pierre, d'un bleu tirant sur le violet, était montée sur des griffes en platine et sertie de diamants.

À la demande des reporters, elle leva la main pour la leur montrer. Et se força à sourire.

Ne montre pas à la presse qu'elle te désarçonne. Qu'est-ce que ça peut leur faire qu'il t'ait offert une bague neuve et non un bijou de la collection royale ? Il a eu raison d'agir comme il l'a fait. C'est un mariage arrangé. Quant à penser qu'il n'a pas assez confiance en toi pour te donner une bague de la collection royale ou qu'il ne t'en juge pas digne... C'est simplement idiot, non ?

Alors qu'elle pensait les journalistes prêts à partir, une chroniqueuse sortit du bois avec une nouvelle question.

— Votre Altesse, quel message souhaitez-vous faire passer au peuple de Monrosa ?

— J'espère que la célébration de notre mariage sera pour tous l'occasion d'une grande fête. La date exacte et les réjouissances seront annoncées la semaine prochaine, répondit Edwin.

— Et vous, Miss Duffy ? insista la femme, une pointe d'insolence dans la voix. Avez-vous un message pour la population ?

Oui. Que je vais à reculons vers le mariage et que l'on ne me juge pas le jour où je divorcerai. Que je demande pardon à toutes les filles qui vont pleurer de chagrin en apprenant que le cœur du plus beau parti du monde n'est plus à prendre. Qu'elles se consolent en sachant qu'il n'est question ni d'amour ni de passion entre nous. Rien de tout cela.

— Mon message ? Qu'il me tarde de venir vivre à Monrosa et de découvrir ce magnifique pays.

La femme, la trentaine dynamique, poursuivit son interrogatoire.

— Quel rôle jouerez-vous quand vous serez mariée ?

Puisqu'elle avait l'air intéressée, c'était l'occasion de parler de JAE.

— J'ai l'intention de poursuivre mes activités au sein de mon association caritative, Jeunes Adultes Ensemble. Notre objectif est d'étendre nos efforts à l'échelle internationale pour promouvoir l'aide psychologique dont les jeunes ont besoin. Et, évidemment, je serai en permanence un soutien pour mon mari. Surtout pendant la transition.

Se rendant compte qu'elle avait totalement occulté l'abdication, elle s'arrêta. La sentant mal à l'aise, Edwin la prit par les épaules et enchaîna :

— Nous avons vécu libres tous les deux et nous nous réjouissons de la vie que nous allons mener ensemble. Kara est impatiente de s'installer au palais... Elle a de nombreux projets pour nos appartements, n'est-ce pas, Kara ?

Elle rougit.

À cet instant, sortant de sa cachette, Raùl prit la parole.

— Mesdames et messieurs, merci de votre présence. Son Altesse et Miss Duffy vont maintenant accorder quelques minutes à celles et ceux d'entre vous qui souhaiteraient prendre des photos.

Edwin attira Kara à lui. Ils se serrèrent l'un contre l'autre et sourirent.

— Si c'est possible, pas d'embrassade, murmura-t-elle à Edwin.

Au même moment, des appels fusèrent.

— Embrassez-vous... Embrassez-vous.

Il la fit pivoter dans ses bras et la regarda avec de tels yeux qu'elle s'affola. Que se passait-il ? Il ne jouait plus ?

Paniquée, elle sentit qu'elle perdait pied. Il était penché sur elle et lui chuchotait des choses qu'elle ne comprenait pas. Ses yeux, deux puits profonds dans lesquels scintillaient des paillettes dorées, brillaient tout près de son visage. S'il ne reculait pas, elle allait se noyer.

Pire que tout, elle en avait envie.

Que lui arrivait-il ? Il ne fallait pas. Il était son ami, un mari occasionnel. Pourquoi, subitement, était-elle envahie de désir ? Cela n'avait pas de sens.

Il se pencha encore plus près. Frôla sa bouche puis l'effleura de ses lèvres. Il fit courir ses mains le long de ses bras. Leur tiédeur, leur douceur la firent frémir. Elle laissa échapper un soupir. C'était bon.

Hagarde, incrédule, elle le fixa. Dans ses yeux mouchetés d'or passa un nuage qui flouta leur éclat. C'était certain, il avait envie d'elle.

Brusquement, sans lui laisser la possibilité de reculer, il happa ses lèvres. Étourdie, elle se plaqua contre lui, ondulant presque.

Oh... ! Mais... cette chaleur, cette ardeur, ce corps dur contre le sien... Non, elle ne s'était pas trompée, il la désirait violemment et le lui faisait sentir.

C'était de la folie mais comme c'était bon !

Aucun homme ne lui avait jamais fait cet effet. Son fiancé d'opérette ne pouvait pas être l'homme qui embrassait le mieux de la terre. Ce n'était pas juste !

Et pourtant ! Elle voulait qu'il continue, il le comprit. S'arrangeant pour qu'elle tourne le dos à la presse, il fouilla sa bouche comme jamais personne ne l'avait explorée.

Elle passa les bras autour de son cou. Se dit qu'il fallait qu'ils arrêtent, que c'était fou. Plus que fou de se donner en spectacle devant ces gens. Mais elle ne pouvait pas. Encore une seconde. Une seconde de plus pour s'étourdir et sentir le feu envahir son ventre, ses reins, ses cuisses. Une seconde de plus pour que le désir consume chaque parcelle de sa chair, de sa peau, de ses os.

Edwin recula et resta quelques secondes à la regarder. Il avait les yeux voilés et les joues rouges.

Complètement ailleurs, elle le dévisagea. Pourquoi lui semblait-il si différent tout d'un coup ? Plus beau, plus viril... Il avait toujours été bel homme mais, là, il était si mâle... si excitant.

Bon sang, mais qu'est-ce qu'il m'arrive ?

Petit signe de tête pour saluer les journalistes et, se tenant par la main, Edwin et Kara s'éclipsèrent. Une fois hors d'atteinte, il lui dit :

— Tu trembles. Excuse-moi, je me suis laissé emporter. Je voulais à tout prix leur prouver que je t'embrassais vraiment.

Il ne fallait pas qu'elle en fasse une affaire. Dégageant sa main, elle lui donna une bourrade sur le bras. Puis, en riant, elle lui reprocha d'avoir failli l'étouffer.

— Heureusement, fit-elle, on n'aura pas à jouer cette comédie tous les jours.

4

Dans le couloir tapissé de miroirs qui dominait les jardins à la française, Kara se tenait au milieu d'un petit groupe et regardait les marques de naissance que son père avait dans le cou.

— Je me demande comment tante Joan sera habillée aujourd'hui, dit-elle en allant vers lui.

Son père sourit.

— Telle que je la connais, elle aura une robe tellement voyante que Pesquet pourra la voir de la station spatiale.

Tante Joan aimait les couleurs et, plus elles étaient vives, plus elle les appréciait. C'était pour compenser le ciel gris d'Irlande, prétendait-elle. Hélas, elle n'avait aucune notion des couleurs qui « allaient ensemble ».

Kara chercha un sujet de conversation, elle devait occuper son père le temps qu'Edwin arrive.

— Papa, c'est fabuleux que la famille ait pu venir.

Depuis quand avait-il les joues creuses et les cheveux gris ? Cela faisait deux ans qu'elle ne l'avait pas vu et il avait vieilli.

Il passa le doigt dans le col de sa chemise.

— Personne ne voulait rater l'événement, répondit son père. Les Duffy ne sont pas très people, comme tu sais, mais ça... !

La veille, à l'heure du déjeuner, ils avaient répété la cérémonie dans la cathédrale. Kara avait trouvé l'exercice épuisant. Son père l'avait conduite à l'autel en tremblant. Elle, elle ne pensait qu'à Edwin, à leur baiser, et imaginait d'autres baisers à des endroits auxquels elle n'aurait pas dû penser en un lieu sacré.

Le soir, ils avaient tous dîné ensemble, les Duffy, le père d'Edwin, son amie de JAE, Triona, qui avait été la première à rejoindre l'association, et Siza, une joueuse de son équipe de rugby. Tout ce petit monde était descendu dans des hôtels proches du palais. Pendant le dîner, Kara avait essayé de ne pas montrer que l'absence d'Edwin la contrariait. Il avait sa réunion hebdomadaire avec le cabinet où, avait-elle appris par la suite, le ton était monté quand Edwin avait exposé son futur plan d'occupation des sols. Le projet de création d'une réserve naturelle n'était pas du goût de tout le monde. Il y avait tant d'intérêts en jeu.

Après le dîner, le père de Kara lui avait dit qu'il souhaitait lui parler. De quoi, mon Dieu ? Elle avait craint le pire. Allait-il l'interroger sur la pertinence de cette union ?

Il n'en avait rien été. Quand elle l'avait raccompagné à sa chambre, il avait sorti de sa valise le costume et la chemise blanche qu'il avait achetés pour le mariage. Il était si fier de ses achats, il voulait tellement qu'elle le félicite qu'elle avait été émue. Il lui avait demandé son avis sur la chemise rose pâle et le pantalon gris qu'il comptait mettre pour la garden-party. Il s'était regardé dans la glace et elle s'était dit que ce qu'elle demandait à cet homme discret – être sous le feu des projecteurs du monde entier – devait exiger de lui un énorme effort. Elle lui avait souhaité bonne nuit avec émotion.

Ils avaient désormais une journée à tuer avant la cérémonie du lendemain. Son père se regarda dans une des glaces du couloir.

— Il faut que tu saches que tes tantes ont répondu à des interviews du journal le plus lu en Irlande. Ils ont sorti un supplément cette semaine, consacré au mariage.

Kara grommela.

— Oh ! rien de méchant. Il y a des photos de toi jeune, et elles se flattent d'avoir une nièce qui, disent-elles, « ira loin ».

Elle avait oublié que, côté paternel, sa famille aimait les mariages, surtout princiers. Quelle déception quand ils apprendraient le divorce...

— Je suppose que ce sont mes tantes qui ont insisté pour que tu viennes ?

— Cinq sœurs, je ne faisais pas le poids. Mais je m'en veux.

— Pourquoi ?

— Si nous avions été plus proches, toi et moi, je t'aurais convaincue de ne pas te précipiter.

Agacée, elle serra les poings.

— Inutile de revenir là-dessus, Papa. Tu sais pourquoi j'épouse Edwin.

— Un mariage sans amour est une entreprise de démolition.

Déjà rongée par le doute, elle n'avait pas envie d'entendre ce genre de prédiction.

— S'il te plaît, Papa, épargne-moi tes prophéties. Nous ne faisons peut-être pas un mariage d'amour mais je ne connais personne au monde en qui j'ai plus confiance qu'en Edwin. Il ne m'a jamais laissée tomber. Je n'oublie pas.

Son père se cabra. Tout rouge.

— Quel dommage que ta mère ne soit pas là. Elle t'aurait fait entendre raison.

Kara se mit à trembler. Elle avait beau prétendre le contraire, le fait que sa mère ne soit pas venue à Monrosa – une heure de vol – pour assister à son mariage lui faisait mal.

— C'est peut-être aussi bien. La dernière fois que je vous ai vus ensemble, vous vous êtes écharpés. Merci bien !

Évitant son regard, son père se gratta la gorge.

— On ne passe pas ses journées et ses nuits avec quelqu'un sans s'attacher à lui. Edwin est beau garçon... Je crains qu'il ne te fasse souffrir.

Perplexe, elle réfléchit. Son père était-il en train de lui dire de ne pas coucher avec Edwin ?

Se souvenant de leur baiser, elle rougit. Quelques semaines plus tôt, elle aurait éclaté de rire mais, aujourd'hui, le sous-entendu de son père la mettait mal à l'aise. Son amitié pour Edwin avait évolué. Il lui plaisait. Beaucoup. Et il embrassait comme un dieu.

— Tu n'as pas à t'inquiéter. Si on se voit aussi souvent à l'avenir que ces derniers temps, je n'ai rien à craindre.

— Victor, où est Edwin ? Les invités attendent.

Kara et son père sursautèrent. C'était le souverain, en colère, comme d'habitude.

— Son avion atterrit dans dix minutes, Votre Altesse. Il ne va plus tarder.

Regardant Kara comme si elle était responsable du retard de son fils, il insista, sur le même ton.

— La garden-party d'aujourd'hui a été organisée pour les invités qui ne pourront pas assister à son mariage demain. La moindre des politesses voudrait qu'il soit présent. Ce qu'il avait à faire était donc si urgent ?

Sentant qu'elle allait exploser, Kara serra les dents.

J'ignore ce que votre fils a dans la tête. Mis à part la logistique du mariage et le programme de la succession, il ne me dit rien. Vous devez savoir qu'il est très secret et qu'il ne parle jamais de lui.

Au lieu de rétorquer, elle afficha un large sourire.

— Ça devait être d'une extrême importance. Il ne laisserait pas ses invités attendre sans une raison valable.

Son Altesse grommela et se tourna vers Luis qui tripotait son téléphone portable.

— Tu seras aimable de t'intéresser aux personnalités qui seront là cet après-midi.

Autrement dit, « ne passe pas ton temps avec les jolies filles présentes dans l'assistance ».

Comprenant l'allusion, Luis, qui ne se laissait jamais marcher sur les pieds, sourit.

— Ne reporte pas ta mauvaise humeur sur moi. Je n'y suis pour rien. Et Edwin non plus. Tout ça, c'est à cause de toi ! Je comprends qu'Edwin ne soit pas pressé...

Tous se tournèrent vers Luis. Que voulait-il dire au juste ?

Le regard noir, Son Altesse foudroya son fils des yeux.

— À force de négliger ton rang dans la vie du palais, tu as oublié l'importance de l'étiquette.

Luis regarda son père dans les yeux et soutint son regard. Il n'avait plus envie de sourire. Il lança un coup d'œil à Kara qui, discrètement, lui fit comprendre qu'elle le soutenait. Mais elle espérait que l'échange père-fils ne s'envenimerait pas. Il était inutile de faire encore grimper la tension d'un cran.

Haussant les épaules avec mépris, Luis baissa la tête et se remit à tripoter son portable.

Son Altesse poussa un soupir et s'adressa à Ivo.

— J'ai noté que nous nous entretenons lundi matin.

Bâti comme une armoire à glace, les cheveux presque rasés et le visage taillé à la serpe, Ivo, apparemment très cool, ne se démonta pas.

— Lundi ? Mais je prends l'avion dimanche matin.

— Change de jour.

Imperturbable, Ivo étudia son père. Il avait la réputation d'être têtu et monomaniaque, des qualités dans son cas puisqu'il se préparait pour les prochains jeux Olympiques, discipline canoë-kayak. Sur des charbons ardents, Kara ne perdait pas une miette de l'échange, redoutant le pire. Après un coup d'œil dans sa direction, Ivo haussa les épaules et, à sa grande surprise, accepta.

Kara s'approcha des fenêtres. Vexée de l'affront que lui faisait Edwin en la laissant attendre devant ses deux frères, elle repoussa discrètement les larmes qui montaient. En bas, devant la mer, quelque cinq cents invités patientaient. Il ne manquait qu'une personne : sa mère. Kara avait insisté pour qu'elle vienne mais sa mère l'avait suppliée d'arrêter. Cela avait dévasté Kara. Elle savait que sa maman était sauvage mais espérait que, pour la circonstance, elle ferait un effort.

— J'ai vu beaucoup de photos de vous dans les journaux, lui avait dit sa mère. Et j'en verrai sûrement beaucoup d'autres.

La presse people avait publié la photo où Edwin reculait après l'avoir embrassée avec fougue. Mais ce n'était pas le reflet de la réalité. Edwin regrettait ce baiser. Depuis, il n'osait plus la regarder. Il ne pouvait pas deviner ce que cette étreinte avait déclenché en elle.

Cela faisait maintenant quinze jours qu'elle avait emménagé au palais et Edwin s'était arrangé pour ne jamais être là. Elle s'était noyée dans les préparatifs du mariage et dans son action pour JAE International, dans l'espoir de ne pas ressasser les prétendus motifs de ses absences. Non, son travail et ses engagements royaux n'excusaient pas tout.

Se sentant terriblement seule, elle songea à la vie qui l'attendait. Solitaire dans des appartements sans âme. Et si, par extraordinaire, Edwin restait au palais, allait-elle passer deux ans, jour et nuit, auprès d'un mari indifférent ? Même plus amis !

L'annonce de l'abdication du souverain avait été mal reçue. Dix ans trop tôt, disaient les commentateurs. Que nous réserve l'héritier ? s'inquiétait le peuple. À quoi faut-il s'attendre de la part de ce jeune homme ?

— Edwin, ce n'est pas trop tôt.

Surprise, Kara se retourna. Il était là, Edwin. Il s'encadrait dans l'embrasure de la porte, plus élégant que jamais en costume sombre et chemise blanche. Il avait déboutonné son col et elle devinait sa peau lisse et bronzée.

Il la regarda. Elle faillit détourner les yeux pour lui signifier sa rancœur mais, au contraire, ne put le quitter des yeux. Submergée par une vague de bonheur, elle faillit aller se jeter dans ses bras mais se retint. Elle était au septième ciel, elle le voulait près d'elle, en elle, tout de suite. Ce n'était plus Edwin le meilleur ami, c'était un homme qui la bouleversait.

Elle ne l'avait jamais vu comme aujourd'hui, carrure athlétique, traits virils, pommettes hautes et joues creuses. Elle n'avait jamais noté non plus à quel point ses lèvres étaient charnues et désirables.

Il la salua brièvement et, disparaissant à moitié dans le couloir, fit signe à quelqu'un d'approcher.

Il réapparut, flanqué d'une femme qu'il tenait par la taille. Kara se figea, interdite. Puis, reprenant ses esprits, elle s'élança. Elle avait le tournis, la vue brouillée. Titubante, elle fit quelques pas et, sur le point de tomber, s'arrêta. En deux secondes, Edwin était auprès d'elle et la serrait contre lui.

Sa mère. C'était sa mère. Susan était dans le passage et regardait Kara qui esquissa un sourire. Aussitôt, les années de bagarres, de désillusions, de solitude ne comptèrent plus. Ce n'était rien comparé à l'émotion brute qui lui étreignait la poitrine. Sa mère était là. Sa maman. Elle était venue. C'était une joie indicible. Un bonheur pur.

Sa mère fit un pas hésitant.

Puis un autre.

Elles se tombèrent dans les bras, s'embrassèrent, leur étreinte ravivant le souvenir d'autres étreintes. C'était trop d'émotion, Kara recula. Elle se tourna vers Edwin.

— C'est pour cela que tu étais absent...

Il avait fait cela pour elle. Il savait, sans qu'elle le lui ait dit, qu'elle rêvait d'avoir sa maman près d'elle quand elle se marierait.

Elle le regarda, cet homme qui la connaissait si bien, et refoula ses larmes.

— Kara ?

Un doux murmure. La voix de sa mère qui était là pour elle. Un instant, Kara revit son passé. Sa chambre d'enfant, la voix soyeuse de sa maman, « chérie, il faut te lever » et la main tendre qui lui caressait les cheveux... Autant de souvenirs des temps heureux où ils étaient tous réunis, ses parents, Michael et elle.

— Edwin a raison, tu sais : tu vas avoir besoin de moi, pas seulement pour ce week-end, mais ensuite, quand tout sera fini. Divorcer est douloureux. Quelles que soient les circonstances.

Le cœur de Kara bascula. Elle essaya de ne pas s'effondrer. Ils se mariaient demain et, aujourd'hui déjà, au lieu de penser à leur mariage, Edwin avait parlé de leur divorce.

La famille royale et les Duffy, ensemble malgré la tension qui régnait entre les deux familles – « Edwin se mésalliait » –, s'avancèrent dans les jardins où les invités attendaient. Sur les nerfs depuis le matin, Edwin sentait la migraine le gagner. Il lui avait fallu un temps fou pour convaincre la mère de Kara de prendre avec lui un vol pour Monrosa. « Kara a besoin de vous, lui avait-il dit. Même si vous désapprouvez sa décision de m'épouser. »

La mère de Kara ne savait pas tout. Il y avait eu un baiser lors de l'annonce des fiançailles, un baiser qui l'avait déstabilisé.

Depuis, il rêvait de plus d'intimité, de relations physiques. Mais Kara ne semblait pas sur la même ligne que lui. Il l'avait compris à certains signes.

Pour l'heure, il emmenait les deux familles rejoindre les invités au bord de la mer. À côté de lui, Kara ne pipait mot. « Oui », « non » étaient les seules réponses qu'elle daignait faire aux questions qu'il lui posait. C'était à regretter d'avoir insisté auprès de sa mère pour qu'elle assiste au mariage de sa fille.

Son air buté ne l'empêchait pas d'être belle. Ses cheveux ramassés en chignon dégageaient ses épaules et son cou où pendait une chaîne en or. Elle refusait de porter les bijoux du trésor royal et, à ce jour, elle ne lui avait pas expliqué pourquoi. Nerveuse, elle faisait tourner sa bague autour de son doigt. Pourquoi ? La gênait-elle ? Avait-elle besoin de la toucher pour se rappeler son engagement ? Il l'avait fait faire chez le plus grand joaillier, spécialement pour elle, parce qu'il voulait un bijou unique qui lui dise son admiration.

Elle était à peine maquillée, un voile de poudre, du mascara brun sur ses longs cils, un trait de rose sur les lèvres mais elle semblait très tendue, sur le point de pleurer peut-être.

Ils n'allaient plus tarder à retrouver leurs invités. Il fallait qu'il sache ce qui l'angoissait avant que tout le monde ne remarque le malaise.

Penché vers elle, il dit tout bas :

— Je croyais que tu aimerais que ta maman soit là.

— Que veux-tu ? Te décharger de moi sur elle ?

Pourquoi, mais pourquoi lui disait-elle une chose pareille ?

— Je ne vois pas ce que tu veux dire.

Elle pointa le menton crânement.

— Maman m'a dit que tu penses que j'aurai besoin d'elle dans les années à venir. As-tu peur que je m'écroule quand nous serons... démariés ? C'est pour ça que tu es allé la chercher ce matin ?

— Ce que tu dis est idiot. Je suis allé la chercher parce que j'estime que la place d'une mère est près de sa fille le jour de son mariage. Ensuite aussi, d'ailleurs !

Se forçant à sourire, elle avança vers les invités.

— Je vais faire semblant de te croire mais je te dis une chose : je ne suis pas disposée à vivre avec un mari qui évite ses proches, c'est-à-dire moi et sa famille. Je ne sais pas ce que tu as depuis quelque temps mais tu as bugué, mon pauvre Edwin. Fais attention, tu es en train de devenir insociable, un vieil ermite acariâtre.

Elle s'arrêta et approcha son visage du sien.

— Nous sommes bien placés tous les deux pour savoir ce qui se passe quand les gens se ferment.

Les larmes aux yeux, elle le regarda.

— Pense à Michael...

Elle le quitta pour retrouver son équipe de JAE, le laissant seul avec un sentiment de honte et de culpabilité. Elle avait raison, bien sûr. S'isoler sans raison valable ne réussissait à personne mais, compte tenu de la nature très spéciale de leur mariage, garder une certaine distance les protégeait tous les deux.

Après avoir embrassé les membres de son équipe, tout excités de la revoir, Kara disparut. Elle avait insisté pour que la garden-party soit informelle afin que tous se sentent à l'aise. Le chef du protocole avait tiqué mais elle n'avait pas cédé.

En tenues décontractées, les invités étaient presque méconnaissables. Le père d'Edwin discutait avec le président de l'Union européenne qui avait troqué son costume trois-pièces contre une chemisette à manches courtes et un pantalon en toile. Luis et l'ambassadeur des États-Unis se congratulaient, heureux de se voir maintenant qu'ils n'étaient plus rivaux dans les compétitions off-shore. Quant à Ivo, il bavardait avec la princesse Maria et son mari Johan au milieu d'un groupe de jeunes Monrosiens qui arboraient fièrement des T-shirts imprimés Association pour la Protection de l'Environnement de Monrosa, l'œuvre créée par sa mère avant son décès.

Où Edwin était-il passé ? En dépit de tentatives de rapprochement, sa famille était désunie. Ses frères s'en moquaient et lui-même ne s'était pas vraiment démené pour resserrer les liens entre leur père et la fratrie. À plusieurs occasions il avait suggéré une réunion mais son père et Luis avaient vaguement répondu « pas disponibles » et Ivo n'avait même pas pris la peine d'envoyer un « non. » Edwin n'avait pas insisté.

Ne le voyant pas, elle fit un tour sur elle-même. Il excusait volontiers ses absences par sa charge de travail. En l'occurrence, les ultimes négociations pour attirer une prestigieuse banque allemande dans l'île. Son implantation dans la capitale serait une excellente opération pour les Monrosiens. En plus de cette responsabilité, il y avait les préparatifs du mariage et l'organisation de la succession, les échanges téléphoniques avec les diplomates des pays alliés. Et c'était sans compter les briefings quotidiens avec le chef de cabinet, auxquels son père assistait, et où Edwin tentait d'imposer son autorité, contré par la mauvaise volonté des fidèles du souverain sortant. L'agressivité de son père n'arrangeait rien. Il avait dit à Edwin qu'il souhaitait lui donner tous les pouvoirs mais ne pouvait s'empêcher d'intervenir en permanence.

Enfin, elle l'aperçut.

Il parlait avec la famille paternelle de Kara, qui ne put cacher sa stupéfaction en voyant Susan arriver. Soucieux de ne pas gâcher la soirée, le père de Kara alla vers elle. Elle esquissa un pauvre sourire et, répondant au signe qu'il lui faisait, le suivit. Ce week-end allait-il marquer le début de la réconciliation entre les parents de Kara ?

— Edwin !

Un ancien collègue de Londres, Laurent Bonneval, son bébé dans les bras, une femme rayonnante à côté de lui, fonçait droit sur lui.

— Laurent !

— Edwin, je te présente Hannah. Et Arthur. Tiens, prends-le.

Le bébé passa dans les bras d'Edwin et s'agrippa de ses petits doigts au plastron de sa chemise.

— Kara, ravi de te revoir, dit Laurent.

Kara et Laurent s'étaient connus à Londres avant que Laurent rentre à Cognac prendre la tête de l'affaire familiale. Edwin avait été invité au mariage de Laurent et d'Hannah.

— Je me suis toujours dit que vous étiez faits l'un pour l'autre, dit Laurent. Je suis heureux que vous n'ayez pas fait comme Hannah et moi. Pour un peu, nous passions à côté l'un de l'autre. Par ma faute… J'ai rompu avec Hannah pour repartir en France. En tout cas, ça prouve une chose, c'est que c'est toujours l'amour qui a le dernier mot ! Même si on lui tourne le dos !

Sur ce, il éclata de rire.

Trois heures plus tard, Edwin, sa famille et Kara rentrèrent au palais. Edwin semblait bougon. Que ruminait-il ?

— Qu'est-ce qui ne va pas ? Tu t'es ennuyé pendant le cocktail ?

— Non, c'est Ivo et Luis. Ils sont incorrigibles. À trois reprises je leur ai dit qu'on partait. Le majordome, Ricardo, a besoin de la place pour préparer le banquet de demain.

Il soupira. Il avait dû insister pour que sa famille et Kara donnent le signal du départ.

— Que veux-tu, tout le monde s'amusait.

Ses yeux pétillaient, elle était radieuse. La garden-party avait été un succès et sa joie faisait plaisir à voir. S'il ne se retenait pas, il allait l'embrasser pour lui voler son bonheur ; l'embrasser et caresser ses bras, sa gorge, ses seins qui pointaient sous l'étoffe fluide de sa robe de cocktail.

Cela faisait des années que voir une poitrine ne lui faisait plus aucun effet. Mais que ce soit celle de la femme qui allait devenir son épouse changeait le regard qu'il portait sur elle. Dorénavant, il ne voyait plus Kara comme une amie.

Ils entrèrent dans le palais et se dirigèrent vers un salon, où Luis se coiffait devant une glace.

— Ivo et moi, on vous emmène prendre un verre en ville ce soir.

Leur père arriva à son tour.

— Non, dit Edwin. Je suis déjà pris.

— Eh bien, annule. Tu ne vas quand même pas te marier sans enterrer ta vie de garçon. Même si ce n'est pas un vrai mariage.

Leur père ne put se retenir.

— Au moins, Edwin connaît le sens du mot devoir.

— Pas le choix ! fit Luis en ricanant. Tu lui as forcé la main. Il n'a accepté qu'avec le pétard sur la tempe.

— Luis, je t'interdis.

— C'est vrai. Edwin n'a pas envie de se marier. Ce n'est pas un mystère.

L'air goguenard, il se tourna vers Kara.

— Tu ne m'en veux pas, Kara. Je ne t'apprends rien.

— Ça suffit, Luis, dit-elle.

Luis se retourna.

— Ah ! parce que tu te ranges de son côté maintenant, Kara ?

Le regard d'Edwin passa de Luis à son père qui cherchaient tous les deux à envenimer la situation. Puis à Ivo qui, le dos ostensiblement tourné vers eux, regardait par la fenêtre les mouvements du port. La tante Maria entra à son tour, un bouquet d'iris dans les bras. Percevant la tension qui régnait dans la pièce, elle fronça les sourcils.

— J'ai du travail, dit Edwin en gagnant la porte.

Il regarda Kara – sa chute de reins à tomber, ses cheveux qu'il déferait et enroulerait autour de ses doigts, ses lèvres, sucrées comme un bonbon au miel – et, l'imaginant avec seulement ses escarpins – nue, offerte –, il ajouta, sans se retourner pour ne pas laisser paraître l'effet visible de son désir :

— On se verra demain… à la cathédrale. Profite de ton dîner avec tes parents ce soir.

Menton relevé, le défiant du regard, elle se dirigea vers lui et dit très fort, pour que tout le monde l'entende :

— J'ai décidé de changer de programme. Nous dînerons tous ensemble, ce soir, ta famille et la mienne.

C'était une plaisanterie ! Voulait-elle vraiment imposer à sa mère et son père un dîner avec son souverain de père et Luis qui se bagarreraient comme d'habitude ? Et avec Ivo qui se désintéressait totalement de ce mariage et ne dirait pas un mot, ne pensant qu'à Lucerne où des régates avaient lieu. Sans compter le programme qu'il avait, lui, pour la soirée.

— Je ne suis pas libre, laissa-t-il tomber.

Elle eut un mouvement d'humeur. Se cabra.

— J'ai retenu un salon privé au yacht-club, pour passer la soirée avec Edwin et Ivo, protesta Luis.

Elle pivota prestement sur ses talons.

— Eh bien, annule. On dîne en famille. Maintenant, je vais demander à Ricardo de prévenir mes parents.

Sur ces mots, elle lança un regard de tueuse à Edwin et disparut dans le couloir.

Vivre avec elle n'allait pas être une sinécure. Elle lui avait déjà reproché d'être un ours et elle le défiait. Mais il savait ce qu'il faisait. Il garderait ses distances. Il le faisait pour elle, pour la protéger mais cela, il ne pouvait pas le lui dire.

Edwin la suivit en marmonnant qu'il avait prévu de passer une soirée tranquille. Seul.

La princesse Maria, ravie, applaudit.

— Avoir Kara dans la famille va vous mettre au pas, messieurs ! Il est grand temps ! s'exclama-t-elle.

5

Entendant frapper, Kara retoucha vite son rouge à lèvres, se parfuma et vérifia que sa robe était bien en place et ne laissait rien deviner d'indécent.

Elle fit une torsade de ses cheveux, les rejeta dans son dos et, prenant son mascara sur la coiffeuse, se rassit.

— Entrez.

Poussant la porte d'un coup d'épaule, Edwin entra et, planté sur le seuil, resta à regarder son reflet dans le miroir de la coiffeuse Art Déco, comme s'il la découvrait...

Faisant mine de se mettre du mascara, elle attendit qu'il parle... en s'efforçant de ne pas se mettre la petite brosse de l'applicateur dans l'œil.

Allait-il cesser de la regarder comme cela ? Et pourquoi faisait-il cette tête ?

— On dit que les fiancés qui se voient la veille au soir de leur mariage, ça porte malheur.

Elle rangea sa brosse et essaya de cacher son dépit - il ne souhaitait pas passer la soirée en sa compagnie.

— Peut-être, mais compte tenu du peu de temps que nous avons passé ensemble les mois passés, nous sommes dispensés.

Il se décida enfin à avancer. Il était tout en bleu, clair pour la chemise, marine pour le pantalon, et indiscutablement beau.

— Tu es toujours fâchée que j'aie dit à ta mère de venir ?

Il s'était posté derrière elle, si près qu'il lui communiquait sa chaleur. N'empêche, elle frissonna.

Elle était évidemment contente que sa mère soit là, même si elle aurait préféré qu'elle vienne de son plein gré.

— Pourquoi ne veux-tu pas dîner avec nous, ce soir ?

— Je l'ai déjà dit, j'ai prévu autre chose.

— Un rendez-vous galant ?

Nick ne lui avait jamais fait d'infidélités. Sa perversité se situait ailleurs.

Edwin approcha de la coiffeuse.

— Tu es sérieuse ?

Il était fâché. Elle faillit s'excuser mais se ravisa. Tout était de sa faute. Ses réponses évasives à des questions précises l'horripilaient. Tant pis pour lui, elle ne le lâcherait pas.

— C'est quoi, alors ?

Il serra les dents. Remarqua sa main.

— Où est ta bague ?

Refusant de se démonter, elle lissa ses cheveux qui avaient tendance à se dresser sur sa tête, la faute à l'électricité statique qui empoisonnait l'atmosphère.

— Je l'ai retirée pour prendre ma douche.

Elle ouvrit le tiroir de la commode, sortit l'écrin et mit la bague en grimaçant car elle était étroite.

— Elle ne te plaît pas, c'est ça ?

Elle haussa les épaules. Il aurait fallu qu'elle soit difficile pour ne pas l'aimer.

Elle leva les yeux du saphir et scruta le visage de l'homme qu'elle était sur le point d'épouser.

— Tu n'es pas le seul à aller au mariage à reculons, tu sais.

Poussant un soupir, il tomba à genoux.

— Il n'y a pas d'autre femme, Kara, crois-moi. J'ai juste du mal à réaliser que je me marie, à m'imaginer en mari modèle mais il n'y a personne d'autre sur cette terre que je voudrais épouser. Je te demande de me croire, c'est vrai.

Ses traits se détendirent. Il la dévisageait, attendant sa réaction.

Si elle comptait tellement pour lui, il fallait qu'il le lui prouve, en passant plus de temps avec elle, par exemple.

Décidée à lui dire le fond de sa pensée, sans mâcher ses mots, elle le regarda droit dans les yeux, mais son visage était si tendre qu'elle oublia les reproches qu'elle s'apprêtait à lui adresser. Comment résister quand il la priait de le croire, de lui faire confiance, de lui pardonner ?

Était-elle trop exigeante ? Intransigeante ? Le comportement de Nick avait-il faussé son jugement sur ce que devaient être les relations entre un homme et une femme ? En attendait-elle trop ?

— Ça ne va pas être du gâteau, avec mon père et ma mère qui ne pensent qu'à se sauter à la gorge, dit-elle, oubliant les griefs qu'elle avait contre lui. On dirait des diables de Tasmanie. Tu ne les as pas vus pendant la garden-party ? Ils ont refusé d'être photographiés ensemble et je ne te raconte pas leurs têtes quand ils ont vu qu'on avait apporté leurs bagages dans l'appartement qu'ils partagent... Dans la même chambre !

Il hocha la tête.

— Je suis désolé.

— Ça va. L'appartement a deux chambres. Mon père a déménagé.

— Je vais m'arranger pour qu'on les installe dans deux appartements différents.

— Si tu peux. Je pensais qu'ils apprécieraient de ne pas être seuls dans ce palais qui les impressionne. C'est pour cela que j'ai suggéré ce dîner, tous ensemble, ce soir.

— Tu aurais dû laisser ma famille en dehors du projet. Elle n'est pas de tout repos.

Elle se leva.

— Peut-être mais tu disais que tu voulais qu'on soit comme une famille, non ?

Il s'éloigna.

— Je sais. Je devrais réfléchir avant de parler.

— Comme pour notre mariage ?

Il s'arrêta au milieu de la pièce, hésita.

— Non, pas ça.

Il la regarda, fixa ses yeux, sa bouche. Hésita encore et se baissa pour prendre les sandales qu'elle avait posées sur le tabouret, au pied du lit. Demain, ce ne serait plus son lit. Demain, elle déménagerait dans la chambre d'à côté, leur chambre.

— Il est temps de descendre dîner, dit-il en lui tendant ses sandales.

Elle les lui prit des mains. Cette fois, ça suffisait. Elle avait eu son compte. Elle mit ses sandales et, frôlant Edwin au passage, fonça vers la porte, à laquelle elle s'adossa.

— Parfait, dit-elle, en colère. On va régler ça une bonne fois pour toutes. Que se passe-t-il ? Pourquoi me rejettes-tu de cette façon ?

Il avança et, se plantant devant elle, actionna la poignée.

— Allons-y. Mon père sera fou si je suis encore en retard.

Elle appuya de tout son poids contre le battant.

— Pas avant que tu m'aies répondu.

Il lâcha la poignée.

— À quoi ? Donne des exemples.

— Aujourd'hui, tu es arrivé en retard à la garden-party.

— J'étais allé chercher ta mère.

— Pourquoi avoir attendu la veille du mariage ? Et cet après-midi, tu m'as laissée tomber comme une vieille chaussette. Tu parles d'un mari ! J'étais horriblement vexée. Et, ce soir, tu as un programme mystérieux dont tu ne veux pas dire un mot.

— Tu sais que j'ai une montagne de problèmes à régler. Et je veux le faire avant de monter sur le trône. La succession, la banque allemande, tous les changements au sein du gouvernement…

— D'accord, mais je ne vois rien dans cette liste qui t'empêche de m'adresser la parole.

Il n'avait toujours pas répondu. Furieuse, elle piqua un doigt sur sa tempe.

— Je me demande ce qui peut bien se passer là-dedans, dit-elle.

Elle lui donna une tape sur le torse.

— Et là.

Elle avait envie de le toucher, d'être tout près de lui mais il ne manifestait rien. Aucune émotion. Elle crut même qu'il allait partir… Il se contenta de baisser la tête, toujours sans un mot.

Il avait les cheveux mouillés, sentait une odeur citronnée mêlée à son parfum habituel. Elle s'aplatit encore plus contre la porte de peur de céder à l'envie qui la démangeait de plonger les mains dans ses cheveux mouillés, de le prendre par le cou et de l'attirer à elle. Ou, pire encore, de se plaquer contre lui et d'onduler pour sentir son torse, ses cuisses et, dure contre son ventre, sa virilité saillante.

Elle redressa la tête. Des yeux dorés et tristes cherchaient les siens.

— Tu méritais d'avoir ta mère à ton mariage. Je voulais que tu sois heureuse. C'est pour cela que je suis allé la chercher et que je l'ai ramenée ici. Mais je comprends que j'ai fait une erreur.

Sa voix était plus douce que le murmure d'un ruisseau. Émue, elle ferma les yeux.

— Ce qui me rendrait heureuse, c'est de vivre comme nous vivions avant, dit-elle. Tu te rends compte de ce qu'est devenue notre amitié ?

Elle rouvrit les yeux en soupirant. Il fixait sa bouche et n'était qu'à quelques centimètres d'elle.

— Je me débats...

Elle pointa les hanches vers lui mais, très vite, les plaqua de nouveau contre la porte.

La tête penchée sur le côté, il la considéra, l'air perdu.

— Je me débats...

Il s'arrêta de nouveau, releva la tête et plongea son regard dans le sien.

Incapable de respirer, incapable de détourner les yeux du feu qui brûlait dans les siens, elle faillit lui crier, le supplier de dire quelque chose, quelque chose qui aplanirait tout, qui tuerait la peur qui la détruisait à petit feu.

— Je me débats...

Il cligna des yeux, encore, et encore, juste comme ça. Toute passion, tout désir avaient déserté son regard. Il donnait l'impression d'être sur la défensive comme si...

— Je me débats avec l'idée que je vais devenir un mari.

Choquée, dépitée, elle se dégagea et avança au centre de la pièce.

— Il va falloir que tu t'y fasses, Edwin, car demain à cette heure-ci, tu seras mon mari, si du moins tu vas au bout de ta décision.

— Et toi ?

C'était la question qu'elle n'avait cessé de se poser depuis qu'elle avait accepté ce marché mais elle respectait toujours la parole donnée et JAE en profiterait.

— Moi, oui, mais je pose mes conditions.

Elle leva la main et compta sur ses doigts.

— Un, nous prendrons notre petit déjeuner ensemble tous les matins. Deux, randonnée en montagne et cinéma, ensemble, au moins une fois par semaine. Trois, tu m'as promis un super voyage de noces. Si tu es trop bousculé en ce moment, je suis d'accord pour qu'on reporte. On a deux ans devant nous mais je veux des vacances *sublimes*.

Il reprit la poignée et l'abaissa.

— Vendu ! Maintenant, si tu veux bien, allons dîner.

La tête haute, crânant pour cacher sa fragilité, elle dégaina une dernière flèche.

— Ce n'est pas trop tard pour tout annuler. Crois-moi, je ne me sentirais nullement humiliée.

Son air suffisant le fit sourire.

— Je vois que ma vie d'homme marié ne va pas être du gâteau.

Il pencha la tête, l'air plus tendre que jamais – ce qui la fit fondre.

— Dis ce que tu veux, Kara. Tu restes la seule femme au monde que je veuille comme épouse.

Assis chacun à une extrémité de la table, Kara et Edwin se regardèrent. Elle souriait. Qui aurait cru que sa mère et le père d'Edwin partageraient la même passion soudaine pour les olives ?

Susan vivait dans un *cortijo* entouré de champs d'oliviers, dans les montagnes du nord de Malaga. Pendant tout le dîner elle avait parlé olives, pas avare de détails sur sa nouvelle vie, ses craintes et ses espoirs pour la prochaine récolte. Pour la première fois depuis un siècle, elle envisageait l'avenir.

L'armée de serveurs revint avec une petite boîte de chocolats pour chaque convive. Comme ils repartaient vers les cuisines, le père de Kara se leva. Kara retint son souffle. Ému, il avait les mains qui tremblaient tellement que le vin dansait dangereusement dans son verre.

— Je souhaite vous remercier, commença-t-il, tourné vers le père d'Edwin, de votre accueil et de votre hospitalité, Votre Altesse.

Il leva son verre plus haut, aussitôt imité par toute l'assemblée. Mais il n'avait pas terminé.

S'éclaircissant la gorge, il poursuivit :

— Je vous demande, à vous et à votre famille, de prendre grand soin de...

Sa voix se brisa. Quelques secondes et il reprit :

— ... De prendre soin de ma petite fille chérie.

Sa « petite fille chérie ». Bon sang ! C'était un peu *cucu* – une expression de sa mère – mais c'était nouveau ! Quel bonheur d'entendre ces mots-là dans la bouche de son père. Il ne lui avait jamais témoigné d'affection et encore moins de tendresse. Elle qui croyait qu'elle n'existait plus pour lui depuis longtemps ! Qu'il avait oublié l'époque où ils jouaient ensemble à saute-mouton, ou qu'ils enfourchaient des manches à balai, s'imaginant au Grand Prix de l'Arc de triomphe !

Elle attendit qu'il la regarde, mais non, il resta les yeux fixés sur le père d'Edwin. Il attendait une réponse. Son père, petit entrepreneur en bâtiment, défiait le souverain d'un pays petit mais puissant ! Quelle audace !

Gonflée de fierté, elle devint toute rouge et observa Son Altesse. Une ride profonde creusait son front.

Une nouvelle fois, elle retint son souffle. Le père d'Edwin n'avait rien fait durant toutes ces semaines – depuis les fiançailles – pour montrer qu'il avait changé d'opinion quant au choix d'Edwin.

Toujours assis, il étudia le père de Kara, puis sa mère, prenant son temps, en monarque habitué à faire attendre ses sujets.

Discrètement, Kara frotta ses mains moites l'une contre l'autre.

— Vous avez notre parole..., dit Edwin.

Réduisant d'un signe de tête son fils au silence, Son Altesse prit la parole,

— *J'ai...* fait un mariage de raison.

Il s'arrêta et rit. Se demandant où il voulait en venir, Kara sourit nerveusement.

— Au début, ma femme et moi avons eu du mal à cohabiter. Elle me trouvait arrogant et me disait « nous sommes égaux dans le mariage. C'est comme cela et pas autrement ». Elle insistait même, « tu dois l'accepter ». Bien entendu, elle avait raison. Peu à peu, nous sommes devenus amis… Et cette amitié s'est muée en amour. La vie est ainsi faite, elle opère parfois des miracles.

Sur ces mots, Son Altesse se leva, son verre à la main. Kara, crispée, ne perdait pas une miette de la scène.

Regardant son père toujours debout et qui attendait une réponse, Son Altesse poursuivit :

— Je vous donne ma parole que nous prendrons soin de votre fille aussi longtemps qu'elle fera partie de notre famille.

Son père fronça les sourcils. Kara rougit. Edwin bondit de sa chaise.

— Soyez assuré, Mr Duffy, que nous prendrons soin de Kara… Toujours.

Mr Duffy regarda Edwin puis son père et de nouveau Edwin.

— Merci, Edwin.

Et il se rassit.

Edwin, resté debout, leva son verre.

— À ma mère et à Michael. Vous nous manquez beaucoup mais nous vous garderons à jamais dans nos cœurs.

Kara faillit s'étrangler d'émotion. Toute la tablée s'était tournée vers lui mais aucun convive ne levait son verre. Edwin commençait à regretter d'avoir parlé, quand la mère de Kara se leva.

Catastrophe ! pensa Kara. Sa mère allait-elle se sauver parce que Edwin avait évoqué Michael ?

Elle leva son verre et attendit, très digne, que le reste des convives se lève. La tablée debout, elle dit :

— À la princesse Cristina et à Michael.

Tout le monde se rassit. Son Altesse leva de nouveau son verre et ajouta :

— À la santé de nos nombreux futurs petits-enfants.

Edwin soupira.

N'en croyant pas leurs oreilles, les parents de Kara, bouche bée, regardaient Son Altesse. Sa mère reprit la première ses esprits.

— Ah non, fit-elle à l'adresse de Kara et d'Edwin. Ne me dites pas que vous allez mettre des enfants au monde dans ces conditions !

— Bien sûr que non !

La voix de Son Altesse s'éleva.

— Et pourquoi pas ?

— Parce que je ne veux pas que ma fille se retrouve à élever un enfant seule.

Semblant tomber des nues, la princesse Maria demanda :

— Pourquoi, seule ?

— C'est également ma question, dit le souverain, tourné vers son fils.

Pour ne pas changer, Luis, le fils rebelle, s'en mêla.

— Tu es content du bazar que tu as foutu ?

— Luis, s'il te plaît, j'exige des excuses.

Edwin ne laissa pas l'échange s'envenimer.

— Il n'a jamais été dit que je devais rester marié à vie, dit-il à son père.

— Tu veux dire que…, fit la princesse Maria.

— Oui, bien sûr, dit Son Altesse. C'est un mariage de convenance. As-tu oublié qu'Edwin s'est juré de ne jamais convoler ? Comme il n'a pas changé d'avis, je lui ai forcé la main. Il faut des héritiers à ce pays, une nouvelle génération pour assurer la lignée de la famille.

Horrifiée, la princesse Maria interpella son frère.

— Tu es complètement fou !

Son Altesse se rassit avec un sourire entendu.

— Tu as vu les photos des fiançailles. Vas-tu me dire que j'ai eu tort de dire à Edwin de se marier ?

Rougissant, le père de Kara ne put s'empêcher de manifester sa contrariété.

— Vous semblez oublier que dans deux ans ils auront divorcé.

Son Altesse changea de tête. Se penchant en avant, il interpella son fils.

— Deux ans ? Tu n'es pas sérieux ! Deux ans, ce n'est rien. Comment veux-tu qu'une union...

— Père, c'est mon problème, gronda Edwin qui essayait de garder son calme mais était blême de colère. Tu n'auras pas ton mot à dire.

Sur ces mots, il se leva.

— J'ai besoin d'air.

Se levant à son tour, Kara le suivit.

— Tu ne divorceras pas, répondit Son Altesse, furieux. Il n'y a jamais eu de divorce dans la famille et cela ne va pas commencer.

6

Dans le jour qui baissait, Edwin aperçut une silhouette qui courait sur la route. Surpris, il freina. Sa moto dérapa sur le gravier et finit sa course sur le bas-côté.

Ôtant son casque, il lança une bordée de jurons. Kara courait pieds nus, ses sandales à la main. Sa robe, une soie légère, flottait autour de son corps.

— C'est pour échapper demain à ton mariage que tu cherches à te faire faucher par une moto ?

Elle s'approcha.

— Je viens avec toi.

Il remit son casque.

— Reste avec tes parents. Ils doivent avoir des tonnes de choses à voir avec toi après tout ce qui s'est dit.

Elle essaya d'enfourcher la moto mais il l'en empêcha.

— Si ! dit-elle. Je viens avec toi.

Repoussant ses mains, elle réussit à grimper.

— Je fais demi-tour ! On rentre au palais.

Et il démarra. Arrivé au palais, il gara la moto et se dirigea vers la piscine, puis vers la mer, ignorant Kara qui essayait de le suivre.

— Tu vas me suivre comme ça toute la nuit ?

— Oui, jusqu'à ce que tu me dises où tu allais.

D'accord, il se conduisait comme un imbécile, ce n'était pas digne d'un adulte. Encore moins d'un homme sur le point d'être couronné.

— Écoute, Kara. J'ai besoin qu'on me fiche la paix. C'est trop demander ?

Un doigt pointé vers le palais, elle se fâcha.

— Tu ne vas quand même pas me laisser seule avec… tout ça !

Plantant les mains sur ses hanches, elle poursuivit :

— Et d'ailleurs *si*, c'est trop demander ! Je suis *ta* fiancée et tu *devrais* vouloir être avec moi.

Elle n'en savait rien mais il ne demandait que cela, être avec elle… mais pour de mauvaises raisons. Et cette envie le rongeait.

— Que veux-tu de moi ?

Son visage se durcit. Ses yeux lançaient des éclairs. Elle soupira.

— Je tiens à notre amitié, Edwin. Il faut qu'on parle. Et inutile de faire l'autruche. Ce mariage, la succession, ce ramdam autour de nous, tout ça est en train de nous démolir et de détruire notre couple avant même qu'il n'ait vu le jour.

Agitant les mains d'un geste exaspéré, elle ajouta que Nick, au moins, avait tout envoyé balader *d'un coup*, alors que lui…

— Tu souffles le froid et le chaud, fit-elle sur un ton de reproche cinglant.

Alors qu'elle le fixait effrontément, son cœur se mit à battre très vite. Les lèvres tremblantes, elle battit des paupières.

— Je suis en train de tout ficher en l'air, dit-elle, les larmes aux yeux.

Un sanglot remonta sa gorge et lui échappa.

— Je ne tiendrai jamais deux ans si tu te conduis comme ça. J'ai besoin de ton amitié, de ton soutien. Je veux savoir ce que tu as dans la tête.

Elle s'effondra en pleurs.

— Parce que je ne te comprends pas et que je suis triste et que je me sens très seule. Je n'ai pas signé pour ça, Edwin. Et je sais que toi non plus.

Soucieux de mettre un point final à cette conversation qui le mettait mal à l'aise, il chercha une excuse. Il ne supportait plus de voir les yeux bleus de Kara délavés par les larmes, ni sa mine défaite. Il lui devait une réponse.

— Je voulais me laver la tête, dit-il. Comme tu m'as dit un

jour que tu ne monterais plus jamais à moto avec moi, je ne t'ai rien proposé.

Elle se mordit les lèvres. Il avait raison, elle le lui avait dit.

— Je ne hurlerai pas cette fois-ci.

— Alors viens.

De retour dans le garage, il chercha parmi les cuirs de Luis celui qui lui irait le mieux, et un casque.

— Et voilà des bottes, dit-il. Habille-toi, je t'attends dehors.

Quand elle sortit, harnachée des pieds à la tête, il ne put retenir un « oh ! » d'admiration.

— Quel look ! s'exclama-t-il. De la soie et du cuir...

Sans savoir pourquoi, elle piqua un fard.

— Allez, grimpe.

Ils démarrèrent. À cette heure tardive de la journée, peu de voitures circulaient. La route toute à lui, il traversa Monrosa City en trombe et attaqua sur les chapeaux de roues les épingles à cheveux de la montagne. Cramponnée à ses hanches, penchée à quarante-cinq degrés à chaque virage, Kara serrait les dents. Le vent qui fouettait Edwin de plein fouet contrebalançait la douce chaleur du corps de Kara derrière lui. Après une demi-heure d'une course effrénée, il ralentit et s'arrêta sur un belvédère. La vue s'étendait jusqu'au phare de San Gabriel qui clignotait au large.

Kara ôta son casque et secoua la tête pour laisser respirer ses cheveux.

Sa lampe torche à la main, Edwin l'emmena de l'autre côté de la montagne jusqu'à une clairière où personne ne venait jamais.

— C'est beau, dit-elle en regardant autour d'elle puis en l'air.

— Oui, ce côté de la montagne n'est pas pollué par les lumières. On dit que c'est l'endroit de l'île le plus proche du ciel. J'y venais souvent, quand j'étais petit.

Il resta quelques secondes songeur.

— Je ne suis pas sûr que venir ici la veille de notre mariage soit une bonne idée.

— Pourquoi ? Dans notre cas, on n'a pas grand-chose à perdre.

Ils se turent. Le silence s'éternisant, elle pencha la tête en arrière pour mieux le voir car il faisait sombre désormais.

— C'est ici que tu venais quand je t'ai arrêté ?

— Oui, j'aime beaucoup cette vue et, comme je te l'ai dit, j'avais besoin d'air et d'espace pour réfléchir.

Elle éclata de rire.

— Ah, je vois ! Monsieur n'a pas assez d'espace dans un palais de soixante-dix pièces ! fit-elle, moqueuse.

Comme un cheval en colère qui rue, il donna des coups de pied dans la terre sèche, comme il le faisait autrefois quand il venait là avec sa chère maman. En ce temps-là, ils s'allongeaient par terre, tout près l'un de l'autre, et elle lui fredonnait des chansons de sa terre natale, l'Aragon.

— J'aurais dû apporter quelque chose à boire.

— C'est bien ce que je dis, tu oublies que je suis là. Tu dis n'importe quoi !

Elle était en colère, cela s'entendait à sa voix.

— Que veux-tu que je te dise ? Je suis comme ça.

Exaspérée, vexée, frustrée, elle lui tourna le dos et alla s'asseoir sur un banc. La lune qui montait dans le ciel éclairait la Méditerranée d'une lumière fantomatique.

Edwin vint la rejoindre mais elle commença par l'ignorer. Après quelques minutes, elle desserra les dents.

— Je ne te demande pas de philosopher, dit-elle. Commence par de petites choses ; raconte-moi, par exemple, quand tu es venu ici pour la première fois.

— Pour la première fois ?

Il fit passer sa lampe torche dans son autre main.

— Je ne m'en souviens pas exactement. C'était il y a longtemps.

Comme si sa mauvaise humeur était contagieuse, il sentit qu'il s'énervait.

— Ma mère m'emmenait ici pour mon anniversaire. Ça te va ? On arrivait un peu avant minuit et on comptait les minutes qui me séparaient de l'heure de ma naissance. C'était un rite.

Sa gorge se serra. Il n'avait pas envie de continuer mais Kara voulait sûrement en savoir plus. Alors il se força.

— Elle me disait toujours « je veux être la première à te souhaiter *bon anniversaire* ».

Kara soupira et murmura.

— Elle devait être adorable.

— Elle était merveilleuse.

Son cœur battait, battait, battait et Kara semblait comprendre son émotion.

— Parle-moi encore d'elle.

Une image de sa mère le fit sourire. À quatre pattes sur une pelouse du palais royal, elle essayait de les attraper, lui et ses deux frères, en faisant mine d'être un ours très méchant.

— Elle jouait beaucoup avec nous et inventait sans cesse des choses à faire, des aventures nouvelles. Un été, nous avons construit une île de pirates sur la plage privée du palais, avec une tour de garde que nous avions montée en empilant des tonneaux chipés dans les chais. Elle imaginait toutes sortes de stratagèmes pour échapper à la presse qui nous guettait sans cesse… Des trucs qu'elle avait dû voir dans des films d'espionnage.

Kara se tourna vers lui.

— Tu avais besoin de penser à ta mère, ce soir, lui dit-elle d'une voix radoucie.

Il haussa les épaules.

— Je regrette qu'elle ne soit pas là demain, dit-elle.

— Moi aussi.

— J'imagine qu'elle n'aurait pas trop aimé que ton père te force à te marier.

Sa remarque le fit rire.

— Elle aurait été folle de rage mais je suis sûr que tu lui aurais beaucoup plu.

Elle fit une moue dubitative.

— Moi, je pense qu'elle aurait préféré peut-être pas une princesse mais une femme au fait des us et coutumes des familles royales. Une femme comme il faut, au courant du protocole, à l'aise avec ça et qui ne rue pas dans les brancards, ce qui devient ma spécialité.

Elle soupira.

— Victor me fait la guerre, en ce moment. Il veut que je laisse tomber la tournée que j'ai prévue en Europe pour lever des fonds pour JAE. Il estime que je dois m'investir davantage dans les grands événements qui ont lieu à Monrosa. Quant au chambellan, il me met des bâtons dans les roues dans l'espoir de faire capoter mon projet d'ouvrir des ailes du palais au public. Et je n'ai encore rien dit de ce que j'aimerais lancer au palais : un programme d'insertion pour les inadaptés scolaires. Je veux dire un soutien pour les jeunes qui ne sont pas faits pour les études, qui ont décroché, et qu'il faut aider à se faire une place dans la vie active.

Amusé par son enthousiasme, il lui donna un coup d'épaule.

— Je sens qu'il va falloir secouer les vieilles badernes attachées au palais... depuis trop longtemps.

Elle le regarda, l'air soupçonneux.

— Ah non, non, non. Je ne servirai pas de bouc émissaire.

Elle était excitante quand elle s'emballait comme ça, avec sa veste en cuir et sa fermeture Éclair descendue jusqu'au creux de ses seins. Elle ne s'en rendait pas compte mais elle était provocante.

Très excité, il lui toucha le bras. Puis l'attira doucement à lui. Le cuir de sa veste était souple. Cuir souple, lèvres souples, peau souple.

Le silence, la pénombre... On aurait dit que tout se liguait pour le faire plonger.

Il la serra un peu plus. Et plus près encore.

Ses cheveux lui chatouillèrent la main. Son parfum, jasmin rehaussé d'une pointe de quelque chose de plus terrien, supplanta l'odeur de la forêt environnante. Son épaule, qu'elle blottissait sous son bras, la douceur de son corps contre son torse où battait un cœur que sa proximité rendait fou... Comment résister ?

Il lui prit le menton et releva son visage jusqu'à ce que leurs regards se noient l'un dans l'autre. Il inspira profondément et, voyant le feu qui couvait dans ses yeux, ses lèvres entrouvertes, en soupirant, il se pencha sur sa bouche. Il voulait la prendre. Il le fallait. Il en avait besoin.

Leurs lèvres se frôlèrent, s'effleurèrent, se happèrent. Il voulut résister, recula. Une, deux, trois... cinq secondes, pas une de plus. Il reprit sa bouche, la goûta, mordit ses lèvres, les dévora.

Emporté par la fièvre qui le brûlait, il approfondit son baiser, fouillant sa bouche avec un appétit qu'il ne se connaissait pas.

Elle avait posé la main sur sa nuque et l'empêchait de reculer. Elle commença à onduler contre lui et, brusquement, s'arrêta. Paniqué, il s'écarta. Il s'était trompé, il avait tout faux. Elle voulait se dégager pour s'en aller et non l'inverse.

Mais, de nouveau, elle l'attirait à lui.

Sans savoir comment, elle se retrouva assise sur ses cuisses, ce qui les fit rire tous les deux, bouche contre bouche. S'enhardissant, il la prit par la taille et la serra contre lui, contre son ventre. Mais il voulait plus, beaucoup plus. Ses reins criaient leur désir, leur douleur. Elle le sentait. Il était dur contre elle. Elle plongea les mains dans ses cheveux, tira son visage en arrière. À deux mains, nerveusement, il tripota sa fermeture Éclair et l'ouvrit, découvrant la chair de sa poitrine qu'il caressa du bout du pouce. Elle avait la peau plus douce qu'un pétale de rose, et lisse comme du satin.

Il marmonna quelque chose. Elle ne le comprit pas et s'agita sur ses cuisses.

Il voulait ouvrir sa robe, écarter le tissu et voir le soutien-gorge qu'il sentait sous la soie. Il voulait qu'elle se tourne complètement et enroule les jambes autour de ses hanches.

La tête bourdonnant d'idées folles, il se dégagea. Mais elle protesta, le ramena à elle et, pour s'assurer qu'il ne lui échappe plus, passa les bras autour de son cou.

Lui échapper ? Mais il ne pensait qu'à être là, près d'elle. Il voulait se perdre en elle, suffoquer de plaisir et l'entendre crier son plaisir.

Non ! Il fallait qu'il arrête mais son cœur tapait, tapait, tapait et le sang dans ses reins aussi. La raison lui disait d'arrêter avant que leur mariage, une aventure sans queue ni tête, ne se mue en un chaos de sentiments.

Empoignant ses bras, il les ôta de son cou puis lâcha sa bouche.

Déstabilisée, ne comprenant pas, elle le regarda, se leva et s'effondra sur le banc. Serrant sa robe entre ses jambes, elle remonta sa fermeture Éclair.

— J'espère qu'il n'y a pas de photographes avec des appareils de vision de nuit cachés dans les fourrés !

Soulagé qu'elle prenne à la légère ce qu'il venait de faire, il rit.

— Je ne sais pas pourquoi on s'embrasse comme ça ! dit-elle. C'est déroutant, tu ne trouves pas ?

Son rire mourut sur ses lèvres. Il n'y avait guère d'explications sinon que ce baiser trahissait un désir partagé.

— Nous sommes tous les deux en forme physiquement et ça fait un bail que ni toi ni moi n'avons eu de petit ami.

Elle opina.

— Et l'incongruité de notre situation nous pousse sans doute, inconsciemment, à nous sentir attirés l'un par l'autre et à nous plaire.

Elle s'arrêta et haussa les épaules.

— Oui… Enfin… non… Je dis des bêtises. Je sais que je ne te plais pas et…

Il l'interrompit.

— Reconnais qu'il se passe quelque chose entre nous.

Elle ne répondit pas.

— Tout ça est très beau, reprit-il, mais que fait-on maintenant de cette attirance ?

Elle fit la moue.

— Moi pas savoir ! plaisanta-t-elle. Peut-être ne pas y accorder trop d'importance. Ce qui est important, c'est de préserver notre amitié, tu n'es pas d'accord ?

Il inspira une grande bouffée d'air. Le thermomètre avait dû baisser de quelques degrés, il faisait très bon. Du talon d'une de ses boots, il creusait une ornière dans la terre desséchée par le soleil.

— Avant Nick, tu t'imaginais te mariant ?

Elle ne le lui fit pas remarquer mais, décidément, il avait l'art des coq-à-l'âne.

— Ce qui s'est passé entre mes parents…

Elle se frotta le bout du nez, l'air concentré.

— … m'a refroidie. Nick là-dessus, et le mariage n'a plus été une option pour moi. Je crois que je ne ferai jamais assez confiance à un homme pour m'engager pour la vie avec lui. J'attendrais tout le temps le moment où il me manipulerait, me ferait souffrir. C'est trop moche, non ? En tout cas, ça ne m'intéresse pas.

Elle se tut et l'observa.

— Tu sais quoi ? Je crois que tu ne m'as jamais dit pourquoi, toi, le mariage ne t'intéresse pas.

Du plat de sa semelle, il boucha le sillon qu'il avait creusé dans la terre.

— Je crois que ma propre compagnie me suffit. Et je m'imagine mal en mari. De toute manière, je ne suis pas dans ce trip-là. Je préfère, et de loin, m'investir dans mon travail.

Il se leva et lui tendit la main.

— Il vaut mieux que je te ramène.

Elle regarda sa main puis le fixa.

— Il y a des gens qui aiment vivre seuls. Moi, je crois qu'on est bien, seul, quand on sait que ce n'est pas pour de bon, quand on sait que quelqu'un nous attend.

Elle se leva elle aussi.

— Tiens, j'entends la mer.

— Ah ! moi aussi. C'est drôle, c'est la première fois. Je suis pourtant venu souvent dans cette clairière avec ma mère.

Elle lui sourit.

— Merci de m'avoir amenée ici. J'ai aimé que tu me parles de ta mère. J'ai l'impression de mieux te connaître.

Parler de sa mère trop tôt disparue lui avait fait d'autant plus chaud au cœur que, visiblement touchée par les aventures du petit garçon qu'il avait été, Kara l'avait écouté avec attention, les yeux brillants d'émotion, un peu comme si son passé la concernait.

— C'est tant mieux.

Brusquement, son visage s'assombrit ; le bonheur tout simple des confidences céda la place à une sorte de gêne. Que regrettait-il ? Que les sujets trop personnels qu'il venait d'évoquer les rapprochent et que, le jour de la séparation venu, ils soient malheureux tous les deux ?

Il hocha la tête. Demain, son sort serait scellé.

7

Monica, la fleuriste attachée au palais, passait de table en table pour mettre une dernière main à ses arrangements floraux quand elle aperçut Edwin qui lui fit aussitôt signe.

— Continuez ce que vous faites, Monica.

On avait ouvert les baies vitrées donnant sur la terrasse pour laisser pénétrer la chaleur extérieure.

Au loin, des voiliers fendaient l'écume des vagues soulevées par un assez fort vent du sud.

Dans deux heures, il serait marié. Il serait un époux.

Le dos tourné au dôme doré de la cathédrale, il fit des yeux le tour du salon où aurait lieu la réception. Des lustres à pampilles de cristal éclairaient les tables sur lesquelles le couvert avait été dressé. Assiettes aux armes de la famille princière bordées d'un liseré or, couverts en argent massif, cristallerie de Baccarat, le décorum était à son paroxysme.

Ricardo déboula dans la pièce et, apercevant Edwin, marqua un temps d'arrêt.

— Tout va bien, Votre Altesse ?

— Tout va bien. Je tenais à m'assurer que tout était en ordre pour le dîner.

Depuis son réveil, il se sentait patraque. Irritable et nerveux et la gorge nouée. Allait-il tenir le coup ?

La veille au soir, sous les étoiles, en se racontant puis en embrassant Kara, il était monté au septième ciel. Sans petite amie depuis bientôt deux ans, pas étonnant que la fougue de Kara l'ait embrasé.

La journée allait être longue. Mieux valait ne pas trop y penser. C'était pour cela qu'il était là, en train de superviser le moindre détail comme un majordome, histoire de détourner ses pensées de ce qui l'attendait.

Kara avait quitté leurs appartements tôt, comme convenu, pour se préparer chez ses parents pour la cérémonie. Levé beaucoup trop tôt et prêt depuis longtemps, il avait été incapable d'avaler le moindre toast. Pour tromper son anxiété, il avait arpenté sa chambre. Il n'allait quand même pas travailler le jour de son mariage !

Ricardo se racla la gorge.

— Rien à redire, Votre Altesse ?

Des feuilles d'eucalyptus décoraient les sept étages de leur gâteau de mariage. Tout en haut, deux petits personnages en bois, sous une tonnelle de feuilles entrelacées, se donnaient la main. C'était romantique à souhait.

Il se tourna vers Ricardo.

— Tout est parfait.

Soulagé, Ricardo sourit.

— Nous voulons être sûrs que le jour de votre mariage, Miss Duffy et vous serez satisfaits. Nous sommes tous tellement heureux pour vous. Miss Duffy nous a beaucoup aidés pour les préparatifs ; ce sera un plaisir de travailler avec elle à l'avenir.

Derrière Ricardo, Luis apparut, ricanant comme toujours.

— Comparé à notre père, ce sera un rêve. Ha ha !

Se gardant de commenter, Ricardo quitta le salon.

— Tu pourrais garder ce genre de réflexion pour toi, répondit Edwin.

Luis haussa nonchalamment les épaules.

— On te cherche partout. Il est temps.

Ivo et leur père attendaient Edwin et Luis sur les marches du jardin. Ivo, comme son frère, portait l'uniforme bleu marine des officiers de la marine monrosienne. Leur père arborait fièrement le long manteau rouge du commandant en chef des armées, fermée par de riches brandebourgs en fil d'or, la poitrine bardée de médailles, insignes et autres décorations.

Sans préambule, chacun prit la place qui lui était assignée. Edwin au centre, près de son père, Ivo à sa droite, Luis à la gauche de son père.

Devant l'appartement des Duffy, des carrosses attelés attendaient Kara et son entourage. Reconnaissant du sacrifice auquel elle consentait, Edwin ferma les yeux. Combien d'amies auraient accepté pareil bouleversement dans leur vie ? Il fallait que cette union fonctionne.

Sur ordre de leur commandant, douze soldats en uniforme kaki ouvrirent la marche vers les grilles du palais. Leurs pas cadencés résonnèrent bientôt sur les pavés des rues de la cité. La foule massée devant les grilles et le long du parcours applaudit à leur passage, agitant les drapeaux pourpre et or de la principauté.

Edwin serra les poings. Il gardait un goût amer de la dernière fois où il avait défilé, comme aujourd'hui, vers la cathédrale. Leur père leur avait imposé de suivre le cercueil de leur mère. Pourquoi avait-il jugé du devoir de trois enfants désormais orphelins de leur maman chérie d'exposer leur chagrin aux yeux de tous ? Pour laisser à ses sujets l'occasion d'exprimer leur peine au passage du cortège funèbre de la princesse Cristina ?

Le matin des obsèques, Edwin avait pris Ivo dans ses bras et lui avait promis « tu ne seras pas obligé de défiler ». Mais malgré une discussion volcanique, son père n'avait pas cédé. Et Ivo avait dû les accompagner. De ce jour-là, Ivo avait sombré dans son monde peuplé de pensées impénétrables.

Pour sa part, Edwin, aussi contrarié qu'abasourdi, avait pris conscience qu'il ne survivrait qu'en prenant ses distances. En se blindant. Son père lui demandait régulièrement, et toujours avec le même courroux, pourquoi Luis et lui avaient refusé d'accompagner leur mère, ce jour-là, quand elle était partie avec Ivo pour une randonnée à cheval – parce que Ivo avait insisté. Ils savaient pourtant qu'elle s'était plainte de vertiges, ce matin-là !

Eh bien, dorénavant, Edwin *laisserait glisser* les questions sur lui. C'était le moyen qu'il avait trouvé pour survivre.

Ils étaient maintenant Plaza Nueva. Le tonnerre d'applaudissements avait effrayé une nuée de pigeons, qui s'étaient envolés avec un bel ensemble de leur poste d'observation.

Sa mère aurait adoré ce faste. Elle aurait défilé fièrement au côté de son mari et de ses trois fils, heureuse de montrer au monde entier le bonheur d'avoir réussi une famille apparemment unie.

Mensonge éhonté !

Le cortège tourna en direction du port. Poussées par un puissant vent de mer, les vagues venaient se fracasser contre les quais. Des gens penchés à leurs fenêtres filmaient la procession sur leurs téléphones portables. Une jeune fille interpella Luis et lui clama son amour. Le patriarche soupira bruyamment pour exprimer son mécontentement.

Le cardinal de Monrosa les attendait au bas des marches de la cathédrale ; à l'intérieur les invités, déjà installés, bavardaient à voix basse. Agressé par l'odeur d'encens, Edwin fit la grimace. Il s'apprêtait à suivre le cardinal quand son père, lui posant la main sur l'épaule, l'encouragea.

— Il ne tient qu'à toi que ça marche, lui dit-il.

Edwin se mordit la joue pour ne pas éclater de rire. Son père espérait-il sérieusement que ce mariage forcé, qui déjà battait de l'aile, marche uniquement pour satisfaire son désir égoïste d'assurer un héritier à la couronne ?

Edwin le laissa, remonta la nef en souriant à la famille, aux amis, aux collègues. Combien de fois Kara allait-elle devoir mentir à tous ces gens à cause de lui ?

Il prit le siège qui l'attendait au pied de l'autel. Il respirait mal. Le cercueil de sa mère avait été posé à quelques mètres de l'endroit où il était actuellement assis. Il avait refusé de le regarder. À la place, il avait compté les fleurs sur les vitraux derrière l'autel. Mais l'inconcevable, l'impossible réalité le ramenait constamment quatre jours plus tôt. Luis et lui étaient supposés accompagner Ivo et leur mère dans leur promenade à cheval mais, prétextant une revanche à prendre au tennis, ils avaient refusé de les suivre.

Il avait vaguement fait un petit signe de la main à sa mère pour lui dire au revoir. Il n'avait – évidemment – pas répondu quand elle leur avait demandé d'être gentils l'un envers l'autre. Quelque temps plus tard, le cheval qu'elle montait s'était cabré et l'avait éjectée. La blessure à la tête avait été fatale.

Ivo, seul avec elle sur le sentier où ils trottaient, avait sonné l'alarme avec son portable et suivi les instructions des secours en attendant qu'ils arrivent. Dix ans, seul, sa mère inerte, avec la responsabilité de tenter de la sauver...

Sa disparition les avait tous détruits.

Le temps tirait en longueur. Le souverain s'impatientait. Kara était en retard. Les mains sur les genoux, Edwin commençait à se poser des questions. En principe, elle aurait déjà dû remonter la nef... Et si elle avait changé d'avis ?

Manquant d'air, le cœur battant, il tenta de se calmer. Une seule personne depuis le décès de sa mère l'avait ému, Kara. Sa façon de penser, de se comporter, de l'accepter, et son énergie lui avaient ôté un poids.

Mais bon sang, où était-elle ?

Une peur aveugle le paralysa soudain. Et s'il avait tout fichu en l'air ? Et s'il avait détruit leur amitié pour cette farce ?

Droite comme un i au fond de l'église, Kara attendait que Triona et Siza arrangent sa traîne mais, les jambes en coton, elle tenait à peine debout.

Une idée la traversa. Une idée folle. Et si elle disait non, là, comme ça, devant tout le monde ? Et si elle expliquait qu'elle n'était pas la réponse à la nouvelle ère d'optimisme annoncée par les médias ? Et si elle leur disait qu'il n'y aurait pas d'héritier ?

Et si elle leur faisait croire que d'une grande amitié était née une merveilleuse histoire d'amour ? Non, ça, elle ne le dirait pas. Pas un mensonge de plus ne sortirait de sa bouche.

— Tu es prête ?

Elle fit oui à son père qui s'impatientait lui aussi.

Dans un silence quasi mystique, l'organiste entama la très solennelle Marche nuptiale de Wagner comme il était d'usage à l'entrée des futurs époux dans l'église, réservant celle de

Mendelssohn, plus joyeuse, pour leur sortie. Les vitraux de la cathédrale vibrèrent. Edwin se tétanisa. Le cardinal et les enfants de chœur concentraient leur attention sur le porche dont on avait ouvert en grand les deux imposants battants en chêne.

Flanquée de sa mère et de son père et suivie des enfants d'honneur qui portaient sa traîne, Kara fit son entrée. Majestueuse dans un fourreau ivoire, sublime, elle avança dans la nef, adressant, à travers son voile de dentelle, des sourires à droite et à gauche mais sans jamais regarder Edwin. Debout au pied des marches de l'autel, il bouillait. Incapable de résister il se retourna pour la voir. Elle était divine. Mais pourquoi ne le regardait-elle pas ? Elle avançait désormais tête baissée comme si elle comptait les carreaux de mosaïque bleus et blancs de la travée.

Pitié, Kara, regarde-moi.

À quelques pas de lui, elle releva enfin la tête. Elle avait l'air bouleversé. Il essaya de respirer calmement mais la panique le gagnait. Il entendait son propre cœur battre. C'était l'enfer à l'église.

Enfin, elle lui décocha un semblant de sourire. Il reprit espoir.

Elle était là.

Essayant de paraître digne du rang de princesse, elle avançait, sens dessus dessous. Tourné vers elle, tendu mais solennel, Edwin soutenait son regard.

Il était allé chez le coiffeur. Son uniforme militaire, noir rehaussé de médailles, seyait à son personnage. Avec son regard droit, son air sérieux et ses joues creuses qui faisaient ressortir ses pommettes hautes et ses mâchoires volontaires, il était tout simplement beau.

Curieusement, les parents de Kara vinrent lui serrer la main… comme pour l'encourager. Du coin de l'œil, elle nota les sourires en coin des invités à la vue de ses parents qui remontaient la nef avec elle, donnant l'illusion d'une famille unie. Unie. Elle l'était effectivement… pour désapprouver ce mariage. C'était la première fois en dix ans qu'ils trouvaient un terrain d'entente ! L'orgue se tut et un silence de mort plana dans la cathédrale.

Cette fois, elle y était. Elle allait épouser cet homme. Son meilleur ami, son sauveur, le garçon avec lequel elle avait depuis toujours une relation simple. Elle allait l'épouser et se débattre dans une relation compliquée.

Edwin continuait de la fixer.

Faute de savoir comment réagir à son regard dévorant, elle sourit timidement.

— Me voilà, dit-elle tout bas.

Pas de réponse.

Le cardinal leur fit signe d'approcher de l'autel mais au lieu d'avancer, Edwin se pencha vers elle.

— Tu es là.

Il prit sa main et avança avec elle vers l'autel. Comme la veille, ses jambes ne la portaient plus mais les raisons de cette défaillance n'étaient pas les mêmes. La veille, elle avait peur. À cet instant, la douceur de leurs doigts entrelacés lui rappelait ses caresses sur ses seins, sa bouche, sur ses lèvres et l'excitation qui l'avait submergée quand il l'avait embrassée.

Vite, elle chassa ces pensées. Ce n'était ni l'endroit ni le moment : le cardinal officiait devant elle et, les yeux braqués sur leurs télévisions, des millions de spectateurs suivaient l'événement en direct.

Surtout, Edwin était un ami. Pas un amant. Elle ne devait pas oublier qu'elle n'était que l'actrice d'une pièce de théâtre, qu'elle devrait tenir son rôle pendant deux ans et serait récompensée – indemnisée – pour sa performance par un virement à sa fondation JAE.

Brusquement envahie par un sentiment de grande solitude, elle retint les larmes qui perlaient derrière son voile. Qu'aurait pensé Michael de ce simulacre d'amour ? Peut-être aurait-il compris sa décision puisqu'elle n'avait accepté que pour une cause juste.

Au moment d'échanger les vœux – chacun d'eux avait écrit son texte –, elle releva son voile et se figea. Mentir publiquement, débiter des promesses dont elle savait qu'elle ne les tiendrait pas, lui parut subitement un obstacle infranchissable.

Ce fut Edwin qui commença.

— Je promets de te garder mon amitié, ma fidélité…

Son regard possédé la bouleversa tellement qu'elle sentit qu'elle allait flancher. Comment rester indifférente à ses accents de sincérité ?

— Ma loyauté. Quelles que soient les difficultés que nous rencontrerons, je les surmonterai avec toi.

Sa voix chaude et émue lui donna la chair de poule. Elle serra sa main très fort et se lança.

— Comme toi, je promets de t'être fidèle, loyale et de te garder mon amitié.

Elle continua par des paroles d'espoir en un avenir serein.

L'officiant les invita à s'embrasser.

Edwin se tourna vers elle et, avançant doucement la main, caressa sa joue. Ses doigts sur son visage… Elle se sentit fondre. Elle se ressaisit. Elle ne devait pas confondre cette parodie de sentiments avec la réalité.

Mais pourquoi la regardait-il avec cette insistance ? Comme si elle était *vraiment* l'amour de sa vie ? Il surjouait, personne ne lui en demandait autant car personne ne soupçonnait qu'il s'agissait là d'un mariage de convenance.

Les participants s'impatientèrent. Des pieds de chaises grincèrent sur le sol de pierre. Edwin la regardait toujours. Agacé, le souverain grommela quelques mots inaudibles.

Kara releva la tête. C'était une torture qu'Edwin lui infligeait. Ce n'était pas juste. Il lui brisait le cœur.

Dans l'attente, et malgré l'absurdité de la situation, elle se surprit à espérer que rien ne change. Qu'Edwin n'arrête jamais de la regarder avec ces yeux-là, de la caresser avec ces doigts-là… Soudain le passé, l'avenir ne comptèrent plus. Seul le présent – sa main sur sa joue – et le bonheur que ce contact lui procurait avaient une existence.

Petit à petit, insensiblement, il approcha son visage du sien et l'embrassa.

Un baiser tendre et aimant.

Elle posa la main sur son cœur et se tendit vers lui. Mais il la repoussa.

Elle faillit crier, lui hurler qu'elle le désirait.

Souriant toujours il se redressait quand il vit, sur sa joue, glisser une larme furtive.

8

[illegible]

— Ne [illegible]

[illegible]

[illegible]

8

Edwin et Kara franchirent les lourdes portes de la cathédrale et s'arrêtèrent devant le porche, en haut des marches. Les invités qui les avaient précédés dehors et les badauds attirés par les cloches qui s'en donnaient à cœur joie applaudissaient en criant :

— Bravo, bravo !

Une rafale fit voler le voile de Kara qu'Edwin rattrapa. Il en profita pour remettre en place une mèche de ses cheveux. Leurs doigts se touchèrent et elle trembla.

Non, Kara, non ! Mariage blanc, rappelle-toi.

Elle n'allait pas pleurer encore. Il fallait qu'elle se rappelle que tout ce falbala n'était qu'illusion. Qu'elle ne devait pas se laisser abuser mais faire la part de ce qui était vrai et de ce qui ne l'était pas car, si elle n'y prenait garde, le jour où le dernier acte de cette pièce serait joué et qu'elle partirait, elle se sentirait vide et risquait de craquer. Aujourd'hui, comme pendant les deux années qui venaient, il faudrait qu'elle reste lucide, il y allait de son équilibre.

— Un baiser, un baiser !

Devant l'insistance de la foule, Edwin se pencha vers elle et prit ses lèvres.

Mon Dieu ! Comme il embrassait bien !

Il redressa la tête et lui prit la main pour descendre les marches. Un carrosse les attendait. On les aida à s'installer et le cortège s'ébranla.

— Tu es magnifique, lui dit-il, penché à son oreille. Et ce que tu fais est parfait. Le plus dur est derrière toi, essaie de te détendre maintenant et, comme on dit, « profite ».

Comment pouvait-elle se détendre et « profiter » quand le monde entier avait les yeux braqués sur elle et qu'elle vibrait encore de la magie de son baiser ?

— On dirait une évaluation de résultats, ricana-t-elle.

— C'est pour te donner la prime que tu mérites.

Elle soupira. Elle ne goûtait pas son humour.

Salué par les hourras de la foule en liesse, le carrosse arriva au palais. Salutations, félicitations, embrassades, photos, champagne, Edwin et Kara, main dans la main, passaient de groupe en groupe.

À l'heure dite, le maître de cérémonie donna l'ordre de passer à table. Les mets les plus raffinés, servis à l'assiette par une nuée de garçons aussi discrets qu'agiles, régalèrent les invités. Au dessert, un chanteur bondit sur l'estrade et entama les morceaux que Kara adorait, lui arrachant des larmes de bonheur qu'Edwin s'empressa de sécher du bout du pouce. Et il se leva.

— Je vous remercie tous d'être là, commença-t-il.

Il poursuivit avec ses projets pour Monrosa, insistant sur la mission que lui léguait son père, qui approuva d'un hochement de tête.

Brusquement, il plia la feuille de papier qu'il lisait, l'agita une seconde en l'air et enchaîna :

— Je vais dévier du discours que j'avais préparé.

Proches et invités éclatèrent de rire. Il se tourna vers Kara.

— Tout à l'heure, dans la cathédrale, en attendant ton arrivée, j'ai commencé à paniquer. Je me suis dit que tu avais peut-être changé d'avis et que tu n'allais pas venir.

Elle hocha la tête. Elle était arrivée en retard à cause d'un chien qui avait effrayé un des chevaux.

Il haussa les épaules.

— C'est quand on a imaginé le pire qu'on apprécie le mieux ce que l'on a. Tu es ma meilleure amie, Kara. Ta fidélité, ton intelligence m'émerveillent. Ton humour m'épate. Je sais que nous allons former une équipe de choc !

Applaudissements nourris. Il plongea son regard doré et tendre dans le sien.

— Je te remercie d'avoir accepté d'être ma femme.

Tourné vers ses invités, il leva sa coupe.

— Levons nos verres au bonheur de mon incroyable femme, Kara, princesse de Monrosa.

Elle sourit, sourit beaucoup, les joues roses de confusion, mais aussi déçue, frustrée, triste.

Amitié... équipe, c'étaient les mots justes pour décrire leur relation. Quelqu'un avait-il noté qu'il n'avait jamais prononcé le mot amour ?

Il n'y avait plus personne sur la piste de danse. Plus personne devant le buffet. Les derniers invités, les plus irréductibles avaient quitté les salons du palais. Edwin et Kara montèrent se changer et redescendirent.

— Viens, dit-il en lui tendant la main. Si ça te dit, allons jusqu'à la marina. Le vent de la mer nous fera du bien après le stress de cette journée.

Sans qu'elle s'en aperçoive, le personnel du palais avait allumé des bougies tout le long du chemin qui descendait vers le ponton. C'était magique, irréel.

— C'est trop beau, dit-elle, serrant sa main plus fort.

— Ne t'arrête pas. Viens.

Ils continuèrent et, brusquement, apercevant le yacht royal, elle lâcha la main d'Edwin. L'équipage était aligné sur le ponton, en uniforme, prêt à les accueillir à bord.

— Ne me dis pas que c'est pour nous !

— Je t'avais promis un très beau voyage de noces, non ?

— Mais... tu m'avais dit que tu serais trop occupé.

— J'ai changé d'avis.

Elle regarda autour d'elle, sourit timidement et lui murmura à l'oreille :

— Tu sais que je suis malade en bateau.

Il pointa la main vers son trente-trois mètres.

— Je défie quiconque d'être malade sur le *Mistral*. C'est un yacht de croisière, pas un catamaran de compétition. Crois-moi, tu seras très bien et puis ce n'est que pour trois jours.

Elle pâlit.

— Trois jours !

Elle avança au bord du ponton.

— Mon Dieu, ces vagues ! Elles sont énormes. On n'aurait pas pu rester passer quelques jours dans un hôtel, tout simplement ? Au bord de la Méditerranée, si tu y tenais absolument. Au lieu de partir au diable... Je ne sais pas où, d'ailleurs.

Il aurait préféré que la mer soit moins agitée mais n'était pas inquiet. Le *Mistral* était très stable. Il ne tanguait pas, ne roulait pas.

— Tu ne sentiras pas qu'il bouge.

Il se pencha plus près.

— Après le stress des semaines passées, tu as besoin de décompresser. Je te jure que tu apprécieras de ne plus être en permanence sous les yeux des médias et du personnel du palais.

Il chercha son regard. Il sentait son cœur gonflé de tendresse pour elle, d'affection, peut-être même d'am...

La gorge de plus en plus nouée, il reprit :

— Ça va être l'occasion de redevenir les amis d'avant.

Ils allaient monter à bord quand ils entendirent appeler. Ivo, Luis et le souverain arrivaient, flanqués des parents de Kara.

— Nous venons vous souhaiter...

Le souverain s'arrêta.

— ... bonne mer ! dit-il.

Le *Mistral* largua les amarres et glissa tranquillement hors de la marina. Accoudée au bastingage, Kara regardait le palais s'éloigner quand une explosion la fit sursauter. Elle se jeta sur Edwin qui éclata de rire.

— C'est un feu d'artifice ! En notre honneur !

— Tu aurais pu me prévenir.

Le *Mistral* voguait maintenant hors de la protection de la

jetée et commençait à les secouer. Le voilier piquait du nez et Kara avait peur.

Agrippée au bastingage, elle donna un coup de coude à Edwin.

— Comment as-tu pu imaginer que des vacances sur un bateau me feraient plaisir ?

Terrifiée à l'idée de passer la nuit à vomir, elle continua :

— Je pensais que tu me connaissais mieux que ça !

Surpris par son mouvement d'humeur, il la regarda. Pourquoi était-elle en colère ?

— Tu as peur, c'est ça ? Fais-moi confiance.

Il partit à l'arrière du bateau. Les immeubles et l'éclairage des rues diminuaient peu à peu.

Restée seule à l'avant, elle réfléchit. Au lieu de lui adresser des reproches, elle aurait mieux fait de le remercier. Elle était nulle !

Lâchant le bastingage, elle alla le rejoindre.

— Quand as-tu organisé tout ça ? lui demanda-t-elle, rabattant le revers de sa veste que le vent avait soulevé.

La doublure en soie du revers était très douce.

— Et mon ensemble ? Qui l'a choisi ? Et ces chaussures ? La princesse Maria ?

Le regard fixé sur l'eau, il répondit du bout des lèvres.

— Moi. Pourquoi ? Ça ne te plaît pas non plus ? L'ensemble est de la couleur de tes yeux, c'est pour ça. Quant aux chaussures, il m'a semblé qu'elles seraient pratiques sur le bateau.

C'était lui ? Vraiment ? Honteuse, elle rougit. C'était adorable. Mais pourquoi avait-il tout acheté lui-même ? Pour se la mettre dans la poche ?

Elle hocha la tête. Son expérience avec Nick l'avait rendue cynique, amère. Elle voyait le mal partout, ne faisait plus confiance à personne, surtout pas aux hommes.

Elle observa Edwin. Il fixait l'horizon. Pour quoi faire puisque tout était noir ?

Le voilier ralentit puis s'arrêta. Elle entendit un *splash*. L'ancre qu'un marin jetait, sans doute.

— On débarque ici, dit-il.

Déjà ? Mais la terre ferme était au diable. Il y avait juste une petite lumière sur l'eau, qui semblait approcher. Elle suivit Edwin sur la plate-forme arrière. La lumière était celle d'une embarcation dans laquelle Domenico et Lucas avaient pris place. Ils venaient d'aborder le *Mistral* et un marin accrochait déjà un boute au bastingage. Edwin sauta dans le petit bateau et tendit la main à Kara.

— Non, non, non, je ne vais pas dans ce canot pneumatique.

— Tu veux dire dans ce Zodiac ! Les commandos de marine du monde entier les utilisent ! Tu peux lui faire confiance pour nous amener sains et saufs à Monrosa. Je t'ai connue plus vaillante !

Quoi ? Ils retournaient à Monrosa ? Formidable ! C'était LA bonne nouvelle de la journée ! Mais pourquoi lui avait-il fait croire qu'ils partaient loin ? Quel jeu diabolique jouait-il avec elle ?

La peur au ventre, elle se souvint encore une fois de Nick. Un jour, il lui avait dit qu'il l'emmenait à Paris mais ils s'étaient disputés et il avait annulé. En fait, elle l'avait appris après leur séparation, il n'avait jamais acheté les billets !

— Allez, donne ta main et fais-moi confiance.

Elle regarda sa main, écouta les coques qui s'entrechoquaient.

— Kara ?

La voix était sourde. Il semblait déconcerté.

Elle ne pouvait pas lui faire cela. Edwin était son ami, elle devait lui faire confiance. Mais des semelles de plomb la clouaient sur la plate-forme car il n'était plus son ami, dorénavant il était son mari. La différence était énorme.

— Kara ?

Il fallait qu'elle y aille. Elle n'avait qu'à penser à son objectif – regonfler les finances de JAE.

Résignée, elle saisit la main qu'il lui tendait et atterrit contre son torse. Déséquilibrée, elle s'accrocha à lui. Il était chaud et la serrait tellement fort qu'elle sentait son cœur battre sous sa chemise. Instinctivement, elle se plaqua contre lui, hanches contre hanches, décuplant le désir qui le tourmentait.

— Tu vois, c'était facile !

La tête penchée sur le côté, il scruta son visage.

Troublée de le sentir contre elle, elle s'écarta de lui, l'air faussement dégagé.

— Où dois-je m'asseoir ?

Il lui montra une place à l'avant, prit le volant et s'éloigna du *Mistral* si lentement qu'elle s'interrogea sur ses talents de navigateur.

— Tu es sûr que tu sais manœuvrer ?

— Ça faisait partie de mon entraînement.

Ah, ah ! C'était bien ça ! Elle avait vu juste.

— Tu parles de quel entraînement ? Dans les Forces spéciales ?

Il ne répondit pas et accéléra. En un rien de temps, ils accostaient dans une crique où deux SUV attendaient. L'un pour eux, le second pour Domenico et Lucas. Par une route en lacet ils rejoignirent un grand axe mais, au lieu de tourner vers Monrosa City, Edwin prit à gauche.

— On ne va pas au palais ?

— Je t'ai dit que nous partions en voyage de noces, non ? Désolé, tu vas devoir me supporter pendant trois jours entiers. Mais rassure-toi, je vais faire en sorte que ce ne soit pas trop douloureux.

Après trois quarts d'heure d'une route en épingles à cheveux, Edwin passa les grilles d'une propriété, et se gara bientôt.

— Ce chalet appartient à ma famille, dit-il.

C'était donc là qu'ils allaient passer leur lune de miel ! Elle avait beau adorer la montagne, marcher sous les sapins, humer l'odeur des sous-bois, la seule pensée d'avoir à se soumettre au protocole lui donnait envie de fuir.

Comme elle aurait aimé être libre, pouvoir être elle-même, tout simplement, au lieu de jouer les amoureuses transies à cause du personnel.

Il coupa le moteur. Elle se retourna.

— On a semé tes gardes du corps, dit-elle.

— Pas du tout. C'était prévu. À partir de maintenant, nous sommes seuls.

Seuls ? Sans protocole ! Son rêve.

Mais seule avec Edwin ? Des papillons prirent leur envol dans son ventre.

— Viens, entrons.

L'endroit était superbe, le chalet magnifique. L'air sentait bon les résineux. Un ruisseau devait couler pas loin, elle entendait l'eau cascader.

— Ça te plaît ?

Elle rit.

— C'est l'idée que je me fais du paradis. Bien sûr que j'adore.

Ils entrèrent.

— Je savais que tu aimais la montagne. Donc...

— Donc quoi ?

— Mes hommes de loi ont préparé des documents que tu n'auras qu'à signer pour devenir propriétaire du chalet Kara.

Elle plissa le front.

— Chalet Kara ! Tu n'es pas sérieux. Je n'accepte pas ce chalet. Ça n'a pas été écrit dans notre contrat de mariage mais je ne veux rien quand nous divorcerons.

— Mais... tu viens de dire que tu adores cet endroit ! Ce que j'espérais, d'ailleurs... Tu ne vas pas me refuser mon cadeau de mariage ?

Il était étonnant, avec ce talent qu'il avait de la faire passer pour capricieuse !

— Non, non, non, je n'accepte pas. Imagine la situation : nous sommes divorcés et je traverse la propriété de ta famille pour venir au chalet... Impossible !

Il s'arrêta et s'adossa au mur du couloir.

— Divorcer, divorcer, qui t'obligera à divorcer ?

Elle écarquilla les yeux.

— De toute manière, même si tu le décides, tu resteras une part importante de ma vie, dit-il.

Les jambes molles, elle s'appuya au mur et baissa la tête. Il ne fallait pas qu'elle attache d'importance à ce qu'il disait. Elle n'avait qu'à faire comme *avant*, comme si leur amitié était intacte.

— Penses-tu vraiment que nous divorcerons… aimablement ? Sans qu'on se fasse de crasses ?

Sans dire un mot, il la dévisagea de ses yeux mouchetés de paillettes dorées, ces yeux qu'elle avait toujours trouvés très beaux… Les secondes s'éternisant, elle faillit crier, pleurer, rire. Elle ne savait plus. Comment était-elle devenue cette femme, cette épouse maintenant, déchirée entre le désir de l'embrasser et l'envie de le frapper pour lui apprendre à ne pas être, comme elle, en pleine confusion, en plein tourment ? Leurs baisers ne lui avaient donc fait aucun effet ?

— Cela dépendra de nous, répondit-il enfin.

Il se redressa et remonta le couloir jusqu'à une porte qu'il ouvrit.

La pièce donnait sur la forêt par deux grandes fenêtres qu'il alla tout de suite ouvrir. De chaque côté du lit, il y avait une porte.

— Tu as ta salle de bains, à droite. Ton dressing à gauche. Ma chambre est en face.

Ils ne dormiraient donc pas dans le même lit pour leur nuit de noces. Tant mieux ! Elle n'aurait pas à subir une situation qui la mettait d'avance mal à l'aise.

Pourquoi, alors, était-elle vexée ? Pourquoi avait-elle l'impression d'être rejetée ? Elle n'était pas logique !

— Bien, dit-elle, un peu pincée. Je suis vannée. Je vais me doucher et me coucher.

— Dans ces conditions, bonsoir.

Il se dirigea vers la porte et s'arrêta sur le seuil.

— Juste une chose. Dis-moi que tu acceptes le chalet Kara. C'est important pour moi.

De nouveau, les papillons dans le ventre… De nouveau, l'envie de crier, de pleurer, de rire. De lui dire qu'elle ne comprenait rien, qu'elle ne le comprenait pas. Qu'elle avait envie de lui… Que… Que…

Et lui qui était trop près et qui la regardait, déterminé, grave.

— C'est important, dit-il, parce que cela signifie que tu veux encore être dans ma vie

Elle ferma les yeux.

— Pour commencer, je changerai ce nom. Chalet Kara, ça fait ringard.

— Ce que tu peux être désagréable... et agressive. Tu as changé, Kara.

9

Assise sur le muret en pierre, les pieds dans l'eau, Kara offrait son visage au soleil. Son jean coupé aux genoux lui allait à merveille et son haut blanc… Comment dire ? Elle était plus que sexy.

Ses cheveux captaient les rayons du soleil qui leur donnait des reflets platine. C'était joli. Edwin soupira. Comment ferait-il quand, de retour à Monrosa City, il serait obligé de partager son lit avec elle ? Il n'était pas moine, encore moins saint.

Ils avaient passé trois jours à crapahuter dans la montagne, le jour ; à se faire des petits plats et à jouer au poker, le soir. Elle n'avait pas voulu le reconnaître mais elle avait beaucoup triché. Pour rire. Ils avaient beaucoup parlé, aussi. De tout et de rien. Il avait dû déployer de gros efforts pour lui cacher qu'il l'avait dans la peau.

La veille, il avait fait une fixette sur les boutons de son chemisier qu'il voulait à tout prix défaire sous prétexte qu'il l'avait sali en faisant la cuisine. Complètement ailleurs, il s'était dans la foulée brûlé un doigt avec la poêle.

Autre obsession : ses lacets de souliers qu'il insistait pour nouer à sa place – au prétexte qu'elle ne le faisait pas bien –, alors qu'il en profitait pour, l'air de rien, effleurer la peau bronzée de ses jambes et caresser la marque de naissance qu'elle avait derrière le genou droit.

Pendant ces trois jours, son cœur s'était serré chaque fois qu'elle riait – souvent –, chaque fois que, ses grands yeux bleus écarquillés, elle suivait le vol d'un cerf-volant rouge qui s'obstinait à vouloir tomber dans leur panier de pique-nique. Comme une gamine, elle tendait la main pour l'attraper mais c'étaient ses doigts qu'elle saisissait. Et elle éclatait de rire. Trois jours où, récompense classique après l'effort, ils finissaient leurs ascensions dans la montagne en se serrant dans les bras.

Et deux nuits où elle fermait la porte de sa chambre à sa barbe et à son nez.

Deux nuits qu'il avait passées sur la terrasse à compter les étoiles et écouter les chouettes, faute de trouver le sommeil.

Deux nuits à se perdre dans le labyrinthe des espoirs et des craintes, deux nuits à penser, à se demander si les regards fuyants qui l'électrisaient étaient le fruit de son imagination ou si, elle aussi, subissait le même sort.

Dire qu'une semaine plus tôt il annulait son voyage en Asie. Et que, dans deux jours, ils feraient leur première apparition en public, ensemble, comme mari et femme, à l'occasion du classement de quelques milliers d'hectares en zone naturelle protégée, en honneur de sa mère. Le lendemain, il s'envolerait pour le Vietnam. Dix jours loin de Monrosa, et d'elle, lui rafraîchiraient les idées... car il avait tendance à oublier que ce mariage n'avait d'existence que sur le papier.

Ils avaient encore une nuit à passer au chalet. Une nuit à souffrir en secret. Heureusement, après-demain...

Il déplia le plaid pour le pique-nique. Elle rouvrit les yeux et sourit.

— Bonjour.

Voir qu'elle était contente lui faisait beaucoup d'effet. Il dut lisser son pantalon qui le serrait soudain aux hanches et s'assit à côté d'elle, les pieds dans le ruisseau.

— J'ai l'honneur de t'annoncer que je n'ai plus mal aux pieds ! dit-elle en les sortant de l'eau.

Elle avait de jolis petits pieds, les chevilles fines et les mollets bien galbés. Quant à ses jambes... serrées autour de ses hanches... ce serait... Vite, il chassa cette image et, à la place, prit la bouteille de champagne dans le panier.

— C'est bien ce que je dis, c'est le paradis ! dit-elle en prenant la coupe qu'il lui tendait.

L'heure suivante passa ainsi, à boire et grignoter. Il faisait beau, les oiseaux chantaient, le ruisseau gazouillait. Une douce paresse l'avait engourdi et son esprit flottait.

Le champagne bu, Kara s'allongea sur le plaid et il l'imita. Jambes serrées et repliées, elle balançait les genoux de droite à gauche, les mains posées sur le ventre, et le regardait en souriant.

— Je crois que le champagne m'est monté à la tête, dit-elle.

— À moi aussi. Et le fait que nous n'ayons rien mangé ou presque n'arrange rien.

Un oiseau passa au-dessus de leurs têtes.

— Une buse, dit-il.

Son cœur se mit à cogner. Sans avoir à la regarder, il comprit qu'elle le regardait et ferma les yeux.

— Tu sais que je t'envie tes longs cils.

Étonné, il se tourna vers elle. Elle avait le regard un peu flou, les joues plus roses que d'habitude et les lèvres brillantes.

Elle laissa sa main glisser sur le plaid, entre eux.

— Tu sais que tu me manqueras quand tu seras parti.

Il était urgent qu'il s'en aille...

— À moi aussi.

Pourquoi... Mais pourquoi lui répondait-il cela ? On le lui avait pourtant dit : « Ne descends pas une route que tu ne pourras pas remonter. » C'était exactement ce qu'il venait de faire.

— Ce voyage ne m'amuse pas. Si tu m'accompagnais ?

Elle détourna les yeux, l'air dépité.

— J'ai le bal des Cœurs Roses. Il faut que j'y sois. C'est ma première obligation officielle. Mais, sans toi pour me guider, j'ai peur de faire des faux pas.

— Ne t'inquiète pas. La princesse Maria sera à ta table, je le lui ai demandé.

Sans le faire exprès, il toucha sa main. Guettant sa réaction, il la prit sous la sienne.

Rien. À peine une interrogation dans son regard.

— Je pense que c'est normal que notre relation soit un peu...

Elle réfléchissait en parlant.

— ... Un peu... comment dire... pas claire... Parce que, qu'on le veuille ou non, on est mariés... Et puis, le fait de vivre seul depuis longtemps... n'empêche pas de ressentir des choses... d'avoir des envies, des besoins... Tu ne crois pas ? Et le champagne, là-dessus...

Il se racla la gorge. Qu'est-ce qu'elle lui racontait ? Elle flirtait ? Le draguait ?

— Tu as raison. D'ailleurs, j'ai envie de t'embrasser.

Elle roula sur le côté. De *son* côté.

— OK.

Il lâcha sa main, roula lui aussi sur le côté et se redressa sur un coude pour mieux la voir. Ses cheveux brillaient dans le soleil. Il les froissa. Ils étaient chauds. Son top aussi.

— Je...

Il s'arrêta, l'attira à lui et, comme un fauve affamé, happa sa bouche.

Sans la lâcher, il retomba sur le dos et, en quelques secondes, tout leur échappa. Elle gémit, se pressa contre lui, entortilla ses jambes autour des siennes. Il passa la main sous son top et caressa ses seins. Elle trembla, gémit et se tordit de plus belle contre lui qu'elle sentait durcir contre son ventre.

Excitée comme jamais, elle empoigna ses cheveux, les lâcha pour descendre vers son cou puis plus bas, beaucoup plus bas, lui arrachant un grognement de plaisir.

Submergé par le désir, il rugit. Il voulait tout, maintenant, il voulait la prendre... Mais elle recula.

— Ça ne va pas ?

— Si, mais...

Il s'assit puis se leva et ôta chemise, bermuda et boxer. Effarée, Kara plaqua la main sur sa bouche. Il se retourna et, sans prévenir, sauta dans la petite retenue d'eau que formait le ruisseau à cet endroit.

10

La musique s'arrêta. Javier fit une courbette à Kara pour la remercier de lui avoir accordé une danse. Bel homme et incroyablement séduisant, il était, cerise sur le gâteau, célibataire. Malgré tant d'atouts, elle n'était absolument pas attirée.

Après l'avoir raccompagnée à sa table et saluée, il s'éloignait quand elle sentit une présence derrière elle.

— J'ignorais que ma femme dansait aussi bien !

Elle connaissait cette voix, et pour cause... Rougissante, elle se retourna avec une envie : se jeter dans ses bras. Le protocole lui interdisant cet élan, elle se contenta de sourire,

— Ah, tu es là !

Alors qu'elle dansait dans les bras de Javier, Edwin, dissimulé près de la porte du salon, n'avait pas quitté sa femme des yeux. Gracieuse et légère, elle semblait voler sur la piste de danse. Qu'elle était belle ! Mon Dieu, qu'elle était belle ! Et la plus élégante de toute l'assemblée.

Pris d'un accès de jalousie, il avait failli bondir sur la piste et l'arracher aux bras de Javier qui la regardait, le souffle coupé d'admiration et de désir. C'était criant !

Mais elle ne semblait sensible ni à ses belles paroles ni à son charme. En revanche, dès qu'elle l'avait vu, lui son mari, elle lui avait adressé un sourire qu'il n'oublierait jamais. Et le bonheur dans sa voix quand elle lui avait dit « ah, tu es là ! » résonnait encore à ses oreilles.

Pour l'heure, il allait l'inviter à danser.

— Pourquoi es-tu revenu si vite ? demanda-t-elle comme il l'emmenait sur la piste.

— Parce que j'ai une montagne de choses à préparer avant le passage de témoin.

Et parce qu'elle lui manquait. Mais il ne le lui dit pas.

— C'était comment, Hanoï ?

— Chaud et bordélique.

— Oh !

Il avait adoré Hanoï mais Kara lui avait manqué. Kara et son rire, Kara, ses grands yeux bleus, ses jambes qu'elle enroulait comme des lianes autour des siennes, tout ce corps que ses mains ne se lasseraient jamais de caresser.

Il était lassé de faire comme si ses sentiments n'avaient pas changé. Ils avaient changé. Ce n'était plus une amie, c'était sa femme.

À l'hôtel, un soir, allongé dans son lit, il avait dû admettre qu'il la désirait comme un mari amoureux désire sa femme. Qu'il rêvait de nuits avec elle, bouche contre bouche, souffle contre souffle, peau contre peau.

Alors, faire semblant plus longtemps ? Impossible.

— Tu m'as manqué, dit-il.

La musique s'arrêta. Au lieu de reculer, elle resta sur place et, d'une main timide, caressa le creux en bas de son cou.

— Toi aussi, tu m'as manqué.

Il la serra contre lui et l'embrassa sous l'oreille, goûtant le miel de sa peau tendre.

L'orchestre finit par plier bagage, les invités par quitter les lieux. Edwin ayant invité ses gardes du corps à rentrer plus tôt chez eux, Kara et lui furent les derniers à partir, sans escorte. Ils s'engouffrèrent dans la voiture qui les attendait. Comme il l'avait fait pour sa sécurité, il avait dit à Simone et Cecilia que, ce soir, ils se passeraient de leurs services.

Prenant la main de Kara, il l'emmena dans sa chambre.

— Ce soir, dit-il, nous allons dormir dans le même lit. À moins que tu ne préfères que je dorme sur le tapis.

— Oh non !

— Je suis attiré par toi, Kara, et tu m'as manqué. Je veux t'embrasser et j'espère que notre rapprochement ne s'arrêtera pas là.

Il se tut. Quelle maladresse ! Quelle lourdeur ! C'était pathétique ! S'il comptait la séduire avec une déclaration pareille… C'était sûr, il venait de faire la gaffe de sa vie !

Elle ne répondit rien. Elle se planta devant lui, dos tourné.

— Cecilia devait m'aider ce soir à retirer ma robe, alors tu vas le faire à sa place.

Surpris, et excité par l'exercice qui l'attendait, il commença à déboutonner la robe. Un, deux, trois boutons… c'était un jeu d'enfant.

— Tu pouvais le faire toi-même, lui glissa-t-il à l'oreille.

— Je sais mais ça aurait été moins amusant.

Il continua, faisant exprès de caresser son dos, s'attardant sur certains boutons pour faire durer le plaisir. Six… Sept…

— Certains sont réfractaires, mentit-il pour justifier sa lenteur.

Peu importait. Le contact de ses doigts sur sa peau était magique. Elle l'aurait volontiers laissé faire pendant des heures.

— J'ai pensé à toi toute la semaine, là-bas.

— En bien, j'espère.

— Je ne suis pas sûr.

Il écarta le tissu de la robe et dégagea ses épaules.

— Dis-moi ce que tu as pensé.

Il se pencha sur elle, mordilla la peau fine de son cou, jouit de l'entendre gémir.

— J'ai repensé à nos baisers. À tes soupirs quand mes doigts touchent une zone sensible.

Elle se retourna, tenant sa robe pour l'empêcher de tomber. Les yeux pétillants, elle resplendissait de bonheur.

— Dis-moi ce que tu veux, Edwin.

— Je veux te faire l'amour.

Elle fit oui de la tête. Lâcha sa robe qui tomba autour de ses pieds. Et resta devant lui, en string.

Il inspira profondément. Elle était presque nue et encore plus belle qu'il ne le pensait. Elle leva les bras pour détacher ses cheveux qui tombèrent sur ses épaules.

Il défit son nœud papillon et, lui montrant les boutons de son plastron, dit :

— À toi.

11

Draps froissés. Membres douloureux et dos cassé, Kara se tourna sur le côté en grimaçant. Elle avait encore un peu sommeil mais le souvenir de la nuit l'excitait trop pour qu'elle se rendorme.

Elle ouvrit les yeux. À côté d'elle le lit était vide, et l'eau coulait dans la salle de bains. Elle remonta le drap sur sa tête.

Oh la la ! Qu'est-ce qu'elle avait fait avec Edwin !

Manquant d'air, elle repoussa le drap.

Ce n'était pas grave. Ils avaient peut-être dérapé mais ce n'était qu'un accident.

Elle s'assit dans le lit. La porte de la salle de bains s'ouvrit. Edwin apparut, une serviette autour des hanches, sourire conquérant.

— Bonjour, ma délicieuse épouse.

— On n'aurait pas dû.

Son sourire se figea.

— Pourquoi ?

Elle n'en savait rien sauf que la panique la submergeait tout d'un coup.

— Parce que... Parce que ce sera plus compliqué quand on divorcera.

— Tu regrettes ce qui s'est passé cette nuit ?

— Non.

— Eh bien alors ! Qu'est-ce que tu racontes ?

Bon sang, mais qu'elle s'habille !

Cette nuit, il voulait la découvrir entièrement, tout connaître, tout voir d'elle. Cela faisait dix ans qu'il en rêvait. Dix ans qu'il espérait en secret lui faire l'amour.

Un peu perdue, elle battit des cils. C'était fou d'aimer comme ça. Qu'est-ce qu'il lui arrivait ? Ce n'était pas possible. Elle était en train de tout gâcher. S'il s'en rendait compte, elle n'aurait qu'à mourir.

Elle remonta le drap plus haut.

— Tu ne penses pas, toi, qu'on n'aurait pas dû ?

Son visage se durcit. Il se tourna, ramassa sa serviette qui était tombée et fila dans le dressing.

Revenu dans la chambre, il alluma la lampe de chevet et regarda Kara. Il était en costume gris foncé, cravate gris clair et chemise blanche. Il faisait la tête.

Avec un soupir, il s'assit au bord du lit.

— Tu ne réponds pas ? insista-t-elle.

Elle se vit sauter du lit et s'enfuir mais elle était nue ; le temps d'aller dans la salle de bains, il aurait tout loisir de faire l'inventaire de ses disgrâces physiques.

Il baissa la tête et caressa sa jambe à travers le drap mais s'arrêta très vite. Ils avaient fait et refait l'amour toute la nuit, ivres de désir, soûlés de plaisir.

Il releva la tête, l'air buté.

— Non, la nuit dernière n'a pas été une erreur. Nous sommes attirés l'un par l'autre.

Il s'arrêta et haussa les épaules comme si ce constat était anecdotique.

— Ces choses-là arrivent souvent quand on se retrouve en vase clos. Il n'y a pas de quoi en faire un drame. Ça n'a été qu'une nuit.

Il se leva, affichant une parfaite indifférence.

— Ça ne se reproduira pas. Maintenant, j'ai une réunion de mon cabinet. Je dois y aller. Ça va aller ?

Elle esquissa un pauvre sourire.

— Bien sûr.

Il sortit, la laissant vexée, humiliée. Défaite.

Ah non ! Elle n'accepterait pas de passer pour une enquiquineuse doublée d'une faible.

Furieuse, elle se leva, se précipita dans la salle de bains. Elle allait prendre une douche. Elle avait un emploi du temps chargé, elle aussi, de quoi s'occuper toute la journée. Puisqu'il prenait cela à la légère, elle allait en faire autant. Elle n'allait pas recommencer comme avec Nick. Ni faire comme son père avec sa mère. Elle avait deux ans à tenir, ce n'était pas la mer à boire. Dans deux ans, ouf ! Good bye tout le monde !

D'ici là, elle n'avait qu'à enterrer ses sentiments pour lui à dix mètres sous terre et ne plus y penser. Elle finirait peut-être même par le mépriser.

Le père d'Edwin considérait avec une moue réprobatrice le document qui venait d'être distribué à tout le cabinet.

— Ces changements ne sont pas nécessaires. Tu compliques inutilement les choses. Nous n'avons rien à faire d'un ministère des Affaires sociales, d'un ministre des Nouvelles Technologies. Et encore moins d'un ministre de la Diversité et de l'Égalité des Chances. Que veux-tu qu'il fasse ?

— Qu'elle fasse ! Je l'ai déjà choisie. Sofia Dita, docteur ès Sciences Égalité des Chances à l'université de Monrosa.

Très calme, il regarda les membres du cabinet qu'il héritait, pour la plupart, de son père. Des hommes en place depuis beaucoup trop longtemps.

— J'ai également l'intention de remanier ce cabinet.

Devant le parterre atterré, il énonça les réformes qu'il entendait initier.

— Ce sera tout pour aujourd'hui, déclara-t-il avant que son père ne puisse objecter. Je vous recevrai individuellement, les jours prochains.

Sur ces mots, il s'en alla vers ses bureaux où de multiples obligations, qui exigeaient qu'il reste concentré, l'attendaient.

C'était trop ! Trop de charge, trop de responsabilités. Il n'allait pas passer sa vie croulant sous les dossiers, les réunions, les voyages… Serrant les mains dans des dîners, des cocktails, des spectacles…

Mécontent, il sortit sous le regard médusé des jardiniers et fila vers la mer. Il respirait profondément mais il était tellement noué que l'air ne pénétrait même pas dans ses poumons. Il se décevait lui-même. Il trompait tout le monde. Lui, son pays et, pire que tout, Kara. En toute confiance, elle avait accepté de l'épouser. Elle n'avait pas signé pour qu'il la mette dans son lit.

Pas étonnant qu'elle ait tout de suite regretté et estimé qu'ils n'auraient pas dû. Il avait fait passer son ego avant tout, il récoltait ce qu'il avait semé. Il ne lui restait qu'à réparer son erreur. Qu'il fasse ce qu'il fallait après la mauvaise décision qu'il avait prise, cette nuit, et l'avoir répétée, répétée, répétée… S'y être vautré.

Qu'espérait-il ? Qu'elle soit heureuse comme il se l'était imaginé, ce matin sous sa douche, où il se voyait, avec elle, dans le même lit, toutes les nuits, se réveillant le lendemain matin, repus de sexe.

Pensait-il vraiment qu'elle partageait sa vision du bonheur ?

Il était temps de réparer.

Il la trouva dans son bureau, devant la fenêtre. À qui pensait-elle ?

— Kara ?

Surprise, elle se retourna. Elle était charmante avec sa queue-de-cheval et son chemisier blanc. Mais son visage était gris de fatigue.

— On peut se séparer.

Elle eut un haut-le-corps.

— Si c'est ce que tu veux…

Non, il avait envie de l'embrasser, de s'allonger avec elle et de se perdre dans la moiteur de son corps, comme la nuit précédente. Il voulait restaurer leur amitié comme elle était avant que la chimie opère sa magie maléfique et les jette dans les bras l'un de l'autre.

— Ce que je veux n'a pas d'importance.

— Ce n'est pas une réponse. Seras-tu plus heureux si nous nous séparons ?

— Je ne pense pas parce que, après ce qui s'est passé, rien ne sera plus comme avant entre nous.

— Écoute, je crois qu'il faut passer à autre chose. Nous sommes grands tous les deux et, en ce qui me concerne, ma vie professionnelle prime sur les regrets.

12

Un grattement sur la porte. La poignée qui tourne. Silence. Les yeux fermés, Kara attendit de sentir le matelas se creuser à côté d'elle.

Rien. Elle rouvrit les yeux, tâta le drap. Froid. Où était-il ?

Désorientée, elle alluma la lampe, chercha son téléphone. Elle tremblait. C'était la première fois en deux semaines qu'ils ne dormaient pas ensemble.

Elle tapa un message

Où es-tu ?

Accident ? Maîtresse ? Réponse :

Dans mon bureau.

Elle bondit du lit, passa son déshabillé et courut dans le couloir. C'était le couronnement de son mari, aujourd'hui. Le premier jour de son règne comme monarque de Monrosa, l'ami de toujours à qui elle devait cacher qu'elle l'aimait.

En courant elle passa devant la chambre qui servait aujourd'hui de vestiaire et aperçut la robe qu'elle allait porter pour la célébration. Classique, très comme il faut, elle représentait ce qu'elle allait devenir. La vision de son avenir lui donna envie de se recoucher. La main sur le cœur, à la limite de la nausée, elle reprit sa course. Entendant craquer derrière elle, elle se retourna. C'était Edwin, simplement vêtu d'un pantalon noir et d'une veste, légère mais en cachemire. Il était superbe.

Submergée par un élan de tendresse, elle faillit lui prendre la main et l'amener au lit pour avoir l'émotion de le regarder dans son sommeil. Mais, aussi vite que la vague de tendresse l'avait submergée, un accès de colère la fit sortir de ses gonds.

— Quand tu ne rentres pas, aie au moins la correction de me prévenir.

— Il faut qu'on parle, répondit-il en réponse à sa colère.

Allait-il mettre un terme à leur union ? À leur amitié ? Était-il fatigué de faire comme si… ?

Raide comme un i, elle pointa le menton. S'il s'imaginait qu'elle allait s'effondrer, il allait être déçu. Crâner, elle savait faire, même quand ça faisait mal.

— Tu vois ce papier, dit-il. C'est le serment que je vais faire pour mon couronnement. Je voudrais te le lire.

Pourquoi faire ? Elle se moquait pas mal de ce couronnement et de tout ce qui allait avec. Mais son regard était si insistant… Comment lui refuser ?

Elle accepta d'un signe de tête.

— Je fais le serment de gouverner le peuple de Monrosa selon les lois et les usages de notre pays. Je promets de servir avec justice, honnêteté et intégrité et de…

Le reste du serment se perdit dans les méandres des doutes de Kara. Lui-même reposa son papier et soupira.

— Avec honnêteté et intégrité, répéta-t-il. Comment puis-je faire cette promesse quand je ne suis honnête ni envers moi-même ni envers toi.

Il avait la parole hachée, semblait manquer d'air. Elle crut que tout était fini.

— Je vais appeler mon père.

— Il est 5 heures du matin, Kara.

— Parfait. Je vais quitter Monrosa avant que les gens se réveillent. Je peux aller chez ma tante Nina. Les journalistes ne viendront pas me chercher là.

Il tendit le bras pour lui barrer le passage.

— Attends ! Pourquoi veux-tu aller chez ta tante ?

Il ne fallait pas qu'elle flanche. Elle avait sa dignité.

— Tu n'auras qu'à dire que je suis malade… ou ce que tu voudras pour excuser mon absence à ton couronnement.

Il se planta devant elle. Blême.

— Tu pars vraiment ?

Son désarroi la bouleversa en même temps que les larmes affleuraient.

— C'est ce que tu veux, non ?

— Bien sûr que non, Kara. Je te l'ai dit des millions de fois. Je ne veux pas qu'on se sépare. Pourquoi ne me crois-tu pas ?

— Pourquoi ? Ça va bien, Edwin ! Tu sais aussi bien que moi que, sans ce mariage, tu ne pourrais pas accéder au trône.

Sa voix était brisée, elle avait du mal à retenir des sanglots. Mais elle tiendrait bon. Comme son père, elle avait sa fierté.

Assez tergiversé ! Elle lui tourna le dos et retourna dans leur chambre. Voyant sa robe de mariée, elle serra les poings.

— Ce n'est pas le mariage, le problème, dit-il dans son dos. C'est moi.

Elle pivota vivement sur ses talons. Il l'avait suivie.

— S'il te plaît, épargne-moi tes « ce n'est pas toi, c'est moi ».

Il avait l'air sens dessus dessous. Pourquoi donc ?

Elle attrapa quelques T-shirts, les fourra dans son sac de voyage. Elle était à la fois vexée et en rage contre elle-même. Elle plantait tout le monde. Elle allait tous les décevoir, son œuvre de charité, la mémoire de Michael. Tous ceux qui vivaient grâce à son action caritative. Tous ceux qui avaient assisté à leur mariage, en toute bonne foi.

— Je ne voulais pas tomber amoureux de toi.

Elle prit une poignée de culottes et de soutiens-gorge, il y en avait de toutes les couleurs. Les fourra à leur tour dans son sac.

— Je connais la chanson, Edwin. « Je t'aime », la pirouette pour se sortir des pires situations. C'était une spécialité de Nick chaque fois que je disais que j'allais le quitter. Lui, si méchant, devenait un amour, le petit copain que toutes les filles auraient rêvé d'avoir. C'était le champion de la manipulation. Pensais-tu vraiment que j'allais supporter longtemps une situation qui commence déjà à me détruire ?

En proie à la panique, Edwin cherchait son souffle. Pourquoi était-il incapable d'exprimer ce qui se passait dans sa tête et qui le rendait fou ?

Les nerfs en pelote, Kara essayait de fermer son sac. Impossible. Elle aurait dû plier ses affaires au lieu de les fourrer en vrac. Pas grave, elle allait recommencer. Mais avant…

Elle tendit la main vers Edwin.

— Tiens, ta bague !

Pas de doute, elle partait vraiment.

— Garde-la… Elle est à toi.

Il avait passé des heures avec le joaillier de la Couronne à dessiner des bagues avant d'arrêter son choix sur ce saphir, bleu comme ses yeux. Une merveille.

Ses yeux, justement, lançaient des éclairs. Elle le détestait.

— Ah, c'est vrai. J'oubliais qu'elle ne faisait pas partie des joyaux de la couronne. Bof ! Une bague de pacotille pour un mariage de pacotille !

— Huit carats, quand même, répondit-il.

— Je sais. Ce n'est pas ce que je voulais dire.

Décidément, il avait tout faux. Tout raté. Il était un handicapé de la vie. Un loser.

— Je te rappelle que c'est toi qui as refusé un bijou de la collection royale. Tu peux me dire pourquoi ?

Elle fit la moue.

— Je pensais que tu ne voudrais pas.

Où était-elle allée pêcher cela ? Fallait-il qu'il soit maladroit pour qu'elle ait compris une chose aussi fausse.

Il soupira. Il était las, fatigué de vivre dans le mensonge. Fatigué d'être terrorisé à l'idée de la perdre. Fatigué de lui cacher qu'il l'aimait, de peur de paraître idiot.

— J'ai des choses à te dire, dit-il. Je…

Ne trouvant pas ses mots, il s'arrêta. Reprit :

— À propos de moi, de ma vie… Des choses que je ne t'ai jamais dites. À personne, d'ailleurs.

Il eut un rire amer.

— Tu vois, mon problème c'est qu'il n'y a eu personne dans

ma vie, excepté toi, depuis dix ans. Tu as été l'étoile autour de laquelle ma vie a gravité.

Elle se détourna. Elle ne le croyait pas.

Était-ce étonnant ? Après son expérience avec Nick le pervers, après ce qu'ils avaient vécu, d'abord en amis, maintenant en amants, il ne pouvait pas en être autrement.

— Je te jure que je ne cherche pas à te manipuler. Je vis dans le mensonge depuis trop longtemps, je n'en peux plus.

Elle haussa les épaules et partit dans la chambre. Là, elle tira les rideaux et alla s'asseoir dans le salon. Il la rejoignit. Les pans de son déshabillé s'étaient écartés quand elle avait croisé les jambes, laissant voir ses cuisses.

Il commença à marcher nerveusement, s'assit, espérant trouver les mots justes pour lui dire, enfin, ce qu'il ressentait.

— Je t'aime. Pas comme un ami. Comme ton mari.

— Pourquoi veux-tu que je te croie ? demanda-t-elle, ricanant presque.

Les larmes aux yeux – *Mon Dieu, pourvu qu'elle ne les voie pas !* –, il regarda le lit.

— La nuit où nous avons fait l'amour... Je croyais que nous avions parlé. Je sais, pas avec des mots... mais avec nos corps, nos étreintes, notre fougue... Ils parlaient d'eux-mêmes, non ? Mais le lendemain – douche froide – tu as décrété que nous n'aurions pas dû.

Nerveuse, elle s'agita sur le canapé.

— Je t'ai dit ça parce que... quelque chose avait changé. D'amie, je me sentais devenue ta femme. Oui, ta femme !

Elle hocha la tête.

— Je ne sais pas pourquoi je te dis ça... Enfin, si. Parce que, comme toi, j'en ai assez de mentir.

Que voulait-elle dire ? Qu'elle l'aimait ? Non, il interprétait. Il comprenait ce qu'il avait envie d'entendre.

Bon ! Il allait en avoir le cœur net. Bravant sa nature, il posa la question qui le démangeait.

— Es tu en train de dire que... que tu m'aimes ?

La main tremblante, elle se frotta la joue.

— Oui, je t'aime.

Envahi d'une joie immense, il sourit. Pas longtemps. Voyant son air triste, il s'inquiéta.

— Je... Je ne veux pas de ce mariage, Edwin.

— Pourquoi, puisque je t'aime et que tu m'aimes ?

— Ce ne sont que des mots. Je t'aime, Edwin, pour ton sens de l'honneur et du devoir mais je me sens seule. Plus seule, mariée, que je ne l'ai jamais été. Tu es tellement distant depuis qu'on est mariés.

Elle sécha une larme sur sa joue.

— Excuse-moi, je ne voulais pas pleurer. Je suis malheureuse parce que je vois que tu me repousses.

Des années de retenue, de déni avaient fait de lui un handicapé des sentiments. Il fallait qu'il parle, qu'il lui dise... Sinon, il allait la perdre.

— Kara, je t'aime. Je n'ai qu'une peur, te perdre. C'est pour ça que je te tiens à distance, pour ne pas souffrir le jour où tu me quitteras. Je ne veux pas avoir mal, tu comprends ? J'ai trop peur...

Machinalement, elle caressait la dentelle de son déshabillé.

— Tu ne me perdras pas.

— Mais... tu as fait tes bagages !

— Je fuyais. Je *te* fuyais parce que je t'aime *trop*. En espérant que nous resterions amis.

— Je ne veux pas être ton ami, Kara chérie. Je veux être ton mari. Et pas seulement sur le papier.

Ce n'était que des mots, rien que des mots s'ils n'étaient pas suivis d'effets. De confiance, d'intimité.

Elle soupira. Le mariage de ses parents n'avait pas survécu parce qu'ils n'avaient pas su se parler. S'ils voulaient que le leur fonctionne, il fallait qu'ils livrent le fond de leurs cœurs.

— Je t'aime, Edwin, mais se marier c'est perdre sa liberté et ça m'angoisse.

Elle voulut s'arrêter mais ne put se taire.

— Le décès de Michael, le divorce de mes parents, ma relation avec Nick, tout ça a entamé ma confiance dans les êtres humains.

La sincérité, la fidélité ne sont plus au goût du jour, me semble-t-il. Dans notre cas...

— Quoi, *dans notre cas* ?

Il détourna le regard. Les yeux baissés, il fixait ses mains jointes, sans rien dire.

Elle haussa les épaules. Il recommençait. En dépit de ce qu'il lui avait dit, il l'ignorait, comme s'il ne lui faisait pas confiance.

Soudain, il soupira.

— J'ai appris très tôt à présenter un visage masqué au monde. Quand ma mère est morte, je me suis révolté, j'ai voulu tout quitter. Mais j'étais l'aîné de la famille. L'héritier de la couronne. J'avais une responsabilité. J'étais le seul à tenir bon. Luis est devenu fou, Ivo s'est muré dans le silence.

Il croisait et décroisait les doigts, l'œil rivé sur ses mains, n'osant pas la regarder.

— Le masque que j'avais appris à porter en public, j'ai fini par le porter en permanence, même en privé.

Il s'éclaircit la voix.

— C'était fou ! J'entendais ses pas devant ma chambre. Je croyais la voir marcher dans les couloirs du palais. J'ai cru que j'allais devenir dingue. Je ne tournais plus rond du tout. La princesse Maria a voulu m'aider mais je n'arrivais pas à parler. J'avais peur que ce soit pire après.

Il la regarda et reprit :

— Je ne te l'ai jamais dit mais j'ai des remords envers Michael. Je n'ai pas été l'ami que j'aurais dû.

— Mais si, tu l'as aidé ! Tu as prévenu la fac et mes parents qu'il n'allait pas bien.

Elle hésita. Une question lui brûlait la langue depuis longtemps. Elle en aurait le cœur net.

— C'est à cause de moi que tu étais ami avec mon frère ?

Il la dévisagea. Ah, ces yeux pailletés d'or qui la dévoraient !

— Non, j'étais mordu bien avant.

Elle se mit à frissonner, baissa les yeux.

— On se sent tous coupables, reprit-il. On est tous bourrés

de remords de ne pas en avoir fait plus. Et ça nous poursuivra toute notre vie.

Elle s'arrêta, cherchant visiblement les mots justes.

— Tu n'es pas le seul à t'être voilé la face. Moi aussi je l'ai fait.

— Que veux-tu dire ?

— Que j'ai préféré ne pas voir ce que je ressentais pour toi de peur de briser notre amitié.

Il haussa les épaules.

— Perdre ma mère, voir le désespoir d'Ivo puis ma famille s'effondrer, je me suis replié sur moi-même pour tenir le coup.

Elle opina.

— Avant nos fiançailles, ça m'allait bien que tu sois discret – pour ne pas dire renfermé –, que tu gardes tes distances. Mais maintenant que nous sommes mariés, cette *distance*, je ne la supporte plus. Je me sens seule, je ne sais que penser... que décider. Je m'interroge.

Il alla vers elle. Têtes baissées, ils n'étaient qu'à quelques centimètres l'un de l'autre.

— Est-ce que tu me crois quand je te dis que je t'aime ?

— Je ne sais pas... C'est tellement bizarre de t'entendre dire que tu m'aimes après tant de temps.

Il se pencha à son oreille.

— Pour moi, c'est naturel. Je t'aime, Kara. Je t'aime. J'adore ton rire, tes yeux, ton optimisme, ton humour et ton imagination. J'aime aussi que tu me traites comme quelqu'un de tout à fait normal au lieu de te prosterner à mes pieds.

Il éclata de rire mais elle ne riait pas. Elle brûlait d'envie de le croire, elle adorait l'entendre murmurer à son oreille mais pouvait-elle lui faire confiance ? Il lui caressa la jambe mais elle s'écarta aussitôt, prise d'un doute.

Déterminé, il se rapprocha d'elle.

— Dormir avec toi m'a semblé on ne peut plus naturel. J'avais essayé de me convaincre que je ne te désirais pas mais je me jouais la comédie. Comme toi, j'ai tenté de me persuader que nous n'aurions pas dû alors que je n'avais jamais rien vécu d'aussi merveilleux, d'aussi excitant, magique.

— Es-tu sûr que c'est par amour que tu me dis cela ou à cause de ton couronnement ?

Les yeux soudain très noirs, il la dévisagea.

— Je ne monterai pas sur le trône, Kara. Pour te prouver mon amour, je renonce. La princesse Maria peut succéder à mon père.

Elle sursauta.

— Tu plaisantes ! Tu ne vas pas abdiquer le rôle pour lequel tu es né.

— Je te veux dans ma vie. Je veux être ton mari. Je veux te prouver, jour après jour, combien je t'aime.

Sa voix se brisa. Il sortit son téléphone de sa poche.

— J'appelle tout de suite mon père pour lui faire part de ma décision.

— Non !

Elle lui arracha le portable des mains.

— Je sais que tu m'aimes. Je sais qu'on s'aime depuis plus de dix ans.

— Depuis dix ans j'étouffe mes sentiments. Je t'ai regardée grandir, Kara, devenir la femme que tu es, que j'admire et qui me fait penser que chaque jour de la vie mérite d'être vécu.

Tout bas, comme si elle n'osait pas l'avouer, elle dit :

— Je t'aime. Je veux être ta princesse consort.

Il alla jusqu'au lit, s'allongea et lui ouvrit les bras.

— Viens, ma princesse.

Et il lui raconta l'histoire d'un prince amoureux qui n'osait pas le dire à sa femme de peur d'être éconduit.

Plus tard ce même jour, l'île de Monrosa couronnait son jeune prince souverain. À son côté se tenait son épouse, débordante de fierté et d'amour.

Épilogue

Surprise par les quelques gouttes d'eau bénite qui coulaient sur son front, Gabriela frisa son petit nez et se rendormit aussitôt contre le torse d'Edwin.

Émue, Kara lui caressa la joue. Comment pouvait-on avoir une peau aussi douce ?

Edwin et Kara échangèrent un clin d'œil. Après trois longues années, ils avaient enfin ce bébé tant désiré.

Le cardinal marcha vers l'autel tandis qu'Edwin donnait Gabriela à Ivo, son parrain. Main dans la main, les deux heureux parents avancèrent à leur tour vers l'autel. Suivaient la mère et le père de Kara, côte à côte. Grâce à leurs visites régulières à Monrosa, en été et pour Noël, les relations familiales se normalisaient. Un peu à l'écart, le père d'Edwin ravalait ses larmes. La retraite ne lui convenait pas. Devant sa détresse, Edwin l'avait nommé ambassadeur pour l'Environnement de l'île de Monrosa, une fonction qui le comblait.

En avançant vers l'autel, Edwin regarda, les yeux pleins d'amour, Kara qui rayonnait. Elle ne lui avait encore rien dit mais, à certains détails, il la soupçonnait d'être de nouveau enceinte.

Il lui effleura la joue et, tout bas :

— Ce serait peut-être l'occasion de renouveler nos vœux, murmura-t-il. J'ai écrit quelques mots.

À l'invitation du cardinal, il commença. Elle l'écoutait, émue aux larmes.

— À toi, dit-il, lui tendant le papier qu'il avait écrit pour eux deux.

Elle sécha ses larmes.

— Tu es mon meilleur ami, mon allié, mon havre. Je fais la promesse de te rester fidèle et de te garder mon amour toute ma vie. Je te promets d'être toujours là pour toi, pour le meilleur et pour le pire. Tu es mon cœur, mon sourire. Aime-moi toujours, mon amour.

KATRINA CUDMORE

Le play-boy de Monrosa

INTÉGRALE
LA COURONNE DE MONROSA

Traduction française de
CHRISTINE MAZAUD

SAGAS

HARLEQUIN

Titre original :
CHRISTMAS ENCOUNTER WITH A PRINCE

Ce roman a déjà été publié en 2022.

1

Alice O'Connor sursauta. Pour la deuxième fois un bruit sourd venait de retentir au rez-de-chaussée.

Des cambrioleurs ?

Voyant le personnel quitter la résidence des princes de Monrosa pour les congés de Noël, quelqu'un s'était-il dit que c'était le bon moment pour s'y introduire ?

Vite, la police ! Mais où était donc passé son téléphone ? Elle se rappelait l'avoir laissé en bas pour éviter de perdre son temps à surfer sur Internet.

Elle jeta un coup d'œil autour d'elle. Il n'y avait rien dans cette fichue bibliothèque qui puisse servir d'arme. Que des livres, des milliers de livres. Elle en saisit un, à la couverture cartonnée et aux angles pointus et alla jusqu'à la porte sur la pointe des pieds.

Arrivée dans le couloir, elle s'arrêta et tendit l'oreille. Rien. Juste le brouhaha de la circulation sur Fitzalen Square. Un, deux, trois, quatre, cinq… Elle compta jusqu'à dix. Toujours rien. Elle posa le livre et écouta encore.

La maison était ancienne et émettait toutes sortes de craquements étranges. C'était normal. Elle tournait les talons pour regagner la bibliothèque lorsqu'elle se figea en entendant quelqu'un parler. Un homme. Cette voix, elle la connaissait. Profonde, sensuelle, avec une pointe d'accent méditerranéen… Elle l'avait suffisamment fascinée lors du mariage de sa cousine Kara, six mois plus tôt…

Filant au bout du couloir, elle se pencha par-dessus la rambarde.

Ah non ! Pitié ! Pas lui ! Surtout pas lui !

— Du calme, Edwin. Je te promets d'être à Monrosa pour Noël.

Il marqua un silence, puis reprit d'un ton plus impatient.

— Oui. Dès que j'aurai réglé mes affaires ici, à Londres.

Alice se pencha un peu plus.

— Non, pas besoin de sécurité.

Nouveau silence, puis il laissa échapper un soupir exaspéré.

— Ce n'est pas leur faute ! J'ai quitté les Bahamas sans les prévenir. S'il te plaît, laisse-moi respirer, je ne veux pas de garde du corps. Bon, j'y vais. J'ai une réunion...

En bas, elle le vit se passer la main dans les cheveux, puis il disparut de sa vue.

Soudain, ses doigts glissèrent sur la reliure en cuir et le livre lui échappa. Elle tenta de le rattraper. Raté ! Elle recula à la hâte et l'entendit atterrir, deux étages plus bas, sur le carrelage noir et blanc du vestibule.

Elle se sentit rougir, puis se pencha de nouveau par-dessus la rampe et aperçut des orteils en bas des marches. C'était l'hiver. Il faisait froid et humide. Pourquoi avait-il des claquettes aux pieds ? Il avança, se pencha vers le livre explosé au sol. Des pages s'en étaient détachées.

Pourvu que ce ne soit pas une édition rare, pensa-t-elle.

Quand il leva la tête, elle faillit détaler vers la bibliothèque mais elle s'en empêcha. Prenant une mine de circonstance, elle attendit l'humiliation qui n'allait pas manquer.

Il commença par la regarder, visiblement étonné, puis la fixa avec insistance et éclata de rire.

Vexée, elle dévala les marches. Elle ne s'était pas trompée, c'était bien lui ! Luis, prince de Monrosa. L'homme avec qui elle avait échangé un baiser fougueux, quelques semaines auparavant, avant de s'enfuir dans la nuit...

Il la regardait, un sourire ironique aux lèvres.

Bouleversée, elle faillit s'arrêter sur l'avant-dernière marche et remonter l'escalier quatre à quatre mais, courageusement, elle continua.

Alice rata la dernière marche et atterrit dans les bras de Luis qui se précipita pour lui éviter de tomber à ses pieds.

— Votre Altesse, j'ignorais que... Kara m'avait dit que la maison serait inoccupée pendant la période de Noël. Je dois terminer ma thèse et... j'ai absolument besoin d'être seule.

C'était donc pour cette raison que la cousine de Kara se trouvait dans la maison !

Son T-shirt noir avait glissé sur son épaule, et il entrevit une bretelle de soutien-gorge brodée de rouge.

Taraudé par l'envie de remettre le T-shirt en place, il tendait la main quand elle se baissa pour ramasser le livre tombé du ciel.

— Ah ! Vous m'avez fait peur ! lança-t-elle.

Cherchant à se donner une contenance, elle feuilleta le livre et constata que plusieurs pages s'étaient déchirées.

— Aïe ! Je l'ai abîmé.

— Oui. Et moi, je l'ai échappé belle ! Pour un peu, ce magnifique ouvrage se plantait dans mon crâne.

Sa remarque ne lui valut qu'un haussement d'épaules indifférent. Sans rien dire, elle caressa le dos du livre de ses longs doigts.

— Vous avez un certain talent pour vous faire remarquer, dit-il, narquois.

Elle tourna ses beaux yeux gris vers lui et le dévisagea avec le même sérieux que le soir du mariage d'Edwin et de Kara, où il l'avait vue pour la première fois.

Il lui avait parlé en attendant, sur le ponton, le départ des jeunes mariés pour leur lune de miel. Il avait cru qu'elle avait trop bu car elle vacillait, et craignait qu'elle ne tombe à l'eau.

« Faites attention ! lui avait-il crié. Ne vous approchez pas tant du bord. »

Il l'avait vexée. Contrairement à ce qu'il semblait s'imaginer, elle n'était pas ivre.

« Je n'ai jamais bu une goutte d'alcool de ma vie », avait-elle rétorqué d'un ton vif.

Puis, après lui avoir jeté un regard assassin, elle s'était baissée, avait défait la lanière de sa sandale dont le talon s'était coincé entre deux lattes du ponton pour libérer la semelle et lui avait tourné le dos.

Il avait eu le temps de voir qu'elle était brune. Elle avait les cheveux attachés sur la nuque et des petites taches de rousseur sur ses épaules nues.

Affichant la plus totale nonchalance, il s'était éloigné et, finalement, s'était ravisé. Son regard l'avait intrigué... Il brillait exagérément.

Après le départ de Kara et d'Edwin, ils avaient un peu bavardé, mais elle n'avait visiblement pas très envie de faire connaissance, car elle avait refusé son invitation à danser. Sans insister, il s'était alors tourné vers d'autres cavalières.

Plus tard ce soir-là, alors qu'il traversait le jardin à la recherche de son frère Ivo, elle avait surgi de derrière une haie et s'était plantée devant lui. Après quelques secondes d'hésitation, elle lui avait demandé la permission de l'embrasser. Il en était resté interdit. Embrasser des inconnues n'était pas son genre. Mais, comme elle n'avait rien d'une allumeuse, il avait acquiescé d'un simple hochement de tête. D'abord surpris et amusé, il avait été déconcerté et, pris d'une pulsion soudaine, d'un désir décuplé par le baiser qu'elle lui avait donné, un baiser à couper le souffle, à la fois tendre, brûlant et riche de promesses, il l'avait retenue.

S'enhardissant, il avait caressé son bras nu, repris son souffle et happé ses lèvres entrouvertes Alors, effrayée, elle s'était enfuie. Il lui avait crié d'arrêter, en vain. Il s'était lancé à sa poursuite mais, alors qu'il allait la rejoindre, il l'avait vue s'engouffrer dans l'une des voitures qui attendaient les invités pour les ramener à leur hôtel.

Elle pointa le menton vers lui.

— Je crois que... je vous dois une explication, dit-elle sans préambule.

Mal à l'aise, elle frotta ses mains sur les jambes de son jean.

— Je m'étais toujours demandé ce que cela me ferait d'embrasser un homme barbu. Quelle idée j'ai eue ! J'espère ne pas vous avoir choqué. J'avais fait un pari stupide avec une cousine. Je n'aurais jamais dû.

Jamais dû ? Ce n'était pas forcément son avis !

Songeur, il se caressa les joues, le menton.

— Je ne risque plus rien maintenant que j'ai coupé ma barbe... À moins que vous ne vouliez savoir ce que ça fait d'embrasser un homme qui ne s'est pas rasé depuis deux jours ?

Elle allait répondre quand, prenant conscience qu'il se moquait d'elle, elle se renfrogna.

— Vous partez pour Monrosa ? Quand ? Demain ? demanda-t-elle, changeant délibérément de sujet.

— Je n'en sais rien encore.

Il fixa d'abord ses yeux, puis ses pommettes, et enfin sa bouche. Son regard plongea ensuite vers sa poitrine, ses hanches, s'attarda sur ses jambes qu'elle avait longues et fines. Il observa ses pieds. Ses ongles n'étaient pas vernis. Elle avait juste ce qu'il fallait de courbes, là où il fallait. De quoi lui donner des idées...

— Cela dépendra. Si je trouve quelque chose de plus excitant à faire ici, à Londres, je changerai éventuellement d'avis.

Alice O'Connor tombait peut-être à pic pour le distraire ?

— Je sais que vous passez les fêtes de fin d'année en famille. C'est Kara qui me l'a dit. Ce sera la première fois depuis longtemps, paraît-il.

Elle s'arrêta, l'air perplexe.

— Si ce n'est pas indiscret, puis-je vous demander pourquoi vous êtes en bermuda avec des claquettes aux pieds ?

Sans répondre, il fila dans la cuisine, prit une bière dans le réfrigérateur et but une longue gorgée.

— Il y a exactement...

Il consulta sa montre.

— ... douze heures, j'étais aux Bahamas. J'ai eu envie de changer de décor.

— Vous auriez pu vous changer tout court, non ?

— Pas le temps.

Elle écarquilla les yeux et se posta en face de lui de l'autre côté du comptoir.

— Ah ? Vous fuyiez quelque chose ? Quelqu'un ?

— Juste moi-même, répliqua-t-il.

— Ah bon ?

Oui, Alice. Je viens d'atteindre l'objectif que je m'étais fixé : gagner le Championnat du monde de course offshore. À l'heure qu'il est, je devrais être aux Bahamas en train de fêter cette victoire avec mon équipe. J'ai essayé, mais je n'ai pas pu. Impossible d'accepter l'idée que tout était fini pour moi, d'admettre que j'allais devoir faire mes adieux à mon équipe. Car dorénavant je dois tenir ma parole et revenir à Monrosa pour accomplir mes devoirs de prince.

Vous rendez-vous compte que j'ai même songé à rater la dernière manche pour perdre cette course de hors-bord dans le seul but d'échapper à ma promesse ? Que j'étais prêt à abandonner mon rêve, mon ambition de toujours pour ne pas avoir à retourner à Monrosa ? Pour m'épargner une vie d'ennui, le protocole et les récriminations constantes de mon père, ce père qui n'a même pas été capable de me féliciter de ma victoire ! Imbécile que je suis, j'ai attendu, des heures durant, son appel téléphonique... qui n'est jamais venu.

Faut-il que je sois un incorrigible rêveur pour avoir espéré qu'il le ferait, sachant à quel point il désapprouve ma carrière. En quoi pouvait-il être fier de moi quand je ne suis à ses yeux qu'une source de désillusions ?

Il avala une goulée de bière.

— Je plaisantais. Vous appréciez la plaisanterie, j'espère ?

Elle jeta un coup d'œil réprobateur à sa bouteille quasiment vide.

— Oui, Votre Altesse, mais seulement quand on me l'explique très, très calmement.

S'approchant des grandes baies vitrées, elle désigna le sol détrempé de la cour.

— Pourquoi êtes-vous revenu ici ? Il pleut tout le temps, c'est lugubre. Un palais au bord de la Méditerranée ou les Bahamas, c'est plus séduisant, non ?

Plongeant les mains dans les poches arrière de son jean, elle l'observa d'un air boudeur. Mais qu'importe, il avait besoin de se distraire et cette jeune femme, certes imprévisible, ferait l'affaire.

Sa bière terminée, il posa la bouteille sur le comptoir.

— Londres a son charme. Il y a de quoi se divertir.

Faisant le tour du comptoir, il ajouta, la regardant droit dans les yeux.

— Surtout à Noël, où tout brille. J'aime les belles choses. Au fait, appelez-moi Luis et... on se tutoie ? Vu les circonstances, un ton formel n'est plus de rigueur...

Luis avait un succès fou auprès des femmes. Il les séduisait toutes ! Normal. C'était un prince, grand, élégant et athlétique, doublé d'un sportif accompli, une star dans sa spécialité, le nautisme. Il n'avait pas son pareil pour vous faire croire que vous étiez la personne la plus importante du monde. Son sourire faisait des ravages. Quant à ses yeux, ils étaient à se damner...

Mais, derrière les apparences, il devait être comme son père. Content de lui, égoïste, intolérant et affreusement autoritaire. Et maîtriser, pour faire bonne mesure, l'art de manipuler et faire souffrir son entourage.

Avoir embrassé ce jeune prince n'en était que plus gênant. Et elle se détestait d'avoir cédé à l'élan qui l'avait poussée vers lui. Elle détestait l'idée de n'avoir pas su se dominer, d'avoir enfreint la règle qu'elle s'était fixée. D'accord, pour quelques minutes seulement, mais c'était déjà trop. Ce qu'elle s'était permis n'avait pas de sens, et elle se jura de ne jamais recommencer.

Elle lui tendit la main.

— Et si on repartait de zéro, Luis ?

Sourire irrésistible aux lèvres, il prit sa main.

— C'est l'époque des bonnes résolutions... Alors, d'accord.

Il avait une poigne solide et ses doigts étaient tièdes. Elle frissonna et le lâcha.

— Si je comprends bien, tu adores Noël. Cette fête ne t'ennuie pas ? C'est la même chose tous les ans, les mêmes chants, la même dinde... Moi, ça me donne le bourdon. Sans compter tous les cadeaux qu'il faut faire et qui tombent toujours à plat ! Je suis pour une loi qui stipulerait que seuls les moins de dix ans son autorisés à fêter Noël. Tous les autres iraient travailler normalement. Tu te rends compte du nombre d'heures de travail perdues !

Son emballement le fit rire.

— Oh ! s'exclama-t-il en s'approchant d'elle, quelle rabat-joie tu fais !

— Merci, c'est très aimable.

De nouveau il rit, avec un air taquin qui décupla son capital séduction…

— Il faudrait peut-être qu'on te montre ce que Noël a de vraiment magique ?

Sa voix était profonde, sensuelle. Sous sa marinière noire, il portait un polo rose, col ouvert. Il était bronzé, et elle se surprit à jeter un coup d'œil discret sur sa peau.

— Je vais à une soirée après ma douche, dit-il. Tu viens ?

Il s'arrêta, la contempla avec son irrésistible sourire en coin.

— À la soirée, évidemment !

Sa douche… Submergée par des images érotiques, elle rougit de plus belle. Cela lui ferait quoi de le regarder se déshabiller ? De le voir passer, tout nu, sous le jet ? De se joindre à lui ? De découvrir son corps ?

Elle s'écarta de lui. Qu'est-ce qu'il lui prenait ? Elle n'était pas à Londres pour fantasmer. Elle avait un calendrier à respecter, sa thèse à terminer et à soutenir. L'heure n'était pas aux fariboles. Devant elle, elle avait dix jours. Dix jours à l'écart du monde. Dix jours – une bénédiction – pour s'épargner cette époque idiote appelée Noël. Dix jours avant de retourner travailler dans son pub et de retrouver son boss et son caractère impossible. Dix jours avant de revoir son directeur de thèse qui, vu la tonalité de leur dernière conversation, lui avait paru douter de ses capacités à réussir sa présentation devant les universitaires.

Si elle échouait, elle pouvait dire au revoir à ses espoirs d'obtenir le poste d'assistante du maître de conférences qu'elle briguait. Alors, ses délires de midinette à la vue du beau-frère de sa cousine… étaient très malvenus.

— Désolée mais je suis prise. Je dois travailler ma thèse.

— Dommage ! C'est Noël. Tout le monde s'amuse à Noël.

Son visage devint grave.

— L'idée de te laisser seule ici, ce soir, m'ennuie. Tu es sûre que tu ne veux pas m'accompagner ?

Au ton de sa voix, à la gentillesse de son expression, elle crut à sa sincérité. Oh ! Juste une seconde !

— Non merci.

Quel acteur ! pensa-t-elle. En France, on lui aurait décerné le Molière de la comédie ! Mais on ne la trompait pas comme ça ! Tout prince Luis qu'il était, elle ne lui faisait pas confiance. Elle voyait bien qu'il se servait de son charme pour la séduire... Et plus, si affinités. Si ce qu'on disait dans la presse people était exact, il ne manquait pas de femmes de son rang, alors qu'elle... De toute manière, elle n'avait pas de temps à perdre. Et puis, elle n'était pas du genre à s'offrir des aventures sans lendemain !

L'idée de célébrer Noël la laissait de glace. Toute cette gaieté forcée, toute cette feinte harmonie familiale quand, en vérité, Noël était pour beaucoup l'occasion de régler ses comptes, de laisser éclater les jalousies et les colères qui couvaient et ne demandaient qu'à exploser.

— Je te remercie, répéta-t-elle, mais j'ai des délais serrés et...

Il ouvrit le réfrigérateur et examina son contenu.

— C'est Noël. En général, on met son travail de côté à cette période.

— Pas moi. Je ne fête pas Noël.

Il referma le réfrigérateur et, apercevant une boîte de chocolats sur le comptoir, l'ouvrit.

— Ah, ah ! Qui mange des chocolats et laisse les papiers dans la boîte ?

Un peu plus tôt dans la journée, elle s'était jetée sur les douceurs que sa mère avait glissées en cachette dans sa valise avant son départ. Mais comment expliquer à un sportif professionnel qu'une adulte puisse avaler une boîte – presque – entière de chocolats en un après-midi ? Juste pour tromper son ennui et ses frustrations.

Mieux valait ne pas s'étendre sur le sujet.

Donc, au lieu de répondre, elle recula jusqu'à la porte de la cuisine.

— Si je ne te vois pas demain avant ton départ pour Monrosa... Eh bien, j'ai été heureuse de te revoir. Passe de bonnes fêtes en famille et embrasse Kara pour moi.

Dépapillotant un des derniers chocolats de la boîte, il hocha la tête.

— Écoute, si tu changes d'avis, rejoins-moi au Steward Club. Je laisserai ton nom à l'entrée.

Elle s'arrêta en bas de l'escalier. Sa soirée avait lieu au Steward Club ? Le club que fréquentait Lady Radford ? Elle n'avait jamais eu l'occasion de voir à quoi ressemblait l'un des plus anciens et des plus célèbres clubs privés de Londres. Et elle aurait adoré.

Elle se retourna, jeta un bref coup d'œil à Luis, puis rentra dans la cuisine. Le regarda mettre son chocolat dans sa bouche et, les yeux brillants de plaisir, se délecter de la praline qui fondait sur sa langue.

Décidément, il la bouleversait. Mieux valait qu'elle remonte. Qu'elle retourne dans la bibliothèque. Mais, au lieu de partir, elle s'entendit dire :

— Ma thèse porte sur Lady Maud Radford, l'écrivaine. Elle dînait souvent au Steward Club. C'est là, paraît-il, qu'elle influençait les membres du gouvernement avec ses idées réformatrices. Alors, tout compte fait, je vais peut-être t'accompagner. Mais uniquement pour nourrir ma thèse. Et je ne resterai pas longtemps. Ce n'est vraiment que pour ma recherche.

Son explication l'amusa.

— Tu ne prends jamais ton pied, Alice ?

Elle le foudroya du regard.

Non, *elle ne prenait jamais son pied !* comme il disait si bien.

— Je monte me changer. Je travaillerai ensuite dans la bibliothèque. Pendant ce temps, finis ton régime minceur !

Il pouffa de rire, ce qui la fit enrager. Quatre à quatre, pour ne pas l'entendre se moquer, elle monta les marches. Elle se détestait quand elle se comportait ainsi. Qu'elle se montrait revêche, parce que c'était Noël. Ou parce que sa vie prenait un tour qu'elle n'avait pas prévu...

2

— Bon, alors, ta thèse, raconte-moi un peu...

Luis était à peine revenu s'asseoir qu'une fois de plus, on l'interrompit. Il se leva, adressa un sourire à Alice en guise d'excuse et embrassa deux femmes flanquées de trois hommes auxquels il donna une tape dans le dos.

Ce soir, au club, Luis était *la* personne avec laquelle il fallait être vu. Pour Alice, la soirée était l'occasion d'une sérieuse étude anthropologique. Observer les comportements de cette société excitait sa curiosité. Chacun connaissait le rang que Luis occupait dans la hiérarchie et entendait attirer l'attention. Pourquoi les humains avaient-ils besoin de tant de reconnaissance ? Même à leur détriment. Après le divorce de ses parents, malgré le mauvais comportement de son père, elle aurait fait n'importe quoi pour capter son attention. Elle voulait croire *qu'après*, ce serait différent. Combien de fois lui avait-il fait faux bond ? Combien de fois était-il arrivé complètement ivre ? Combien de fois lui avait-elle pardonné quand il s'excusait et lui disait que ça ne se reproduirait plus ? Elle ne comptait plus. Il avait été un père tellement gentil, drôle et affectueux. Un amuseur-né. Quand il allait bien, il virevoltait avec elle dans un univers magique. Mais il avait le vin mauvais et, l'alcool aidant, il devenait agressif et amer, l'accusait de tous les maux de la terre et lui reprochait de ne pas le comprendre.

Elle sourit au serveur qui arrivait avec une théière. Plus tôt, elle avait profité de ce que Luis était occupé à ses mondanités pour explorer le club historique où Lady Radford tenait salon. Son tour terminé, un peu déçue que ces illustres lieux ne lui aient pas fourni l'inspiration qu'elle espérait, elle avait décidé de se joindre à ce beau monde. Autour d'elle le champagne coulait à flots. Les rires fusaient. On se trémoussait sur la piste de danse au son de chants de Noël revisités qu'un DJ avait sélectionnés. Original...

Luis lui fit signe d'approcher et la présenta à l'aréopage agglutiné autour de lui. Tous le regardaient, émerveillés par ce qu'il racontait. Malgré le décalage horaire dont il s'était plaint en venant au club, il semblait en grande forme. Comment faisait-il pour paraître aussi avenant, souriant, charmant malgré la fatigue ? Comment faisait-il pour écouter tous ces bavards ? Tous ces flatteurs ? Ce qu'un individu laissait voir de lui ne reflétait pas toujours la réalité de sa personne, se rappela-t-elle alors.

En habit sombre comme tous les hommes présents, Luis l'avait rassurée quand elle s'était montrée à lui dans sa petite robe noire.

« Tu es parfaite », lui avait-il dit.

Heureusement car, à part une jupe en cuir, elle n'avait à peu près rien d'autre de correct à se mettre, voyageant toujours léger.

Pour son malheur, les autres femmes étaient toutes très habillées, en rouge, en lamé or ou argent, et arboraient leurs bijoux. À plusieurs reprises, alors qu'elle explorait les divers salons du club, on lui avait commandé des cocktails, la prenant pour une serveuse. Elle n'appartenait décidément pas à leur monde.

Soudain, Luis se pencha vers une femme qui se tenait à sa droite et lui chuchota quelque chose à l'oreille. Celle-ci opina et, plaquée contre lui, le prit par le cou. Ils s'étreignirent bien plus longuement que la décence ne l'autorisait.

Alice reposa sa tasse. Il était temps qu'elle parte.

Elle se leva et prit son sac.

— Pardon, je ne me suis pas beaucoup occupé de toi, s'excusa-t-il.

Agacée de se laisser émouvoir par son sourire, elle haussa les épaules.

— Je ne suis pas venue pour que tu t'occupes de moi. Je voulais voir l'endroit que Radford fréquentait. Maintenant, je me sauve. Il est plus que temps.

Il la retint par le bras.

— Non, ne pars pas. On va danser. Je voudrais que tu me parles de ta thèse.

Il enleva sa veste et la posa sur le dossier de sa chaise. Il fallait dire *non*. Ce n'était pas le programme qu'elle s'était fixé pour son séjour à Londres. Elle n'allait pas tout bouleverser à cause d'un homme à la carrure athlétique, qui la troublait plus que de raison. Pire, qui l'étourdissait. Pour elle qui n'avait pas une grande expérience des hommes, le prince Luis de Monrosa était ébouriffant. Le mieux était qu'elle parte, mais elle se rappela soudain qu'elle était installée dans une maison appartenant à sa famille. Si elle refusait de danser avec lui, elle risquait de passer pour un grossier personnage, non ?

Elle fit un vague oui de la tête, et il lui tendit la main. Elle se laissa entraîner sur la piste, et ils commencèrent à danser. Malgré sa haute taille, il glissait sur le parquet avec la grâce d'un danseur étoile. Elle essayait de paraître à l'aise, mais lui marchait consciencieusement sur les pieds.

— Pardon, dit-elle. Je ne sais pas très bien danser.

Il rit et posa une main sur sa taille, la serrant contre lui. Trop.

— Je trouve que ce Noël commence très bien, déclara-t-il d'une voix rauque.

Sentant son souffle contre son visage, elle pencha la tête en arrière dans l'espoir de faire cesser les battements de son sang, dans ses tempes et ses oreilles.

Il portait une chemise blanche habillée, au col amidonné, et sentait merveilleusement bon, un mélange de cuir et d'ambre, surprenant chez un sportif comme lui. En tout cas, il la perturbait. La chamboulait. Elle comprenait maintenant pourquoi certaines personnes prenaient parfois des décisions qui allaient à l'encontre de leurs principes. Des décisions folles.

Elle se répétait qu'il était grand temps qu'elle rentre quand un groupe d'hommes bruyants entra, attirant l'attention générale.

— Oh ! dit-elle, étouffant mal une grimace d'horreur.

Elle s'écarta de Luis. Au milieu du groupe, les bras passés autour du cou de deux comparses qui le soutenaient, se trouvait son père. Ses yeux brillaient anormalement. Ses joues rouges, aussi. Il avait bu, c'était évident.

Non, ce n'était pas possible ! Il fallait qu'elle s'enfuie, mais ses semelles paraissaient de plomb et collaient à la piste.

Le DJ lança un nouveau morceau dont la puissance couvrit les voix des trois hommes en état d'ébriété. Elle avait dû changer de tête car Luis s'inquiéta.

— Tout va bien ?

À cet instant, son père jeta un coup d'œil de son côté. Elle se contorsionna pour qu'il ne puisse pas la voir, et, paniquée, se précipita vers la porte de service qui se trouvait devant elle.

Elle n'avait pas compris que c'était juste un petit flirt ?

Luis la regarda s'enfuir, perplexe. Hésita à la poursuivre. Une minute plus tôt elle semblait ravie de sa soirée et, brusquement, elle filait, exactement comme le soir du mariage de son frère Edwin. Il fallait qu'il s'assure qu'elle trouve un taxi, tout de même.

Il partit donc à sa suite, longea un couloir, passa devant les cuisines et finit par la voir, au loin. Il courut derrière elle, l'appela, mais elle continua.

Il tombait des cordes. Un taxi noir passa en l'éclaboussant. Furieux, il laissa échapper un juron. Il avait les pieds trempés. Alice courait devant lui. Elle aurait au moins pu prendre son manteau avant de déguerpir !

— Alice !

Les voitures et la pluie l'empêchaient peut-être d'entendre ?

— Alice !

Il traversa la rue sans regarder, un klaxon strident le fit sursauter. La main en l'air pour arrêter un taxi, Alice ralentit mais ils étaient tous pris. Il allait la rattraper quand elle tourna dans une zone piétonne. Il continua de la suivre. Sa chemise amidonnée lui collait à la peau. Soudain, il s'arrêta. La rue était vide. Où était-elle passée ?

— Alice !

La rue était étroite. Son nom résonna contre les vitrines des boutiques. En l'air, les guirlandes lumineuses se balançaient dans le vent.

Il l'appela encore, d'un ton moins aimable, cette fois.

— Alice !

L'appréhension le gagna. Et s'il lui arrivait quelque chose ? Que connaissait-elle de Londres ? Il se remit à courir. Il y avait des ruelles de chaque côté de la rue commerçante. Elle avait pu emprunter n'importe laquelle.

Il l'appela de nouveau, criant presque cette fois. C'est alors qu'il la vit s'engouffrer sous une porte cochère. Il s'arrêta, attendit qu'elle ressorte. Rien. Elle devait avoir peur. Mais de quoi ? De qui ? De lui ? Avait-il réveillé quelque chose chez elle ?

— Arrête de crier, dit-elle en sortant de son abri.

Elle tremblait de froid.

— Mais enfin, pourquoi es-tu partie comme ça ?

Elle resta à le regarder sans rien dire. Lui attendait qu'elle s'explique, mais c'était comme si elle était devenue muette.

— Il faut te mettre au sec.

Il lui tendit la main, mais elle ne réagit pas.

— Je t'emmène où tu veux. Chez une amie, ou à l'hôtel si tu préfères ne pas revenir à la maison avec moi.

Il soupira.

— Je suis désolé, Alice. C'est à cause de moi, n'est-ce pas ? Explique-moi ce qu'il s'est passé pour que…

— Mais non, ce n'est pas à cause de toi, coupa-t-elle.

C'était quoi, alors ? Lui poser la question le démangeait, mais mieux valait attendre d'être à l'abri pour entamer cette conversation.

Les bras croisés sur la poitrine, elle sortit complètement de sa cachette.

— Tu peux me trouver un taxi ?

Ses cheveux, trempés, collaient sur son visage, soulignant ses pommettes hautes et ses yeux en amande. Elle semblait tellement fragile qu'il eut envie de la serrer dans ses bras. Mais c'était la dernière chose à faire, songea-t-il.

— Retourne là-bas, dit-elle montrant le club. Avec tes amis.

Elle haussa les épaules.

— Désolée, je ne pensais pas que tu me suivrais. J'ai gâché ta soirée.

Il hocha la tête et remonta avec elle vers l'artère principale. Il y avait des gens dehors dans cette rue-là, ils ne seraient pas seuls. Cela la rassurerait.

— Je ne sais pas ce qu'il s'est passé, mais si je peux t'aider…

Elle le dévisagea.

— J'ai vu quelqu'un… j'ai pensé qu'il était à mes trousses, alors j'ai paniqué.

Qui avait-elle vu ? Qui donc lui avait fait si peur ? S'il retournait au club et tenait l'imbécile, il lui casserait la figure ! Mais, pour l'instant, il fallait trouver un taxi, et vite ! Justement, il en passait un. Il le héla, monta à bord avec elle.

— Au Steward, s'il vous plaît !

Ils récupérèrent leurs vêtements au club et repartirent vers Mayfair en traversant Hyde Park. Malgré le froid, des badauds flânaient devant les vitrines de Noël. Et elle tremblait toujours, en dépit de son manteau.

Quelle nuit ! Il espérait passer une soirée qui lui ferait oublier la vie, les amis, l'équipe qu'il laissait à regret derrière lui, ainsi que l'avenir peu engageant qui l'attendait. Mais, au lieu du plaisir entrevu, il avait presque fait mourir de peur la femme qui séjournait chez lui. Décidément, il avait le chic pour tout faire de travers !

J'ai honte d'être ton père.

Le prince, son père, lui avait dit cela quand il avait quatorze ans. Il l'avait dit une fois, une seule, mais ces paroles étaient restées gravées dans son esprit. Des années plus tard, le souverain n'avait pas changé d'avis. Sa réprobation était présente dans chacun de ses regards, dans chacun des commentaires qu'il faisait sur les choix de vie de son fils. Aux yeux de son père, Luis était la honte de la famille, et il n'avait jamais cherché à changer l'opinion qu'il avait de son fils. C'était comme si cet homme voulait le provoquer, le blesser comme il l'avait fait, par son comportement terrible, après le décès de sa mère. Ils avaient été proches autrefois, très proches. Ils partageaient une même passion pour le sport, se comprenaient à mi-mot, chacun se retrouvant dans la personnalité de l'autre. Ils étaient extravertis, fougueux et n'avaient pas la langue dans leur poche. Mais, après la mort de sa mère, son père s'était replié sur lui-même. Il était devenu plus agressif, irritable. Leur relation s'était aigrie, effritée, et Luis avait appris l'inconstance de l'amour. Il avait appris à ne jamais s'engager totalement, ni faire confiance. Il avait appris qu'il ne faut pas se faire d'illusions : on ne sait jamais vraiment ce que pensent, ressentent, ou désirent les autres. Il avait appris que pour vivre heureux, mieux valait vivre caché. Qu'une vie loin des projecteurs, une vie simple était de loin préférable à une vie où l'on comptait beaucoup trop sur les autres. Pour sa part, il avait décidé qu'il ne compterait plus jamais sur personne et ne permettrait pas qu'une relation lui rende la vie impossible. La disparition de sa mère avait détruit son père, et en aucun cas il ne s'exposerait à pareille souffrance.

D'accord, il avait la réputation de séduire toutes les femmes qu'il voulait, une réputation savamment entretenue par la presse à sensation. N'était-il pas le prince Luis en personne ? Ses frasques, vraies ou imaginaires, alimentaient les commérages, le soir, dans les chaumières ! Et faisaient vendre des journaux. Pour agacer son père, que ces rumeurs faisaient enrager, il ne démentait pas. Il aimait sortir. Avait un grand cercle d'amis. Il adorait faire le *buzz*, distraire – voire choquer – autrui. Ce bruit autour de sa personne lui convenait. Il en avait besoin pour combler le vide intérieur qui l'angoissait. Un vide que, sans qu'il comprenne pourquoi, la présence d'Alice O'Connor aggravait.

Il lui sourit. Et – surprise ! – elle lui sourit en retour. Mais, aussitôt, elle détourna les yeux pour regarder les noceurs qui descendaient faire la fête à Piccadilly. Il avait eu le temps de voir des larmes glisser sur ses joues rouges. Le taxi tourna dans une rue adjacente éclairée par des réverbères dont la lumière balaya son visage calme et triste. Elle avait de belles lèvres pleines et joliment dessinées, un nez droit, fin, de longs cils et des sourcils noirs et, toujours, cette même expression réservée, presque fermée.

Il avança sa main vers la sienne, qui reposait sur son manteau. Quand il toucha ses doigts, elle se cabra. Elle fouilla son regard, comme si elle cherchait à savoir si elle pouvait lui faire confiance. Mais, très vite, elle retira sa main, le laissant sinon désemparé, du moins étrangement déçu.

Alice marcha vers sa chambre et se retourna. Luis avait droit à une explication. Mais peut-être valait-il mieux qu'elle attende demain matin ? Son émotion aurait eu le temps de se dissiper.

L'heure qui venait de s'écouler avait été un cauchemar. Luis avait dû se dire qu'elle ne savait pas ce qu'elle voulait. Ni ce qu'elle faisait. La première fois qu'ils s'étaient vus, elle l'avait embrassé, sans préambule, et, ce soir, elle avait filé à l'anglaise !

Comment allait-elle lui expliquer son comportement, sans évoquer les misères de son passé, ces souvenirs qui la faisaient souffrir et qu'elle redoutait de déterrer ? Cela aurait été plus facile s'il avait été comme son ex, Rory, un être irritable qui doutait tout le temps d'elle et s'énervait quand son père lui téléphonait. Cela faisait dix ans, maintenant. Aujourd'hui, elle ne l'exaspérait plus avec ses peurs. Il ne lui demandait plus si son père était aussi minable qu'elle le prétendait. Il l'avait quittée, et c'était tant mieux. Elle ne s'interrogeait plus sur elle-même, se demandant si c'était elle qui était folle ou lui qui la poussait à bout ? Ce qu'elle racontait de sa vie, était-ce bien la réalité ? Dans un tel contexte, pas étonnant que leur relation n'ait duré qu'un an. Depuis, côté romance, c'était le désert. Il y avait eu quelques *speed dating*, autant de désastres. Elle avait persisté, sans plaisir, juste parce que sa grande amie Toni qui craignait qu'elle ne finisse vieille fille avait lourdement insisté. Mais elle avait encore le temps ! De toute manière, jamais elle ne se marierait, ça, elle n'en avait aucune envie.

Ses rendez-vous s'étaient tous soldés par des échecs. Certains prétendants étaient charmants au début. Elle avait même cru, plusieurs fois, que ça allait marcher entre eux mais, au fil de la soirée, ils finissaient par avouer qu'ils étaient déjà en couple.

D'autres trouvaient normal de mentir sur leur profil. À propos de tout. Leur âge, leur profession, leurs centres d'intérêt, de façon à l'attirer à coup sûr. Un jour, un type était même arrivé au restaurant avec tout un attirail sado-maso, cuir et menottes, persuadé qu'ils l'utiliseraient dans l'hôtel voisin, sitôt le dîner terminé. Elle avait pris ses jambes à son cou, jurant ses grands dieux de supprimer au plus vite son profil des sites de rencontres.

Elle appuya sur la poignée de la porte et laissa échapper un soupir de soulagement. Elle était chez lui. Pas son invitée, mais chez lui quand même. La moindre des choses était de s'excuser de lui avoir gâché la soirée. Fermant les yeux, elle repensa au moment où elle l'avait vu, sur le trottoir, mécontent – cela se voyait à son regard et à son rictus –, même s'il s'était radouci par la suite. À la lumière des lampadaires, elle avait remarqué les gouttes de pluie sur ses joues creuses, sa chemise détrempée qui lui collait à la peau. Elle avait failli – oh ! pas longtemps – pleurer de soulagement de le voir là, pour elle. Mais c'était présomptueux, et elle avait vite chassé cette illusion. Elle s'était toujours trompée dans ses jugements sur les hommes, il n'y avait aucune raison pour que cela ait changé. Surtout avec ce personnage à la réputation sulfureuse...

Après un détour par sa chambre, elle le rejoignit dans la cuisine. Il s'était douché et changé. À l'aise dans une tenue d'intérieur décontractée, appuyé contre le comptoir, il mangeait un morceau de bûche de Noël noyé sous la crème et ne leva pas les yeux quand elle entra.

— Tu veux goûter ?

— Je n'aime pas beaucoup la bûche.

— Parce que c'est un dessert de Noël ? rétorqua-t-il avec ironie.

Les nerfs à fleur de peau, elle rit. Un rire nerveux, presque hystérique. Bon sang, il fallait qu'elle se ressaisisse, et vite !

Il fit une nouvelle tentative et lui tendit l'assiette mais, une fois encore, elle refusa.

— Je suis désolée pour tout à l'heure, murmura-t-elle… Je te dois une explication…

Une goutte d'eau coula de ses cheveux, qu'elle avait pourtant essuyés, sur son haut de pyjama. Elle frissonna.

— J'ai préparé du thé, dit-il, montrant le comptoir derrière lui. Il y a du lait dans le réfrigérateur si tu veux. Le sucre… mais tu n'en prends pas, évidemment !

Évidemment ! Pourquoi cette affirmation ?

Elle lui lança un regard étonné.

— Je le suppose, en tout cas, expliqua-t-il. Les femmes se privent toutes de sucre.

Elle remarqua son coup d'œil vers la boîte de chocolats.

— Mais je vois que tu t'autorises quelques douceurs, tout de même.

Elle se servit une tasse de thé et, comme pour le narguer, chercha le sucre dans le placard.

— Parfait. Et maintenant, un nuage de lait !

Il ouvrit le réfrigérateur et la servit. Heureusement, car ses mains tremblaient. Sûrement le froid de tout à l'heure, qui l'avait glacée jusqu'aux os.

Et la fatigue. Pas à cause de ce qui s'était passé ce soir, mais à cause de son travail à plein temps au café – elle faisait même parfois des heures supplémentaires – pour payer son loyer et tenter de terminer ses études.

Il n'empêche, elle avait beau critiquer les hommes, elle trouvait très agréable d'avoir quelqu'un à ses petits soins, ne serait-ce que pour lui préparer un thé. Vivant seule, elle était libre et c'était primordial. Mais vivre à deux devait mettre un peu de douceur dans la vie, se dit-elle.

Elle prit sa tasse de thé, en avala une gorgée.

— Je… j'ai vu mon père, ce soir. Au club. C'est pour cela que je me suis enfuie.

— Pourquoi ? Tu as peur de lui ?

— Non, mais ça m'a fait un choc. Je ne m'attendais pas à le voir là. Ma tante m'avait dit qu'il était en France, où il travaille comme entraîneur d'une équipe de rugby. Je ne voulais pas lui parler, car ça se termine toujours mal avec lui. C'est pour ça que je suis partie aussi vite. Quand tu m'as suivie, j'ai cru que c'était lui.

— Je suis navré de t'avoir fait peur. Je voulais juste m'assurer que tu étais en sécurité pour rentrer.

— Ne t'excuse pas. C'est plutôt à moi de le faire. Je t'ai gâché ta soirée.

— Mais non ! Il y en aura d'autres, de toute façon.

Il avait une voix étrange, comme si quelque chose l'ennuyait sans qu'il ose en parler. Il fréquentait beaucoup les boîtes de nuit, à ce qu'elle avait lu. Peut-être l'avait-elle empêché de faire une nouvelle conquête ?

— Il t'a maltraitée, Alice ?

— Non... pas vraiment. Mais... comment dire... ? Il boit. Il ne veut pas le reconnaître, mais il est alcoolique. C'était un joueur de rugby professionnel et il a dû mettre fin à sa carrière. Il avait un ami qui l'a entraîné à boire et ça a dégénéré... Mais non, il ne m'a jamais fait de mal.

Elle se tut. Elle n'oublierait jamais les disputes de ses parents. Les coups et les cris, et le silence qui s'ensuivait. Et sa mère, le lendemain, cachant tant bien que mal ses bleus sous son maquillage.

— À toi, non. Mais à ta mère, oui ?

Elle acquiesça, stupéfaite. Avait-il lu dans ses pensées ? Elle ravala discrètement un sanglot. Sa mère avait pris l'habitude de faire comme si tout allait bien. Ni dispute ni coup... Elle avait honte et avait transmis ce sentiment à Alice. Le sujet était tabou et ne devait pas sortir de la maison. Freddy O'Connor, ce garçon célèbre dans tout le pays, ne pouvait pas se montrer violent ! C'était un rugbyman de génie qui séduisait tout le monde. Sa femme et sa fille ne comprenaient pas comment il réussissait à cacher sa double personnalité, et pourtant personne ne s'était jamais douté de rien...

— N'en parlons pas si ça t'ennuie, dit Luis.

Soulagée qu'il ne cherche pas à en savoir plus, elle hocha la tête en guise d'assentiment.

— J'ai les cheveux encore mouillés, déclara-t-elle. Je vais me sécher...

Amusé de voir de quelle façon elle passait à autre chose quand un sujet l'embarrassait, il sourit.

— Sèche-toi bien les cheveux et bonne nuit, conclut-il.

Étonnée, elle se tourna vers lui. Finalement, il se comportait en vrai gentleman. Sa réputation de play-boy superficiel et arrogant était-elle surfaite ? Allait-elle découvrir un prince Luis de Monrosa différent de l'homme qu'elle s'imaginait ?

— Toi aussi. Et... merci de ta gentillesse, ce soir. J'ai beaucoup apprécié.

— Tu as l'air surprise.

— Eh bien...

— Nous avions peut-être une fausse opinion l'un de l'autre, tu ne crois pas ?

Prise de court, elle fit mine de ne pas avoir entendu et fila vers l'escalier, le cœur battant. Une chose était sûre, en tout cas : il la déstabilisait.

3

Cent pour cent de son attention. C'était ce que sa thèse réclamait, rien de moins. Alors mieux valait ne pas écouter cette voix qui lui soufflait de laisser tomber, qu'elle était un imposteur, qu'elle n'en viendrait jamais à bout.

Bon sang, Alice ! Tu ne vas quand même pas abandonner maintenant, alors que tu touches enfin au but. Qu'as-tu fait de ta flamme, de ta détermination ? Qu'est devenue ta passion pour cette carrière qui t'a portée pendant dix ans ? Rappelle-toi ce que tu disais : « Je veux prouver à mon père qu'il se trompe ! Je ne perds pas mon temps, et mon projet n'est pas sans intérêt ! ».

Elle fit défiler sur l'écran de son portable les pages qu'elle avait déjà rédigées, se souvenant à peine de les avoir tapées et laissa échapper un long soupir. Elle avait peur. Peur de ne pas finir. Peur de l'avenir. Que deviendrait-elle si elle n'obtenait pas ce poste d'assistante ? Combien d'années perdues à poursuivre ce rêve ? Et que ferait-elle si elle obtenait ce poste et qu'il ne correspondait pas à son attente ?

Sa passion pour l'histoire s'était éteinte.

La preuve, elle était assise là, à la British Library, dans le silence et sans inspiration. Elle savait quels passages de sa thèse devaient être enrichis. Son analyse des essais et du plaidoyer de Lady Radford pour le droit à l'éducation gratuite pour tous manquait de conviction. Elle savait quels points elle voulait étoffer, mais rédiger et taper étaient au dessus de ses forces.

Elle ferma les yeux. Prit une profonde inspiration.

Ne panique pas. Ça va aller. Tu es forte.

Elle se recroquevilla alors que des images se télescopaient derrière ses paupières closes. Des souvenirs d'enfance. Noël chez eux. L'année où son père avait été absent tout l'été. Les éclats de rire. L'espoir impossible que les choses changent. Ils avaient fait les courses ensemble, avaient ensuite déjeuné dans un restaurant chinois. En sortant, il s'était trouvé nez à nez avec des fans qu'il ne connaissait absolument pas, qui l'avaient convaincu d'aller boire un verre avec eux dans un pub du quartier. Sa mère l'avait supplié de rentrer, en vain. Elle pleurait quand elle avait ramené Alice, en voiture. Tôt le lendemain, le matin de Noël, elle avait été réveillée par les hurlements de sa mère qui ordonnait à son père de partir. Puis elle avait entendu un grand boum, un corps qui heurtait un mur…

Elle grinça des dents. Cet homme lui avait gâché sa jeunesse. Il ne lui gâcherait pas son avenir.

Inutile de ressasser ! songea-t-elle. Il fallait qu'elle travaille. *Voyons, comment Lady Radford avait*-elle infléchi la politique du gouvernement ? Mais, au lieu de se pencher sur sa thèse, elle repensa à Luis. Il avait volé à son secours la veille, et elle avait apprécié sa sollicitude, mais elle détestait l'idée de s'être montrée en état de faiblesse. Elle détestait qu'on la voie comme ça. Elle détestait *se* voir comme ça. Qu'est-ce qui la fragilisait en ce moment ? Une fatigue passagère ? Un burn-out ? Son avenir ?

— Ah, te voilà ! Je te cherchais partout.

Elle sursauta, puis ouvrit les yeux.

Luis ? Mais que faisait-il là ? Il avait l'air très content de lui, en tout cas.

Il s'approcha, s'assit et lui dit à l'oreille :

— Je t'ai vraiment surprise, Alice ?

— Que fais-tu ici ?

Il se balança sur sa chaise.

— Tu sembles ravie de me voir ! Avec cette maudite sécurité, j'ai eu du mal à entrer.

Il leva les bras en l'air.

— J'ai trouvé ton mot. Tu disais que tu venais à la British

Library. Alors j'ai décidé de venir te chercher pour qu'on déjeune ensemble.

— Tu ne devrais pas être dans l'avion pour Monrosa à l'heure qu'il est ?

Elle ne voulait pas paraître agressive ou nerveuse, mais comment rester de marbre devant ce superbe spécimen masculin qui s'étirait devant elle tel un puissant félin ? Elle ne pouvait pas, et ça la rendait furieuse.

Les yeux rivés sur l'écran d'ordinateur qu'elle avait devant elle, il lui rétorqua :

— Si, mais je ne suis pas pressé.

— Et moi je suis occupée.

L'air incrédule, il eut un sourire en coin.

— C'est ce qui m'a frappé en arrivant ! Tu semblais débordée !

Il se moquait d'elle. C'était insupportable.

— Dis-moi. Que veux-tu, Luis ?

Le coude planté sur le bureau, le menton dans la main, il l'observa, l'air plutôt amical.

— M'assurer que tout va bien pour toi avant mon départ.

— Je te l'ai dit ce matin, je vais bien.

Plus tôt, alors qu'elle se préparait pour aller à la bibliothèque, Luis était sorti de sa chambre, les yeux bouffis de sommeil, les cheveux en bataille et, d'une voix rauque, lui avait demandé ce qu'elle faisait debout si tôt. Sans savoir pourquoi elle avait eu cette pensée, elle s'était demandé ce que ça lui ferait de le suivre dans sa chambre, de se laisser serrer dans ses bras et de sentir sa bouche prendre la sienne, comme la première fois. Leurs regards s'étaient croisés, puis soudés, et un étrange courant était passé. Sans voix, elle s'était retournée et, une fois de plus, elle avait fui. Comme elle était vulnérable quand il était dans les parages ! Il lui faisait perdre tous ses moyens.

Quand elle l'avait entendu quitter la maison, plus tard, exaspérée que le fait de le savoir tout près l'ait déconcentrée toute la matinée, elle avait attrapé son portable et ses notes, et avait tout flanqué dans sa sacoche pour retourner dans le sanctuaire de la British Library.

— Je connais un restaurant péruvien, pas loin. Une petite pause te fera du bien, non ?

Elle n'avait pas besoin d'une pause. D'autant moins qu'elle n'avait pas avancé ! Elle allait refuser quand, devant sa mine dépitée, elle se ravisa. Son comportement de la veille l'avait inquiété, et elle voulait le rassurer. Il pouvait quitter Londres, l'esprit tranquille. Tout allait et irait bien... quand il serait parti. Une fois seule, elle pourrait peaufiner sa thèse.

Les guirlandes de Noël du restaurant dansaient au-dessus de sa tête. Son téléphone à l'oreille, Alice faisait les cent pas sur le trottoir de Marylebone. Ils avaient commandé leur déjeuner quand son portable avait sonné. Soucieuse de ne déranger personne, elle s'était excusée et éclipsée.

D'accord, Luis savait qu'inviter Alice au restaurant ne visait qu'à retarder son retour à Monrosa. Vivre à temps plein sur cette île ressemblait à un cauchemar. La vie du palais avec ses obligations et son protocole l'étouffait. Mais il avait fait une promesse à son père et, quoi que celui-ci pensât, il ne revenait pas sur ses promesses. Peut-être à cause de la piètre opinion que son cher père avait de lui, il mettait un point d'honneur à rester intègre et digne d'estime.

Alice rangea son téléphone dans la poche arrière de son jean mais ne rentra pas dans le restaurant. Les yeux dans le vague, elle semblait regarder les passants, sans les voir. Que lui arrivait-il ? Était-ce à cause de son père ? Quel genre d'homme fallait-il être pour faire peur à ce point à sa fille ?

Ce matin, déjà, elle était ailleurs, très songeuse. Elle lui avait peu parlé, juste souhaité un joyeux Noël en partant. À propos de Noël, qu'allait-elle faire ? Sachant qu'elle serait seule ce jour-là, il se voyait mal partir en l'abandonnant, surtout après la panique dont il avait été témoin, hier soir.

Elle rentra, posa son téléphone sur la table et se rassit.

— Excuse-moi, c'était ma mère, je ne voulais pas rater son coup de fil. Je savais qu'elle allait en voiture chez ma tante aujourd'hui et, comme elle ne conduit pas toujours très bien, je voulais être sûre qu'elle était arrivée à bon port.

Elle poussa un soupir.

— J'ai eu tort de décrocher : maintenant, elle veut que je vienne en Irlande pour Noël.

Comme son portable sonnait de nouveau, elle jeta un coup d'œil à l'écran et commenta.

— Elle va me bombarder de messages et de textos, maintenant. Elle oublie que je n'ai plus neuf ans, mais vingt-neuf ans.

— Pourquoi veut-elle que tu y ailles ?

Elle hésita avant de répondre.

— J'ai fait l'erreur de lui dire que j'avais croisé mon père, hier.

Que lui cachait-elle donc ? Et quel secret inavouable préoccupait sa mère ?

— Ton père… représente un danger pour toi ?

Il vit qu'elle tentait de se dérober.

— Pardon ! Excuse-moi. J'avoue que ta frayeur m'a impressionné, hier soir. Je n'ai pas compris.

— T'inquiète !

Elle regarda ses mains qu'il avait posées entre eux, à plat sur la table.

— Non, mon père n'est pas dangereux mais ma mère n'aime pas que je passe Noël toute seule. C'est la première fois que nous ne sommes pas ensemble pour les fêtes. Les années passées, j'ai essayé d'y échapper, mais elle a un don pour me convaincre de venir passer cette période en famille. Or je déteste ça. Tout ce monde, ces cadeaux à acheter et à changer, les huîtres, le foie gras… C'est trop. On passe son temps à table. Et ces chants !

— Je trouve ça plutôt sympathique.

— Évidemment ! Tu aimes les fêtes. Moi, le genre de vie que tu mènes m'épuiserait. Tu n'as jamais rêvé de vivre autrement ?

Étonné par tant de franchise, il la regarda. Pourquoi, et comment savait-elle à quoi ressemblait sa vie ? Il ne put s'empêcher de rétorquer :

— Dis donc, tu m'espionnes !

Elle réagit vivement.

— Sûrement pas ! C'est ma mère. Elle adore la presse people. Et, depuis que Kara a épousé un homme de ta famille, son goût pour les romances princières a décuplé. Je pourrais te parler d'Ivo qui a gagné à Henley, de ton père et de son voyage au Canada, cet automne. Vous faites tout le temps les gros titres des journaux. Tu ne te lasses pas de cette publicité ? Cette agitation autour de toi te rend heureux ?

C'était la première fois qu'on lui demandait s'il était heureux. Son mode de vie semblait l'intriguer. Elle ne le jugeait pas, pas du tout, elle avait seulement envie de comprendre. Mais comment lui expliquer qu'intérieurement il bouillait d'impatience ? Que le changement, la nouveauté et l'énergie des autres étaient une nécessité pour lui. Qu'il en avait besoin pour se sentir en vie. Que lorsqu'il était seul, ses démons revenaient le hanter, implacablement.

— Ta mère va être déçue ! Elle ne va plus entendre parler de moi, je retourne à Monrosa. Mon devoir de prince m'attend.

— Tu laisses tomber les compétitions offshore ? Je croyais que c'était ta vie.

Il se racla la gorge. Elle ne l'avait sûrement pas fait exprès, mais elle venait de toucher une corde sensible.

— J'ai promis à mon père que si je remportais le *World Series*, je reviendrais à Monrosa.

— Ça n'a pas l'air de t'emballer.

Elle tourna sa fourchette dans son assiette pour enrouler les spaghettis.

— Non, mais je ne peux pas me dérober.

— Ce sera agréable. Tu passeras du temps avec ta famille.

— D'accord. À condition que mon père ne me force pas à me marier, moi aussi.

Quel imbécile ! Il avait oublié qu'elle ignorait tout des dessous du mariage de son frère.

— Il ne ferait jamais ça !

— C'est une règle dans les familles royales, il faut être marié, donner des héritiers à la Couronne et être heureux toute sa vie.

— Et ce programme ne te plaît pas ?

C'était une conversation qu'il n'avait jamais eue avec personne. Ses amis et ses ex étaient à des années-lumière de ce genre de préoccupations. Sans faire attention, il s'entendit répondre :

— Je refuse de passer ma vie à essayer de deviner ce que l'autre a dans la tête et n'ose pas dire. Les sous-entendus, les non-dits, je déteste ça.

— Je ne vois pas ce que tu veux dire.

Démangé par l'envie de bouger, de partir, il regarda du côté de la porte, mais se retint. Il desserra le col de sa chemise qui lui donnait l'impression d'étouffer. Bon sang ! Il faisait chaud, ici. Il faillit faire une blague mais, devant son air sérieux, préféra se taire.

— Tu estimes que je mène une vie épuisante, et moi je trouve que ce qui est épuisant, c'est d'avoir une relation suivie avec quelqu'un. La presse peut raconter ce qu'elle veut, je ne suis pas un incorrigible don Juan. J'ai eu quelques petites amies, à chaque fois c'était sérieux, mais ça n'a jamais marché. Je ne sais pas ce que je veux. Je n'aime pas avoir à me soucier des états d'âme de ma partenaire. Tout compte fait, je préfère être seul. C'est plus facile et, quoi que mon père désire, je ne me marierai pas.

Sa fermeté, sa certitude la firent sourire.

— Sois heureux, Luis, c'est ça qui est important. Le reste…

Le reste… Il y avait de la tristesse dans sa voix, et un peu de résignation. Il en eut mal pour elle. L'idée qu'elle allait être seule la semaine suivante lui parut soudain injuste.

— Ta maman a peut-être raison, finalement. Tu devrais aller en Irlande.

Sa remarque l'agaça. Incapable de se dominer, elle rétorqua.

— Je t'ai déjà expliqué que j'avais ma thèse à terminer, non ? Pour l'instant, je n'en vois pas le bout. Il faut que je réfléchisse encore. Au calme.

— Combien de temps as-tu déjà passé dessus ?

— Trois ans. Trois années interminables.

— C'est ce que je dis : fais une pause. Tu as un endroit où te reposer à Londres ?

— Oui, chez Toni. Je ne connais qu'elle à Londres, mais elle est en Australie en ce moment. Tu dois connaître son petit ami. Dan

Ferguson ? Il est l'auteur de la série télévisée *Histoires italiennes*, qui fait un tabac. Toutes les femmes sont folles de lui !

Elle avait allumé son portable et cherchait une photo de l'ami de son amie quand une image s'ouvrit sur son écran.

— Tiens, le voici, dit-elle la lui montrant.

— Tu trouves que c'est un sex-symbol ? demanda-t-il.

Elle le fixa droit dans les yeux.

— Ah non ! Sûrement pas !

Il se gratta la gorge.

— Tu as quelqu'un à Dublin ? Un petit ami ?

Elle poussa son assiette à laquelle elle avait à peine touché. Elle avait perdu l'appétit. Pourquoi Luis la dévisageait-il comme ça ? Avec cette insistance ? Avait-il deviné quelque chose ? Elle essaya de ne pas rougir. Ses histoires de cœur ne regardaient personne, pas plus que les décisions qu'elle avait prises.

— Non.

L'air perplexe, il l'observa, ce qui la fit rougir.

Il rirait. Il rirait s'il savait ! Évidemment, ce prince très moderne, brillant sportif, grand séducteur, ami ou amant des plus sublissimes filles que compte la planète, rirait d'apprendre qu'elle était toujours vierge.

— Si on allait marcher ?

Elle contempla l'assiette que lui non plus n'avait pour ainsi dire pas entamée.

— Et ton repas ?

Pas de réponse. Il appela le maître d'hôtel, lui demanda la note et paya.

Ils sortirent, puis traversèrent Hyde Park vers la British Library.

— J'ai l'impression que nous avons connu le même genre de désastres amoureux, dit-il soudain.

Elle haussa les épaules.

— Je ne vois pas pourquoi tu dis cela ! rétorqua-t-elle.

Elle ne tenait pas à s'étendre sur ce sujet mais, pour une raison qu'elle ignorait, elle avait envie de dire à Luis la vérité.

Pourquoi ?

Aucune idée.

Était-ce leur baiser ? Sa gentillesse, la nuit dernière ? Leurs regards qui s'étaient accrochés sans pouvoir se défaire ? En tout cas, la remarque fusa :

— Si tu as des histoires de cœur, sache que je n'en ai aucune.

Il souleva la branche basse d'un chêne pour la laisser passer et s'arrêta.

— Comment cela, aucune ? Tu as bien eu des flirts, non ?

Son air sidéré la fit rougir, mais elle s'empressa de rire.

— Je ne sais pas si l'aventure que j'ai eue à dix-neuf ans compte ? Cela fait si longtemps ! Elle n'a duré qu'un an. On ne vivait pas dans la même ville. Lui était en fac. Depuis, il ne s'est pas passé grand-chose dans ma vie sentimentale, et finalement, je suis très bien comme ça. Lui aussi s'en porte mieux. Je le rendais malheureux, paraît-il. C'est possible, mais il attendait trop de notre relation, plus que ce que j'étais prête à lui donner. De toute façon, ce n'était pas l'homme qu'il me fallait. Il était trop impatient.

Luis portait un manteau de laine, épais, sur une chemise blanche qui faisait ressortir son bronzage. La nuit commençait à tomber et effaçait un peu sa barbe naissante. De toute manière, elle le préférait rasé de près. Elle voyait mieux ses traits virils. C'était bizarre, cette façon de s'intéresser à un homme, de scruter le moindre détail. Pour elle, c'était tout à fait inédit.

— Tu veux dire que tu n'as eu personne depuis ?

Il était stupéfait – pas moqueur –, mais cela la mit mal à l'aise.

— Non.

Il pencha la tête et la regarda. Fascinée par ses yeux d'un vert profond moucheté de paillettes dorées, elle le fixa.

— Pourquoi ? insista-t-il.

Ils étaient seuls sur l'avenue bordée d'arbres, et le jour baissait de plus en plus. Quand quelqu'un lui posait cette question, elle répondait invariablement que ses études lui prenaient trop de temps et qu'elle était très bien toute seule. Mais, comme un peu plus tôt, dire la vérité à Luis lui semblait une évidence, aussi décida-t-elle de lui répondre.

— Après ce qu'a fait mon père, je me suis dit que je ne dépendrais jamais de quelqu'un

Il avança la main et caressa sa joue. C'était délicieux. Il pouvait la caresser autant qu'il voulait. Pendant des heures, s'il voulait...

— Je pense qu'on a ça en commun. Une aversion pour les aventures sans lendemain.

Il se pencha encore plus, à toucher son nez, sans la quitter des yeux.

Embrasse-moi, Luis. Embrasse-moi ou je vais défaillir. Je sais que je ferais mieux de partir. J'ai du travail et tu as un avion à prendre. Mais juste un petit baiser, sans conséquence, d'autant qu'avant que nous nous revoyions...

Qu'attendait-il ? Elle ne connaissait pas grand-chose aux hommes, mais son expression, ses pupilles dilatées trahissaient quelque chose, non ? La désirait-il comme elle le désirait ?

Elle se hissa sur la pointe des pieds, effleura son nez avec le sien. Quand elle vit son regard très noir, son cœur commença à s'affoler.

Embrasse-moi encore une fois avant de partir. Juste une fois. J'ai envie de me sentir vivante.

Il caressa sa bouche avec ses lèvres, et elle sentit ses jambes se dérober. *Encore, encore, encore...*

Mais il recula. Elle faillit le supplier de se rapprocher, de recommencer. Pourquoi s'éloignait-il si vite ? Était-elle la seule à vouloir être aimée ?

Il se passa la main dans les cheveux.

— C'est décidé, dit-il : je reste avec toi pour Noël.

4

Alice soupira. La maison était éclairée comme en plein jour, ce qui laissait supposer que Luis était là. Elle avait espéré qu'il serait parti au dîner auquel il l'avait conviée un peu plus tôt, par texto, et qu'elle avait décliné. En retour, il lui avait adressé une vidéo humoristique d'un homme, sur son trente et un, une rose rouge à la main, qui se rend compte qu'une femme vient de lui poser un lapin.

Quand il lui avait annoncé qu'il restait à Londres pour Noël, elle avait protesté. En revanche, la vidéo de l'homme déconfit car sa belle l'avait laissé en plan l'avait fait éclater de rire. Trop fort, car dans la bibliothèque on lui avait lancé des regards réprobateurs.

Elle avait décidé d'éviter Luis le plus possible pendant la période de Noël. Pourquoi ne retournait-il pas à Monrosa, dans sa famille ? Cela lui faciliterait la vie, car elle avait vraiment besoin d'être tranquille. De toute façon, elle ne comprenait pas. Il prétendait qu'il restait pour lui tenir compagnie. Pourquoi se privait-il d'un Noël en famille pour le passer avec une quasi inconnue ? Qu'avait-il derrière la tête ?

Elle contempla Fitzalen Square, avec son marché de Noël, les chorales qui se succédaient, son immense sapin couvert de guirlandes… Il régnait vraiment un air de fête, dans le quartier. Il avait plu un peu plus tôt, et le ciel était maintenant dégagé.

Une chorale entonna « Petit Papa Noël ». Elle frissonna. C'était un air que son père chantait souvent en voiture. Elle consulta de nouveau son téléphone. 20 heures. Luis n'allait plus tarder à partir.

Elle décida de se promener un peu dans le marché de Noël. Comme une longue nuit l'attendait – il fallait qu'elle avance dans sa thèse –, elle allait boire un thé bien chaud. Les stands qui vendaient à boire et à manger se trouvaient à l'autre bout de la place. Une file interminable de clients attendait le vin chaud. À côté, c'étaient les beignets. De délicieux effluves embaumaient l'air, et elle sentit son estomac gargouiller. Un peu plus loin, un couple d'amoureux s'embrassait. Ils semblaient très heureux.

Elle continua à marcher, s'arrêta devant un autre marchand de beignets, prit la queue. « Trois pour le prix de deux ! » criait le vendeur. Exactement ce qu'il lui fallait.

Elle avisa un banc – hélas, pas assez loin de la foule –, s'assit et ferma les yeux. Le sucre glace qui fondait sur sa langue était un véritable régal. Elle rouvrit les yeux, entama le deuxième et faillit s'étouffer. Luis s'avançait vers elle, dévorant des yeux son beignet à moitié mangé.

Bon sang ! Pourrait-elle être tranquille, un jour ?

Sans lui demander la permission, il s'assit auprès d'elle. Elle lui présenta la boîte de gâteaux et, sans la moindre hésitation, il se servit.

Elle faillit lui demander pourquoi il n'était pas habillé *plus chic* pour son dîner mais, estimant que cela ne la concernait pas, elle se tut.

— J'avais besoin de prendre des forces, dit-elle comme pour s'excuser, en touchant la boîte. Avec cette fichue thèse, je vais devoir rédiger toute la nuit !

Il haussa les sourcils et, l'air interrogateur, la fixa. Pourquoi la regardait-il comme cela, alors que, tout à l'heure, elle avait voulu l'embrasser et qu'il avait dédaigné son geste ?

Décidément, elle ne comprenait rien aux relations entre les hommes et les femmes. Ou, plus exactement, elle comprenait tout de travers. Mieux valait qu'elle l'évite, dorénavant. De cette façon, elle ne risquerait pas de se ridiculiser. Une fois de plus.

Elle se leva prestement, remit son beignet dans la boîte et rangea le tout dans son sac à dos avec son ordinateur portable et ses notes.

— À ce propos, il est plus que temps que je m'en aille. Je dois travailler. Passe une bonne soirée.

Horrifiée, elle vit Luis se lever.

— Je ne sors pas, dit-il. J'ai dit que je restais à Londres pour te soutenir, et je tiendrai parole. Je rentre avec toi, je vais te préparer ton dîner pendant que tu rédiges.

— Non... pas besoin.

— Pourquoi pas ? Nous sommes amis, n'est-ce pas ?

Amis. Je devrais être heureuse qu'il voie les choses comme ça. C'est plus simple, en fin de compte. Deux amis qui passent Noël ensemble. Rien de plus, rien de compliqué. Pas de quoi se prendre la tête ! Des amis qui se reverront peut-être si, par hasard, leurs routes se croisent de nouveau.

Comme ils approchaient de la grille du parc, un enfant à la mine désespérée auquel Luis avait acheté en passant un lot de peluches toutes mouillées les appela.

Ils se retournèrent.

— Merci, monsieur, dit l'enfant se jetant dans les bras de Luis.

Les yeux brillants de bonheur, Luis rit. Elle ne s'attendait ni à cette générosité, ni à ce geste de tendresse. De sa part, c'était surprenant. Pourquoi cachait-il tant de douceur et d'empathie sous une agressivité permanente ? Pourquoi offrait-il au public une image si éloignée de la réalité, si indifférente ?

Arrivés à la maison, ils allèrent dans la cuisine. Il se débarrassa des peluches dans la buanderie.

— Je les passerai à la machine, dit-il. Je ne sais pas si c'est une bonne idée, mais j'essayerai.

Étonnée, elle le regarda.

— Tu laves ton linge toi-même ?

— Pourquoi pas ?

Ils allèrent s'asseoir au salon où il alluma les guirlandes du sapin de Noël.

— Tu aurais pu n'acheter qu'une peluche, lui fit-elle remarquer.

— Oui, mais j'ai eu pitié de ce gosse. Quand j'étais petit, j'avais besoin d'argent, moi aussi.

— Je pensais que tu étais né avec une cuiller d'argent dans la bouche.

Il arrangea une guirlande dans l'arbre et raccrocha deux petits sujets en bois qui étaient tombés.

— Oui, mais mes parents ne me donnaient pas d'argent de poche, et j'avais besoin d'autonomie. J'ai fait beaucoup de bêtises. Je me suis rebellé. C'est quand j'ai découvert les hors-bord que j'ai changé. J'avais enfin un but dans la vie. Un centre d'intérêt.

Sa voix était empreinte d'une émotion qui la toucha. Regrettait-il son enfance ? Sa jeunesse ?

— Maintenant que tu vas arrêter la compétition, tu dois être triste ?

— Le sang bleu impose des sacrifices, ricana-t-il en s'éloignant du sapin.

Il déboutonna son gros manteau. Défit le foulard qu'il portait enroulé autour du cou et se frotta la nuque.

— On dîne ensemble ? On dit le plus grand bien du restaurant de l'hôtel Russo. J'ai envie de sortir, ce soir

Sentant qu'elle allait refuser, il l'arrêta tout de suite.

— Noël est dans deux jours. On ne va pas rester enfermés. Il faut faire la fête !

Il se mit à arpenter la pièce. Visiblement, il ne tenait pas en place.

— Allez, Alice ! C'est juste pour dîner. Tu travailleras demain. Je ne suis pas doué pour la cuisine. Tu as vraiment envie de manger un mauvais repas ?

Elle hésita. Comment lui refuser ? Il était tellement généreux, trop, peut-être. Il fallait qu'elle s'efforce de se convaincre qu'il ne lui faisait aucun effet.

— Pourquoi ne vas-tu pas au dîner auquel tu es invité ?

— Parce que je préfère de beaucoup passer la soirée avec toi.

Elle rougit, sourit, frémit au son de sa voix. Chaque mot, chaque syllabe lui donnait le frisson, l'attendrissait. Mais il ne fallait pas. C'était un homme comme les autres, et elle ne ressentait rien pour lui.

Elle croisa les bras.

— Flatteur ! Soyons clairs, Luis, que cherches-tu ?

Amusé par son sérieux, il éclata de rire.

— J'aime parler avec toi. Tu râles tout le temps, et je trouve ça rafraîchissant.

Elle ne put s'empêcher de rire.

— Si tu le prends comme ça ! dit-elle en soupirant. OK, je t'accompagne, mais je te préviens, après ce soir, je consacre tout mon temps à ma thèse.

Se dirigeant vers la porte, elle s'arrêta et se retourna.

— C'est bien compris, je ne veux plus qu'on me dérange, ensuite. Ni qu'on me rappelle que c'est Noël. Je le sais ! D'accord ?

Il fit trois pas vers elle. Elle attendait qu'il acquiesce mais, au lieu d'un oui, il la regarda avec une telle insistance qu'elle se troubla.

— J'essayerai, dit-il enfin. Mais... Tu veux vraiment que je prenne mes distances ?

Elle savait qu'elle devait lui répondre sèchement pour couper court à toute tentative de rapprochement. Mais, la gorge nouée et le sang battant dans ses oreilles, elle ne put qu'esquisser un sourire timide. Le souvenir de leur baiser dans le jardin du palais, la chaleur de sa bouche, la beauté, l'habileté de ses mains, son parfum, tout lui disait de partir, tout de suite, de s'éloigner de lui, sans répondre...

Un mètre derrière Alice que le maître d'hôtel emmenait vers une table près de la baie vitrée, Luis tâchait de ne pas regarder le pantalon de cuir noir qui gainait son joli derrière. Depuis qu'elle avait retiré son manteau, il ne pensait qu'à *ça*. Il voulait tout d'elle. L'embrasser pour revivre l'émotion qui l'avait enflammé lorsqu'il avait pris ses lèvres et goûté sa bouche. Sentir la douceur soyeuse de sa peau contre la sienne. Il voulait la connaître mieux, découvrir le vrai personnage qu'elle dissimulait sous les abords froids et distants qu'elle offrait au monde.

Mais c'était impensable. Elle faisait quasiment partie de la famille. Flirter gentiment était peut-être possible – il n'était pas un saint, après tout ! Mais là s'arrêteraient ses avances. Il n'était resté à Londres que pour ne pas la laisser seule le soir de Noël. Il ne se passerait rien d'autre entre eux.

Le restaurant aux murs tout en verre se trouvait au dernier étage de l'hôtel. Assis face à face, ils regardaient dehors.

— Je vois à peine la Tamise, dit Alice. La vue doit être superbe, de jour. Quel dommage !

Le garçon qui s'était approché pour prendre la commande s'éclaircit la voix.

— Nous réduisons l'éclairage intérieur pour que la vue soit plus belle, mais nous avons quelques tables sur la terrasse où nos clients peuvent prendre le dessert, s'ils le souhaitent.

Il marqua un temps d'arrêt, puis ajouta :

— En général, elles sont retenues à l'avance, mais je peux demander qu'on vous en réserve une, Votre Altesse.

Alice remua sur sa chaise. D'un signe de tête, Luis quêta son assentiment. Elle opina.

— Très bien, nous prendrons le dessert dehors, dit-il. Quant à notre dîner, nous choisissons tous les deux le plat signature. Flétan, et huîtres en entrée. Merci.

Luis rendit la carte au garçon et montra à Alice son reflet dans la vitre.

— Personnellement, j'aime beaucoup cette vue… Je te vois deux fois !

Haussant les épaules, elle grimaça, ce qui le fit rire. Il adorait la taquiner car elle le prenait toujours en ronchonnant et sa mauvaise tête le faisait rire.

— Tu veux dire que tu es ravi de voir *ton* reflet ! rétorqua-t-elle pour se venger.

Le narguant, elle pointa le menton vers lui.

— Ça te fait quoi d'être considéré comme l'un des plus beaux partis du monde. Ça doit te monter à la tête, non ?

— Il y a bien longtemps que je ne lis plus ce que l'on raconte sur moi. Le portrait que la presse brosse de moi est injuste. Si tu restes ici un certain temps, tu t'en rendras compte.

Le sommelier arriva avec le bordeaux que Luis avait commandé et les servit. Il déposa ensuite l'eau pétillante près d'Alice, puis s'éclipsa.

Alice était particulièrement attirante ce soir, nota Luis. Elle avait attaché ses cheveux, ce qui dégageait son cou, un long cou gracile qu'elle avait orné d'une chaîne en argent avec un pendentif logé dans son décolleté. Un bijou simple et délicat, qui lui allait à merveille.

— Comment te vois-tu donc ? demanda-t-elle, curieuse.

— Comme un sportif professionnel qui se surprend lui-même. Je devrais dire un ex-pro.

— Tu arrêtes vraiment la compétition ?

Il but une gorgée de vin. Il aimait le tannin du bordeaux. Il le trouvait soyeux.

— Je ne l'ai pas encore annoncé officiellement, mais...

Il laissa sa phrase en suspens.

— Ça doit être une décision difficile à prendre. La compétition va te manquer, non ?

Affreusement.

— Ce qui ne me manquera pas, ce sont les compétitions que je perds, ou ma frustration due à des problèmes mécaniques, du mauvais temps ou une stratégie erronée... Non, ça, ça ne me manquera pas.

Elle le regarda, et il eut soudain l'impression qu'elle le jugeait. En fait, elle attendait qu'il lui en dise plus, car elle le soupçonnait de ne pas avoir raconté toute la vérité.

Il but un peu de vin et jeta un coup d'œil agacé en direction des cuisines. Pourquoi tardait-on à les servir ? Alice restait silencieuse, et, impatient, il se jeta à l'eau.

— Ce sport-là est ma raison d'être. Ce qui me motive. Ça va me manquer, tout comme mes copains, mon équipe. L'équipe est comme une famille pour moi.

Le menton dans le creux de la main, elle le considéra.

— Cela fait beaucoup de choses à laisser tomber, en effet.

Nerveux, il se redressa et s'adossa à sa chaise. Elle sentit qu'il remuait les jambes sous la table. Il devait avoir envie de se lever. Peut-être de partir ?

— Parle-moi un peu de ton équipe. Et de tes compétitions.

Étonné par son intérêt pour le sport qu'il pratiquait, il hésita, mais l'envie de parler de Justin, de Ryan, d'Anna et des autres, de raconter les hauts et les bas, les succès et les défaites, et les efforts consentis pendant huit ans pour, enfin, atteindre leur objectif et arriver au sommet le décida.

Il attendit que le garçon qui desservait s'éloigne, mais elle reprit la parole avant lui.

— Qu'auras-tu comme responsabilités à Monrosa ?

Il redoutait les affrontements qui ne manqueraient pas de se produire à son retour. Son père, comme d'habitude, lui reprocherait son manque d'engagement pour son pays, sans oublier d'ajouter que, de toute façon, il avait des doutes sur sa capacité à s'investir dans quelque domaine que ce soit.

Assise en face de lui, Alice attendait sa réponse. Comme elle connaissait les dysfonctionnements des familles, il pouvait lui révéler des choses qu'il n'avait jamais dites à personne.

— Avec mon père qui abdique et mon frère qui lui succède, mon rôle n'est pas encore déterminé. Mon père avait parlé, autrefois, de me nommer au ministère des Finances. Je suis diplômé en sciences économiques, mais n'ai pas continué ensuite. Je préférais les compétitions de hors-bord. Il pense sûrement que je fais moins de dégâts sur l'eau, hors de la vue des citoyens et sous la garde rapprochée du chancelier.

— Oui, mais, maintenant qu'Edwin va accéder au trône, si tu aimes tellement les courses de hors-bord, pourquoi ne pas continuer et... ?

Il lui coupa la parole.

— J'ai promis de rentrer à Monrosa, je ne reviens jamais sur mes promesses. Edwin a des projets ambitieux pour l'île et il compte sur moi. Je serai là, quoi qu'il en coûte, même si je dois intégrer le ministère des Finances pour satisfaire mon père. Un job qui est peut-être plus drôle qu'on ne croit.

— Je te félicite. C'est bien de tenir sa parole. Il y a tellement de gens qui parlent pour ne rien dire ! Mais il y a peut-être une solution intermédiaire pour toi ? Pourquoi ne pas te nommer aux sports, par exemple ? Personnellement, je ne te vois pas derrière un bureau, je te vois plus en communicant, en leader. Il est vrai que je ne te connais pas tellement, mais...

L'image qu'elle avait de lui était-elle juste ? Il but un peu de vin. Il était le mouton noir de la famille, la brebis galeuse, celui par qui toutes les catastrophes arrivaient. Il ne s'entendait pas avec son père. Il plaçait les mondanités et le succès au-dessus de tout. Il avait fui la maison familiale, refusant de supporter l'amertume de son père et d'être témoin des efforts vains d'Edwin pour l'apaiser et pour tenter d'associer Ivo à la vie de la famille.

— Kara m'a téléphoné, aujourd'hui. Elle est déçue que tu ne passes pas Noël à Monrosa.

— Je le sais, crois-moi. Edwin s'est chargé de me le faire savoir.

Elle se cala contre le dossier de sa chaise et scruta son visage.

— Ne me dis pas que tu restes à Londres pour moi. C'est un prétexte pour ne pas rentrer chez toi, n'est-ce pas ?

Il faillit lui dire qu'elle avait tout faux. Mais il se ravisa et avoua :

— Au début, je voulais seulement t'aider, mais je me suis vite dit que je tenais une excuse épatante pour ne pas passer Noël à Monrosa.

— Quand même, tu le reconnais...

Elle se mordilla les lèvres et regarda son reflet dans la vitre.

— Mon père avait le chic pour me mener en bateau. Et il en jouait. Promets-moi de ne jamais en faire autant. D'être toujours franc avec moi.

Les mots étaient simples, mais son émotion était grande. Sans qu'il comprenne pourquoi, elle le toucha. Sans réfléchir, il posa le bras sur la nappe et lui prit la main. Son cœur battait très fort.

— Je te le promets.

Ils se sourirent. Un sourire hésitant, presque timide. Comme si toutes les certitudes dans lesquelles il croyait venaient brusquement de vaciller.

5

Déjà ébranlée par la conversation qu'ils venaient d'avoir, Alice se laissa conduire vers l'espace abrité que le serveur avait fait préparer pour eux sur la terrasse. La vue sur le Tamise, la Tour de Londres, les étonnants bâtiments historiques était grandiose, mais ce le garçon avait oublié de préciser qu'ils seraient seuls dans ce coin du *roof top* et qu'au lieu d'avoir leur dessert servi à table, on le leur apporterait sur un étrange divan à deux places sur lequel ils étaient supposés s'allonger.

— On peut redescendre, si tu préfères, suggéra Luis.

Son malaise se voyait-il tellement ?

Ne fais pas ta mijaurée, Alice. Ce n'est qu'un lit ! Détends-toi et profite de la vue ! Ce sera sans doute la seule fois de ta vie où tu seras allongée à côté d'un prince, un vrai prince, dans l'une des plus belles villes du monde. Pour une fois, tu auras une histoire intéressante à raconter à ton amie Toni, si friande d'anecdotes croustillantes.

Elle empoigna la couverture pliée au pied du divan, ôta ses hauts talons et s'allongea, en faisant mine de ne pas remarquer qu'il riait. Elle lui proposa la moitié de la couverture, qu'il refusa, et s'installa le plus confortablement et chaudement qu'elle put.

Une fois à l'aise, elle ferma les yeux. Elle essaya de respirer calmement au lieu de regarder Luis qui, étendu à côté d'elle, se retournait trop souvent à son goût, frottant chaque fois son bras contre le sien.

Elle finit par s'écarter légèrement et inspira une grande bouffée d'air.

Comme le silence s'éternisait, elle rouvrit les yeux et les tourna vers Luis. Justement, il la regardait. Bien que gênée, elle sourit. Il lui rendit son sourire.

— Tu étais vraiment maussade quand tu étais ado ? C'est étrange, car je te trouve solaire, aujourd'hui, lui dit-elle.

Étonné, il haussa les sourcils, puis déboutonna son manteau et son costume bleu marine pour sortir sa chemise blanche de son pantalon. Elle découvrit alors un tatouage sur son flanc.

Elle s'approcha pour mieux voir et effleura l'arbre gravé sur sa peau bronzée.

Quelques secondes passèrent. Son doigt restait posé sur les branches, sur sa peau tiède. Elle savait qu'il fallait qu'elle l'enlève, mais une force invisible l'en empêchait. Il lui sembla que l'air se raréfiait…

— Un tatouage aussi joli ne peut pas être la marque d'une rébellion.

Sa remarque le fit rire, et il attrapa son doigt.

— Si. Chez un jeune prince de quinze ans, c'est possible. À ton tour de me montrer ton tatouage !

— Je ne suis pas tatouée.

— Ah ? Je parie que tu étais une ado modèle.

Il avait deviné. Mais ce n'était pas par vertu qu'elle avait choisi d'être sage.

— Ma mère avait déjà assez à faire sans que j'en rajoute en me faisant tatouer contre sa volonté.

— Oh ! pardon.

— Ne t'excuse pas. Et toi ? Pourquoi un arbre ? Les jeunes en général choisissent des têtes de mort. Un arbre en fleur, ça ne fait pas très rebelle !

Luis remit sa chemise dans son pantalon et boutonna sa veste.

— C'est l'arbre qui abrite le cercueil de ma mère.

— Oh… désolée, dit-elle.

Il marmonna quelque chose qu'elle ne comprit pas, s'arrêta, puis reprit de manière plus intelligible.

— J'essaye souvent de me la rappeler, de me souvenir de sa voix.

— Ce n'est pas juste de perdre sa mère si jeune ! Je me souviens qu'on a beaucoup parlé d'elle à la radio. Quand j'ai appris son décès, j'étais en voiture avec maman. Le journaliste a dit vos âges. Tu avais dix ans, comme moi. C'est peut-être pour ça que sa mort m'a beaucoup frappée.

Elle s'arrêta et posa la main sur la sienne.

— Je me souviens d'avoir pleuré.

Des pas approchaient. Elle dégagea sa main. C'était le serveur qui apportait leurs desserts.

— De la mousse au chocolat ! s'exclama-t-elle. J'adore le chocolat.

— Je m'en serait douté ! Tu en as avalé une boîte entière hier !

Elle prit l'assiette et admira le dressage.

— Si tu avais eu la journée que j'ai eue, tu en aurais avalé autant !

— J'espère que ce n'était pas à cause de mon arrivée.

— Euh... je dois dire que j'ai été surprise. Kara m'avait affirmé qu'il n'y aurait personne dans la maison.

— C'est étonnant que nous ne nous soyons jamais croisés avant le mariage de Kara... Elle parlait souvent de toi, avant.

— J'avais l'intention d'aller la voir, mais je croulais sous le travail. Et puis les choses ont changé quand je me suis installée chez son père.

Voyant son air interrogateur, elle s'expliqua.

— Quand j'ai quitté le lycée, je suis restée travailler dans la région ; je ne savais pas ce que je voulais faire et je ne voulais pas laisser ma mère. On avait emménagé là peu de temps auparavant et elle ne connaissait pas grand monde. Quand mon père est parti, elle a multiplié les crises d'angoisse, et moi, les petits boulots. J'ai été guide touristique. Je me suis passionnée pour l'histoire et grâce à l'expérience que j'avais acquise je me suis inscrite en fac ; j'avais vingt-deux ans, ma mère allait mieux. Comme je n'avais pas assez d'argent pour me loger à Dublin, je me suis installée chez le père de Kara. Pas seulement pour une question d'argent, mais aussi pour qu'il ait une compagnie car il inquiétait sa famille.

Son dessert terminé, elle reposa son assiette sur la table de chevet.

— Le frère de Kara, Michael... Tu es au courant...

— Oui, je sais qu'il s'est donné la mort.

— Quel choc ! Kara et lui passaient l'été avec nous chez ma tante Nina. Nous avions été très proches, dans notre enfance. À l'adolescence, nous avons été séparés sans toutefois nous perdre de vue. J'ai des souvenirs de lui sur la plage de Cloghroe, en train de lire un roman, ou de dîners où il nous racontait des choses invraisemblables. Il inventait, mais nous le croyions. C'était notre grand cousin, il ne pouvait pas se tromper.

Luis lui sourit.

— Kara parle peu de lui. Ça doit être trop douloureux. Mais je sais qu'il lui manque terriblement.

— On dit que les grandes douleurs sont muettes, répondit-elle.

Le visage grave, les yeux humides, elle se tut un instant.

— Après la mort de Michael, puis le divorce des parents de Kara, ma mère et ses sœurs se sont fait du souci pour son père. On m'a demandé de m'installer chez lui pour veiller sur lui. Grâce au ciel, nous nous entendions bien, mais il avait le moral au plus bas. Si je n'avais pas déjà été contre le mariage, je te jure que mon opinion aurait été vite faite : son divorce l'avait détruit. Comment, après s'être aimés, peut-on en arriver là ? Bref, je croyais que Kara aussi était contre le mariage. C'est ce qu'elle maintenait quand on en parlait. Mais, maintenant, elle est mariée et, apparemment, heureuse. Tant mieux pour elle.

Elle s'arrêta, attendant qu'il commente le mariage surprise d'Edwin et de Kara, mais il n'ajouta rien. C'est elle qui enchaîna.

— Au fait, as-tu reçu leur carte de Noël ? Moi, dès que j'en reçois une, je la mets dans un tiroir pour ne pas me rappeler que ce sont les fêtes. Parfois, je me sens quand même obligée de les sortir du tiroir et de les exposer sur la cheminée... Seulement quand j'ai de la visite. Je suis contente de savoir que Kara est heureuse. En revanche, je ne comprendrai jamais ce qui s'est passé pour qu'elle décide de se marier. Tu le sais, toi ?

Que répondre ? se demanda Luis. Récemment, Alice l'avait prié d'être honnête avec elle. *Franc*, très précisément. S'il dévoilait le secret de leur mariage, il trahissait Kara et Edwin. Et puis, saurait-elle tenir sa langue ? Si elle répétait ce qu'il lui confiait, ce serait catastrophique.

Perplexe, elle le regardait, semblant se demander pourquoi il tardait à répondre.

Parce que la confiance et la complicité d'Edwin et de Kara, parce que leur épanouissement dans le mariage, parce que la force de leur union font mentir tout ce qui se raconte sur l'amour.

— Leur mariage... Comment dire ? Au départ, c'est mon père... Il a modifié la loi sur la succession au trône. Pour lui succéder, Edwin devait se marier.

Stupéfaite, Alice le regarda.

— Tu plaisantes ! Tu veux dire qu'Edwin a convaincu Kara de faire un mariage blanc ?

— Hé, je n'y suis pour rien, tu sais ! J'étais complètement contre, au début. Je pensais qu'ils étaient fous.

— Et à présent tu es pour ! Après tout ce que Kara a vécu...

Il haussa les épaules.

— Ils sont amoureux. En tout cas, c'est ce qu'ils disent. Ils ont même avoué qu'ils éprouvaient des sentiments l'un envers l'autre depuis longtemps, sans se le dire. Mais Michael est mort, et tout s'est compliqué.

Incrédule, Alice hocha la tête.

— Je n'en reviens pas ! Comment Edwin a-t-il pu lui faire ça ? Franchement, mais où avait-elle la tête pour accepter un marché pareil ?

Le mois dernier, Edwin et Kara étaient allés en Corse assister à son avant-dernier championnat. Il les avait vus, il les avait même enviés tant ils semblaient amoureux. Ils se tenaient la main, se souriaient, échangeaient des regards complices. Leur amour faisait plaisir à voir.

— S'ils sont heureux maintenant, c'est ce qui importe, non ?

— Sans doute.

— Tu ne serais pas un peu jalouse ?

— Ah non ! Sûrement pas. Pourquoi serais-je jalouse d'une chose dont je n'ai pas envie ?

Elle croisa les bras sur sa poitrine, et le regarda par en dessous.

— Tu changerais d'avis, toi, sur le mariage ?

Il croisa ses yeux et sentit quelque chose se briser dans sa poitrine. Alors, sans réfléchir à ce qu'il disait, il s'entendit répondre :

— Être proche de quelqu'un, tout au long de sa vie, ça doit quand même être…

Devant son air perplexe, il se tut, décidé à ne plus parler de lui.

— Si le mariage ne fait pas partie de tes plans, qu'envisages-tu pour l'avenir ?

Elle eut un long soupir, puis hocha la tête.

— Jusqu'à il y a quelques mois, je savais exactement ce que je voulais : terminer ma thèse et obtenir un poste d'assistante à la fac. Mais je ne suis plus aussi sûre de moi, aujourd'hui. Je suis un peu démotivée et j'ai du mal à travailler. Ça doit signifier quelque chose. Il m'arrive de me demander si je n'ai pas eu tort de me lancer dans ces études d'histoire.

— Tu es en burn-out, Alice. Lève le pied, et tu retrouveras bientôt le goût de l'étude.

Elle s'appuya sur un coude.

— Tu as peut-être raison.

Elle leva les yeux vers le ciel.

— Et toi ? De quoi rêves-tu ?

— Moi ? Je viens de réaliser mon rêve. Gagner le *World Series* avec mon hors-bord.

— N'as-tu pas d'autres rêves ?

— Non, pas spécialement.

Sa réponse la surprit, et elle le lui dit, touchant visiblement du doigt un point sensible. Sa vie n'allait pas comme il voulait. Il était un peu à la dérive. Sans but.

— Je te voyais comme quelqu'un d'hyper positif, insista-t-elle. Avec des projets tous azimuts.

Il haussa les épaules.

— Être positif est une posture.

— Et ça marche ? Les gens y croient ?

Il rit de sa franchise.

— En général, oui, mais avec toi, ça fonctionne moins bien !

À son tour, elle rit.

— Je m'arrange pour cacher aux autres qui je suis réellement, reprit-il. Mais avec toi… c'est différent.

Elle prit l'air étonné.

— Excuse-moi. Je n'aime pas passer pour une curieuse. Mais avec toi… c'est différent.

Il opina. Il comprenait ce qu'elle voulait dire. Aucun d'eux ne tenait à savoir exactement ce qui se passait entre eux.

Il s'approcha d'elle, son bras contre le sien, leurs visages à quelques centimètres l'un de l'autre, sur les coussins. Ses yeux gris pétillaient. Elle avait rougi et entrouvert la bouche. Dieu qu'elle était belle !

— Je te demande de ne pas me faire de mal.

— Moi, te faire du mal ? répéta-t-elle.

Il se serra contre elle.

— Tu m'as embrassé, non ?

Il s'arrêta, se rappelant sa stupeur, puis le plaisir qu'il avait éprouvé au contact de sa bouche. Ses lèvres étaient pleines et gourmandes. Le soir du mariage d'Edwin, elle avait laissé des traces de rouge sur sa bouche.

— Et puis tu t'es sauvée en me plantant là. Je me suis demandé ce que j'avais fait de mal.

— Tu n'avais rien fait de mal.

Il caressa sa joue. Le désir qui le tenaillait décupla. D'abord l'embrasser, ensuite… tout le reste.

— Alors, prouve-le-moi. Embrasse-moi et, cette fois, ne t'enfuis pas.

Elle sourit, mais comprit qu'il était sérieux. Elle se serra plus près de lui. Il sentit son souffle sur sa joue, son parfum. Puis ses lèvres, douces et timides. Et, brusquement, le temps parut comme suspendu. Il l'entendit soupirer. Elle le prit par le cou, l'attira à elle. Mû par la puissance de ce baiser, il glissa avec elle sur le lit. Elle lui défit son manteau puis sa veste, caressa sa poitrine. Sa main était chaude, à travers le tissu de la chemise.

Il prit une mèche de ses cheveux et l'enroula autour d'un de ses doigts. Il joua avec quelques instants, mais il avait les reins en feu, le corps torturé par un désir insoutenable.

Il se tourna vers elle, passa une jambe en travers de ses cuisses, puis l'autre. Elle gémit. Il pesait lourd sur elle, mais elle aimait cela. Il approfondit son baiser, annonciateur d'autres délices. Les mains plaquées sur son dos, elle le caressait, froissant sa chemise entre ses doigts enfiévrés, cherchant sa chair pour la griffer en douceur. Ses doigts glissèrent plus bas…

Il la désirait comme un fou ! Il voulait découvrir son corps, lui ôter son manteau, ses vêtements. Il voulait connaître le goût de sa peau, tenir ses seins dans le ceux de ses mains, la voir fondre de plaisir. Crierait-elle ? Murmurerait-elle son nom ? Quelle position serait sa préférée ? Il l'imaginait à califourchon sur lui, les cheveux tombant sur sa poitrine, ondulant des hanches, le dos cambré pour mieux s'offrir à lui…

Non, c'était complètement fou. Il n'avait pas besoin de ça dans sa vie, pas besoin de complications. Et elle non plus.

Il s'arracha à sa bouche et roula sur le côté.

Elle le regarda, interdite, les joues en feu. Puis elle s'assit.

— Je… Je suis désolée, dit-elle.

Elle lui fit un sourire timide, coupable, et détourna les yeux.

— Je te confirme que tes baisers sont délicieux.

Elle se leva d'un bond.

— Eh bien… c'était… formidable, mais je pense que ça suffit, maintenant.

Sur ces mots, elle fit un geste vers l'escalier qui menait au restaurant et détala.

6

À l'abri sous le porche du grand magasin d'Oxford Street, Alice regardait les passants se bousculer. C'était la fièvre des achats de Noël de dernière minute, une corvée qu'elle s'épargnait d'habitude, préférant faire ses cadeaux en ligne. Quelques clics et le tour était joué. De toute façon, elle détestait cette fête.

Elle regarda son téléphone. Déjà l'heure de déjeuner ! Incroyable. Elle venait de passer trois heures à faire des courses et n'avait pas trouvé grand-chose qui lui convienne. Que dirait Luis de ce qu'elle avait choisi pour lui ? Habitué aux cadeaux luxueux, il risquait de se moquer. Réflexion faite, il valait mieux qu'elle rende ce qu'elle avait acheté. Elle se retourna. La queue à la caisse était encore plus longue que lorsqu'elle avait payé. Il y en avait pour des heures ! Zut, elle n'allait pas y retourner. Il ne lui restait plus qu'à retourner à Fitzalen Square et à se remettre à sa thèse. Mais elle allait sûrement croiser Luis et, après la soirée d'hier, elle craignait d'être mal à l'aise et de ne pas savoir comment se comporter avec lui.

C'était sa faute. Elle l'avait embrassé avec fougue et s'il n'avait pas roulé sur le côté… Bref, il s'était dérobé. Et, depuis, elle avait honte d'elle-même. Elle s'était réveillée à 6 heures ce matin, bien décidée à travailler. Mais après deux heures passées à reprendre son texte, sans vraiment progresser, elle avait jeté l'éponge et décidé de sortir avant que Luis se lève. Prenant son courage à deux mains, elle était allée chercher une veste dans sa chambre, était descendue, puis avait quitté la maison et s'était mêlée à la foule.

Quand, pour la cinquième fois en dix minutes, elle cogna le dos de quelqu'un qui s'arrêtait net pour répondre à son téléphone portable, elle décida de bifurquer dans une rue moins fréquentée. Cela lui prendrait plus de temps pour rentrer chez elle et, qu'elle le reconnaisse ou non, ce serait une bonne excuse pour retarder le moment de se remettre à sa thèse… et la plus sûre façon de ne pas risquer de croiser Luis. La rue était bordée de cafés et de restaurants. Malgré un ciel chargé, des clients étaient installés à l'extérieur. Tout ce petit monde était joyeux, et une atmosphère d'insouciance régnait dehors.

Elle passa devant une magnifique boutique de chocolats, s'arrêta, puis revint en arrière pour y entrer. Après s'être acheté une tablette de chocolat au lait et aux noisettes entières, elle alla s'asseoir sur un banc, défit le délicat emballage et croqua un carré. Tandis qu'il fondait sur sa langue, elle fut prise d'une forte envie de pleurer, mais elle s'interdit de laisser couler ses larmes en public.

Qu'est-ce qu'il lui prenait ?

Elle se trouvait à l'étranger. Sa mère lui manquait. C'était tout.

Non Alice, ce n'est pas tout. Tu es seule, n'oublie pas.

Elle cassa un autre carré de chocolat et le croqua, en essayant de faire taire la méchante petite voix qui lui trottait dans la tête.

*Ne te voile pas la face. Tu es seule. Le temps que tu passes avec Luis t'ouvre les yeux. C'est peut-*être bien de vivre dans ta bulle à Dublin où ton travail et tes études t'empêchent de regarder la réalité en face, mais Luis est le phare qui met en lumière ce qui ne va pas dans ta vie et que tu feins d'ignorer. Tu n'as pas quitté la maison ce matin parce que tu étais gênée par l'escapade d'hier soir, tu es sortie parce que tu mourais d'envie de le revoir. Ça t'a fait peur.

La tablette de chocolat à demi dévorée, elle la rangea dans son sac, prit ses paquets cadeaux et voulut se lever. Mais ses jambes ne la portaient pas.

Elle aimait beaucoup Luis. Elle l'aimait beaucoup. Vraiment. Pas juste comme ça, à la légère. Les aventures, elle pouvait gérer. Elle ne s'en était jamais vantée, mais elle était du genre à craquer facilement pour un homme. Elle avait eu une histoire avec un garçon qui venait dans son pub tous les soir. Un jour, après de longues semaines, il lui avait enfin demandé de sortir avec lui. L'affaire n'avait pas résisté au premier rendez-vous ! Alors qu'il l'intriguait quand il était assis face à elle, attendant son Americano, faire vraiment sa connaissance l'avait déçue. Un voile s'était déchiré, révélant la réalité, et elle ne l'avait pas supporté.

Mais avec Luis, c'était différent. Elle ne fantasmait pas sur lui. Elle l'aimait beaucoup, malgré la froideur qu'il s'efforçait d'afficher à son égard.

Qu'allait-elle devenir ? Que devait-elle faire ? Prendre le premier vol pour Dublin avant de faire une bêtise ? D'accord, elle n'avait pas beaucoup d'expérience avec les hommes, mais elle sentait, en dépit de son air dégagé, qu'il était attiré par elle…

Cette idée la fit rire. Une vieille femme qui la doublait accéléra le pas en l'entendant.

Non, non, je ne suis pas folle, madame, faillit-elle lui crier. Mais à quoi bon tourmenter davantage cette pauvre passante ?

Pas folle ? Pas sûr.

Comment affirmer qu'elle était saine d'esprit quand sa tête débordait d'images de Luis. De Luis, au lit, avec elle évidemment…

Dans le fond, elle fantasmait peut-être, se dit-elle alors. Il fallait qu'elle se calme. Luis repartait pour Monrosa dans deux jours. Plus que deux jours à tenir ! Ce n'était pas la mer à boire, et elle arriverait à lui résister jusqu'à son départ.

Elle se leva. Elle allait rentrer, le saluer d'un air joyeux et, plus important que tout, tenter de mettre un point final à sa thèse.

Le pied dans une flaque d'eau, Luis jura. Qu'il pleuve, à la limite il supportait, mais ces bourrasques, non !

La tête pleine des ciels bleus qu'il avait laissés derrière lui aux Bahamas, il pesta de nouveau quand une rafale de vent le gifla au visage.

S'il était resté aux Bahamas, il serait actuellement à la plage, en train de disputer un match de volley ou de jouer avec Flo et Jordi, les enfants de Justin, au lieu d'être ici à batailler contre le temps et les pensées qui l'obsédaient.

Car *elle* l'obsédait. Et pas seulement parce qu'elle embrassait comme un ange... Non c'était sa force, sa fragilité, son sang-froid, son sens de l'humour qui le touchaient au cœur, lui donnant envie de faire les pires folies.

Malgré le vent glacial et la pluie qui lui piquaient le visage, il éclata de rire au souvenir de certaines de ses répliques, la veille. Il était joyeux malgré lui, et cela le surprenait.

Le sapin de noël de Fitzalen Square tanguait dans le vent. Le parapluie d'une passante qui le croisait s'envola, manquant l'éborgner. Bon prince, il courut après pour le rattraper, mais il n'en finissait pas de rebondir. Quand il l'empoigna enfin, il revint sur ses pas pour le remettre à sa propriétaire qui accourait pour récupérer son bien. Alice ! La pluie lui fouettait le visage et ses paquets cadeaux lui cognaient les jambes.

— Je parie que tu regrettes de ne pas être à Monrosa par un temps pareil !

Elle était trempée jusqu'aux os. Comme lui, qui se protégeait tant bien que mal derrière le parapluie qu'il venait de lui rendre. Une rafale de vent la fit tituber. Il la saisit par la taille et se serra contre elle, ravi de cette rencontre fortuite.

— Je crois qu'on a tous les deux besoin d'une longue douche bien chaude ! lança-t-il, tout sourire.

Elle écarquilla les yeux. La pluie crépitait sur le parapluie, et le jour s'assombrissait à cause de cette maudite météo. Peu importe ! Sous leur abri de fortune, c'était comme si, tout à coup, le monde se résumait à eux.

Il recula, lui prit ses paquets, puis pointa le menton vers la maison.

— Je reste à Londres pour être sûr que tout se passe bien pour toi et je te retrouve trempée comme une soupe. Rentrons ! Tu vas te réchauffer.

Un peu plus tard, douchés et changés, ils s'installèrent au deuxième étage, dans le salon. Luis partit à la cuisine préparer le thé. À son retour, Alice était à genoux devant le sapin sous lequel elle disposait ses cadeaux. Elle était attendrissante avec ses gestes d'enfant, tapotant les paquets pour se rappeler leur contenu.

Il se gratta la gorge.

— Hum... je suis là.

Elle se leva aussitôt. Son jean noir la moulait, et son haut prune était tellement large que l'encolure tombait sur son épaule. Ses cheveux étaient encore mouillés. Elle les avait ramenés en arrière, ce qui dégageait son visage et faisait ressortir ses yeux, ses pommettes, sa bouche. Elle était vraiment jolie, même si sa beauté n'avait rien de classique. Dans la foule, elle serait passée inaperçue, mais quand elle parlait, vous défiait, on réalisait à quel point elle était belle.

Il posa le plateau sur la table basse, contempla la montagne de paquets au pied du sapin, puis se tourna vers elle. D'abord gênée, elle haussa les épaules et répondit à la question qu'à sa tête elle avait devinée.

— Maman avait préparé plein de cadeaux pour moi, alors j'ai voulu qu'il y en ait beaucoup pour toi aussi.

Son regard s'assombrit. Il semblait à la fois triste et ému. Perdu dans ses souvenirs...

— Quand nous étions petits, ma mère nous faisait écrire à chacun une lettre au Père Noël. Tu t'en doutes, elle n'avait pas besoin de beaucoup insister. Nous accrochions nos lettres dans l'arbre pour qu'il les lise le 24, dans la nuit. Avant que mon père succède à mon grand-père, nous avions l'habitude de passer Noël dans des pays différents chaque année. Ma mère adorait voyager. Et elle adorait encore plus les fêtes de fin d'année. Elle disait qu'elle voulait voir comment on fêtait Noël, ailleurs.

Une boule dans la gorge, il s'arrêta. Noël, dans sa famille, c'était tout simplement magique.

— Pardon, Luis. Je n'aurais jamais dû critiquer Noël devant toi alors que tu adores cette fête.

Pris de court, il lui saisit la main.

— Pas de problème. Je comprends ce que tu ressens, tu sais. Et je suis désolé pour toi.

— Tu aurais dû me faire taire. Tu n'étais pas obligé d'écouter mes jérémiades. Pardon... pardon. J'ai failli gâcher ton Noël.

Il considéra les paquets déposés sous l'arbre. Il y en avait au moins huit, enveloppés dans du papier cadeau, avec de gros nœuds de bolduc et l'étiquette du même grand magasin sur chacun.

— On attend des invités demain ? demanda-t-il.

Pourquoi cette éventualité le contrariait-elle ? Il aimait avoir du monde autour de lui, d'habitude. Oui, mais, demain... il voulait être seul avec Alice.

— Non, il n'y aura que nous.

Elle se baissa et prit l'un des paquets.

— Je ne savais pas si tu aurais des cadeaux. Comme ça, on en aura autant à ouvrir demain matin.

Il se força à sourire.

Ses proches n'étaient pas très généreux. En fait, ils avaient cessé de s'offrir des cadeaux dix ans plus tôt, l'année où Edwin et lui s'étaient violemment heurtés avec leur père, pendant le réveillon, à propos du développement immobilier sur la côte. Depuis, ils n'avaient plus jamais passé Noël ensemble.

Il se baissa pour prendre un paquet et caressa le nœud de velours rouge. Il savait qu'elle n'aimait pas Noël, et pourtant cela ne l'avait pas empêchée de sortir lui acheter des cadeaux. Cela faisait longtemps que personne ne s'était donné cette peine pour lui.

— Merci, dit-il. C'est adorable.

De longues secondes s'écoulèrent. Des secondes qui respiraient la tendresse, une tendresse presque palpable.

Il l'attira à lui et l'étreignit avec fougue. Les bras passés derrière son dos, il sentit son souffle dans son cou. Ses cheveux sentaient bon les fleurs d'été et le jasmin. Une envie de la protéger, de la dorloter, de l'aider, d'être tout pour elle le submergea..

Soudain, elle recula, se libérant de son étreinte.

— Il faut que j'écrive, dit-elle.

Elle se tourna vers la fenêtre qu'un vent violent chahutait.

— Il fait un temps abominable. C'est dur de croire que c'est Noël, soupira-t-elle. Normalement, il fait froid et sec à cette période. Parfois, il neige... si on a de la chance. Mais jamais il ne fait ce temps de chien ! Il paraît que ce sera encore pire demain. On ne pourra même pas aller marcher.

Alice avait raison. Noël rimait avec neige. À Noël, on oubliait tous ses ennuis, tous ses soucis, toutes ses obligations...

L'idée qui venait de germer dans sa tête le fit sourire. Il allait lui offrir un Noël de folie.

— Ma famille possède un chalet en Suisse... Allons-y.

Elle eut une mimique qui le fit rire. Il devait plaisanter...

— Je suis sérieux, dit-il.

— Mais... je ne peux pas. Je dois écrire.

— Tu as besoin d'une pause.

Il dégaina son portable et chercha le numéro du bureau des voyages du palais, sans écouter Alice qui égrenait toutes les raisons qui lui interdisaient de faire une pause.

— *¡ Hola ! ¿ Que tal ?*

Luis continua en espagnol sous le regard effaré d'Alice qui ne comprenait pas un mot de la conversation. Et il raccrocha.

— Le jet du palais est disponible et nous attendra dans trois heures à City Airport. Il nous emmènera à Sion.

Il consulta sa montre.

— À 21 heures, ce soir, nous pouvons être à Verbier. Et demain, ski ! À toi de décider.

Bouche bée, elle le regarda.

— C'est impossible. De toute façon, je ne skie pas.

— Je t'apprendrai. Non, je t'apprendrai plutôt le snowboard, je préfère.

— Vas-y, toi. Moi, je reste.

— Non, tu ne vas pas passer Noël ici toute seule !

— Pourquoi pas ? Je serai très bien.

Il croisa les bras.

— Tu crois ? Vraiment ?

Elle rougit, hocha la tête.

— Tu es impossible, tu le sais ?

Lançant les bras en l'air, elle soupira.

— OK, je viens. Je vais faire mes bagages.

Arrivée à la porte, elle s'arrêta.

— Demande au bureau des voyages de me prendre un billet pour Londres pour le 26. Tu retourneras directement à Monrosa, non ?

Les yeux fermés, Alice fredonnait. Elle n'avait pas peur. Le pilote de l'hélicoptère savait ce qu'il faisait. Se poser de nuit sur la glace était un jeu d'enfant pour lui, non ?

Brusquement, l'appareil pencha et vira de bord. L'estomac retourné, elle poussa un cri et rouvrit les yeux. Assis à côté d'elle, Luis s'esclaffait.

Elle lui tapa sur le bras.

— Ce n'est pas drôle.

— Excuse-moi. Maintenant, regarde en bas.

Pointant un doigt vers les hameaux illuminés qu'ils survolaient, il énuméra des noms de sommets et de villages dont elle n'avait jamais entendu parler.

— Tu es incroyable, dit-elle, admirative. Tu connais tout par cœur.

Enfin, ils atterrirent. Soulagée mais encore tremblante, Alice mit pied à terre. Le personnel avait déblayé la neige entre l'hélicoptère et le chalet pour leur faciliter l'accès.

— C'est magnifique, s'exclama-t-elle dès l'entrée.

— Je vais tout de suite te montrer ta chambre.

Ils montèrent à l'étage, et redescendirent presque aussitôt.

— J'ai dit au personnel de ne rien changer à son programme de Noël, annonça-t-il à Alice. Nous sommes bien capables de nous débrouiller seuls pendant deux jours, tu ne crois pas ?

Seuls... Un peu crispée, elle acquiesça.

Il faisait bon dans le chalet. Dehors, des guirlandes lumineuses se reflétaient sur la neige. Des feux de voitures clignotaient sur la route de Verbier.

— C'est magique ! s'écria Alice. Quand tu as parlé de chalet, je m'imaginais une cabane en rondins. Je ne pensais pas à un chalet aussi luxueux.

— Si tu préfères, il y a un minichalet plus haut dans la montagne. On s'y arrête pour boire un vin chaud quand on skie. Évidemment, c'est plus intime… Comme tu voudras.

Elle se rembrunit. Il était trop attentionné pour être honnête ! Elle ne représentait rien pour lui et refusait d'être son jouet, sa distraction, son aventure d'un week-end. Elle n'était pas naïve à ce point !

Contrariée, elle se dirigea vers la fenêtre. Sous ses yeux, Verbier formait un tapis lumineux. Brusquement, elle se retourna.

— Ça y est, je sais. Quelque chose me gênait depuis mon arrivée et je ne savais pas quoi. Il n'y a aucune décoration de Noël dans cette maison.

— C'est moi qui ai demandé à mon personnel de tout enlever.

Un étrange silence suivit cette déclaration. Mis à part le feu qui crépitait dans la cheminée, le chalet se tut, comme mort. Pas un bruit, plus un son, plus un mot.

Alice aurait voulu lui répondre, mais aucun mot ne vint. Ses yeux la piquaient. Elle ne pleurait pourtant jamais, d'habitude. Mais Luis était si…

C'était trop d'émotion. Incapable de formuler une phrase pour le remercier, elle éclata de rire.

— Puisque nous passons Noël dans un chalet, dans l'une des stations les plus belles du monde, jouons le jeu ! Où sont les décorations ?

Il s'approcha, nota que ses yeux brillaient.

— Ce n'est pas obligé. On peut faire comme si demain était un jour ordinaire.

Elle croisa les bras.

— Aide-moi, Luis. J'ai laissé tomber deux jours d'écriture, ça ne sera pas pour rien. Je vais essayer de faire bonne figure. C'est Noël, je ne serai jamais fan de cette folie, mais je vais faire un effort. Pour toi.

— Pourquoi pour moi ?

Parce que tu es l'homme le plus délicieux, le plus généreux que je connaisse. Parce que j'en ai assez d'être raisonnable. Je ne veux plus m'interroger, me demander ce qui te pousse à faire certaines choses, mais admettre qu'il existe des hommes bien. J'en ai assez de me battre avec moi-même. Assez de faire semblant de me satisfaire de ma vie. Je veux m'amuser. Pour une fois, je veux suivre le courant et ne pas me dire « et si... ? »

— Parce que j'ai passé trois heures, ce matin, à acheter des cadeaux et que je veux les laisser sous le sapin, ce soir. Maintenant, veux-tu bien me dire où sont entreposées les boules et les guirlandes, ou dois-je les chercher moi-même ?

Une heure plus tard, juchée sur la dernière marche d'un escabeau, Alice se contorsionnait pour essayer d'accrocher l'étoile au sommet de l'immense sapin que Luis était allé chercher dehors.

— Voilà ! s'exclama-t-elle, victorieuse. Nous avons terminé !

Luis lui donna la main pour l'aider à descendre et se tourna vers elle en souriant.

— Nous avons une tradition à Monrosa, dit-il. Quand on finit de décorer l'arbre, on s'embrasse. On dit que ça porte bonheur.

Elle éclata de rire.

— Non, ce n'est pas vrai.

— Ça peut devenir une tradition entre nous, dit-il, les yeux pétillant de malice.

Pourquoi pas ? pensa Alice.

Ce serait sympathique de passer les prochains Noëls avec lui. Lui qui comprenait sa réticence à célébrer cette fête à cause de mauvais souvenirs. Lui qui saurait peut-être la guérir de ces souvenirs...

Elle inspira une grande bouffée d'air et reprit pied dans la réalité.

— L'année prochaine, je serai en Irlande et, normalement, Kara et Edwin seront avec toi à Monrosa et vous chanterez tous en chœur les chants de Noël. Pour nous, il n'y aura pas d'autres Noëls ensemble.

Elle s'arrêta et le regarda dans les yeux.

— Si ?

— Eh bien…

Ne sachant que répondre, il s'arrêta. Gênée par son silence, elle se tourna et arrangea une boule dans l'arbre. S'approchant alors, Luis se pencha à son oreille, comme s'il y avait foule autour d'eux et craignait d'être entendu, et murmura :

— Raison de plus pour fêter dignement ce Noël. Maintenant, puis-je t'embrasser ou vas-tu résister encore longtemps ?

Résister… Comme il y allait ! Il ne pouvait pas se mettre à sa place et comprendre ses hésitations ? Que lorsqu'il était près d'elle, elle n'était plus elle-même. Qu'il lui faisait tourner la tête. C'était sa chaleur, son odeur, tout son corps - qui la faisait se sentir toute petite, toute menue - qui la tourmentaient. Il y avait aussi son regard, qui faisait bondir son cœur dans sa poitrine et déclenchait chez elle un désir inopportun.

— Sois bref !

Il rit et cliqua sur un bouton de sa montre.

— Dix secondes, ça t'ira ?

— C'est trop…

Elle ne termina pas sa phrase car il avait happé ses lèvres. Gémissant contre sa bouche, elle lui rendit son baiser avec fougue.

L'alarme de sa montre sonna, mais il ne bougea pas. Elle, au contraire, se serra contre lui. Il l'entoura de ses bras et caressa son dos. Il éteignit l'alarme sans même regarder son poignet et approfondit son baiser. Lovée contre sa poitrine musclée, elle sentait son corps d'homme durcir contre son ventre. Mais rien ne l'effrayait, ni ses baisers, ni sa chaleur, ni sa virilité. Au contraire…

Cela voulait-il dire qu'elle était désormais capable de faire confiance à un homme ? Après toutes ces années de défiance…

Son père se montrait brutal avec sa mère mais, après ses accès de violence, il la suppliait à genoux de lui pardonner ; puis il la prenait dans ses bras, la câlinait comme un être fragile et qu'il fallait protéger. Dans l'espoir d'une réconciliation, il déposait sur son front un chapelet de baisers tendres. Cette comédie révulsait Alice en même temps qu'elle mourait d'envie de croire en sa sincérité.

Luis lui releva la tête.

— Tu sais que tu es belle ? On te l'a déjà dit, j'imagine.

Persuadée qu'il se moquait, elle chercha son regard. Il était sérieux et semblait si sincère qu'elle en resta muette d'étonnement.

7

— C'est maman !

Alice brandit son téléphone.

— J'ai dormi comme un loir. Tu aurais dû me réveiller. J'avais promis à maman de l'appeler à 9 heures pile ; elle a dû s'inquiéter... Imaginer le pire.

Regardant autour d'elle, elle lui souffla :

— Je vais lui envoyer un selfie. Non, pas ici... Dans le salon, devant le sapin.

Elle disparut dans le couloir et revint deux secondes plus tard.

— Elle croit que je suis à Londres... Fais attention. Pas la peine qu'elle sache.

Elle disparut une nouvelle fois, puis réapparut.

— Et elle ne sait pas que je suis avec toi !

Luis, qui finissait de préparer le petit déjeuner, sourit. Alice avait des jambes de gazelle, minces et longues. Les embrasser sur toute leur longueur lui aurait plu. Les sentir enroulées autour de ses hanches, encore plus...

Il se servit du café. Il ignorait où tout cela allait le mener. Ce qu'il savait, c'est qu'il devait se conduire en gentleman. L'ennui, c'est qu'il avait très envie d'elle. De tout connaître d'elle. Et que ce désir réduisait à néant toutes ses résolutions.

Bon ! se dit-il, pour commencer, il faudrait qu'il cesse de l'embrasser.

Mais il était déjà accro. Ses baisers étaient si tendres et en même temps si passionnés ! Elle alternait douceur et ardeur. Et, quand il la touchait, il se sentait revivre.

Il alla au salon. Assise en tailleur devant le sapin, Alice était encore au téléphone. Elle le regarda avec un air exaspéré qui l'amusa.

— Ah oui ? Et quel temps fait-il ? demandait une voix féminine.

Elle jeta un coup d'œil dehors. Il neigeait. Il aurait dû s'enquérir du temps avant de lui promettre un week-end de ski.

— Comme d'habitude. Et vous, comment allez-vous tous ? Vous vous amusez bien, j'espère !

— Oui ! lancèrent des voix en chœur.

— Non, rectifia une voix masculine.

— Maurice, gronda alors une femme, tu as entendu ce qu'a dit le Dr Lynch ? Bon, peu importe. Alice n'a sûrement pas envie que tu lui parles de ton nouveau régime. Raconte-nous plutôt comment est la maison où tu te trouves, Alice.

Alice pâlit.

— Tu sais, tante Nina, il n'y a pas grand-chose à en dire.

— Tu plaisantes ! C'est la résidence londonienne des princes de Monrosa. Ce n'est pas rien.

Nouveau coup d'œil à Luis. Elle rougit.

— Non je t'assure, c'est confortable, mais ça n'a rien d'extraordinaire.

— Alice, tu n'es pas drôle !

Comme elle regardait les cadeaux au pied du sapin, une idée lui traversa l'esprit : elle allait ouvrir les paquets pour détourner la conversation.

— Rose, merci ! s'exclama-t-elle. Un masseur électrique, quelle bonne idée !

Une voix ravie lui répondit.

Ensuite, Alice prit un deuxième paquet et recommença. Arrivée au dernier, elle lut l'étiquette.

— Ah ! C'est de toi, Sarah. Je ne savais pas que tu me ferais un cadeau.

Une voix jeune lui assura que dès qu'elle l'avait vu elle avait pensé que ça lui plairait.

Alice ouvrit le paquet et rougit. Elle le tourna vers la caméra de son téléphone et lança, d'un ton faussement dégagé :

— Un calendrier du frère d'Edwin, le prince Luis. Je ne savais pas que tu étais fan, Sarah.

— Je t'ai vue dans le parc avec…

Retournant vivement son téléphone, Alice lui coupa la parole.

— Merci encore, Sarah. Ça m'a fait plaisir de vous parler à tous. Maintenant, je dois retourner travailler.

Une voix s'éleva dans le brouhaha.

— Bien sûr, Ally. Mais encore une seconde. Ne quitte pas… Je vais à un endroit où il y aura moins de bruit.

Alice sourit. La voix de sa mère lui faisait toujours chaud au cœur.

— Tu es occupée, maman. On se rappellera demain, d'accord ?

Elle entendit une porte claquer à l'autre bout de la ligne.

— Ah voilà ! Ça va mieux. C'est la folie dans cette maison. Comment vas-tu ? Tu nous manques.

— Vous aussi, vous me manquez.

— Tu as de quoi manger ? Tu es sûre que tu n'es pas trop seule ? C'est désolant que tu ne sois pas parmi nous, toi qui adores Noël ! Sans toi, ce n'est pas pareil.

— Je vais bien, maman, je te jure.

Elle regarda Luis.

— Je ne me sens pas seule.

— Parfait. J'adore ton pyjama.

Alice passa la main sur le devant de sa veste.

— Tu sais que j'aurai trente ans l'année prochaine, maman. Tu peux peut-être arrêter de m'offrir des pyjamas de Noël.

— Il fait trop froid à cette époque de l'année pour dormir sans rien.

Elle piqua un fard et s'éloigna de Luis.

— Oh ! maman ! Tu exagères !

Ravie de son effet, sa mère éclata de rire.

— Est-ce qu'on te verra pour le réveillon du nouvel an ?

— Tu sais bien que je ne peux pas, maman. J'ai ma thèse à

finir. J'ai besoin de calme. Mes voisins du dessus sont vraiment trop bruyants !

— Je sais, ma chérie. On te regrettera. Je t'embrasse.

— Bisous, maman. Je t'aime. On se verra bientôt, maman. Profite bien de Noël avec tout le monde.

Alors qu'elle raccrochait, toute joyeuse, Luis sentit son cœur se serrer. Ces baisers, cette complicité tendre, tout cela lui manquait. Sa mère lui manquait.

Elle vint s'asseoir en face de lui.

— On dirait que ta mère ne sait pas ce que tu penses de Noël ?

— Pourquoi veux-tu que je lui fasse de la peine ? rétorqua-t-elle, repliant les jambes sous elle.

— Je sais, mais... vous avez l'air tellement proches...

Elle haussa les épaules.

— C'est vrai, mais, après tout ce que mon père lui a fait endurer, je ne vais pas en rajouter ! À une certaine époque, je lui en ai voulu. Je me suis renfermée sur moi-même. Je lui reprochais de ne pas l'avoir quitté plus tôt et, dans le même temps, je lui en voulais de le quitter.

Elle se blottit dans le fond du canapé.

— J'ai toujours eu des sentiments contradictoires : je détestais mon père et je l'adorais à la fois. Je ne me comprenais plus. Quand il partait à ses matchs de rugby, je le suppliais de ne pas y aller. La plupart du temps, il revenait blessé. Muscles en compote, commotions cérébrales... Il a fini par arrêter, mais ça n'a pas été de gaieté de cœur. Il détestait ne plus jouer, ne plus faire partie de l'équipe. Son goût pour l'alcool a empiré. Il a promis d'arrêter de boire et je voulais le croire. Ma mère ne me disait rien sur ce qui se tramait, elle voulait me protéger, je pense. J'ai essayé d'en parler avec elle, mais elle me répétait de ne pas m'en faire. Bref, j'ai vécu dans le non-dit. Je me demande aujourd'hui comment j'ai pu croire mon père ! Mon erreur a été de dire à ma mère que mon père m'avait promis d'arrêter de boire. Je pense qu'autrement elle serait partie plus tôt.

Se levant, il vint s'asseoir près d'elle.

— Ton père est seul responsable. Personne d'autre. Tu n'as aucun reproche à te faire.

Pensive, elle ne répondit pas.

— J'admire ce don que tu as de comprendre les autres, dit-elle enfin.

Il se baissa pour ramasser le calendrier qui traînait à terre.

— Ce don me fait dire que tu vas jeter ça…

Il agita le calendrier.

— … à la poubelle, à la première occasion.

Elle se prit la tête dans les mains.

— Je l'avais complètement oublié ! Sarah a dû nous voir dans le jardin.

— Ce n'est pas la cousine avec laquelle tu avais parié ?

— Parié ? Non… Pourquoi ?

Ah oui, le pari de t'embrasser.

— Oh ! non ! Sarah n'a que quatorze ans. Je n'encouragerais pas une gamine à faire ce genre de paris.

Elle lui prit le calendrier des mains, le feuilleta.

— Comment peut-il y avoir un marché pour une horreur pareille ?

— Détrompe-toi. Je vais le donner à une vente de charité et je suis sûr qu'on se l'arrachera. Que veux-tu…

Son ton sarcastique la fit grincer des dents.

— … en tant que prince, je suis président de l'Association des malades cardiaques et ambassadeur de l'œuvre de Kara, qui soutient des associations qui viennent en aide aux jeunes adultes. Mais mes compétitions m'ont empêché de m'impliquer. Je le regrette.

— Maintenant que tu ne vas plus faire de bateau, tu vas pouvoir…

Il n'écoutait plus. Comme son père se plaisait à le lui reprocher, il n'avait rien fait de sa vie, excepté filer à pleine vitesse sur l'eau.

— Je ne pense pas avoir valeur d'exemple. La presse britannique m'a surnommé « le prince insouciant ». Vu mon passé, je me vois mal faire la morale aux autres. Aux jeunes, surtout. J'ai été renvoyé de mon lycée, j'ai interrompu mes études à la fac et, au tout début de ma carrière, je me classais bon dernier dans les compétitions. Pas forcément par ma faute, d'ailleurs.

— Les ados ne courent pas après la perfection. Ce qui leur plaît, c'est qu'on soit franc.

Dérouté par l'admiration qu'elle lui témoignait – et qu'il estimait ne pas mériter –, il préféra ne pas discuter. Il ne s'en sentait pas le courage. Plaisantant à demi, il se contenta d'ajouter.

— Tu veux dire que je ne suis pas parfait ?

— Rassure-toi. Je commence à trouver les gens parfaits ennuyeux.

Luis ne cilla pas. Il s'approcha d'elle et la regarda. Et voilà ! Ça recommençait. Le désir. La magie. Mais elle ne semblait pas comprendre.

Il lui fit un sourire en coin et se pencha pour ramasser le calendrier de Sarah.

Déçue, car elle croyait qu'il allait l'embrasser, elle se raidit.

— Puisque tu ne tiens pas la perfection en haute estime, dit-il regardant ses photos, l'année prochaine je poserai en rocker ! Cela t'incitera peut-être à garder mon calendrier au lieu de le jeter.

Le directeur artistique, créateur du calendrier, avait choisi une photo de Luis sortant des vagues en maillot de bain mini. Il était si beau, si musclé !

Sa présence dans cette pièce devenant subitement étouffante, elle prit le calendrier et le cacha derrière elle.

— Allez ! À toi d'ouvrir tes cadeaux.

Il se leva et prit tous les paquets.

— Je les ouvrirai tout à l'heure. Pour l'instant, j'ai faim.

Elle se leva à son tour,

— D'accord. Mais je vais d'abord me changer.

— Non, tu es trop charmante comme ça. Pour une fois que tu portes de la couleur !

— On dirait ma mère ! se moqua-t-elle. Elle trouve que je m'habille trop sombre.

— Elle a raison. C'est quoi cette manie d'être toujours en noir ?

C'était une habitude, comme de raser les murs. Une façon de passer inaperçue. À dire vrai, elle n'y avait pas vraiment réfléchi.

— Ça va plus vite, le matin. Quand tu n'as que du noir et du bleu marine, tu ne perds pas de temps à assortir les couleurs.

Sceptique, il regarda son pyjama.

— Le turquoise te va bien, mais le rouge t'irait encore mieux.

— Ah, ah ! Monsieur est *fashion consultant*, maintenant ! C'est nouveau. Mais... je croyais que tu avais faim.

— C'est vrai.

Il la fixait avec de tels yeux que, prise de panique, elle fila dans la cuisine, s'assit à table et cacha ses jambes sous sa chaise. Le regard de Luis lui avait fait peur.

Le couvert était dressé devant la fenêtre. Café, thé, croissants, Luis avait pensé à tout. Dehors, tout était blanc. Le village en dessous disparaissait sous la neige qui tombait dru.

— J'ai l'impression d'être dans un igloo, dit-elle.

— Sauf qu'ici, on a le chauffage au sol, plaisanta-t-il, revenant avec la théière.

Elle aimait son sens de la repartie, son humour décalé !

Leur petit déjeuner avalé, ils retournèrent vers les cadeaux. Luis déballa son premier paquet.

— Ah, un bonsaï ! s'exclama-t-il. Pourquoi un bonsaï ?

Elle rit.

— Pour se rappeler que les belles choses exigent du temps, de l'attention et de la patience. Quand tu le contempleras, tu songeras à ralentir, tu te diras que tu n'es pas obligé de vivre à trois cents à l'heure.

Vint ensuite un kit d'aromathérapie, qui le fit sourire. Puis un polo qu'elle avait acheté car il était doux et de la couleur des paillettes qui brillaient dans ses yeux. Suivit une boîte de chocolats noirs pralinés.

— Oh ! Des pralinés. Comment savais-tu que c'est ce que je préfère ?

— Une intuition.

Et le fait que je t'aie vu avaler le dernier chocolat de ma boîte, l'autre soir. Tu avais l'air de tellement te régaler...

Il ouvrit ensuite une lithographie de la Tamise, la nuit. Et, en dernier, un livre. La biographie de Lady Maud Radford, le sujet de thèse sur laquelle elle travaillait. Un peu audacieux, peut-être, de lui imposer cette littérature ?

— Pourquoi Radford ? demanda-t-il.

— Parce que au XIXe siècle, elle vivait là où réside ma mère actuellement et, surtout, parce qu'elle a porté la cause des femmes et initié le droit de tous les enfants à l'instruction libre et gratuite.

Il ouvrit le livre et le feuilleta, puis regarda la montagne de cadeaux qu'il avait déballés.

— Je comprends maintenant pourquoi il t'a fallu tant de temps pour faire tes courses de Noël ! dit-il. Merci beaucoup, tout est tellement bien choisi.

Surprise par l'émotion que trahissait sa voix, elle rétorqua que les cadeaux qu'elle avait choisis devaient être modestes comparés à ceux qu'il recevait d'habitude.

— C'est vrai, on me fait beaucoup de cadeaux officiels somptueux, mais je les distribue à des œuvres de charité. Pour ce qui est des présents personnels, dans ma famille cela fait des années que nous ne nous sommes rien offert.

Elle repoussa son assiette et toucha sa main.

— Il faudra que je me souvienne de t'envoyer un cadeau tous les ans !

Elle le vit sourire puis, l'air penaud, expliquer qu'il avait cru qu'elle ne voudrait rien.

Elle montra la fenêtre et la montagne qui blanchissait, puis déclara :

— Ce spectacle suffit amplement à mon bonheur.

Menteuse ! D'accord, tu n'y avais pas pensé jusqu'à présent mais, maintenant qu'il en parle, tu aurais bien accepté un petit quelque chose. Rien d'énorme. Une attention, rien que pour te dire qu'il avait pensé à toi. Pour te rappeler plus tard ces quelques jours si particuliers.

— Il faudra que je me rattrape l'année prochaine.

Elle hocha la tête. *L'année prochaine...* Il n'y aurait aucune raison pour qu'il lui fasse un cadeau l'année prochaine. Elle-même... Dans quel état d'esprit serait-elle dans un an ? Repenserait-elle à ce Noël-ci ?

Le silence se fit entre eux. Peut-être pensaient-ils la même chose ?

Il se leva.

— Viens, dit-il, la poussant doucement vers le salon. Maintenant, assieds-toi.

Il alla ouvrir le tiroir d'une commode et en sortit un paquet, dans un papier doré, qu'il lui tendit.

Curieuse d'en découvrir le contenu, elle défit le papier et éclata de rire.

— Oh le maillot de l'équipe de football !

Il éclata de rire.

— Devenons leurs fans, si tu veux bien !

Il s'approcha du sapin et se retourna.

— Tu ne vois rien dans l'arbre qui n'y était pas, hier soir ?

Perplexe, elle scrutait les branches quand elle remarqua une petite pochette blanche provenant du plus grand bijoutier de Bond Street.

— Si, ça ! dit-elle pointant le doigt vers la pochette.

Il la décrocha de l'arbre et la lui donna.

— C'est pour moi ?

— Oui.

La pochette contenait un écrin bordeaux qu'elle ouvrit. Apparut alors, à son regard émerveillé, un pendentif représentant un bouquet de fleurs serti de diamants glissé sur une chaîne en or.

— Non, ce n'est pas possible ! Ce n'est pas pour moi ?

Le lui prenant des mains, il l'attacha autour de son cou.

— Le prix que j'ai gagné au *World Series* était substantiel. Je suis heureux de le partager avec quelqu'un.

Elle ferma les yeux. Comment refuser ce cadeau quand il l'offrait avec de tels mots, qui la touchaient au cœur ?

Cherchant son regard, elle réfléchit à ce qu'il venait de dire. Il voulait quelqu'un *avec qui partager*. Devait-elle comprendre qu'en dépit d'une vie sociale très active il se sentait seul ?

Elle l'embrassa du bout des lèvres.

— Merci.

Effarouchée par l'importance de ce cadeau, elle cacha le bijou sous son haut de pyjama. Faisait-il des présents pareils à tous ceux qui gravitaient autour de lui ?

Ils retournèrent dans la cuisine, rangèrent un peu. Puis elle raconta :

— Hier, pendant les courses, une vendeuse m'a demandé ce que je cherchais et pour qui. J'étais tellement distraite que j'ai rétorqué « pour mon prince ». Sans hésiter une seconde, elle m'a emmenée au rayon « animaux de compagnie ». Elle a cru que c'était pour mon chien !

Il poussa ses cadeaux de côté et éclata de rire.

— Autrement dit, j'ai failli avoir des croquettes… ou une laisse !

À la recherche d'une étagère où ranger les verres, elle ouvrit un placard.

— Quand j'étais petite, je mourais d'envie d'avoir un chien, mais mon père ne voulait pas. Il disait que les animaux ne valaient pas les soucis qu'ils causent.

Il s'approcha d'elle et rétorqua :

— Ils ne valent pas l'affection qu'ils nous donnent et leur fidélité à toute épreuve, c'est ça ?

Bizarrement, quelque chose céda en elle, une sorte de carcan, et elle se sentit libérée. Elle ne pensait pas qu'un jour, elle rirait de son père.

La vaisselle rangée, elle regarda Luis s'installer en face d'elle.

— Nous avions quatre chiens. Ma mère nous autorisait à en adopter un pour notre dixième anniversaire à condition que nous ayons fait la preuve que nous étions capables de nous occuper du chien de la famille, Câlin.

Elle pouffa de rire.

— Câlin. Quel drôle de nom pour un chien ! surtout pour lui, malheureusement. Il grognait tout le temps et détestait qu'on le caresse.

Il la regardait avec une telle tendresse qu'elle se troubla puis, sans raison, éclata de rire pour qu'il ne voie pas son émotion.

Il était très séduisant, tout en bleu. Hanches minces, jambes musclées, cheveux un peu plus longs que le jour du mariage – elle les préférait comme ça –, il était rasé de près et sentait délicieusement bon ! Bref, tout chez lui lui plaisait et, par-dessus tout, la chaleur de sa peau contre la sienne.

Il hocha la tête, l'air interrogateur. Il attendait qu'elle dise quelque chose. Mais de quoi parlaient-ils ? Ah oui, de chiens !

Il fallait qu'elle parle. Qu'elle dise quelque chose, n'importe quoi.

— Euh... Oui... Dis-moi. Comment s'appelait le chien que tu as adopté ?

Il alla prendre son téléphone et revint à côté d'elle.

— C'était un croisement. Je l'avais choisi dans une fourrière.

Il fit défiler des photos sur l'écran de son portable. Du coin de l'œil, elle vit de magnifiques hôtels, des plages de rêve, de superbes bateaux, des femmes sublimes. Des groupes de gens – des amis, sans doute. Rien d'ambigu en ce qui concernait les femmes. Mais elles étaient là. Elles faisaient partie de son environnement, de sa vie. Une vie dont elle ne savait rien. C'était étrange, d'ailleurs.

S'arrêtant sur une photo, il la lui montra.

— Il est adorable ! s'exclama-t-elle.

— C'était Rocky. Je l'aimais autant que je détestais la pension où j'étais enfermé. Je ne supportais pas le règlement qui datait du siècle d'avant – au moins ! – et n'avait aucun sens de nos jours. Ma famille me manquait. C'est surtout Rocky qui me manquait. Quand je me suis fait renvoyer, mon père a voulu m'expédier en pension aux États-Unis. Heureusement ma tante, la princesse Maria, et son mari, Johan, l'ont convaincu de me confier à eux. Mais j'étais privé de chien. Quand elle pouvait, le plus souvent possible, ma tante se débrouillait pour me l'amener en cachette. Jusqu'au jour où mon père l'a su...

— Tu étais heureux avec ton oncle et ta tante ? demanda-t-elle.

Comment son père avait-il pu songer, alors qu'il venait de perdre sa femme et Luis, sa maman, à le mettre en pension aux États-Unis ? Si loin !

— Oui, si l'on veut. Ils m'ont laissé faire tous les sports que je voulais. Course automobile, bateau, football, cricket, varappe, kitesurf. Je me suis découvert une passion pour le motocross. Je sais que je les ai pas mal inquiétés, mais jamais ils ne m'ont freiné. Au contraire, ils ne rataient jamais mes compétitions.

Il prit une éponge et se mit à frotter le comptoir. Elle le regarda faire, surprise par sa dextérité, comme si ces gestes lui étaient familiers.

— Mon père ne m'a pas parlé pendant un an. Il était furieux que je me sois fait renvoyer de l'établissement où mes ancêtres avaient étudié et il disait que je couvrais de honte la famille.

— Pourquoi t'es-tu fait renvoyer ?

Tête baissée, et feignant d'être concentré sur ce qu'il faisait, il commença à raconter qu'il ne s'était jamais intégré.

— J'étais indiscipliné. Le directeur de l'école appelait régulièrement mon père pour se plaindre de ma conduite. Un jour, j'ai fait entrer dans l'école des porcs de la ferme voisine, ce qui a provoqué mon renvoi.

Essayant de garder son sérieux, elle lui demanda pourquoi il avait fait cette bêtise.

— Je m'ennuyais et j'avais un devoir de sciences une heure plus tard. Je savais que j'allais le rater.

— En fait, tu voulais qu'ils te mettent dehors.

Il n'hésita pas longtemps.

— Oui. Je voulais revenir à la maison, pour Rocky.

— As-tu dit à ton père comment...

Il lui coupa la parole.

— Je ne parlais pas avec mon père. Quand ma mère est morte, il a cessé de s'intéresser à ce que nous faisions, à ce que nous souhaitions.

— Perdre votre mère a dû être difficile pour lui aussi.

Son visage s'assombrit. Refusant de la regarder, il se mordillait l'intérieur de la joue. Il finit par pousser un soupir de rage qui la fit reculer.

— Oh ! pardon, Alice.

Il décroisa les bras.

— J'en veux à mon père, pas à toi.

Nouveau soupir. Triste cette fois.

— Tu as raison, la mort de ma mère l'a détruit. Par ricochet, elle a détruit la famille.

— Avais-tu dit à tes frères combien tu avais horreur de l'école ?

— Non. Edwin essayait tout le temps de calmer mon père. Quant à Ivo, il brillait par son absence. Il s'enfermait dans sa chambre pour peindre des modèles réduits, des petits soldats. Ensuite, il s'est passionné pour le kayak. Lui et moi partageons le même goût immodéré pour le sport ! Et le désir de fuir Monrosa !

Il se retourna et déchira une feuille d'un bloc de papier.

— Le chef a laissé des instructions pour le dîner. J'ai intérêt à lire et à suivre à la lettre ce qu'il a écrit.

Elle n'avait encore jamais parlé de son enfance à personne car elle détestait se la remémorer. Elle jeta un coup d'œil à l'écrin, regarda la neige qui tombait dehors en tourbillonnant, puis les cadeaux qu'elle avait faits à Luis. Finalement, pouvoir partager ses sentiments, ses peines, ses regrets valait plus que le plus beau cadeau du monde.

— Je n'avais personne avec qui parler quand j'étais petite. Je sais ce que c'est de se sentir isolé.

Il scruta son visage puis s'avança vers elle avec un sourire si tendre que des larmes lui montèrent aux yeux. Il la comprenait.

— Dommage que tu n'aies pas eu un Rocky comme confident.

Ne sachant si elle avait envie de rire ou de pleurer, elle ravala les larmes qui lui brûlaient les yeux.

— J'aurais bien aimé en avoir un.

Il posa la main sur son bras avec beaucoup de gentillesse.

— Il serait peut-être temps que l'on commence à s'amuser. Qu'en dis-tu ?

— Je suis pour.

Elle regarda dehors. Il neigeait toujours.

— On se prépare pour skier ?

Il s'approcha de la fenêtre et soupira.

— Tu as vu le temps ? Je pense qu'il vaudrait mieux trouver autre chose. Tu as pris un maillot de bain ?

Un maillot ? Elle écarquilla les yeux.

— Je croyais qu'on venait skier, je me trompe ?

— Pas de problème, je vais t'en trouver un.

Sans attendre, il descendit au sous-sol où elle le suivit sans hésiter.

— On va se baigner ?

Il poussa une porte. Elle donnait sur un spa et une piscine.

— Mieux que ça.

— Quoi donc ?

— C'est une surprise.

— Je n'aime pas les surprises.

— Si, pour une fois, rien qu'aujourd'hui, tu oubliais tes principes et laissais quelqu'un d'autre prendre des décisions à ta place ?

Il lui fit signe d'approcher du spa.

— Et si je n'aime pas ces décisions ?

Il fit semblant de réfléchir.

— Ça ne te plaira peut-être pas tout de suite…

Il s'arrêta et la fixa. Ses yeux brillaient trop à son goût.

— Ça peut être un peu douloureux et ce n'est pas forcément confortable. Mais, poursuivit-il, le jeu en vaut la chandelle !

— Tu m'inquiètes.

Il baissa la tête et la regarda droit dans les yeux.

— Tu sais très bien que je ne te ferai jamais de mal.

Son cœur se mit à battre comme un fou. Allait-elle être assez naïve pour le croire ?

— Tu as intérêt à tenir ta promesse ! lança-t-elle.

Sans attendre qu'il réponde, elle entra dans le spa. Luis la suivit. Des draps de bain d'un blanc immaculé étaient empilés sur des étagères, des peignoirs attendaient d'être décrochés des patères. Il y avait aussi des mules et une collection de maillots de bain neufs – ils portaient encore leurs étiquettes.

— Choisis celui qui te plaît, dit-il.

Il prit un maillot bleu ciel et un drap de bain, et sortit.

— Je te retrouve à la piscine.

Après une brève hésitation, elle se décida pour le moins suggestif et, une serviette et un peignoir sur le bras, alla se changer. Le maillot de bain passé, elle se regarda dans la glace et fit la moue. Il faudrait qu'elle mange moins de chocolats à l'avenir. À la hâte, elle enfila le peignoir, tout blanc et tout mousseux, serra la ceinture et se dirigea vers la piscine.

Luis était là. Il l'attendait, dans un maillot bleu qui mettait sa silhouette en valeur. Elle n'avait jamais vu d'homme aussi séduisant.

— Vas-y le premier, je te suis, déclara-t-elle.

Au lieu de le suivre, elle s'assit sur une chaise longue.

— Non, on ne se baigne pas, dit-il.

Ne comprenant pas où il voulait en venir, elle prit les *tongs* qu'il lui tendait. Il chaussa les siennes et ouvrit la porte qui donnait sur le champ de neige.

— Ah non ! Ne me dis pas qu'on sort !

— Si !

— On va geler, protesta-t-elle poussant des cris de chat écorché. J'ai toujours pensé que tu étais un type dangereux, je vois que j'avais raison.

Il éclata de rire.

— Tu n'as encore rien vu !

Ils sortirent. Saisie par le froid, elle commença à grelotter. Le vent avait poussé la neige qui s'était accumulée et formait des congères.

— Règle numéro un : ne jamais rester immobile, dit-il prenant sa main.

Il contourna le chalet et ouvrit une porte.

— Ah, un sauna ! s'exclama-t-elle, retrouvant le sourire.

Ils défirent leurs peignoirs et s'assirent sur les bancs, en face l'un de l'autre.

— Ah, je préfère ça !

Il sourit mais ne dit rien et ferma les yeux. Elle aussi. Puis elle les entrouvrit et le regarda en coin. Était-il aussi détendu qu'il essayait de le faire croire ?

Il avait un bleu sous le genou droit et un autre sur la clavicule. Il devait faire du sport, ce qui expliquait sa poitrine et ses bras musclés, son ventre plat. Avec ses longs cils, il était presque trop beau. Trop sexy. Heureusement, il avait un léger défaut : sa lèvre inférieure était légèrement plus pleine que sa lèvre supérieure, petit détail qui, au lieu de le desservir, ajoutait à son charme.

Elle referma les yeux et se mit à fantasmer. Cela lui ferait quoi de se réveiller le matin, nue à côté de lui, et le couvrant de caresses ?

Elle s'imagina ployant sous le poids de son corps, folle de désir, et commença à s'agiter sur son banc de bois. Avec sa bouche et ses mains, il explorait chaque centimètre carré de sa peau. Elle sentit une vague de chaleur monter le long de ses jambes, de ses cuisses. Que ressentirait-elle s'il s'insinuait entre ses jambes ? Un désir comme elle n'en avait jamais éprouvé s'empara d'elle, la faisant frémir.

Elle n'avait jamais serré d'homme contre elle… Qu'est-ce que cela lui ferait ? Saurait-elle que faire ?

— Prête à t'amuser ?

— Sous une douche froide ?

— Non, bien mieux ! On va se rafraîchir… dehors.

— Ah non, non, non ! Pas question.

Il lui tendit la main, mais elle ne bougea pas.

— Viens, insista-t-il.

Comprenant qu'il ne renoncerait pas, elle le fusilla du regard et se leva. Lui prenant alors la main, il courut vers une congère. Elle voulut l'arrêter, poussa des cris, mais il n'écoutait pas.

— Arrête ! Luis, arrête !

Grelottante, elle tomba tête la première dans le talus de neige, roula sur le dos en hurlant de rage.

— Je te déteste, je te hais…

Elle pestait contre lui et contre la terre entière quand, brusquement, elle s'entendit éclater de rire. Quelque chose en elle venait de céder. Pour la première fois depuis longtemps, elle respirait à pleins poumons. Elle était libérée. C'était Noël, et elle était là, dans les Alpes, en train de batifoler dans la neige avec l'homme le plus incroyable de la terre. Si une chose aussi improbable lui arrivait, des possibilités sans fin s'offriraient sans doute à elle.

Une boule de neige explosa sur sa poitrine. Elle pouffa de rire et en renvoya une. Puis une autre et d'autres encore. Joyeux comme des gamins, ils se battirent ainsi, pleurant de rire et toujours en maillot de bain !

Soudain, Luis se précipita sur elle et ils tombèrent l'un sur l'autre, leurs éclats de rire dévalant les pentes des montagnes jusque dans la vallée.

Allongé sur elle, il cessa soudain de rire et, le visage grave, planta ses yeux dans les siens. Elle vit son regard s'assombrir et l'entendit murmurer, posant un baiser sur sa bouche,

— Joyeux Noël.

Mais elle voulait plus. Beaucoup plus. Il dut le comprendre car il se leva et l'aida à se relever. Il la prit dans ses bras et la ramena dans le sauna.

— C'était génial, dit-elle. C'est fini ?

À sa voix, il comprit qu'elle n'était pas pressée. Lui non plus, mais...

— Le rouge te va bien, dit-il, lui caressant la hanche. Je le savais.

Flattée, elle rougit légèrement. Passant alors un doigt sous le tissu de son maillot de bain, il l'attira à lui et se pencha pour chuchoter à son oreille :

— Tu es superbe...

Il taquina le creux de son cou puis, cherchant sa bouche, il l'embrassa à perdre haleine, approfondit ses baisers. Quand il l'entendit gémir et répondre avec fougue à ses baisers, le désir l'embrasa.

Dans l'enthousiasme de leur étreinte, ils basculèrent en arrière. Luis roula sur le côté, l'entraînant avec elle. Elle enroula les jambes autour de sa taille, comme si c'était la chose la plus naturelle du monde.

Il s'enhardit. Glissa une main sous son maillot, caressa la pointe de ses seins, se lova contre elle, qui gémit de plus belle. Fou de désir, il écarta largement le tissu et prit un mamelon dans sa bouche...

Elle avait le vertige, et les mots d'amour qu'il lui susurrait n'arrangeaient rien. Il disait qu'elle était belle, qu'il adorait son corps. Se rendait-il compte de ce qu'il lui faisait ? C'était comme s'il lui avait jeté un sort car, pour la première fois de sa vie, elle se sentait désirable, et désirée.

Il savait exactement ce qu'il faisait. Sa bouche sur ses seins, ses doigts sur ses reins la rendaient folle. Tout à coup, il lui ôta son maillot et glissa un doigt au cœur de sa féminité, lui arrachant un cri d'extase. Encouragé par ses gémissements, il continua de dévorer sa bouche, de caresser son point sensible, comme s'il n'avait qu'un seul but, lui donner le plus de plaisir possible…

Ivre de volupté, elle se mit à crier, la tête rejetée en arrière, accrochée à lui.

— Encore… Encore…

Au seuil du plaisir, elle se cambra une nouvelle fois et s'abandonna entre ses bras…

Doucement, il caressa ses cheveux, déposa un chapelet de baisers sur sa joue, descendit le long de son cou et murmura avec tendresse :

— Je te veux toute à moi.

Comme elle reprenait ses esprits, elle enfouit la tête dans le creux de son épaule. Elle avait perdu la tête. Qu'allait-elle faire maintenant ? Comment lui dire ce qu'il devait à tout prix savoir ?

Elle recula pour mieux le voir. Son regard était flou, voilé par le désir. Elle prit une profonde inspiration.

— Je t'ai dit que je n'ai jamais vraiment eu de petit ami.

Il répondit d'un ton vague.

— Oui… Et alors ?

Il n'imaginait pas l'effort que cet aveu lui coûtait. Elle reprit.

— Je n'ai jamais eu de… relation avec un homme.

Il ne comprenait toujours pas. Puis, enfin, elle vit son expression changer.

— Tu veux dire que… tu n'as jamais couché avec personne ?

— Non, et je n'ai même jamais fait ce que nous venons de faire.

Elle rougit.

— Je pense qu'il vaut mieux que tu le saches avant… d'aller plus loin.

Brusquement, il se leva. Il était hors de question qu'il la possède, maintenant qu'il savait ça. Il avait besoin d'air. D'y voir plus clair. De réfléchir avant de dire – et de faire – n'importe quoi.

Il fit un pas vers la porte mais, au lieu de continuer, revint vers elle et la serra dans ses bras. Elle était raide comme un I. Il laissa échapper un juron.

— Bon Dieu !

Elle avait dû voir qu'il était stupéfait. Tiraillé entre le désir fou qu'il avait de la faire sienne et l'envie de la protéger, il chercha quelque chose à dire, mais ne trouva pas de mots. Persuadé qu'elle allait partir, il caressa doucement ses cheveux dans l'espoir que ce geste de tendresse exprimerait sa pensée.

Il la vit se lever à son tour, déçue, puis s'emparer de son peignoir et sortir sans lui lancer un regard.

Que fallait-il qu'il dise, qu'il fasse ?

Il prit son peignoir et la suivit. Elle était déjà dans le hall d'entrée quand il la rattrapa.

— Je vais m'habiller. Nous parlerons plus tard, dit-elle.

— Je ne peux pas être le premier, Alice.

Blessée, elle haussa les épaules et s'engagea dans l'escalier.

Bon sang ! Il déraillait ! Il inspira profondément pour calmer la panique qui le gagnait. Elle avait déjà monté quelques marches, pieds nus, sans bruit. Il n'était jamais pris de court, d'habitude. Il savait quoi faire, quoi dire. Qu'est-ce qu'il lui arrivait ?

Elle était en haut des marches, maintenant. Il devait lui expliquer, lui dire pourquoi il ne coucherait jamais avec elle.

— Alice ! Je n'ai jamais eu autant envie d'une femme que j'ai envie de toi.

Elle s'arrêta sur le palier et le fixa d'un air sceptique.

— Tu as du mal à comprendre qu'une femme de mon âge soit encore vierge, déclara-t-elle avec peine. Et c'est étrange, en effet.

Elle s'interrompit un instant, avant d'ajouter :

— Je comprends ta réaction.

Alors, il s'élança, grimpa les marches deux par deux. Il serrait les poings. Pour la première fois peut être, il allait être totalement honnête avec quelqu'un.

— Détrompe-toi, dit-il. Je ne couche pas avec une femme pour un oui, pour un non. Pour moi, c'est sérieux. La drague et les conquêtes d'une nuit ne m'intéressent pas.

Il prit le temps de souffler.

— Je sais, ça doit te paraître ringard, mais je suis comme ça. Faire l'amour est un acte très intime. Cela suppose que l'on respecte l'autre et qu'on se soucie de lui.

Elle le regardait comme si ce qu'il disait lui échappait totalement.

— Si je comprends bien, dit-elle, hésitante, je ne t'inspire rien de tout ça.

— Mais non ! Ce que j'essaye de te dire... je sais, je m'y prends mal, c'est que tu dois partir demain et que passer la nuit avec toi ne serait pas honnête. J'ai voulu te tenir compagnie pour Noël pour te simplifier la vie, pas pour te la compliquer. Et encore moins pour te rendre malheureuse ensuite.

Elle rejeta la tête en arrière.

— Qui te dit que je serais malheureuse ? Tu prétends que les aventures d'une nuit ne t'intéressent pas. Et si ça me plaisait, à moi ? Tu n'as pas cessé de me répéter de prendre la vie à la légère. Eh bien, voilà, c'est l'occasion !

Luis eut une moue dubitative.

— Bien ! lança-t-elle alors en se tournant vers la fenêtre. Il ne neige plus. Si on sortait ? Tu m'as promis de m'apprendre le snowboard.

Elle ne voulait pas s'attarder sur le sujet, c'était compréhensible. Mais lui avait des choses à dire. Comme il s'approchait d'elle, elle lui jeta un bref coup d'œil et regarda de nouveau dehors.

— Tu es belle, intelligente, brillante même. Si tu n'étais pas la cousine de Kara, si ma vie n'était pas le bazar qu'elle est actuellement, si tu n'étais pas aussi importante pour moi, si faire l'amour n'était pas aussi sérieux, tu sais ce que je ferais ? Je t'emmènerais tout de suite dans ma chambre, je t'allongerais sur mon lit et je ne te relâcherais pas avant le 1er janvier ! Mais... je veux rester ton ami. Je veux pouvoir te téléphoner à l'avenir, te retrouver lors de fêtes familiales sans être gêné, sans avoir honte de moi. Et surtout, je ne veux pas te faire souffrir.

— Qui te dit que je souffrirais ?

Ses yeux brillaient comme le soir où il l'avait vue pour la première fois. Ce fameux baiser, la course dans les jardins du palais pour la retrouver, son dépit quand il l'avait aperçue s'engouffrer dans une voiture et disparaître, lui avaient laissé un goût amer, le sentiment qu'il venait de rater quelque chose d'important.

— C'est peut-être moi que j'ai peur de faire souffrir, s'entendit-il dire.

Pelotonnée dans un coin du canapé, Alice essayait de lire, mais son regard était irrésistiblement attiré par Luis. Le livre qu'elle lui avait offert ne semblait pas le passionner, car il le reposait régulièrement pour consulter son téléphone portable.

Attendait-il des messages ? D'une femme, peut-être ? Dépitée, elle ferma les yeux, et les souvenirs affluèrent…

L'été qui avait précédé son entrée à l'université, elle avait passé le plus clair de son temps seule, ses amies l'ayant laissée tomber car elles ne fréquenteraient plus le même établissement. Un soir, elle avait entendu biper un portable qu'elle ne connaissait pas. Elle avait cherché et trouvé le téléphone sur le journal de son père. Elle l'avait aussitôt apporté dans la cuisine. « Tiens ? lui avait-elle dit, tu t'es acheté un nouveau portable ? » Il s'était troublé. « Pourquoi l'amie de maman t'envoie-t-elle tous ces messages ? »

Sa mère avait pleuré. Son père, hurlé. Et rejeté sur elle le chagrin de sa mère. « Tout ça à cause de toi ! »

Les mensonges, les jeux de dupes, la lâcheté… C'est à cette époque qu'elle avait compris qu'en amour rien n'était jamais simple

Elle en voulait pour preuve qu'au lieu de reprendre ses esprits et de se féliciter de ne pas avoir couché avec Luis, elle le désirait davantage encore. Se remémorer l'effet de sa bouche sur ses seins, le déferlement du plaisir dans son corps, la magie de ses doigts sur sa peau, son regard qui se voilait la bouleversait. Cet après-midi, elle l'avait regardé évoluer sur son snowboard et avait admiré sa patience à lui apprendre ce sport pour lequel elle n'avait aucune disposition. Jamais il ne s'était énervé, prenant le temps de lui montrer encore et encore les bons mouvements...

Elle remua sur le canapé et se toucha les joues. Elles étaient en feu.

— Ça va ? demanda Luis.

— Oui, mais je suis courbatue. Je pense que demain, il faudra me porter dans l'avion.

Il sourit sans rien dire. Le feu crépitait dans la cheminée. Demain, ils se diraient au revoir. C'était mieux ainsi. De toute façon, elle devait retourner à son travail et lui à Monrosa.

La sonnerie du portable de Luis la fit sursauter. Sa bande d'amis des Bahamas lui envoyait une vidéo. *Joyeux Noël.* Mais, au lieu de sourire, il soupira.

— Ce n'est pas le message que tu as espéré toute la soirée ?

Visiblement agacé par sa question, il haussa les épaules.

Il avait raison, ça ne la regardait pas. Taraudée malgré tout par la curiosité, elle formula sa question autrement.

— Tu peux me...

Se souvenant brusquement de l'histoire cuisante du portable neuf de son père, elle laissa sa question en suspens. Mais revint bientôt à la charge, incapable de se taire.

— Dis-moi, elle doit être très belle pour avoir occupé tes pensées toute la soirée !

Et voilà ! C'était dit.

Il ferma son livre et le reposa sur la table basse. Puis, les yeux plissés, il la dévisagea.

— S'il y avait une autre femme dans ma vie, je ne t'aurais pas embrassée comme je l'ai fait, ce matin. Ce n'est pas mon genre.

Il le dit avec un tel sérieux qu'elle faillit le croire. Malgré tout, elle ne put s'empêcher d'ajouter :

— Ah bon. Mais qui attends-tu, alors ?

— Tu ne me crois pas, on dirait ?

Elle voulait le pousser dans ses retranchements. Savoir si la raison qu'il avait invoquée pour expliquer son rejet n'était pas un mensonge.

— Je sais reconnaître un homme qui a une liaison, déclara-t-elle.

— Tu pourrais parler de liaison si nous étions en couple. Mais ce n'est pas le cas !

Sa réponse la glaça. Elle aurait aimé se glisser dans un trou de souris. Pourquoi, mais pourquoi avait-elle dit une chose aussi stupide ?

— Tu sais très bien ce que je veux dire, insista-t-elle. Je déteste l'idée qu'une femme souffre à cause de moi. J'ai vu ce que cela donnait avec mon père. Maman a été dévastée quand elle a appris qu'il avait une maîtresse.

Il ne répondit pas. Elle se rendit compte alors qu'elle cherchait la bagarre, ce qui ne lui ressemblait pas. En temps normal, elle détestait la confrontation, mais, ce soir, elle voulait savoir l'homme qu'il était vraiment. Allait-il se dérober comme l'avait fait son père ? Allait-elle découvrir sa vraie nature ? Colérique, menteur, manipulateur ?

Elle bondit du canapé.

— Tu vois pourquoi je déteste Noël ? Ça se termine toujours mal !

Il se leva et, raide comme la justice, lui tendit son téléphone.

— Vas-y. Lis mes messages. Surtout, ne te prive pas. Tu me croiras peut-être, ensuite.

Elle prit le téléphone, fixa l'écran, et... l'agressivité qui l'animait se mua en honte.

— Reprends-le, dit-elle en fuyant son regard. Excuse-moi. C'était complètement déplacé.

Il ne répondit rien.

Mal à l'aise, elle s'approcha du feu et regarda les photos exposées sur la cheminée : Luis avec sa famille, au ski, heureux. Luis, toujours aux côtés de son père, dans des poses loufoques.

— Je préfère voir le pire chez les gens qu'être déçue, déclara-t-elle subitement.

— Drôle de façon d'appréhender la vie... Ce n'est juste ni pour les gens en général, ni pour toi-même. À cause de quelques-uns, tu rejettes tout le monde et tu ne vis qu'à moitié.

— De cette façon, je me protège.

Si elle avait pu partir, se sauver, ne pas entendre... Mais c'était la vérité qui sortait de la bouche de Luis.

— Il faut faire confiance, poursuivit-il.

Elle haussa les épaules.

— Je ne peux pas. Je n'arrive pas à croire tout ce qu'on me raconte.

Il s'avança vers elle.

— Es-tu sûre, au moins, de croire à tes propres paroles, Alice ? Il faudrait peut-être commencer par là.

Elle sourit sans comprendre vraiment ce qu'il voulait dire et s'écarta de lui. Son insistance à prétendre être satisfaite de sa vie, ne pas se sentir seule sonnait faux.

Troublée, elle prit une photo sur la cheminée.

— Ta maman était très belle. Quant à toi, tu es le portrait de ton père, plus jeune.

Il s'approcha pour regarder la photo.

— Tu as raison, il y a une ressemblance… C'est un message de mon père que j'espérais. J'ai prévenu Edwin que je ne reviendrai pas avant le 30. Apparemment, mon père est furieux que j'aie une fois de plus retardé mon retour.

Il éteignit les lumières, sauf les guirlandes du sapin, et alla sur la terrasse.

— Viens voir le ciel.

Elle le suivit et frissonna.

— Il fait un froid de canard.

Elle se mit à danser sur la pointe des pieds pour se réchauffer.

— Pourquoi retardes-tu ton retour à Monrosa, Luis ?

Les yeux fixés sur le bleu sombre de la nuit, il n'hésita pas.

— J'espère te convaincre de rester quelques jours de plus ici avec moi, et de venir ensuite fêter le nouvel an à Monrosa. Il y aura un grand bal.

— Tu plaisantes ?

Son rire résonna dans la nuit. Il n'était pas sérieux !

— Je repars pour Londres, demain.

— Tu n'es pas heureuse, ici ?

— Si… Enfin… ce n'est pas le sujet.

— Quelques jours de plus et tu dévaleras les pistes à snowboard comme une championne.

— Arrête ! Ça n'arrivera jamais. Je ne suis pas assez coordonnée.

— Si tu veux bien oublier ta thèse quelques jours encore, je te garantis que tu redoubleras d'énergie pour t'y remettre en janvier.

La voix rauque, il ne put s'empêcher d'ajouter :

— Et je serai le plus heureux des hommes de te distraire jusque-là... Si tel est ton désir...

Étonnée, elle s'arrêta de sauter d'un pied sur l'autre. Elle avait les joues en feu, et lui, il souriait.

Elle fronça les sourcils.

— Tu dis que tu restes ici pour moi, mais j'ai plutôt l'impression que tu n'es pas pressé de retourner à Monrosa. Je suis une bonne excuse, en somme.

Elle se trompait. Enfin, pas complètement. Il pensait que rester ici lui ferait du bien. Elle avait déjà moins de cernes sous les yeux et se sentait plus détendue qu'à Londres.

Elle poussa un soupir.

— Pourrais-tu cesser de tordre le cou à la vérité et me dire *vraiment* pourquoi tu souhaites prolonger ton séjour ?

Bonne question. Compte tenu de leur conversation de tout à l'heure, il aurait dû être ravi de devoir prendre l'avion, demain. Justement, c'était l'inverse. Il comprenait qu'elle ait des doutes à son sujet. C'était vexant, blessant, même, mais il ne pouvait pas lui en vouloir. Son cynisme à l'égard des hommes était l'œuvre de son père.

Il la regarda. Il aimait sa compagnie, son intelligence, son naturel et la façon dont elle le défiait. Entre eux, le courant passait. La vie prenait un sens. Ça ne pouvait pas s'arrêter comme ça.

— D'accord, avoua-t-il, je ne suis peut-être pas pressé de retrouver Monrosa. Il n'y a pas d'urgence, ce n'est pas comme si je n'avais que quelques semaines à vivre sur cette île.

— À t'entendre, on dirait que c'est une punition !

Frigorifiée, elle serra les bras sur sa poitrine.

— Il fait vraiment trop froid, dehors.

Frissonnante, elle rentra et lui demanda ce que Monrosa avait de si déplaisant.

— Je sais, enchaîna-t-elle. C'est tendu entre ton père et toi, mais c'est le plus bel endroit que je connaisse. Du soleil toute l'année, des plages somptueuses, une nourriture délicieuse et des gens chaleureux.

— Ce qu'on ne peut pas dire de mon père, marmonna-t-il avant d'ajouter une bûche dans le feu.

Alice s'assit en face de lui sur un tabouret, descendit ses manches sur ses mains et lui sourit.

— J'ai parlé avec ton père au mariage de Kara. Je l'aime bien. Il est direct, mais je préfère ça aux hypocrites et aux menteurs.

— Tu *l'aimes* bien ? Tu es bien la seule de mes amis à l'apprécier ! Il fait peur à tout le monde. Ils essayent d'être polis, mais je vois bien qu'ils l'évitent.

— Tu sais comment ça se passe quelquefois. Tu rencontres quelqu'un et le courant passe. C'est ce qui s'est produit avec ton père. C'est peut-être parce que nous sommes tous les deux sur la défensive… pour nous protéger.

— Je ne dirais pas de mon père qu'il est sur la défensive. Au contraire. Il agresse.

— J'ai connu ça avec le mien. Récemment, j'hésite à renouer ou à rompre définitivement. Je sais que pour toi c'est impossible. Tu as des obligations envers la principauté. Il n'empêche, si tu fixes avec ton père certaines limites, tu sauras ce que tu peux attendre de lui. De cette façon, tu ne seras pas déçu. Ce qu'il y avait de plus pénible avec mon père, c'était de passer de l'espoir à la déception. Les montagnes russes…

— Tu veux dire que c'est à moi de m'adapter à ses humeurs. D'accepter ses critiques ?

Elle haussa les épaules.

— Si tu comprenais pourquoi il te critique, tu gérerais mieux son attitude. S'il agit ainsi, c'est qu'il est en souffrance.

Trouver des excuses à son père reviendrait à devoir lui pardonner les années d'humiliation qu'il lui avait fait subir. Pour l'heure, il n'était pas disposé à ça.

— Bien, tu rejettes Monrosa à cause de ton père, mais je parierais que ce n'est pas tout.

— Si.

— Si je te demandais un mot pour exprimer ton ressenti à propos de Monrosa ?

— Tristesse, répondit-il.

— À cause de ta mère ?

Il ferma les yeux. Il ne parlait jamais de ça avec personne. C'était trop personnel. Pourtant...

— Chaque fois que...

Se rendant compte qu'il commençait à se livrer, il se tut.

— Oui ?

— Chaque fois que mon avion approche de Monrosa et que j'aperçois la côte, je me dis que ma mère sera là et qu'on va s'embrasser. Évidemment, ça ne dure qu'une fraction de seconde.

Débordé par l'émotion, il s'arrêta.

— Je regrette de n'avoir pas pu lui dire combien je l'aimais, reprit-il.

En face de lui, Alice ne bougeait pas, ne cillait pas. Il fallait le laisser évacuer sa peine et ses regrets.

— Dans ces moments-là, surtout, je me sens affreusement seul.

Elle lui sourit avec tant de gentillesse qu'il en eut les larmes aux yeux.

— Je me suis toujours dit que s'il y avait quelqu'un sur cette terre qui n'était jamais seul, c'était toi ! lança-t-elle.

— Je passe mon temps à essayer de ne pas l'être.

— Luis, est-ce que tu t'aimes toi-même ?

Il hocha la tête.

— Oh là ! C'est bien trop compliqué pour moi.

Souriante, elle s'approcha et serra ses genoux contre les siens.

— Ne le dis à personne, Luis, mais moi, je t'aime beaucoup. Je te trouve absolument incroyable. D'accord, tu as besoin de respirer de temps en temps et d'être heureux. Mais je sais que tu iras loin. Tu as une personnalité riche et une énergie folle, et tu es optimiste. Le monde a plus que jamais besoin d'hommes comme toi. Et, vu ta position, tu peux jouer de ton influence.

C'était stupéfiant. Elle croyait vraiment en lui !

— Tu ne crois pas que tu en attends trop de moi ?

— Rien de plus que ce que tu peux donner. Regarde, il t'a

fallu du courage et de la détermination pour gagner la régate du *World Series*. Je te crois capable de réussir n'importe quoi du moment que tu l'auras décidé.

— C'est facile quand tu fais ce qui te plaît et que tu es bien entouré.

— Forme une nouvelle équipe ! Je sais, ce n'est pas simple de changer de vie, mais prends le temps de réfléchir à l'objectif que tu souhaites atteindre.

Son objectif ? À vingt ans, il se jetait à corps perdu dans tout ce qui pouvait lui donner des bouffées d'adrénaline et l'éloigner de Monrosa. Et heurter son père.

Il hocha la tête. Son père n'était pas seul responsable de leur mauvaise relation.

— Tu as ce que tu veux dans la vie, toi, Alice ?

— Je ne suis pas mécontente. Je veux développer un goût pour l'histoire chez mes étudiants. J'ai quelques idées de livres historiques pour les adolescents… fondés sur des faits réels. On apprend tellement des erreurs des générations passées !

Son enthousiasme le fit sourire.

— Pourquoi t'acharnes-tu sur cette thèse, alors ?

— Bonne question ! J'ai toujours été organisée. J'aime l'ordre, il me rassure. Pour l'heure, j'ignore quel tournant prendra ma vie après ma thèse.

— La rigidité du protocole, pour moi. L'incertitude, pour toi. Autrement dit, la vie qui attend chacun de nous est à l'opposé de ce qu'on aime.

— Si on échangeait ! plaisanta-t-elle. Je suis sûre que je me fondrais facilement dans le moule protocolaire et je serais à mon affaire, entourée de siècles d'histoire. De toute façon, je ne suis pas dans la révolte…

Il se passa la main dans le cou.

— Ne dis pas ça devant mon père, le soir du nouvel an. Il essayera de savoir qui tu es et te posera une foule de questions. Il ne pense qu'à nous marier, Ivo et moi.

— Bien sûr que non ! Mais… attends ! Je ne t'ai jamais dit que j'allais avec toi à Monrosa. Et pour ce qui est de me marier, c'est non, tu t'en doutes. De ce côté-là, tu peux être tranquille. À ce propos, je me demande comment Kara a pu accepter.

Il ouvrit son téléphone et lui montra l'écran.

— Regarde la photo que m'a envoyée Edwin le soir de Noël. Ils sont rayonnants au milieu des cadeaux.

— Ils ont vraiment l'air amoureux.

— Commencer par être amis semble un bon socle pour une relation durable. Qu'en penses-tu ? Allez, viens avec moi à Monrosa !

— Je ne comprends pas pourquoi tu tiens tellement à ce que je t'accompagne là-bas.

— Tu adoreras la soirée, le bal...

— J'imagine d'ici la tête de ta famille ! Et les gros titres dans les journaux ! Pas la peine de prendre ces risques.

Sauf que j'ai envie de danser avec toi. De rire avec toi. Je veux être avec toi, tout partager...

Que lui arrivait-il ? Pourquoi avait-il subitement ce genre d'envies ?

— Alors, c'est oui ? Tu m'accompagnes ?

— Pourquoi insistes-tu ?

Au lieu de lui répondre par une pirouette, il s'entendit lui dire :

— Parce qu'il est temps que je me crée de nouveaux souvenirs à Monrosa.

son nom : [illegible] [illegible]

[illegible]

[illegible]

[illegible]

Ils ont vraiment l'air heureux.

— Commençons par [illegible]

[illegible]

[illegible]

[illegible]

[illegible]

[illegible]

[illegible]

[illegible]

[illegible]

[illegible]

[illegible]

8

Alice sortit de la salle de bains en courant et fouilla dans sa valise. Ses dessous. Son maquillage. Zut ! Où était sa trousse ? Pourvu qu'elle ne l'ait pas oubliée à Verbier !

Elle jeta un coup d'œil sur son téléphone. Il ne lui restait que quarante minutes pour se préparer, le temps qu'il lui fallait rien que pour sécher ses cheveux. Elle devait être au top pour ce bal de la Saint-Sylvestre dont on parlait dans toute l'Europe, lui avait dit sa mère.

Celle-ci avait été très surprise quand elle lui avait annoncé qu'elle était invitée à ce bal. C'était peut-être pour que Kara se sente moins seule, avait-elle avancé. Ou peut-être pas ?

Pour l'heure en tout cas, Alice était dépassée. Le regard peu amène que lui avait lancé le père de Luis quand ils étaient arrivés au palais, un quart d'heure plus tôt, n'arrangeait rien.

Oubliant le maquillage, elle passa dans le dressing. Quatre robes du soir attendaient, sélectionnées par Luis. « Ce n'est vraiment pas nécessaire ! » avait-elle protesté, mais il n'en avait pas tenu compte.

Il y en avait une, turquoise, qu'elle trouvait ravissante.

— Elle sera probablement trop petite, marmonna-t-elle.

Sans doute avait-elle mal pris ses mesures ? La faute à Luis qui se tenait derrière elle, tout le temps qu'elle se mesurait, et l'embrassait dans le cou. Ils avaient beaucoup ri.

Ils avaient passé les cinq derniers jours à faire du snowboard et… à s'embrasser. Dans la piscine, le sauna, sur le canapé. Partout.

Que de fous rires ! D'excitation ! De passion ! Elle était insatiable, et lui aussi. Elle adorait qu'il la touche, la caresse, la serre contre son corps. Elle adorait onduler contre lui. L'embrasser. On aurait dit deux adolescents vivant leur toute première expérience.

Qu'est-ce qui te prend ?

Elle entendait encore le ton dédaigneux de Rory le jour où ils avaient failli faire l'amour. Au dernier moment, affolée, elle avait eu peur des conséquences et s'était rhabillée, le laissant en plan, nu et très excité. Elle n'avait plus laissé personne l'approcher depuis ce jour.

Avec Luis, c'était différent. Séduite par sa gentillesse et leur complicité, elle l'avait vu avec d'autres yeux et avait aboli les frontières qu'elle avait d'abord dressées entre eux. Depuis, chaque soir, quand elle fermait la porte de sa chambre, elle regrettait qu'il ne passe pas la nuit avec elle. À plusieurs reprises, freinée par son orgueil, elle s'était retenue d'aller le supplier. Ce qui se passait entre eux n'était qu'une aventures de vacances, n'est-ce pas ?

Revenant à l'instant présent, elle passa rapidement les autres robes en revue. La lamée argent ? Trop serrée, sûrement. Le fourreau blanc avec la ceinture dorée ? Pas sa couleur.

— Va pour la rouge, dit-elle tout haut.

De retour dans sa chambre, elle défit la serviette nouée autour de ses cheveux qui tombèrent, encore mouillés, sur ses épaules. À cet instant, entendant frapper, elle sursauta.

— Oh ! Kara ! s'exclama-t-elle en la voyant entrer. Tu es sublime. Tu me fais penser à une princesse des *Mille et Une Nuits*...

— Mon coiffeur et ma maquilleuse font des miracles.

Elles s'embrassèrent.

— Ça me fait vraiment plaisir de te voir, Alice. J'avais peur que votre avion ne décolle pas à cause de la tempête de neige.

— Si, tu vois, je suis là. Mais il faut que je me dépêche. J'ai les cheveux mouillés, je ne suis pas maquillée... Je sens que la panique...

— T'inquiète. Je vais appeler mon petit monde à la rescousse.

— Super ! soupira Alice.

— Très bien. Mais dis-moi, il y a quelque chose entre Luis et toi ?

Alice tourna vers son amie un regard faussement étonné.

— Non, rien.

Mais Kara n'était pas née de la dernière pluie. Un petit sourire aux lèvres, elle observait Alice.

— Rien, je t'assure ! reprit Alice. Il s'était juste mis en tête de rester passer Noël avec moi. Nous nous entendons bien, bien que nous soyons complètement différents. C'est tout. Allez, je me dépêche, je ne serai jamais prête, sinon ! Peux-tu appeler quelqu'un pour m'aider, s'il te plaît ?

— C'est drôle, insista Kara. Je ne vous aurais jamais imaginés ensemble, mais plus nous en parlons avec Edwin, plus nous vous trouvons bien assortis. Tout compte fait, vous n'êtes pas si différents que ça !

Elle marqua une pause avant de poursuivre.

— Au fait, Luis a appelé Edwin hier pour discuter avec lui et leur père du rôle qu'il jouera quand il reviendra à Monrosa. Edwin a besoin de lui, c'est donc avec soulagement qu'il envisage son retour. C'est bien la première fois que Luis l'évoque. Je me doute que tu y es pour quelque chose. C'est pour cela que j'ai pensé qu'entre vous…

— Il est temps que je m'agite, l'interrompit Alice en consultant l'heure sur son téléphone. Plus qu'une demi-heure. Ça ne t'ennuie pas d'appeler ta maquilleuse et les autres…

Une fois Kara partie, elle passa un déshabillé et mit un string en dentelle, puis s'assit sur le canapé et défit les longues lanières des sandales qu'elle avait l'intention de porter.

— Entrez, dit-elle quand on frappa, sans lever les yeux. Vous avez fait vite !

— Je peux t'aider ?

Pour la mise en beauté, c'était raté ! Luis en personne se tenait devant elle. Il était en habit, fraîchement rasé. Et superbe.

Sans attendre de réponse, il s'agenouilla devant elle, et, sans rien dire, noua les fines lanières autour de ses chevilles. L'air sembla soudain se raréfier. Sans la quitter des yeux, il lâcha ses chevilles, laissant ses mains remonter doucement le long de sa jambe. Elle sentit le souffle lui manquer.

— Jolies chaussures, dit-il d'une voix caressante.

Les sens en alerte – elle devenait accro à cet homme –, elle chercha quelque chose à dire, n'importe quoi, juste pour distraire son attention et ne pas céder à l'envie qui la poussait à se jeter à son cou.

— Je… il faut que je me prépare, bafouilla-t-elle.

— Je trouve que tu es très bien comme ça.

Bien sûr ! Les cheveux mouillés. Pas maquillée… Le comble, c'est que Luis avait l'air sincère.

Il fouilla dans sa poche.

— J'ai une surprise pour toi.

— Encore !

La veille, il l'avait emmenée à la patinoire où elle avait chuté plus souvent qu'à son tour.

Il sortit un tube et le lui donna.

— C'est pour tous les bleus que tu t'es faits, hier soir. C'est une crème concoctée par un herboriste de Monrosa qui possède des vertus réparatrices.

— C'est pour t'excuser de m'avoir fait tomber sur la glace ?

Il lui reprit le tube, versa une noix de crème sur son doigt et commença à la masser doucement. Il avait écarté les pans de son déshabillé et il voyait la peau lisse et nacrée de ses cuisses, meurtrie par quelques ecchymoses. Elle aurait dû lui reprendre le tube, mais c'était plus fort qu'elle, elle ne pouvait pas. Elle le regardait, hypnotisée par les cercles qu'il dessinait du bout du doigt sur chacun de ses bleus, résultats des chutes malencontreuses à snowboard et à la patinoire.

Elle entendit son cœur s'affoler, sentit comme des langues de feu lui dévorer les reins. La tête lui tournait. Elle ne raisonnait plus normalement. Dans ce chaos, elle n'était plus elle-même, ne contrôlait plus rien, dominée par la passion, par le désir de lui appartenir, encore et toujours…

Il écarta la dentelle de son string et embrassa l'intérieur de ses cuisses. Elle rejeta la tête en arrière, tenta de protester…

— Je… il faut que je me prépare… on ne devrait pas…

Du bout des dents, il mordillait sa peau. Elle poussa un cri, non de douleur mais de plaisir.

Un sourire satisfait aux lèvres, il releva lentement la tête et plongea la main dans sa poche.

— J'aimerais que tu portes ça, ce soir, dit-il, lui tendant un écrin de velours pourpre.

Comme elle ne faisait pas mine de le prendre, il ajouta tendrement :

— C'est pour te remercier d'être venue avec moi à Monrosa. Tu m'as aidé à revenir.

Les larmes affleurèrent, et elle battit des paupières pour les refouler.

— Tant mieux.

Elle ouvrit l'écrin.

— Mon Dieu ! C'est trop beau. Les boucles d'oreilles assorties au collier que tu m'as offert à Noël ! C'est trop, Luis !

Il s'assit derrière elle, prit une des boucles et la fixa à son oreille. Puis la seconde et recommença.

— Tu avais remarqué que je n'avais pas les oreilles percées.

Prenant alors son visage dans ses mains, il l'embrassa, puis s'écarta d'elle à regret.

— Je dois aller accueillir nos invités, maintenant. J'ai demandé à mon ami Henri de t'escorter jusqu'à la salle de bal. Il t'attendra en bas, dans le Salon Bleu.

Sur ces mots, il l'embrassa une nouvelle fois et s'en alla, la laissant épuisée. Épuisée et amère de ne pas avoir connu le plaisir dans ses bras – qu'il lui avait fait entrevoir l'espace d'un instant – et abattue à la pensée de devoir, demain, dire adieu à ce beau conte de Noël. Un conte qui, comme tous les contes, brillait de merveilles et de miracles qui n'avaient pas leur place dans le monde réel.

Luis entra dans la salle de bal et scruta les invités à la recherche d'une robe rouge. Sur la piste, une femme dansait. Un homme la tenait serrée contre lui. Pris d'un accès de jalousie, il allait se précipiter quand il vit qu'il se trompait.

Agacé, il quitta la salle. Où était Alice ? Il la voulait avec lui. Ils n'avaient pas parlé de la soirée. Ils n'avaient pas dîné à la même table. Assis entre son père, glacial, et le P-DG d'une multinationale obsédé par le sport, il avait passé tout le repas à la chercher du regard. À la fin du dîner, le P-DG était séduit et décidé à utiliser les installations sportives et les centres de conférences de Monrosa pour ses événements de communication. *Bien joué !* Quant à lui, à force de se tordre le cou, il avait un torticolis.

Il longea le couloir et, ne la trouvant pas, tapa son numéro sur son portable. Pas de réponse. Il continua et, passant devant la bibliothèque, l'aperçut. Hissée sur la pointe des pieds, elle tirait un livre d'une étagère.

— Le rouge te va vraiment bien, tu sais.

Dans la pièce, quelqu'un ricana. Son père, installé sur un canapé. Alice s'approcha de Luis.

— Que veux-tu ?

Décontenancé, il recula vers la porte.

— Je te cherchais, je voulais voir si tout allait bien.

Furieux de se montrer ainsi devant son père, il se racla la gorge.

— Je vois que tout va bien, alors je retourne à nos invités. Viens me rejoindre quand tu seras libre.

Alice tapota la place à côté d'elle.

— Reste bavarder avec nous cinq minutes.

Le regard de son père qui l'observait froidement le glaça. Pourquoi ne partait-il pas ? Retourner dans la salle de bal, bavarder de choses futiles, plaisanter, boire... ce serait tellement plus facile !

Il chercha le regard d'Alice. Elle ne disait rien, mais ses yeux parlaient pour elle.

Reste. Ce serait bien que tu restes.

Il vint s'asseoir près d'elle, tandis qu'elle souriait à son père.

— Ton père a eu la gentillesse de m'exposer la généalogie de tes ancêtres. Tous des combattants. Pas étonnant que tu te fixes de tels enjeux !

Son père grommela quelque chose d'inaudible.

— Vous devez être fier que Luis ait remporté le *World Series* ?

Son Altesse eut une moue désapprobatrice, mais Alice persista.

— Avez-vous déjà suivi une de ses courses ?

Luis la regarda. Où voulait-elle en venir ?

— Je n'ai jamais été invité.

— Je ne pensais pas que ça t'intéressait.

— Bien sûr que j'aurais aimé te voir sur l'eau… mais on ne me l'a jamais proposé.

Luis n'en croyait pas ses oreilles. Son père se cherchait des excuses !

— Ça ne t'empêchait pas de venir.

— Je pense que tu ne tenais pas à me voir là.

— Je n'ai jamais dit ça !

Son père lâcha un rire amer.

— Non. Tu ne m'as jamais rien dit. C'est tout.

Partagé entre colère et incrédulité, Luis se rapprocha du bord du canapé.

— Et pour cause ! Tu passais ton temps à me critiquer.

Les traits de son père se durcirent. Luis crut voir des larmes briller dans ses yeux.

— Pourquoi, dit-il enfin, as-tu choisi un sport aussi dangereux ? Et après la mort de ta mère, pourquoi as-tu voulu monter son cheval alors que je te l'avais interdit ?

Luis ferma les yeux.

— Ce n'est pas la faute de Cassini s'il s'est cabré. Il a eu peur de quelque chose. Maman l'adorait. Elle aurait aimé qu'on le chouchoute, et sûrement pas que tu le vendes.

— Je n'ai pas eu le choix. Tu défiais constamment mes ordres !

Furieux, il allait rétorquer quand il sentit qu'Alice lui pinçait discrètement la cuisse.

— Imagines-tu ce que cela me faisait de te voir monter Cassini ?

La voix de son père avait vacillé.

— Je n'avais pas réalisé. Je ne pensais pas à toi, admit Luis.

S'attendant à un commentaire sur son égoïsme, il dressa le menton, prêt à riposter, mais son père le surprit. D'une voix calme, il lui demanda s'il retournerait à ses régates, aux Bahamas ou ailleurs.

— C'est pour nous annoncer cela que tu veux nous parler demain, à Edwin et à moi ?

Il pouvait acquiescer, dire qu'il allait retrouver la vie et la carrière qu'il aimait. Mais Alice, à côté de lui, remua légèrement. Ces derniers jours passés avec elle, leur complicité, son calme, et la panique qui l'avait envahi, quelques minutes plus tôt, quand il la cherchait... Subitement, ses certitudes laissèrent la place au doute. La vie qu'il croyait aimer tellement était-elle aussi enviable qu'il le pensait ? En était-il certain ?

— Je ne sais pas. Je souhaiterais qu'on en discute ensemble demain.

Son père se leva.

— Edwin a besoin de toi. Le rôle de monarque devient de plus en plus exigent. Et Edwin a raison, il est temps que la famille se retrouve.

Il fit un signe de tête à Alice.

— J'ai été heureux de vous revoir, Alice. Revenez nous voir dès que vous pourrez. Vous serez toujours la bienvenue à Monrosa.

Ils restèrent là, en silence, à écouter les pas du père de Luis s'éloigner dans le couloir.

— Il t'aime bien, décréta Luis. D'habitude, il ne parle qu'aux membres de son cercle rapproché. Mais comment vous êtes-vous retrouvés à parler ensemble ?

— C'est moi qui ai entamé la conversation. Il avait l'air de s'ennuyer... Pourquoi ? Je n'aurais pas dû ?

La mine contrite d'Alice le fit rire.

— Peut-être pas, mais le fait qu'il se souvienne de ton nom prouve que tu es pardonnée. D'habitude, quand les gens ne lui plaisent pas, il fait exprès de les appeler n'importe comment.

Il appuya la tête en arrière sur le haut du dossier.

— Il ne m'est jamais venu à l'idée qu'il pouvait avoir envie d'assister à l'une de mes régates. Maintenant, je ne suis pas sûr d'avoir bien compris... Il craignait pour ma sécurité ?

Elle opina.

— Je suis désolé de t'avoir imposé cette conversation et d'avoir passé trop peu de temps avec toi, ce soir. Mais sache que je suis heureux que tu sois là.

— Moi aussi je suis heureuse d'être là.

Malgré la perspective de son départ, demain, elle se força à sourire.

— J'imagine la tête de Toni quand je vais lui raconter qui j'ai côtoyé !

Il se leva et lui tendit la main.

— As-tu déjà dansé avec un prince ?

Il la regardait, l'air malicieux.

— Je t'emmène, alors...

Les lumières étaient tamisées dans la salle de bal et l'orchestre jouait un slow. Luis, qui connaissait tout le monde, saluait les invités tout en dansant. Il avait la main sur le dos d'Alice. Elle avait posé la sienne tout près de son cou. La bouche contre son oreille, il lui murmurait des choses coquines.

— J'adore ta robe mais je t'aimerais encore plus avec juste tes sandales à lanières.

Elle rougit sous son regard ardent et, prise d'une soudaine audace, elle murmura.

— Suis-moi...

Ils traversèrent la terrasse et s'éloignèrent dans le bois. Arrivée tout au bout, elle l'adossa à un arbre. Puisqu'il ne lui restait que quelques heures avec lui, elle allait les vivre intensément.

— Je n'ai jamais eu autant envie d'embrasser un homme.

— Je veux te posséder, encore et encore, répondit-il, fou de désir.

Sans ajouter un mot, il la fit pivoter et la plaqua contre l'arbre. L'écorce était lisse et tiède. Appuyé d'une main sur le tronc, il plongea les yeux dans les siens.

— Cette fois, c'est moi qui t'embrasse. Mais attention, je serai peut-être un peu brusque.

Son cœur se mit à battre très vite : ce défi lui plaisait.

— Alors, c'est oui ? Tu veux que je t'embrasse ?

Elle fit oui de la tête. Il posa un doigt sur son cou, passa sur son collier et descendit plus bas, entre ses seins. Elle se cambra. Il effleura son cou avec ses lèvres. Il sentait bon. Il l'embrassa plus bas, tout doucement, sans se presser. Puis il remonta, toujours aussi lentement.

— Tu es merveilleuse, dit-il.

Il reprit ses lèvres. Il n'était que douceur et tendresse.

— Tu as dit que tu serais brusque, balbutia-t-elle.

— Patience...

De sa langue, il entrouvrit ses lèvres, fouilla sa bouche, sans relâche.

— Encore..., le supplia-t-elle.

Il recula.

— Oui ?

Elle acquiesça de la tête.

Alors, Luis changea d'expression. Il reprit sa bouche avec fougue. Comme elle gémissait, folle de désir, il lui saisit les poignets, les releva au-dessus de la tête et, d'une main, les maintint contre l'arbre. Elle sentait sa virilité durcir contre son ventre. Le plaisir était à la fois délicieux et insupportable... Elle avait la tête qui tournait.

Il abaissa le devant de sa robe et prit dans sa bouche ses tétons durcis. L'un après l'autre, il les titilla, faisant naître en elle de petits cris de plaisir. Elle se mit à onduler contre contre lui. Elle voulait sentir le poids de son corps sur elle, en même temps qu'elle tentait de se libérer de son emprise. Mais il approfondit son baiser. Ne se retenant plus, elle poussa un cri qu'il l'étouffa de ses lèvres et, affolée par la torture qu'il lui infligeait, se mit à trembler comme les branches au-dessus de sa tête.

— J'ai envie de toi, Luis. Prends-moi !

Elle crut d'abord qu'il ne l'avait pas entendue. Mais il releva la tête, lâcha ses bras puis, dans un soupir, lui caressa la joue. Son regard avait changé de nouveau.

— Moi aussi, dit-il. Si tu savais ! Mais ce serait une erreur.

Au comble de la frustration, elle le regarda sans comprendre.

— Pourquoi ? Quelle erreur ?

Il resta un moment à l'observer, sans rien dire.

— Pourquoi maintenant ? reprit-il.

Sans réfléchir, elle lui livra le fond de sa pensée.

— Ce n'est pas parce que nous ne vivrons jamais ensemble qu'il faut être sages aujourd'hui. Au contraire…

Elle se détacha de l'arbre. Son cœur battait à tout rompre. Elle avait envie de pleurer.

— Je suis trop bien avec toi, Luis.

Sur ces mots, le laissant derrière elle, elle s'enfuit. Arrivée à l'orée du bois, elle se retourna.

Il n'avait pas bougé.

Alors, elle laissa couler ses larmes.

9

Officiellement, le bal était terminé depuis une heure. Luis regarda autour de lui. Quelques irréductibles dansaient toujours sur la piste. D'autres jouaient au billard, d'autres encore bavardaient en buvant.

Alice était partie se coucher. Depuis leur baiser dans le bois, il ne pensait qu'à être avec elle, nu...

Les voix et la musique moururent peu à peu. Tourmenté, des pensées étranges se télescopant dans sa tête, il s'approcha du bar et se servit un whisky.

Que se passerait-il s'il couchait avec Alice ?

Il la ferait souffrir, c'est tout.

Et lui ? Était-il si sûr de ne pas être malheureux ?

Il ferma les yeux une seconde, reposa son whisky – auquel il n'avait pas touché – puis, au lieu d'aller rejoindre les derniers fêtards, monta quatre à quatre l'escalier qui desservait l'aile réservée aux invités et frappa à sa porte.

Pas de réponse.

Il frappa une nouvelle fois. Attendit et entendit un faible :

— Entrez.

Noyée dans un grand T-shirt, Alice se brossait les dents.

— J'allais me coucher...

Il avait une autre idée. Il voulait la prendre dans ses bras, cueillir sur le bout de la langue les gouttes d'eau qui coulaient encore sur ses joues, et, tout adorable qu'elle fût dans son T-shirt, le lui enlever et, pour la première fois, la voir nue. Il se sentait capable, malgré la fièvre qui le consumait, de se dominer et de lui faire l'amour *len-te-ment, dou-ce-ment, ten-dre-ment*, lui donnant ainsi la preuve qu'il la respectait plus que tout.

Mais il avait des choses à dire avant.

Il lui fit signe de s'asseoir sur le lit et approcha un fauteuil pour lui. Étonnée, elle le regarda. Évidemment, ce n'était pas ce à quoi elle s'attendait...

Il posa la main sur son genou nu, grommela à la vue des bleus sur sa cuisse. Il fallait qu'il parle, qu'il lui dise. Là, maintenant, les yeux dans les yeux, mais... *Mon Dieu,* lui faire part de ses sentiments était pire que se jeter dans le vide.

Il prit une profonde inspiration.

— Je veux que nous fassions l'amour.

— Eh bien, moi, je...

— Je sais que je fais tout à l'envers, l'interrompit-il, mais il y a une chose qu'il faut que tu saches.

— Il y a une autre femme dans ta vie, c'est ça ?

— Tu sais très bien que non. Ce que je veux que tu saches, c'est que je suis amoureux de toi et que je veux que nous restions ensemble.

Alice eut un sourire triste.

Non, tu ne penses pas ce que tu dis. Tu ne peux pas être amoureux de moi. C'est impossible. C'est trop fort, trop précipité. Pourquoi au juste me dis-tu que tu m'aimes ? Qu'as-tu en tête ?

Mon père tirait les cheveux de ma mère jusqu'à ce qu'elle crie, la frappait, la menaçait puis, sa rage passée, il la serrait dans ses bras et la suppliait de l'aimer. Je n'ai pas envie de t'entendre me dire que tu m'aimes, parce que je serais capable de le croire et de me donner à toi, pour que tu me broies ensuite. Dis-moi que tu plaisantais...

Devant son air dubitatif, il reprit la parole :

— Pourquoi te dirais-je une chose que je ne pense pas ?

Sentant la panique la gagner, elle lança ce qui lui passait pas la tête.

— Tu as bu !

— Non.

Elle bondit du lit, traversa la chambre, puis revint vers le lit.

— Tu te trompes, Luis. Tu ne m'aimes pas. Ce qu'il y a entre nous est juste physique.. C'est fabuleux, et assez rare, mais il n'y a pas d'espace pour un sentiment là dedans.

Ce qui se passait entre eux était en effet très simple : ils avaient envie l'un de l'autre. Pourquoi ne faisaient-ils pas l'amour, comme les autres, tout simplement ?

— Pourquoi refuses-tu de me croire ?

— Pourquoi ? Parce que ta libido te souffle les mots qui t'arrangent. As-tu oublié ce que que tu m'as dit : que tu ne te marierais jamais ? OK, j'accorde peut-être trop d'importance au mot amour. Toi, ça ne te gêne pas. Tu dis peut-être que tu les aimes à toutes tes conquêtes d'une nuit...

Il alla à la fenêtre, qu'elle avait ouverte pour s'endormir au bruit apaisant du ressac.

— Tu es la première femme à qui je le dis, Alice.

Elle ferma les yeux pour tenter de se calmer.

Durant toute son enfance, elle avait vu comment, au fil des ans, l'amour pouvait faire mal. Comment il pouvait devenir une arme destructrice.

Elle rouvrit les yeux et le regarda.

— Non, tu ne m'aimes pas, Luis. Tu cherches un substitut au métier et à la vie que tu viens de quitter. Quelque chose qui t'excitera tellement que tu ne regretteras plus d'être revenu à Monrosa. Il te faut une diversion. Et cette diversion, c'est moi.

Il avait la tête en ébullition. *Elle ne me croit pas. Elle ne me croit pas. Elle ne me...*

— Qu'a signifié la semaine passée pour toi ?

— Très franchement ? Je croyais que nous étions amis. Je ne sais plus que penser, maintenant.

C'était tout ? Il valait mieux qu'il s'en aille avant de dire des bêtises.

— Oublie ce que j'ai dit, alors. Tu pars toujours demain ?

— C'est ce qui est prévu.

— Parfait.

Il avait l'impression de s'être désincarné. D'être le spectateur d'une scène qui ne le concernait pas. Il n'avait jamais rien vécu d'aussi surréaliste.

Il alla à la porte et posa la main sur la poignée.

Oui, va-t'en, j'ai besoin d'air.

Elle avait envie de tranquillité, de se glisser au chaud dans son lit et, les couvertures remontées jusqu'au cou, de se pelotonner, comme lorsqu'elle était petite et redoutait d'entendre ses parents se disputer.

Il ouvrit la porte.

Non ! Ne pars pas. Excuse-moi. Je te crois. Je veux te croire. Je pense que moi aussi je suis tombée amoureuse de toi. Mais tout cela est une suite d'erreurs, d'égarements, de malentendus, tout est si nouveau, si précipité qu'on ne pourra que se faire du mal l'un à l'autre, tu ne crois pas ?

Il se retourna pour lui lancer un dernier regard, qui s'éternisa. Il semblait attendre qu'elle dise quelque chose, qu'elle le retienne, peut-être. Mais, paralysée par son indécision et pétrifiée par sa peur d'être utilisée, manipulée, elle garda le silence.

Droit comme un I, il ferma la porte, tandis qu'elle demeurait immobile, les larmes aux yeux.

Pourquoi avait-elle fait ça ?

10

Une bourrasque d'air froid s'engouffra dans le bar à vins lorsqu'un client entra. Alice frissonna et leva le nez de son portable pour voir si c'était Toni. Non, toujours pas.

Elle avait remis sa thèse en début d'après-midi. Mais le plus dur restait à faire : la soutenir dans quelques mois devant un parterre de sommités. Pour l'heure, elle allait fêter cette première étape avec son amie.

Son téléphone sonna. Un message de Toni.

Toujours à Londres. Raté vol pour Dublin.

Alice lui répondit qu'elle était déçue.

Nouveau message de Toni.

Suis coincée au bureau. T'appelle plus tard. Biz

Alice se leva pour sortir. Dehors, il faisait un froid mordant et deux manteaux comme le sien n'auraient pas suffi pour affronter le vent polaire qui soufflait dans les rues de Dublin.

Monrosa, aujourd'hui, fêtait le succès de Luis au *World Series Championship*. Avait-il fait beau ? Faisait-il encore jour ?

Kara lui avait adressé une invitation qu'elle avait – après beaucoup d'hésitation – déclinée. Elle ne se sentait pas assez solide pour revoir Luis.

Il lui manquait, pourtant. Même plongée dans l'écriture de sa thèse, elle ne pensait qu'à lui. Ses sourires lui manquaient, sa façon de remuer son thé quand il lui apportait sa tasse lui manquait. Ses yeux pleins de tendresse quand il la regardait lui manquaient. Sa main derrière sa tête quand il l'embrassait, aussi. Était-cela être amoureux ? Éprouver si douloureusement le manque qu'on a l'impression de se manquer à soi-même ? Se réveiller en pleine nuit, persuadé d'avoir entendu la voix de l'autre vous murmurer des mots tendres ? Elle ne savait pas ce qu'était l'amour. Son père avait toujours prétendu aimer sa mère. Mon Dieu ! Elle avait voulu le croire. Désespérément. Elle voulait tout le temps croire que tout s'arrangerait, qu'ils formeraient un jour une famille comme les autres. Espoir vain. Rêves déçus.

Luis l'aimait peut-être vraiment aujourd'hui, mais si ça changeait ? S'il ne l'aimait plus, demain ? S'il l'abandonnait, détruisant à tout jamais sa confiance en soi, elle deviendrait comme sa mère : une femme qui se battait au jour le jour pour se délivrer de ses démons.

Elle poussa la porte de son immeuble. Le courrier que le facteur avait glissé par la fente prévue à cet effet gisait dans le passage. On avait marché dessus, et des traces de semelles marquaient certaines enveloppes. Négligents, les occupants des lieux les avaient piétinées. L'une d'elles attira son attention : papier épais, couleur crème, nettement plus luxueux que le papier blanc et mince des enveloppes qui émanaient de banques et autres organismes du même genre… Pas besoin de supputer, elle comprit tout de suite. C'était Luis. Elle reconnaissait son écriture, large et élégante ; elle l'avait vue pour la première fois sur la carte attachée au cadeau qu'il lui avait offert à Noël.

Malgré elle, elle se mit à trembler. Trouverait-elle un jour la paix ? Cesserait-elle de voir sa vie comme un grand vide ? Verrait-elle, un jour, l'avenir avec enthousiasme ?

Son appartement était une vraie glacière. La chaudière manquait d'eau, la veilleuse s'était éteinte. Elle appellerait le propriétaire plus tard. Pour l'instant, elle ne se sentait pas la force de discuter.

Le manteau toujours sur le dos, elle ouvrit son réfrigérateur, le referma. Au-dessus de sa tête, on riait aux éclats, la musique à fond. Les filles là-haut se préparaient pour une fête. Elle faillit appeler sa mère pour bavarder, mais reposa son portable. Plus tard… Elle alluma une lampe de chevet, éteignit les autres et s'écroula sur son lit.

Elle avait quitté Monrosa, et Luis, Luis six semaines plus tôt et, depuis, elle avait l'impression de naviguer dans le brouillard. Par miracle, elle avait terminé sa thèse et se demandait comment elle avait réussi à y mettre un point final…

Il lui manquait. Le toucher, l'entendre rire lui manquaient. Ses caresses, ses moqueries, son énergie, sa gentillesse, tout lui manquait. Mais était-il vraiment tout ça ?

Elle enroula les jambes sous elle. Il l'avait peut-être utilisée ? Inconsciemment, bien sûr…

Elle soupira et vit les enveloppes crème empilées dans le placard à vaisselle resté ouvert. Elle les avait mises là pour les attraper facilement si un jour elle flanchait et voulait les lire. Le mieux, c'était peut-être de les jeter à la poubelle ? Mais elle serait toujours hantée par le fait de n'avoir pas su ce qu'elles contenaient.

Il y en avait sept. Elle grimpa sur une chaise, attrapa le paquet et se rassit sur le canapé. Elles étaient rangées dans l'ordre d'arrivée.

Elle commença à lire.

La première datait d'un mois. Assez intéressante, elle faisait le récit d'une randonnée avec Edwin et Kara dans les montagnes de Monrosa.

La deuxième évoquait l'accord passé avec Edwin et son père sur son rôle dans la principauté.

La troisième : toujours rien à leur sujet. Pas une ligne sur la semaine passée ensemble. Il était aimable, prenait de ses nouvelles mais, à part cela, se montrait très distant.

Dans le fond, pourquoi lui avait-il écrit ?

Quant à la quatrième, elle n'était pas plus éloquente. Il lui demandait quand même si elle avait l'intention de lui écrire.

Énervée, elle déchira la cinquième enveloppe.

Tu t'attendais à quoi, Alice ? À des lettres d'amour ? À ce qu'il te supplie de le revoir ?

En touchant l'enveloppe, elle fit tomber une photo sur ses cuisses. Luis avec un amour de petit chien. Il expliquait qu'il avait adopté Elfo dans un refuge. Elle se sentit fondre et regarda longuement la photo. Puis elle scruta le visage de Luis. L'homme qui avait tenu à rester avec elle à Londres pour Noël. L'homme qui l'avait fait revivre.

Sa vue se brouilla. Oui, c'était sûr maintenant, elle était amoureuse de lui ! Elle aimait tout de lui. Mais lui ? Comment pouvait-elle être certaine qu'il l'aimait vraiment ?

En larmes, elle ouvrit la lettre suivante. Il racontait, avec émotion, la réunion qu'il avait eue dans les bureaux de Jeunes Adultes Ensemble. Et sa détermination à s'impliquer dans le programme de cette association totalement dédiée au bien-être moral et psychologique des adolescents et jeunes gens en difficulté, quelle qu'en soit la raison. Drogue, alcool, solitude, échec scolaire…

La septième lettre était brève. Elle la lut et la relut. Plusieurs fois. Pour s'en imprégner totalement.

Chère Alice,

La dernière fois que nous avons été ensemble, les choses ne se sont pas passées comme elles auraient dû. Il y a encore tellement de choses que je voudrais te dire. Accepterais-tu de me retrouver à Paris ? Dans l'espoir d'une réponse positive, je joins à cette lettre un billet d'avion et les détails sur l'hôtel.

J'espère du fond du cœur que tu viendras. Si tu ne viens pas, je ne t'ennuierai plus avec mes lettres. Tu n'en recevras plus.

Je te souhaite tout le bonheur que tu mérites.

Merci pour ce Noël que je n'oublierai jamais.

Luis

Elle examina les dates du billet. Dans une semaine. Le 14 février.

— Tiens, le jour de la Saint-Valentin !

Entre envie de rire et de pleurer, elle serra les sept lettres dans sa main. Elles n'étaient pas méchantes. Au contraire. Et elle qui ne lui avait jamais répondu. Quelle honte ! Elle l'avait même accusé, en son for intérieur, de jouer avec ses sentiments !

La veille de son départ, quand il lui avait ouvert son cœur, elle s'était fermée comme une huître. Elle ne lui avait pas fait suffisamment confiance pour lui avouer les peurs qui la retenaient en otage dans une vie si prudemment bordée, contrôlée, minutée qu'elle n'avait plus ni odeur ni saveur.

Nouveau coup d'œil au billet. Allait-elle y aller ?

En colère contre son père, et contre son incapacité à laisser derrière elle un passé tellement encombrant qu'il l'empêchait d'avancer, elle se leva et se mit à arpenter la pièce.

— Tu en profites bien, Luis ?

L'idée de cette garden-party revenait à Kara qui entendait fêter avec panache la victoire de Luis au *World Series*. C'était l'occasion, pour Edwin, d'annoncer la nomination de son frère comme ministre des Transports et du Tourisme et comme ambassadeur auprès des JAE, Jeunes Adultes Ensemble, l'association de Kara. Une double casquette qu'il acceptait de porter.

Dans le privé, c'était aussi une façon de fêter le retour de Luis à Monrosa et dans la famille.

Il prit Kara dans ses bras et répondit :

— Immensément. Ce serait ingrat de ma part de ne pas être heureux.

Malgré les efforts de Kara pour le faire sourire, ou au moins lui remonter le moral, Edwin et elle savait que c'était un mensonge. Luis était triste.

— J'ai adressé une invitation à Alice, dit Kara. J'ai reçu un message disant qu'elle était retenue par sa thèse. C'est dommage.

Le moral en berne, Luis s'éloigna. Il était évident qu'Alice n'accepterait pas de le revoir. Il lui avait écrit un bon nombre de lettres, le mois dernier, auxquelles elle n'avait pas répondu. Si Kara l'avait consulté, il lui aurait dit qu'il était inutile de l'inviter car il connaissait d'avance la réponse.

Cela faisait six semaines environ qu'il ne l'avait pas vue. Après son départ, sans effusions, il était parti, désespéré, faire du ski à Courchevel. Il avait enchaîné les pistes noires, mais les difficultés ne l'avaient pas détourné de son obsession. Alice... Alice...

Huit jours plus tard, honteux d'avoir laissé tomber sa famille, il était revenu au palais. Il se sentait vide et sans but. Son horizon était désespérément gris.

Kara le rattrapa.

— Tu es sûr que tu vas bien, Luis ?

Quelques mois plus tôt, il aurait répondu par une pirouette. Mais son affection pour Kara et Edwin, et les moments de franchise partagés avec Alice l'avaient changé.

— Avec Alice, c'est fichu... Je ne sais pas comment rattraper le coup !

— Écoute ton cœur. Je suis sûre que ce n'est pas perdu.

Il regarda les invités qui s'agitaient autour de lui. Des amis venus de l'autre bout du monde pour le féliciter et faire la fête avec lui. Des habitants de la région aussi, qui l'avaient connu ado, rebelle, toujours à l'affût d'un mauvais coup et qui avaient tout pardonné, les chapardages, le bruit la nuit surtout... ce tapage qui valait au palais des plaintes quasi quotidiennes.

De l'autre côté du salon, son père était en grande discussion avec Edwin. Le roi avait du mal à lâcher les rênes du pouvoir. Les relations entre les hommes se révélaient souvent difficiles, mais elles étaient le sel de la vie, quand tout se passait bien.

11

Les portes du terminal coulissèrent pour la laisser passer, et Alice sortit. Mal à l'aise, elle lut les panneaux au-dessus de sa tête.

Taxi / Métro / Sortie.

En plein doute – pourquoi était-elle venue ? – elle soupira. Peut-être valait-il mieux qu'elle retourne à Dublin ?

— Miss O'Connor, bienvenue à Paris ! Je vous emmène à votre hôtel.

Elle se retourna d'un bloc. Un homme grand, brun, vêtu de noir des pieds à la tête, l'attendait.

— C'est Son Altesse le prince Luis qui m'envoie. Le chauffeur nous attend.

Ils s'installèrent dans la voiture, les deux hommes devant, et roulèrent jusqu'au Montclar, en silence.

Le directeur de l'établissement l'accueillit.

— À la demande de Son Altesse le prince Luis, votre dîner sera servi dans sa suite, dans une heure.

Elle prit l'ascenseur privé qui montait directement dans la suite. Les portes de la cabine s'ouvrirent. Luis était là, assis à son bureau, sa veste gris anthracite posée sur le bras de son fauteuil. En le voyant, son cœur se mit à danser de bonheur.

Elle entra dans la suite.

— Je ne suis pas d'humeur à dîner, ce soir.

Il la dévisagea tandis qu'elle s'avançait vers le bureau, croisait les bras.

— Bien. De quoi voulais-tu qu'on parle ?

— Tu es en colère ?

— Non.

Il la dévisageait toujours, sans rien dire. Elle détestait cette facette de sa propre personnalité, son emballement irraisonné. Cette envie d'être cassante sans savoir pourquoi. Pour se venger, sans doute. Mais de quoi ?

Et pourquoi ne parlait-il pas ? C'était lui qui l'avait fait venir, après tout.

Prise de panique, elle fit demi-tour mais, devant l'ascenseur, se retourna.

— Tu sais quoi ? Eh bien oui, je suis en colère ! Et je déteste ça.

Elle revint vers le bureau et y appuya les deux mains.

— Je suis en colère parce que je suis ici et que je ne sais pas pourquoi je suis venue.

Le cœur de Luis se mit à cogner très fort dans sa poitrine. Toute la semaine, redoutant qu'elle ne vienne pas, il s'était préparé à être déçu. Parallèlement, dans l'espoir qu'elle vienne, il avait imaginé toutes sortes de scénarios.

Que ferait-il si elle se taisait ?

Si elle était émue ?

Si elle le défiait ?

Ce qu'il n'avait pas prévu, c'est sa mauvaise humeur.

Elle était là, devant lui, tout en noir, jean et sweat-shirt, les yeux brillant de colère, et venait de l'agresser.

Puisqu'il ne comprenait pas, comment pouvait-il réagir ? Que lui voulait-elle ? Puisqu'elle lui faisait cette tête, elle allait l'entendre ! Et tant pis, ce serait sûrement la pire gaffe de sa vie, mais il n'allait pas se laisser faire. Il avait sa dignité ! Des mots bien ciblés n'attendaient que de sortir. Il les avait sur le bout de la langue. Tout prêts. Il ouvrit la bouche.

— Tu es ici parce que tu m'aimes, dit-il tranquillement.

Il l'entendit ricaner.

— Pour qui te prends-tu ?

Elle savait qu'elle était désagréable, irrationnelle, mais, au plus profond d'elle-même, quelque chose lui criait qu'elle avait envie qu'il la protège.

— De quoi as-tu peur, Alice ?

— D'être amoureuse. Oui, j'ai peur de ne pas savoir si on me ment, peur de mal analyser une situation. J'ai peur de ne pas pouvoir me fier à mon jugement. D'être amenée à dire des choses qu'il vaudrait mieux garder pour moi.

Elle s'arrêta pour reprendre son souffle.

— Et moi ? intervint-il. Ça t'intéresse de savoir ce qui me fait peur ?

Bref silence, et il continua.

— C'est que tu ne me croies pas. Je viens de passer vingt ans à me battre pour gagner la confiance de mon père. Je pensais qu'avec toi, ce serait différent.

Sa voix était douce. Il n'était pas en colère, mais triste, découragé.

— Pourquoi devrais-je te croire, Luis ? Dis-le-moi !

Il regarda ses mains, à plat devant lui. Elle crut qu'il allait la raccompagner à l'ascenseur et lui dire adieu.

Affolée à cette idée, elle eut un haut-le-cœur.

— Pourquoi ? Je n'avais jamais fait de déclaration d'amour à personne avant toi. Pas parce que j'avais peur, mais parce que je n'ai jamais été amoureux comme je le suis de toi.

— Oui, mais... pourquoi moi, Luis ? Il y a tellement d'autres femmes qui gravitent dans ton cercle. Des femmes faites pour toi. De ton milieu.

— Parce que tu es la plus courageuse, la plus originale, la plus intelligente... La plus fantaisiste des femmes que je connaisse.

Elle se leva.

— Tu as bien vu : je suis incapable de me tenir ! Parfois, je me fais honte. N'empêche, nous aurions pu... nous aurions peut-être dû... céder à notre attirance mutuelle. Peut-être que *ça* aurait éteint le feu qui couvait entre nous.

Sans la quitter des yeux, il fit le tour de son bureau.

— Tu peux le dire, Alice, nous aurions dû coucher ensemble. Ça n'aurait pas étouffé le feu qui couvait, ça l'aurait attisé, au contraire. Franchement, tu penses que cela a été facile pour moi de résister ? Si tu savais le nombre de fois où j'ai failli frapper à ta porte ! Ou débarquer à Dublin et te faire l'amour. Si tu savais !

— Qu'est-ce qui t'en empêchait ? Pourquoi m'as-tu renvoyée à ma thèse ? Tu imagines ce que j'ai pu ressentir ?

— Je voulais te protéger.

La protéger ? De quoi ? De lui ?

Il n'avait donc pas compris qu'elle se moquait de sa *protection* mais qu'elle voulait désespérément être à lui ? C'était complètement fou ! C'était absurde.

Ne sachant plus que dire ni que penser – c'était trop d'émotion –, elle recula, les mains sur les hanches. Elle voulait le mettre à l'épreuve.

— Je n'avais pas besoin d'être protégée, Luis. Je voulais que tu aies envie de moi, à la folie, sauvagement, comme j'avais envie de toi. Je te voulais près de moi, en moi… Tu peux comprendre ?

Il s'approcha d'elle et la poussa vers la porte de la terrasse. Dans le lointain, la tour Eiffel clignotait. Il happa sa bouche. Elle avait dit *sauvagement*, il allait exaucer son souhait. Sans préambule, il la souleva, releva son sweat-shirt et son soutien-gorge de dentelle. Lâcha ses lèvres pour mordre ses seins. Elle poussa un cri, se cabra, puis enroula les jambes autour de sa taille, le plus naturellement du monde.

— Reconnais que c'est juste l'envie de faire l'amour, Luis. Admets que tu as joué au chat et à la souris avec moi pour me piéger ensuite et faire de moi ton jouet…

Elle lui mordilla le cou. Il gémit.

— Non, et tu le sais bien. Je n'ai jamais essayé d'exercer un quelconque pouvoir sur toi. C'est ton passé qui te conditionne. Arrête de me repousser. Aie confiance en moi, en nous.

Il tourna la tête.

— Je t'aime, murmura-t-il.

Elle faillit rendre les armes et accepter de suivre ce que lui soufflait son cœur, mais le doute la reprit.

— À ton avis… combien de temps avant que tu regrettes de m'avoir dit ça ? Ce qui nous arrive est tout nouveau, tout beau. Ça ne durera pas.

Il la regardait et caressait la pointe de son sein, du bout du pouce.

— Je suis l'homme d'une seule femme, Alice. Je sais que je t'aimerai toujours.

Sous la pression de ses caresses, elle rejeta la tête en arrière. Ce qui se passait entre eux était trop intense, trop fantastique pour être réel... La vraie vie, ce n'était pas ça.

Brusquement, elle se redressa.

— Tout cela, c'est simplement l'envie de faire l'amour. Rien d'autre, gronda-t-elle. Un besoin physique, rien de plus !

— Tu as tort. Mais peu importe. Je suis malheureux comme les pierres depuis six semaines. Je n'envisage pas ma vie sans toi. Tu m'as manqué atrocement...

Un baiser sur ses lèvres, et il poursuivit.

— Tu m'apportes le calme, la paix. Je ne me fuis plus comme avant de te connaître. Oui, j'ai fait la paix avec moi-même.

La tenant dans ses bras, il l'emmena loin de la fenêtre et voulut la lâcher, mais elle se cramponna à lui.

— Je ne voulais pas croire que tu m'aimais parce que ça me semblait impossible. Je suis tout ton contraire. Je suis une femme brisée, Luis. Tu mérites mieux. Trouve une femme qui t'aimera aveuglément, qui ne doutera jamais de toi.

Il caressa sa joue.

— Tu mets de l'ordre dans le chaos qu'est ma vie. Je n'ai jamais rencontré personne qui ait envie de me connaître, comme toi. Quelqu'un qui gratte le vernis pour voir mon vrai moi. Je t'aime, Alice, je te demande de me croire. J'en ai besoin.

Il baissa la voix.

— Je comprends que l'amour te fasse peur. Ton père a fait tout ce qu'il fallait pour ça. Bravo ! Il peut se vanter d'avoir réussi !

Il soupira.

— À moins que ce soit bien plus simple. Que tu ne m'aimes pas, tout simplement. Je ne suis peut-être pas assez bien pour toi...

Au comble de l'angoisse, Luis attendait qu'elle parle. Une fois de plus, il s'était précipité... S'était jeté à l'eau avec ses gros sabots. Mais il voulait qu'elle sache qu'il l'aimait et, surtout, l'entendre dire qu'elle l'aimait, elle aussi.

Il ferma les yeux, pestant contre lui-même.

Il s'était juré de rester calme mais s'était montré impatient, insistant, même. Peut-être, inconsciemment, lui tendait-il une perche pour qu'elle sorte *la tête haute* de leur relation ?

Il regarda dehors. Il pleuvait. Le deuxième étage de la tour Eiffel disparaissait dans le brouillard. *Quelle tristesse !*

Elle s'approcha et se planta devant lui, les bras croisés.

— Mon père a tellement martyrisé ma mère que j'aurais trop peur que la même chose m'arrive.

— Je ne...

— Je sais, tu ne me ferais jamais ça, mais l'expérience de ma mère a été une leçon. Je me suis endurcie et préparée à vivre seule.

Les larmes aux yeux, elle se mordillait les lèvres. Il voulut la consoler, mais elle recula.

— Il faut que je t'explique, Luis. Ma vie est déjà tout organisée. J'ai tout planifié, figé. Je ne serai pas malheureuse à cause d'un homme qui me fera souffrir parce qu'il ne m'aimera plus.

— Mais...

— Écoute-moi. Depuis que je t'ai rencontré, je ne vois plus les choses sous le même angle. Je raisonne différemment. Dès la seconde où je t'ai croisé, j'ai été attirée par toi de façon incroyable. Je m'en suis voulu. Je t'ai regardé dans la cathédrale de Monrosa quand tu étais au côté d'Edwin, le jour de son mariage. À un certain moment, tu t'es penché vers lui et lui as dit quelque chose qui l'a fait sourire et se détendre quelques instants. Moi, j'étais fascinée. Même de loin, j'étais fascinée... par ta gentillesse, ton empathie, ton allant. Plus tard dans la journée, tu as voulu m'aider quand j'ai coincé mon talon entre deux planches du ponton et je t'ai repoussé.

Elle se cacha le visage dans les mains.

— Et puis je t'ai piégé au détour d'une haie et je t'ai embrassé. Tu as dû penser que j'étais folle, hystérique.

— J'ai adoré ce baiser.

— Luis... Je t'aime. Je t'aime pour une foule de raisons. Tu es...

— Plus tard. Présentement, dis-moi quel avenir tu veux pour nous.

Elle rougit, puis avoua :

— Je veux faire l'amour avec toi. Vivre à Monrosa avec toi. Me marier et vieillir avec toi. Faire des enfants avec toi.

Elle s'arrêta, l'air épouvanté.

— Oh ! Ce n'est pas le genre d'avenir dont tu rêves... Je vois que tu as l'air choqué. Horrifié.

Fou de joie, il la prit sous les bras et la fit tournoyer comme une toupie.

— Je ne peux pas être plus heureux, Alice.

Il la reposa, l'embrassa, puis lui ôta son sweat-shirt et dégrafa son soutien-gorge. Elle gémit quand il embrassa ses seins. En un éclair, elle fut débarrassée de son jean et de ses boots, impatiente de sentir ses mains caresser la courbe de ses reins, ses fesses...

Il l'allongea par terre sur le tapis, devant le feu, puis se déshabilla à la hâte et s'étendit près d'elle.

— Tu décideras de notre avenir mais, pour l'instant, laisse-moi faire.

Elle se cambra pour mieux s'offrir aux câlineries de Luis qui la caressait, l'embrassait. Elle était nue, offerte. Aucun homme ne l'avait jamais vue ainsi.

Il releva la tête et balaya son corps d'un regard brûlant.

— Que tu es belle !

Il se rallongea sur elle et recommença à l'embrasser, à la caresser. Ses doigts couraient sur elle, tièdes et agiles ; ses caresses étaient comme lui, songea-t-elle : délicates.

— Je ne veux pas te faire mal, murmura-t-il.

Touchée qu'il s'inquiète de son confort, elle sourit.

— Je sais. Mais tu ne me feras jamais mal.

Elle s'accrocha à lui comme il la pénétrait et gémit en sentant qu'ils ne formaient plus qu'un. Elle se cambra pour mieux l'accueillir, plus loin, plus fort. Plus profond.

Ils ne se quittaient pas du regard. Des mots d'amour et d'adoration couvraient ses soupirs de plaisir. Elle gémit de plus belle, enfonça les ongles dans ses épaules, les griffa, mais c'est seulement quand il accéléra la cadence, après ce qui lui avait paru des heures de torture exquise, qu'elle se tendit vers lui, une dernière fois, pour recevoir tout ce qu'il lui donnait.

Recouverts du plaid qu'il avait saisi sur le canapé, ils restèrent allongés par terre, les yeux dans les yeux, en silence, leurs sourires parlant mieux que des mots.

Épilogue

— Ne pleure pas. C'est mon travail, aujourd'hui.

Cessant de saluer la foule des badauds serrés le long des rues de la vieille ville de Monrosa, Alice toucha la main de Toni. Sa demoiselle d'honneur était superbe dans sa robe en lamé or, une couleur choisie pour s'accorder avec sa robe de mariée ivoire.

Mi-pleurant, mi-riant, Toni mit ses mains sur ses yeux.

— Je sais que je vais massacrer mon maquillage, mais je suis si émue. Quand Luis te verra…

Elle essuya une larme

— Excuse-moi, mais c'est plus fort que moi. Je ne peux pas m'empêcher de pleurer. Tout est magique, aujourd'hui.

À côté d'Alice, sa mère continuait de saluer la foule en souriant, avec à la main son bouquet de lilas blanc, de pivoines et de roses.

— Voyons, les filles ! Concentrez-vous, murmura-t-elle.

Excitées comme des puces, la mariée et sa demoiselle d'honneur pouffèrent de rire.

Un an plus tôt, Alice avait passé Noël à Londres et à Verbier. Au mois d'avril suivant, sur l'insistance de Luis, elle avait déménagé et s'était installée à Monrosa où, après quelques semaines d'adaptation pendant lesquelles les Monrosiens avaient appris à la connaître puis à l'apprécier, la date de leur mariage avait été fixée. Les préparatifs avaient aussitôt commencé.

Dès son arrivée, Luis lui avait fait visiter leur nid. Une grande villa moderne donnant sur la mer, dans la propriété familiale. Depuis, ils nageaient dans un bonheur sans nuages. Chacun vaquait à ses obligations, le jour, et ils se retrouvaient, le soir, impatients de faire l'amour. Leurs nuits étaient courtes…

Le cardinal les attendait sur les marches de la cathédrale.

— Soyez les bienvenus dans notre église, dit-il.

Et il entra.

Toni qui tremblait, Alice qui tenait d'une main son bouquet, de l'autre le bras de sa mère, le suivirent dans la travée centrale jusqu'au pied de l'autel. Chaque banc était orné d'une pivoine et d'un brin de lilas retenus par un ruban de dentelle. C'était simple et ravissant.

Tellement émue qu'elle marchait comme un automate, Alice ne le vit pas tout de suite car la cathédrale était grande et son trac immense. Mais, quand elle l'aperçut qui l'attendait, en grand apparat, elle crut défaillir.

Il avait revêtu son uniforme d'officier, bleu marine, barré d'une étole rouge et or aux armes du palais. Il était magnifique.

Sur le point de fondre en larmes, elle réussit à se ressaisir et lui sourit. Il rayonnait, l'amour dansait dans ses yeux, et son sourire n'avait jamais été aussi tendre, aussi lumineux.

Le cœur gonflé de joie et de bonheur, elle lui donna la main.

— Viens, mon amour.

Les miracles de Noël se produisent, parfois.

KATRINA CUDMORE

Idylle avec un souverain

INTÉGRALE
LA COURONNE DE MONROSA

Traduction française de
CHRISTINE MAZAUD

SAGAS
HARLEQUIN

Titre original :
SUMMER FLING WITH A PRINCE

Ce roman a déjà été publié en 2022.

1

Toni Clarke patientait depuis un bon moment dans le hall d'accueil des bureaux Monrosa en attendant la fin de la réunion du boss.

Des zones de repos avec des machines à café, des canapés souples et des fauteuils moelleux offraient à ceux qui en éprouvaient le besoin ou l'envie la possibilité de se détendre. Le décor se voulait résolument *cool*, avec des peintures hyper contemporaines accrochées aux murs en pierre apparente. Les membres de l'équipe qui assistaient à cette réunion, ainsi que la vingtaine d'autres attablés plus loin devant leurs ordinateurs portables, portaient des tenues décontractées en accord avec les lieux.

Les participants à la réunion parlaient en anglais mais, à leurs accents divers, elle aurait juré qu'ils n'étaient pas tous britanniques. Et la passion communicative qu'ils mettaient à la discussion n'avait, à son sens, qu'un but : impressionner leur P-DG, le prince Ivo de Monrosa, ancien athlète international et dorénavant le boss talentueux d'un fonds d'investissement privé.

Celui-ci était à première vue concentré sur ce que disaient les intervenants assis autour de la table de conférence, mais elle voyait son pied droit élégamment chaussé s'agiter discrètement sous la table. Soucieux de faire croire qu'il écoutait, il opinait de temps à autre, mais son attention était à l'évidence ailleurs.

Ivo de Monrosa ne passait pas inaperçu. Sa très grande taille, son port altier, sa tenue impeccable, bref sa seule présence attiraient toute l'attention sur lui. De plus, il était incroyablement beau, avec un visage aux traits réguliers, virils – presque durs – qui le rendaient intimidant.

La chemise bleu ciel qu'il portait col ouvert, et son pantalon bleu marine étaient du sur-mesure, taillés et cousus dans une grande maison. Cela se voyait.

Il était brun, les cheveux bien dégagés au-dessus des oreilles et du front. Les pommettes hautes, la peau fine et bronzée, un style dynamique, on sentait encore en lui le sportif de haut niveau qu'il avait été.

Avec cela, son titre princier, sa fortune, sa carrière d'athlète reconnue, et maintenant cette réputation de tueur dans le monde sans pitié de la finance pour la finesse de ses analyses, il avait de bonnes raisons d'être distant. Il n'avait personne à impressionner.

Toni devait reconnaître qu'elle le trouvait sexy et à son goût...

Ivo de Monrosa ne lui était pas inconnu, elle l'avait rencontré au mariage d'Alice, sa meilleure amie, avec le prince Luis, deuxième frère d'Ivo. Elle était la demoiselle d'honneur d'Alice, et lui-même était le garçon d'honneur de son frère. C'était par le biais d'Alice qu'elle était devenue amie avec Kara, devenue princesse de Monrosa par son mariage avec l'aîné de la fratrie, le prince régnant Edwin, qui avait hérité le titre et la couronne quand leur père avait abdiqué.

Elle savait qu'elle serait amenée à revoir Ivo ce week-end, au baptême du premier bébé de Kara et d'Edwin, la petite Gabriela. Ça, elle pouvait gérer. Elle ne serait pas seule, il y aurait d'autres personnes avec lesquelles elle pourrait bavarder. Mais pour l'heure...

Grâce ou à cause de Kara, elle s'apprêtait à passer quatre jours pleins en compagnie d'Ivo de Monrosa, ce qui faisait une sacrée différence.

Le mariage d'Alice avait été célébré un an et demi plus tôt, et elle était encore à ce jour mortifiée d'avoir lamentablement pleurniché sur son plastron de cérémonie. Cela avait semblé le décontenancer, et même lui répugner vu la distance polie qu'il avait ensuite maintenue entre eux...

Allons, tout allait bien. D'accord, le timing était terrible, et, oui, il l'avait vue pleurer, mais cet homme était une icône, et il avait les moyens de changer le cours de sa vie. Il la troublait, l'énervait, mais ce n'est qu'un homme ! La Machine, son surnom depuis qu'il avait gagné la médaille d'or au championnat du monde d'aviron, restait toujours de glace, qu'il soit sur la ligne de départ ou sur la première marche du podium. Sa beauté n'avait d'égal que son sérieux. Il ne donnait jamais d'interview. D'autres journalistes auraient payé cher pour pouvoir l'interviewer ne serait-ce qu'une heure, même au prix de quatre jours avec lui. Il lui fallait cette interview. Et il fallait qu'elle soit réussie.

Aie confiance. Il fallait qu'elle arrête de tout le temps douter de tout. Elle avait la chance de connaître des bribes de sa vie familiale. Tout le monde ne pouvait pas en dire autant. Ce n'était pas comme si elle allait se lancer dans une interview en partant de zéro, comme c'est le cas en général.

Mais son cœur qui battait comme un fou ne cognait pas parce que cette interview la stressait. Non, c'était l'idée de le revoir qui la mettait dans tous ses états.

Comment avait-elle pu laisser Kara la convaincre d'ignorer le nom de l'interviewé jusqu'à la dernière minute ?

D'accord, l'idée était de rendre l'interview plus vivante, puisque intervieweur et auditeur découvraient l'interviewé en même temps. Pas de questions préparées, impossible de commencer l'entretien avec des idées préconçues sur la personne. C'était du direct. Il n'empêche, c'était angoissant, d'autant plus que le *podcast* impliquait qu'elle passe quatre jours dans l'entourage de la personne interrogée. Ces interviews, avec leur caractère intime, rencontraient un fier succès. Kara et elle s'étaient mises d'accord pour que les premiers entretiens soient *soft*. L'objectif était, d'abord, de tester l'émission et d'en mesurer l'impact. Elle avait supposé que Kara, qui supervisait l'équipe organisatrice de ces entretiens, prolongerait l'expérience quelques mois encore avant de lui en proposer un…

Elle se trompait. Kara l'avait tout de suite mise dans le bain avec une interview qui aurait mis à l'épreuve les nerfs de la journaliste la plus aguerrie. À quoi Kara pensait-elle en faisant ça ? Elle savait sûrement par Alice qu'elle n'était pas au top en ce moment. Le mariage surprise de son ex, étalé à grand renfort de photos dans les réseaux sociaux, l'avait chamboulée.

C'en était fini depuis près de deux ans avec Dan. Elle avait continué sans lui avec la volonté de faire quelque chose de positif de son indépendance aussi nouvelle qu'imprévue, mais son récent mariage l'avait déstabilisée. Cela avait fait remonter les blessures, le choc et la vexation d'avoir été rejetée. Sans compter les regrets et la honte d'être restée avec lui toutes ces années, non par amour mais par crainte de se retrouver seule et parce qu'il lui assurait une certaine sécurité.

Elle soupira. Incapable de rester assise plus longtemps, elle se leva et alla à la fenêtre pour observer le port animé de Monrosa.

Des regrets, car elle s'était accrochée pour de mauvaises raisons aux vestiges d'une relation boiteuse.

La honte, parce qu'elle ne s'était pas méfiée. Durant toute son enfance, elle avait vu son père aller et venir dans leur vie et avait compris que l'amour est un sentiment fragile. Mais au lieu d'en tirer une leçon, au lieu d'être sur ses gardes et de se protéger, elle avait sauté à pieds joints à dix-neuf ans dans une aventure avec Dan, une aventure qui avait duré dix ans et dont le principal intérêt était qu'elle trouvait auprès de lui la sécurité qu'elle n'avait pas trouvée auprès de son père. Quand leur relation avait commencé à partir en vrille, quand Dan avait commencé à se montrer distant, fuyant, elle était tombée dans le même piège que sa mère avec son père. Elle ne comptait plus les fois où sa mère avait recueilli son père après des semaines, parfois des mois d'absence, avec l'espoir qu'un jour les choses changeraient et qu'il lui donnerait enfin l'amour qu'elle désirait et méritait.

Sachant cela, elle aurait dû faire preuve de plus de courage avec Dan. Mettre un point final à cette relation avant qu'il ne s'en aille. Elle avait eu tort de s'éterniser dans une liaison qui ne fonctionnait plus, de compromettre son bonheur et sa fierté au prétexte qu'elle avait peur de devoir se débrouiller seule.

Elle savait maintenant qu'elle devait s'occuper d'elle, s'endurcir pour être moins vulnérable. Par le passé, elle avait trop fait confiance aux autres. Le cœur sur la main, elle accordait de l'importance à l'amitié, sans se soucier de savoir si ses *amis* ne l'aimaient que pour se servir d'elle. Que de désillusions !

Quand Dan et elle avaient rompu, elle avait expérimenté ce que connaissent les femmes délaissées. Ses collègues qu'elle considérait comme des amis – ceux qui travaillaient avec eux deux dans la société de production de séries télévisées – lui avaient tourné le dos. Elle qui croyait ce genre de traitement réservé aux veuves… Elle en avait fait les frais aussi.

Cela n'aurait pas dû la surprendre. Dan était devenu une vedette, la star de captivants documentaires historiques qui faisaient année après année la fortune de la société de production. En tant que productrice assistante, elle-même n'était pas irremplaçable, même si c'était elle qui avait présenté Dan à ladite société quand celle-ci cherchait une voix off pour sa nouvelle série documentaire… Bref, on l'avait limogée.

Depuis, elle avait décidé que plus jamais personne ne lui ferait du mal. Bien sûr, elle continuait à sortir avec des hommes, mais elle les gardait à distance. Elle ne cherchait pas de petit ami, préférant mettre toute son énergie à réussir dans son métier de podcastrice.

Son podcast, *La personnalité-mystère*, était tout pour elle. C'était un moyen de se refaire un nom et une réputation au sein de *Jeunes adultes ensemble*. Cette émission en ligne lui donnait un but au quotidien. Elle ne pouvait pas laisser passer sa chance.

Son estomac se mit à gargouiller.

Elle n'avait rien avalé depuis le croissant de ce matin, quand elle s'apprêtait à aller prendre l'avion… Et encore, elle ne l'avait même pas fini à cause de Kara qui lui avait annoncé, tout excitée, qu'elle lui avait prévu cette interview pour le week-end.

— Pas possible, avait protesté Toni. Je pars voir Gabriela. Je prends l'avion…

Mais Kara ne l'écoutait même pas. Elle avait raccroché après lui avoir dit que le chauffeur habituel viendrait la prendre à l'aéroport.

— Il te dira le nom de la personne que tu dois interviewer lorsque vous approcherez du lieu du rendez-vous, avait-elle ajouté.

Dans le port, c'était toujours la même animation. Au bord de la marina, les employés de bureau avaient terminé leur semaine, et, lundi étant férié pour cause de fête nationale, ils célébraient le début de ce week-end exceptionnel aux terrasses des cafés devant des cocktails et des tapas.

— Mademoiselle Clarke ?

Elle sursauta, le cœur battant. Elle n'avait pas entendu Ivo approcher.

— Je vous prie de m'excuser de vous avoir fait attendre. Puis-je vous offrir quelque chose à boire ?

D'un geste de la main, il montrait le coin des rafraîchissements.

Mon Dieu, comme il était poli et guindé ! Et pas du tout ému de la revoir. Mais sa voix grave et son léger accent avaient un charme fou.

Les battements de son cœur redoublèrent, et elle sentit qu'elle rougissait.

— Non, merci, Votre Altesse.

— Suivez-moi.

Elle alla prendre l'ordinateur portable qu'elle avait laissé près de son fauteuil et lui emboîta le pas.

Il l'emmena dans un bureau tout en verre. Par la grande baie vitrée, on voyait les yachts de milliardaires à quai, et le ferry reliant le port à la vieille ville de Monrosa laissait derrière lui un sillage d'écume blanche comme un trait dans le bleu dur de la Méditerranée.

— Asseyez-vous, je vous en prie.

Il la fixa un bon moment de derrière la table, de ses yeux gris extraordinaires.

Que faisait-il ? Il la testait ?

Elle lui sourit avec l'espoir qu'il en fasse autant, mais non, pas de sourire.

Elle sentit qu'elle rougissait de plus belle. Son regard devenait insoutenable. Le pouvoir qui l'auréolait, le silence qu'il faisait durer, cette espèce de distance… Elle chercha quelque chose à dire mais préféra se taire plutôt que poser la question absolument idiote qui lui trottait dans la tête.

« Aimez-vous faire l'amour debout ? »

Qu'est-ce qu'il lui prenait ? Pourquoi se débattait-elle en vain contre l'image d'Ivo la tenant contre un mur et lui murmurant de sa voix grave des mots incompréhensibles ?

— Quatre jours, cela me semble excessif, dit-il.

Pensait-il au sexe, lui aussi ?

Troublée, elle répéta comme un perroquet.

— « Quatre jours » ?

Il fronça les sourcils.

— Oui, pour l'interview. Kara dit que quatre jours seront nécessaires.

— Ah... Oui, J'en ai bien peur.

Elle inspira à fond.

Il fallait qu'elle reste concentrée. Certains interviewés regrettaient d'avoir accepté d'accorder des interviews et finissaient par refuser.

— Je vous promets d'être discrète. Je suis bien élevée, me semble-t-il. Il n'y a qu'une personne... Elle s'est plainte que j'accaparais la salle de bains trop longtemps le matin. Mais bon... Elle habitait un deux-pièces, pas un palais comme vous.

Elle rit, mais voyant son air coincé, se figea.

Bon, il était temps de commencer. Elle lui tendit la main à travers le bureau.

— Je suis heureuse de vous revoir, monsieur. Et merci d'avoir accepté d'être interviewé. Comme Kara vous l'a expliqué, je ne sais jamais qui je vais interviewer. Je ne l'apprends qu'en arrivant. C'est donc vous ! C'est un plaisir et une bonne surprise !

Une surprise, oui. Mais un plaisir... Pas sûr.

Il se pencha pour lui serrer la main

— Pourquoi un plaisir ?

Il la fixait avec insistance. C'était embarrassant. Il donnait l'impression de la jauger avant de décider, oui ou non, de donner suite.

Au lieu de tout faire pour le convaincre d'accepter, elle afficha un sourire vague et laissa son imagination l'égarer.

Comment dire ? Finalement, ça lui plaisait peut-être. Elle pourrait passer des heures à contempler le visage d'ange et le corps de dieu grec d'Ivo de Monrosa. Mais il lui faisait un peu peur. Les gens calmes l'énervaient. Elle aimait parler, plaisanter, chahuter. Elle aimait rencontrer à l'improviste des gens nouveaux, se situer par rapport à eux. En revanche, elle n'aimait pas les complications, ni se sentir mal à l'aise. Et avec lui... Ce n'était pas si simple.

Mais elle n'était pas là pour fantasmer. Au boulot !

Elle se redressa sur son siège.

— Vous vous en doutez, le fait que ce podcast vous soit consacré va nous attirer une plus large audience. Les gens vont vouloir connaître votre parcours...

Elle s'arrêta, réfléchit deux secondes.

Ça y est, elle savait comment l'appâter.

— Cette émission sur Internet, disons ce podcast, *La personnalité-mystère*, est un moyen de faire connaître JAE, *Jeunes adultes ensemble*, notre association reconnue d'utilité sociale pour aider à traiter les problèmes psychiques nécessitant des soins chez les jeunes gens. L'objectif est de récolter des fonds. Après chaque podcast, les lignes d'appels connaissent un pic. Parfois même, elles sont saturées. Les jeunes qui n'osaient pas appeler jusque-là, téléphonent. Savoir qu'ils ne sont pas seuls dans leur cas les rassure. Je suis certaine que votre interview sera bénéfique.

Il ne commenta pas. Elle le vit tourner les yeux vers le couloir vitré où passaient les personnels qui avaient fini leur journée de travail. Leur bavardage et leurs rires contrastaient avec le silence qui régnait dans le bureau.

Bon sang ! Allait-il se décider à répondre ?

Il était temps qu'elle prenne la situation en mains.

— Bien, dit-elle, sortant son ordinateur portable de sa housse, Kara vous l'a sûrement dit, mon premier entretien a toujours lieu dans les bureaux de la personne que j'interviewe. De cette manière, les auditeurs ont une idée de votre cadre professionnel.

Et je commence tout de suite à enregistrer pour qu'ils se sentent partie prenante dans l'expérience.

Elle installa son matériel d'enregistrement sur la table, se pencha pour approcher un micro d'Ivo et releva la tête.

Là, devant elle, ses yeux gris...

Il ne les détournait pas. Elle aussi le fixait, et elle non plus ne détournait pas les yeux. Quelque chose de bizarre se passait. Une chose qu'elle n'aurait su nommer. Une attirance, peut-être...

— Vous êtes prêt pour moi ?

L'air étonné, il haussa un sourcil.

— Prêt pour...

Elle piqua un fard.

—... pour que je commence l'entretien ?

Un tout petit diamant dansait sur une chaîne autour du cou de Toni. Les trois boutons du haut de son chemisier étaient défaits, et son soutien-gorge jaune pâle se voyait un peu. Son parfum était toujours le même, léger, floral.

Agacé, Ivo soupira discrètement, frustré.

Depuis le mariage de Luis, il n'avait cessé de s'intéresser à ce qu'elle devenait, à ce qu'elle faisait. L'air de rien, il tendait l'oreille quand Alice et Kara parlaient d'elle. Il n'hésitait pas, s'il mettait la main sur un magazine, à le feuilleter. C'était ainsi qu'il avait appris sa rupture avec son ex, devenu riche et célèbre grâce aux émissions historiques à la télévision.

D'un geste faussement dégagé, elle coinça une mèche de ses cheveux derrière son oreille.

Elle avait de longs cheveux bruns, de la couleur de ses yeux, le nez droit et les lèvres gourmandes qu'il avait remarquées au mariage de son frère. Elle était un peu bronzée. Au mariage de Luis et Alice où elle était demoiselle d'honneur, elle portait une robe à sequins qui accentuait le bombé de ses seins et la finesse de sa taille. Quand elle avait remonté la travée de l'église, coiffée en arrière et les larmes aux yeux malgré le sourire plaqué sur son visage, il avait été incapable de détacher le regard de ce visage… Et de toute sa silhouette.

Elle était jolie. Plus exactement, exotique.

Depuis, il se disait qu'il ne s'intéressait pas plus à elle qu'à tout ce qui avait un lien avec sa famille, mais certaines nuits, seul dans le silence de sa *finca*, l'idée de reprendre contact avec elle le titillait. Pourtant, cette idée n'avait jamais dépassé le stade de l'envie. À quoi servirait cette démarche, sinon à lui compliquer l'existence ?

Et voilà qu'elle réapparaissait dans sa vie, presque à son insu !

Il fallait qu'il mette fin à cet entretien tout de suite, avant même qu'il ne commence. Il n'avait rien à raconter, rien à partager avec personne. Ce qui se passait chez lui, dans sa vie privée, ne regardait pas les autres.

Mais Kara avait insisté pour qu'il accepte cette interview, et il savait qu'elle profiterait à l'œuvre dans laquelle il était lui-même engagé.

D'accord, il allait la faire.

Mais ce serait lui qui contrôlerait le déroulement et y mettrait le point final. Il allait parler des sujets dans lesquels il était à l'aise, le sport et la finance. Il y avait de quoi dire sur ces deux thèmes et des leçons à en tirer.

— Parfait, dit-il enfin.

Toni parut reprendre espoir.

— Avant que nous ne commencions, dit-il, que les choses soient bien claires entre nous : je ne donnerai pas dans l'introspection, et je ne décortiquerai pas les événements qui ont jalonné ma vie. Je répondrai à vos questions, mais, s'il vous plaît, ne vous attendez pas à de grandes révélations.

Elle ouvrit la bouche pour parler… Et se tut. Petit haussement d'épaules, et elle se décida.

— Si on commençait ? Juste comme ça, pour voir. On est souvent surpris de ce qu'on append sur soi dans une interview.

Il fit une moue dubitative.

Nouveau haussement d'épaules. Sourire charmeur.

— Allons-y. J'enregistre.

Elle appuya sur un bouton.

— Chers amis, bonsoir. Je suis heureuse de vous retrouver dans notre série *JAE, La personnalité-mystère*. Je suis Toni Clarke, et, comme d'habitude, nous allons découvrir ensemble ce qu'il se cache derrière une célébrité et tirer des leçons de vie de son expérience.

Elle le regarda. Il ne cillait pas.

— Avant de vous présenter l'invité de la semaine, je vous donne quelques indices qui devraient vous permettre de deviner qui est la personne que je suis tout excitée à l'idée d'interroger. Écoutez bien :

Je fais partie du monde du sport et de celui de la finance.

Je suis issu d'une famille couronnée.

Je vis sur une île de la Méditerranée célèbre pour sa beauté, ses plages, ses cocktails.

Qui suis-je ?

Pendant que je vous parle, je suis assise dans un bureau agréablement climatisé alors qu'il règne un soleil de plomb dehors. Nous sommes entourés de galeries d'art, de bars et de restaurants. Nous sommes vendredi soir. Dehors, c'est la folie. Les gens sortent, s'amusent. En face de moi, j'ai mon invité. C'est un athlète. Il est médaillé d'or dans sa discipline – je ne vous dis pas laquelle. Il est aussi P-DG d'une entreprise florissante. Je crois pouvoir dire que nous savons tous qui il est, mais que peu d'entre nous le connaissent. Alors ? Vous avez deviné ? Oui, c'est le prince Ivo de Monrosa. Bienvenue dans cette émission, Votre Altesse.

Ivo inclina la tête et força un sourire sur ses lèvres.

— Merci.

Le style de Toni était vif, familier, bien en phase avec ses jeunes auditeurs. Il lui faisait craindre la suite.

C'est Kara qui l'avait convaincu d'accepter. Elle avait un talent certain pour arriver à ses fins. La veille au soir, elle était venue au palais avec Gabriela que l'on baptisait dimanche, sous prétexte de parler avec lui de son rôle de parrain. Alors qu'il portait Gabriela et s'émerveillait de toutes sortes de détails chez l'enfant – ses petits doigts effilés, ses oreilles bien ourlées, sa bouche en bouton de rose –, Kara en avait profité pour lui renouveler sa demande de participer à l'émission, arguant du fait que les batailles qu'il avait menées pour atteindre ses objectifs inspireraient les auditeurs.

Il avait d'abord décliné.

Les années passées, il avait négligé son rôle d'ambassadeur de JAE pour remplir à la demande d'Edwin les fonctions de consultant auprès du ministre des Finances de la principauté. Il ne pouvait pas être partout...

Kara avait alors précisé que l'intervieweur serait Toni Clarke et qu'il faudrait qu'elle séjourne quatre jours chez lui.

Être seul avec Toni pendant quatre jours !

La proposition était tentante, mais sa maison était sacrée. C'était son havre, et il ne le partagerait pour rien au monde avec personne. Il refusait – et c'était sans appel –, quand Gabriela s'était mise à pleurer. Marchant de long en large dans la pièce, son bébé dans les bras, Kara lui avait alors fait part de ses inquiétudes au sujet de Toni.

Au mariage de Luis, Toni l'avait épuisé avec son bavardage et son excitation, mais quand il avait dansé avec elle, il avait compris que cette exubérance intempestive cachait une personnalité complexe. Il avait découvert chez elle une fragilité insoupçonnable au premier abord.

— En fait, ce n'est pas la première fois que nous nous voyons... Certains parmi vous le savent, ma grande amie est Alice O'Connor, l'épouse du prince Luis. À leur mariage, j'étais demoiselle d'honneur, et le prince Ivo était garçon d'honneur.

Elle croisa son regard, les joues en feu.

— Ce mariage a été fabuleux, mais nous n'avons guère eu le temps de faire connaissance.

— Non...

Elle attendit qu'il poursuive.

Que pouvait-il dire ?

En fait, lorsqu'ils avaient dansé ensemble, étonné par son silence, il lui avait demandé si elle s'amusait bien. Elle lui avait répondu : « J'essaie ». Ému par la tristesse qu'il lisait dans ses yeux, il avait murmuré, sans réfléchir. « Ça va aller »... Et elle était partie brusquement.

Il avait dû dire *la* chose qu'il ne fallait pas !

Quand il l'avait rejointe dans les jardins du palais, il l'avait priée de l'excuser. À ce moment-là, fondant en larmes contre lui, elle avait trempé le plastron de sa chemise habillée. Impuissant à la consoler, d'autant qu'il ignorait la cause de son désarroi, il était simplement resté avec elle, jusqu'à ce qu'elle déclare qu'il fallait qu'elle aille téléphoner à son petit ami.

Il n'avait même pas imaginé qu'elle avait un amoureux, puisqu'elle assistait seule à ce mariage !

Toni meublait à présent la conversation.

— Quelle journée ! Que d'émotions ! J'ai dû verser plus de larmes de joie ce jour-là que pendant toute ma vie. Les mariages sont des événements tellement émouvants. Et Alice était une mariée si belle.

Elle s'arrêta pour reprendre son souffle, et, bavarde impénitente, enchaîna.

— Vous êtes le plus jeune des trois princes de Monrosa. On connaît vos exploits dans les courses d'aviron, mais, si vous deviez vous définir, que diriez-vous d'abord ?

Se définir. Exactement le genre de questions qu'il détestait. Comment répondre à ça ?

Il était discret, secret. Il ne coupait pas les cheveux en quatre. Il essayait de vivre le mieux possible sans perdre trop de temps à me regarder le nombril.

— Je suis un gros bosseur.

— D'accord. Mais à part ça ?

— J'ai des obligations envers la principauté et un rôle de conseil auprès du ministère des Finances.

Elle se cala au fond de son siège, fronça les sourcils.

Un silence plana.

Le responsable de la communication du palais, Raûl, avait essayé à plusieurs reprises de le conseiller sur l'art de répondre aux interviews, mais il ne voyait pas ce qu'il y avait de mal à répondre *cash*. De cette façon, personne ne perd son temps. La vie des autres ne l'intéressait pas, il ne voyait pas pourquoi la sienne intéresserait qui que ce soit.

— Votre société, Pacolore Investments connaît un succès fulgurant. À quoi attribuez-vous ce succès ?

Enfin. Une question avec laquelle il était à l'aise.

— Au fait que nous avons recruté des personnels d'horizons très différents, et qui pensent donc différemment. C'est une richesse dans une entreprise. L'originalité rime avec la créativité. L'imagination avec l'innovation.

Tous les patrons ne partageaient pas cette analyse. Trop souvent, selon lui, les employés qui n'entraient pas dans le moule dérangeaient. On les placardisait.

— Vous considérez-vous vous-même comme différent ?

Avec les privilèges dont il jouissait et qu'il partageait avec ceux qui l'entouraient, certes, il se sentait différent d'eux.

— D'une certaine façon.

Elle attendit qu'il élabore. Comme rien ne venait, elle enchaîna.

— Avant la fac, quelle école avez-vous fréquentée ? Parlez-nous de votre enfance.

Son enfance ? Solitaire. Déroutante. Terrifiante parfois. Même s'il ne l'avait jamais dit à personne.

— On m'a mis en pension en Angleterre à dix ans.

— Et vous étiez heureux ?

— Je n'ai pas eu le choix.

Il vit le regard de Toni changer. La couleur de ses yeux s'éclaircit, elle devint plus douce, plus tendre.

— On vous a mis en pension après le décès de votre mère, la princesse Cristina. Ça a dû être dur pour vous.

2

Ivo recula au fond de son siège.

— En fait, je ne me rappelle pas très bien cette époque...

Il attendit, redoutant que Toni ne lui pose des questions sur sa mère, sur son allure, sur les causes de sa mort. La presse s'en était largement fait l'écho. Il était seul avec elle quand c'était arrivé. Toni n'allait tout de même pas lui demander des détails sur cette journée maudite et sur le cauchemar des jours suivants ?

Le premier choc passé, son père était entré dans une rage folle. Il s'en était pris à tout le monde, au palefrenier, aux gardes du corps qui ne les avaient pas accompagnés dans leur randonnée à cheval. Il savait, pourtant, qu'elle aimait monter seule. Malade de culpabilité, soucieux d'assumer ce qu'il s'était passé, Ivo avait essayé d'expliquer à son père que c'était lui qui l'avait suppliée de l'emmener faire cette balade bien qu'elle se soit plainte de ne pas se sentir bien. Quelle panique quand elle avait chuté ! Il était parti en courant chercher de l'aide au lieu de rester auprès d'elle... Et elle était morte seule.

Incapable d'entendre son récit, pétri de chagrin, son père l'avait fait taire. Dans leur famille, rien n'avait plus été comme avant. Son père en voulait au monde entier. Edwin essayait de faire tampon contre sa colère. Luis avait trouvé refuge auprès d'amis, allant jusqu'à disparaître du palais plusieurs jours de suite.

Lui, Ivo, le plus jeune, il avait subi le drame de plein fouet.

Il aimait sa tranquillité et avait besoin de solitude. Sa mère le comprenait, et quand elle était morte, il n'avait pas trouvé cette compréhension chez son père. Il aurait aimé pouvoir pleurer, seul avec son chagrin, loin des obsèques nationales qui avaient été décidées. Il n'avait pas pu. Son père lui avait imposé un rôle dans les funérailles. Un rôle où il lui était interdit de montrer sa détresse. Interdit de pleurer. Devant les badauds en pleurs qui regardaient le cortège passer, lui devait rester digne.

Pour continuer à vivre, il s'était replié sur lui-même, coupé du monde, y compris de sa famille. Ce détachement s'était encore aggravé quand il s'était retrouvé pensionnaire. Dans ce monde étrange, sans échappatoire, la seule façon qu'il avait imaginée de survivre avait été d'intégrer l'équipe d'aviron de l'école. Ainsi occupé, il ne lui restait que peu de temps pour penser.

L'aviron lui avait donné un but dans la vie, lui avait permis de se construire et fourni une bonne excuse pour éviter les complications des amitiés envahissantes. L'équipe d'aviron l'avait accepté pour ses qualités physiques et sa rage de gagner. Rien d'autre. Aucune question sur les raisons de son silence, sur la distance qu'il mettait entre les autres élèves et lui, à l'inverse de sa famille qui vivait mal son apparente indifférence.

À l'affût sans doute d'une confidence si possible croustillante, Toni rapprocha le micro de sa bouche.

— Soyez gentil, ne vous éloignez pas du micro. Si vous regrettez certaines choses que vous avez dites, ou si elles déplaisent au palais, nous les couperons. Ne vous inquiétez pas, c'est *votre* podcast.

Elle lui fit un petit sourire.

— Maintenant, dites-nous, quelles sont vos ambitions pour l'avenir ?

Elle changeait de sujet... Ce n'était pas par hasard. Pourquoi faisait-elle cela ? Dans quel but ?

À force de fréquenter des gens dont il savait qu'ils souhaitaient modifier son comportement, il avait enregistré leurs manœuvres et développé une forme de méfiance à leur égard. Rien n'était jamais gratuit.

Son père d'abord. Il avait alterné promesses et menaces pour le faire sortir de sa chambre où il restait enfermé des heures. Quand il avait été envoyé de force en colonie de vacances, son père avait exigé des moniteurs qu'ils l'aient à l'œil. Il fallait qu'il s'intègre, qu'il sorte.

Les suggestions à peine déguisées d'Edwin pour qu'il voie du monde ne lui échappaient pas.

Quant à Luis, lors de ses visites à l'école, et plus tard lors de ses entraînements à l'aviron, il tentait de le dévergonder en l'emmenant dans les pubs les plus bondés et les plus bruyants de la ville. Lui qui ne vivait bien que dans le bruit et l'agitation, il ne pouvait pas comprendre son attirance pour les cafés ou les restaurants feutrés.

— Dans l'immédiat, je veux asseoir la réussite de Pacolore.

— Je pensais que vous voudriez vous développer.

— Ce n'est pas le moment.

— Pas de risque, alors. Vous êtes prudent de nature ?

— Je prends des risques calculés. Grandir trop vite n'est pas mon objectif. C'est l'analyse qui m'intéresse, les mouvements des marchés, prendre les bonnes décisions. J'aime voir mon personnel - comment dites-vous ? - « prendre son pied ».

Elle opina, se tut une seconde, puis une ombre flouta son regard, et elle relança son questionnement.

— Et votre vie personnelle ? Quelles perspectives ? Une ambition ?

Si c'était des confidences qu'elle comptait lui soutirer, elle se trompait de client !

— Pas de projet particulier.

— Pas de mariage ? Pas d'enfants ?

Bien sûr, il était sorti avec des femmes par le passé, mais cela n'avait jamais abouti à rien de sérieux. Il n'était pas aveugle, il voyait bien qu'il plaisait aux femmes, mais il ne se berçait pas d'illusion. C'étaient son titre, sa fortune, ses succès et le glamour qui allait avec qui les attiraient. Peu d'entre elles étaient prêtes à accepter la réalité : il travaillait beaucoup, autant que lorsqu'il s'entraînait pour les championnats d'aviron, et il n'aimait pas faire la fête ni se trouver dans le feu des projecteurs. Si c'était pour le strass et les paillettes, les jeunes demoiselles avaient tout intérêt à passer leur chemin.

Il inspira profondément.

Elle commençait à l'agacer avec ses questions.

— Non. Rien de tout cela.

— Quelqu'un dans votre vie ?

— Non.

Un non net et catégorique. Elle aussi, elle pouvait circuler !

Il regarda ce qu'il se passait dans *l'open space*.

Tout le monde était parti pour le week-end. Il n'y avait plus qu'eux. Ils étaient maintenant seuls tous les deux, et ce, jusqu'au baptême de Gabriela, dimanche.

Il se demanda s'il n'allait pas craquer.

— Pourquoi avez-vous accepté cette interview ?

Penchée sur le bureau, Toni le fixait. Son regard n'était pas dur, il était même gentil. Il y avait dans sa voix une part de curiosité et une bonne dose de perplexité.

— Pour venir en aide à l'association de Kara. JAE. J'en ai été l'ambassadeur, mais le travail que j'ai accumulé les temps derniers m'empêche à présent de m'investir autant que j'aimerais. Donc, je me rattrape. Cet entretien entre dans ma contribution.

Si Kara et Edwin n'avaient pas autant insisté, il ne se serait pas embarqué dans cette galère. Mais il savait l'importance qu'avait JAE pour Kara.

Semblant douter de l'opportunité de la question qu'elle voulait poser, Toni fronça les sourcils, puis elle osa.

— Vous-même, avez-vous souffert dans votre vie de problèmes psychologiques ?

Il avait la réponse toute faite. Cette nuit, presque certain que cette question lui serait posée, il l'avait préparée. Devant l'air gentil de Toni et son regard attendri, il hésita un instant à lui dire la vérité – qu'il se sentait étranger au monde –, mais il se ressaisit à temps.

Il ne fallait pas qu'il se dévoile, il devait se protéger.

— Chez un athlète, la forme physique est aussi importante que le mental. Je me suis parfois battu, blessé, j'ai été évincé de l'équipe et j'ai perdu des courses. J'ai appris à accepter ce que je suis à l'instant T, à ne rien projeter de négatif pour l'avenir et à être satisfait de ce que j'accomplis.

Trouvant sa réponse quelque peu ambiguë, elle plissa le nez et, une nouvelle fois, changea de sujet.

— Où êtes-vous le plus heureux ? À quel endroit vous sentez-vous chez vous ?

— Écoutez. J'ai une *finca* au nord de l'île. J'y passe l'essentiel de mon temps libre.

La dernière personne qu'il y avait amenée était une ex-petite amie qui avait été incapable de cacher l'horreur que lui inspirait l'endroit. « C'est vraiment sommaire, avait-elle commenté, l'air dégoûté. Et puis, c'est au milieu de nulle part ».

Bref, il avait préféré écourter le séjour.

La même chose allait-elle se reproduire avec Toni ? Allait-elle porter un jugement sur le style de vie qu'il aimait, le critiquer ?

Il dégaina son téléphone portable.

— Si vous le permettez, j'ai quelques appels à passer avant notre départ.

C'était un désastre, reconnut Toni. Son interview traînait en longueur. Ses questions partaient dans tous les sens. Il fallait qu'elle redresse le tir, qu'elle mette un peu d'humour dans l'entretien, qu'elle brise la glace.

Empoignant son carnet, elle chercha la page avec la liste-type des questions préparées d'avance, à poser si un entretien se languissait.

— Avant que vous ne passiez vos appels, puis-je vous proposer de répondre à un quiz ? Ce sera rapide. Et fun.

— Oui, à condition que je puisse vous poser quelques questions, moi aussi.

Pourquoi voulait-il faire ça ? Elle ne pouvait pas refuser, mais le sentiment de ne plus être maître de la situation lui était désagréable.

— D'accord, mais je commence. Pomme ou orange ?

Il croisa les bras et la regarda, l'air interrogateur. Si c'était ça, le niveau…

— Orange.

— Sans quoi ne pourriez-vous pas vivre ?

— Mes chiens.

Ah, il avait des chiens.

— C'est chouette, les chiens.

Elle faillit parler toutous, mais ce n'était pas le moment. Le quiz devait aller vite.

— Quand avez-vous menti pour la dernière fois ?

— Hier soir. La princesse Gabriela a vomi sur moi, et j'ai dit que ce n'était pas grave.

Le motif la fit rire.

— Je ne l'ai pas encore vue. Est-elle aussi mignonne que sur les photos ?

— Encore plus.

La douceur de sa voix la toucha. Son regard aussi. C'était peut-être un tendre, finalement ?

À cet instant, sa façon de la fixer lui rappelant quand ils avaient dansé ensemble au mariage d'Alice, elle se troubla.

Dan ne la regardait jamais comme ça. Elle ne se souvenait même pas d'avoir pleuré dans ses bras comme elle l'avait fait avec Ivo, ce jour-là. Pauvre Ivo, il n'avait rien dû comprendre.

Sentant qu'elle avait les joues rouges, elle piqua du nez sur ses questions.

— Qu'est-ce qui vous agace ?

— Les gens qui ne respectent pas les choix des autres.

Que voulait-il insinuer ?

Elle scruta son visage. Il s'était durci. Mieux valait ne pas s'étendre sur ce terrain-là. En tout cas, pas maintenant.

— Votre souvenir le plus cuisant ?

— Être tombé à l'eau pendant le championnat du monde junior en attrapant un crabe.

Elle écarquilla les yeux.

— Vous êtes tombé à l'eau à cause d'un crabe ?

— Non, c'est une expression chez les rameurs quand la lame de rame se coince dans l'eau.

Son air étonné le fit sourire.

— Bière ou vin ?

— Vin.

— Si vous aviez une devise ?

— « Être vrai avec soi-même ».

— Avez-vous déjà eu des peines de cœur ?

— Oui, mais rien de méchant.

Bizarrement, sa réponse la soulagea.

— Qu'est-ce qui vous rend heureux ?

— Marcher avec mes chiens le soir dans les champs d'oliviers de ma finca. Ça doit être à cause du silence et de l'impression de liberté que j'éprouve. Je ne sens aucun poids sur mes épaules dans ces moments-là.

À quel poids faisait-il allusion ? Son travail ? Ses obligations de prince ? Elle lui aurait volontiers posé mille autres questions, mais elle n'avait jamais interrogé de personne aussi réfractaire. Peut-être n'avait-il pas confiance en elle ? Peut-être devait-elle se montrer plus patiente ? Il était sombre, introverti et compliqué, le type d'homme qu'elle ne parviendrait jamais à sonder réellement.

Pas grave.

Elle ferma son carnet.

— Voilà, c'est fini pour mes questions. À vous, si vous le voulez.

Il enchaîna directement.

— Poire ou ananas ?

— Poire à table, ananas dans un cocktail.

— Ville ou campagne ?

— Ville. Sans hésitation ni murmure.

Il haussa les épaules comme s'il s'en doutait.

— Un mot pour vous définir ?

— Curieuse.

À son tour, elle haussa les épaules.

— De l'huile d'olive sur votre ice-cream. Oui ou non ?

Elle crut que c'était une blague.

— Sûrement non. Ça existe ?

— Vous n'avez jamais essayé ? Je vous ferai goûter, un jour.

Sans prêter attention à sa mine dégoûtée, il continua.

— Cocktail sur la plage ou rando en montagne ?

— Facile ! Cocktail sur la plage.

De nouveau, il haussa les épaules, exprimant sans le dire qu'il désapprouvait.

Elle fit la moue.

Elle ne pouvait pas répondre autre chose ! Était-il contre toutes les bonnes choses de la vie ?

Mais à quoi s'attendait-elle de la part d'un ex-athlète international de haut niveau devenu patron d'un fonds d'investissement ? C'était des métiers sérieux, pas des boulots de saltimbanques, comme disent certains à propos du journalisme. Savait-il profiter de ce qu'offre la vie ? Faisait-il quelquefois la fête ? Trouvait-il des moyens pour échapper de temps à autre à la réalité du quotidien ?

— Un deuxième mot pour vous décrire ?

Sans réfléchir, elle lança.

— Susceptible.

Elle s'esclaffa pour lui faire croire qu'elle plaisantait, mais Ivo, prenant sa réponse pour argent comptant, n'esquissa même pas un semblant de sourire.

— Qu'est-ce qui vous plaît en vous ? enchaîna-t-il tout de suite.

Ce qu'elle aimait chez elle ? Elle faillit dire « mes cheveux », mais quand il lui sourit enfin, d'un sourire aussi désarmant qu'inattendu, elle ravala le sarcasme qu'elle avait sur le bout de la langue et s'entendit répondre,

— Je ne lâche rien, même si j'en meurs d'envie.

Cela n'avait aucun sens pour lui mais, pour elle, cela signifiait quelque chose. Après sa rupture avec Dan, quelques collègues, gênés par la situation entre elle et son ex-amoureux, avaient pris leurs distances. La lâcheté de ses collègues et de Dan, avec lequel elle tombait souvent nez à nez dans les couloirs, lui était devenue insupportable. À la fin, dépitée, elle avait décidé de chercher un nouveau travail ailleurs. Malgré son dépit, et grâce à sa volonté, elle ne s'était pas laissée abattre. Elle avait rebondi, le cours normal de la vie avait repris. C'était tout à son honneur, non ?

Le voyant sourire, elle s'étonna. Son cœur se mit à cogner.

— J'aime la détermination chez une personne, dit-il très bas.

Son ventre commença à gargouiller. Gênée, elle se tortilla.

— J'espère que vous le direz encore dans quatre jours...

Elle s'arrêta. Les auditeurs ne devaient pas comprendre, mais elle ne pouvait pas leur dire que quelque chose venait de se produire. Quelque chose d'impalpable qu'eux seuls pouvaient avoir ressenti. Un courant, une complicité.

Il arqua les sourcils.

— Dîner avec des amis ou en tête à tête ?

Elle crut que son cœur s'arrêtait.

— Dîner à deux... Bien sûr, cela dépend avec qui.

Hé, elle n'exagérait pas un peu, là ? Elle était venue pour l'interviewer, pas pour flirter avec lui.

Intrigué, il réfléchit à sa réponse.

Elle avait dû l'amuser car ses yeux frisaient. Mais riait-il avec elle ou riait-il d'elle ?

— Votre pire crainte ?

Vaste sujet. De ne pas faire ce qu'il fallait pour se protéger. Elle ne l'avait pas fait avec Dan en ne décidant pas de rompre avec lui. Idem avec son père. Elle aurait dû prendre ses distances avec lui beaucoup plus tôt, sachant qu'il était imprévisible, et qu'en déboulant et en sortant de sa vie à sa guise, il la détruisait à petit feu. Il n'y avait pas que sa mère qui se laissait prendre à ses excuses. Elle préférait ignorer les faits, sa façon désinvolte de faire surface sans crier gare après des mois sans donner de nouvelles – et se raccrocher à l'espoir que, cette fois, il allait rester, que leur famille allait se recomposer, que les yeux de sa mère brilleraient de nouveau. Celle-ci était incapable de lui résister. Elle prétendait qu'elle ne voulait plus entendre parler de lui, mais, Toni avait beau être toute jeune, elle voyait qu'ils étaient attirés sensuellement l'un par l'autre et que le désir que sa mère éprouvait pour lui la rongeait comme un ver dans une pomme.

Ce constat – le comportement de son père – lui avait appris que l'amour est volatil, que s'engager n'était qu'un mot. Sa plus grande peur était de manquer de jugement, de ne pas savoir se protéger à l'image de sa mère. Il fallait qu'elle s'endurcisse, qu'elle soit moins émotive. Qu'elle avance dans la vie en restant sur ses gardes dans ses relations amoureuses et amicales. Elle devait prendre l'existence plus à la légère, en profiter mais ne pas s'investir sentimentalement.

Il était hors de question qu'elle raconte tout ça à Ivo. Alors elle répondit ce qui lui vint à l'esprit.

— La peur d'être obligée d'avaler un ice-cream nappé d'huile d'olive ce week-end... À ce propos, je reste avec vous jusqu'à mardi matin. Vous avez un projet pour cette fin de semaine, à part le baptême de Gabriela, dimanche ? Je suis ravie d'y assister, mais j'ai aussi envie de profiter de la vie nocturne de Monrosa. Les plus fidèles de nos auditeurs doivent se rappeler que je suis accro au cocktail *Paradise City* que j'avais goûté quand j'étais venue ici pour le mariage d'Alice.

— Non. Il n'y a pas de vie nocturne là-bas.

Comment cela ? Il y avait des bars et des clubs huppés parfaitement dignes de princes et de rois, et tout près du palais, en prime.

— On ne séjournera pas au palais ?

— Non, nous allons nous installer dans ma *finca*, San Jorbo. Et il n'y a pas de boîtes de nuit là-bas.

Bien que cette perspective lui déplaise, elle essaya de faire bonne figure. Elle devait se conformer au plan.

— Ah bon ? J'aimerais bien visiter un peu Monrosa, tout de même. On m'a dit qu'il y a des petites villes et des villages pittoresques au nord de l'île.

— C'est exact.

Elle débrancha le micro.

— Votre *finca*... Elle est près de quelle ville ? Il y aura d'autres personnes avec nous, là-bas ?

— Il y a une ville de l'autre côté du port. Mais non, nous serons seuls.

— Même pas vos gardes de sécurité ?

— Non. Mais soyez sans crainte, la police passe régulièrement. Elle ne nous dérangera pas pendant les interviews.

Ce n'était pas ce qui l'inquiétait. Il avait beau faire l'ingénu, il le savait très bien, se trouver seule avec lui pendant quatre jours… Dans quoi mettait-elle les pieds ? Arriverait-elle à cacher combien il la mettait mal à l'aise ? Parviendrait-elle à le décontracter ? Jusqu'à présent, leurs échanges avaient dû ennuyer les auditeurs. Cela manquait tellement de spontanéité…

Et il y avait plus grave. À moins que son imagination ne la trompe, elle avait senti comme un courant passer entre eux. Si elle n'avait pas rêvé, que se passerait-il quand ils seraient seuls ?

— Si vous préférez séjourner au palais, pas de problème. On se verra dimanche, au baptême. L'interview d'aujourd'hui plus une autre plus longue dimanche, cela devrait suffire pour votre podcast, non ? Envoyez-moi votre liste de questions demain, et je préparerai les réponses à l'avance.

Son manque d'empressement ne lui échappa pas. Elle n'était pas la seule à redouter ces quatre jours de cohabitation.

— Ce n'est pas comme cela que ça fonctionne, dit-elle plaquant un sourire sur son visage. Je suis censée passer un certain temps avec vous…

Elle s'arrêta.

Cet échange prenait un drôle de tour. Il sonnait comme une peine de prison, alors qu'elle aimait tellement son métier, d'habitude. Fouiller dans la vie des gens lui plaisait. Flattés qu'on s'intéresse à eux, les interviewés se laissaient volontiers décortiquer. D'ailleurs, elle avait gardé le contact avec tous ceux à qui elle avait tendu son micro.

Avec Ivo, ça ne serait sans doute pas le cas.

— Je sais que vous êtes passée par des moments difficiles, Toni. Restez au palais, passez du temps avec Alice et Kara.

Sans répondre, elle ramassa la housse de son micro et le rangea.

Zut, zut, et zut. C'était clair, il était au courant de ses malheurs, de la gifle qu'elle avait reçue avec le mariage récent de Dan. C'était maintenant celui qu'on surnommait « la Machine » qui la plaignait ! Avait-il pitié d'elle ? Elle n'aimait pas faire pitié.

— Écoutez, passez vos coups de fil. Pendant ce temps-là, je vais me chercher un *Paradise City* dans le bar le plus proche. Venez me chercher quand vous serez prêt à partir. Je vous offrirai un verre avant que nous ne nous enfoncions dans « la jungle, terrible jungle »…

Elle rit toute seule en pensant aux paroles de la chanson et s'en alla, laissant derrière elle un prince absolument pas impressionné.

Elle était désinvolte, et lui manquait peut-être même de respect, elle le savait. Mais la perspective de ces quatre jours seuls ensemble lui mettait les nerfs à fleur de peau. Quand elle était dans cet état, elle se connaissait : elle avait besoin de bruit, de s'agiter et d'un maximum de distractions.

3

Le SUV qui les suivait depuis Monrosa City s'arrêta, après avoir franchi les grilles de la propriété, devant la loge des gardiens où deux chiens les accueillirent dans un concert d'aboiements.

Ivo continua jusqu'à la maison, se gara et descendit de voiture. Sous ses caresses, les chiens, qui les avaient suivis se calmèrent aussitôt.

Une fois leurs consommations avalées au bar, ils avaient pris la route pour la *finca*, San Jorbo. Une route sans histoire pendant laquelle elle avait espéré faire plus ample connaissance avec Ivo. Mais les réponses lapidaires à ses questions l'avaient lassée, et ils avaient continué en silence. Tournée vers la vitre, elle avait regardé les paysages défiler.

Au loin, des villages accrochés aux flancs de la montagne pelée. Plus près, des forêts de résineux et d'eucalyptus au milieu desquelles serpentaient d'étroits sentiers de terracotta, une terre poussiéreuse brûlée par le soleil. Ils avaient traversé plusieurs villages où des locaux, assis aux terrasses des cafés, les avaient salués d'un signe de tête en regardant passer leur convoi. Ivo avait conduit calmement, sans jamais s'énerver derrière les charrettes qui les ralentissaient, surtout dans les épingles à cheveux de la fin du trajet.

Il était maintenant temps pour elle de se mettre au travail.

— Je peux commencer à enregistrer ? lui demanda-t-elle. Vous voudrez bien me faire faire la visite guidée de la propriété ? Mes auditeurs adorent voir le cadre de vie de mes interviewés.

Ivo répondit à peine.

Elle brancha son appareil.

— Bien, nous sommes maintenant dans la *finca* d'Ivo. Une *finca* est un domaine agricole, sur une parcelle rurale, évidemment...

Rires.

—... avec une maison et souvent une ferme adossées à une montagne, et une forêt.

Le petit Jack Russell lui mordilla le mollet. Elle sursauta.

— Ce n'est rien, c'est l'adorable petit chien d'Ivo. Coucou, Doggy.

Elle poursuivit.

— Autour de nous, vous l'avez compris, c'est la campagne. Une route descend à pic dans la vallée. De chaque côté, ce sont des champs et des champs d'oliviers. La mer et les plages sont en bas. Est-ce que vous entendez les cigales ?

Elle fit tourner son micro en l'air.

— Je vais vous montrer votre chambre, dit Ivo.

Ses chiens les avaient suivis, et le plaisir qu'il prenait à les caresser se lisait dans ses yeux. Pour un peu, elle aurait dit qu'il rayonnait.

Mais avait-il oublié qu'il lui avait promis de lui faire faire le tour de la *finca* ?

— Tous ces oliviers sont-ils à vous ?

— Oui, il y en a cinq cents.

Elle lui jeta un coup d'œil.

— Ça fait beaucoup d'olives à manger pour une personne seule.

Il ne réagissait pas ou faisait semblant...

Elle s'approcha d'un arbre, toucha le tronc torturé et noueux.

— On se demande comment ces arbres peuvent pousser ici. La terre est tellement sèche. C'est miraculeux !

— Non seulement ils poussent, mais ils vivent vieux. Certains d'entre eux ont plus de trois cents ans.

— Je vois que vous avez aussi des citronniers, et des figuiers. C'est un pays de cocagne... Oh ! Et même un potager !

Il devait avoir du personnel pour s'occuper de toutes ces cultures. Ils ne seraient donc pas tout seuls pendant ces quatre jours. Elle était sauvée.

— C'est immense... Vous devez avoir du monde pour vous aider. Un majordome ? Un jardinier ?

Debout dans l'escalier de pierres, son ombre s'allongeant sur les marches dans le soleil déclinant, Ivo rétorqua qu'il ne comprenait pas le sens de sa question. Puis, d'un ton toujours aussi détaché, il ajouta qu'il avait une femme de ménage.

— Elle vient pendant la semaine, précisa-t-il. Sinon, je fais tout, tout seul.

— Tout seul ! Ce n'est pas possible !

Son expérience de jardinière s'était limitée à un plant de tomate sur le rebord de sa fenêtre de cuisine, plant qu'elle avait tellement arrosé qu'il était mort du mildiou.

— Je vois que vous cultivez des piments... et des poivrons... et des concombres... Ah ! Et des haricots...

Elle s'approcha.

— Oh ! Des tomates aussi ! Je ne peux pas résister. Je peux vous en voler une ?

Elle croqua dedans.

— Mon Dieu, qu'elle est bonne ! Le goût des tomates d'autrefois ! Je peux vous en piquer une autre ?

Il ne sourit pas, ne manifesta aucune émotion, se contentant de faire oui de la tête.

— Je n'aurais jamais cru que vous ayez le temps de jardiner. Ni que cela vous intéresse.

Toujours aussi froid, – peut-être même agacé par ses commentaires –, il lui montra les coteaux de chaque côté de la finca. Ils s'étiraient sur des kilomètres, sans un village, sans une ferme, sans une maison.

— C'est vide à des kilomètres à la ronde. Je dois vivre en autarcie.

Ils revinrent vers la maison.

La main en visière sur le front pour se protéger du soleil de plus en plus bas sur l'horizon, elle le suivit sans rien dire.

Au loin, très loin, elle aperçut des bateaux.

— C'est un port ? Il y a une ville à côté ?

— Oui. Laredo. Mais ce n'est pas tout près.

— Vous êtes vraiment loin de tout, ici.

— Oui. C'est ce qui me plaît.

À son ton, elle sentit qu'elle l'agaçait. Mais tant pis, il avait accepté l'entretien, et elle avait la curiosité de ses auditeurs à satisfaire.

Il ouvrit enfin la maison.

Il faisait frais dans l'entrée. Les épais murs de pierre faisaient tampon entre la chaleur extérieure et l'intérieur.

— Vous venez souvent ici ?

— Quatre ou cinq soirs par semaine.

Elle s'arrêta pour regarder un portrait d'ancêtre accroché au mur.

— Pourquoi ? Vous préférez ?

Comparée aux appartements du palais, la finca était petite.

— Je suis seul. Je n'ai pas besoin de centaines de pièces. Ce qui compte pour moi, c'est la nature.

Il continuait d'avancer. Ils traversèrent la cuisine, puis le salon, jusqu'à de grandes baies vitrées. Celles-ci ouvraient sur une terrasse couverte d'où l'on apercevait la Méditerranée, d'un bleu souverain.

— J'ai acheté San Jorbo pour la vue et la proximité de la mer. J'aime nager et faire du bateau.

— Le petit chemin qui part, là, à droite, descend vers la mer ? Vous avez une plage privée ? Avec un ponton pour votre bateau ?

— Venez. Sortons.

Sur la terrasse, des vasques profondes débordaient de plantes exotiques. Il coupa une inflorescence fanée dans un des pots, tâta la terre autour de la plante.

— Elle manque d'eau... Oui, un bateau. Il me faut trente-cinq minutes pour aller en voiture à Laredo, mais je mets dix minutes en bateau.

Il se pencha pour examiner une autre plante mal en point.

— On voit que vous aimez la nature.

Pas de réponse. Ivo avait pris un sarcloir et émiettait méthodiquement la terre à la surface des vasques.

Elle vint s'asseoir sur le muret de la terrasse et posa son matériel à côté d'elle, les yeux sur son hôte.

La délicatesse de ses gestes étonnait chez cet homme grand et fort dont les muscles tendaient la chemise chaque fois qu'il se penchait. C'était un ex-athlète, cela se voyait à sa carrure impressionnante. Sa peau était bronzée, ses cheveux bruns striés de mèches dorées, probablement décolorées par le soleil et le sel lors de ses sorties en mer...

Une envie la prit. Une envie folle : plonger la main dans sa chevelure, l'attirer à elle.

D'où lui venait cette idée saugrenue ?

C'était son silence qui la perturbait, le mystère qu'il entretenait autour de lui, une manière comme une autre – peut-être – d'éloigner les autres et de s'imposer. Sa façon à lui, en tout cas

Finalement, la finca, les chiens, la nature, Ivo... Tout, ici, était intimidant. Jamais aucun entretien ne lui avait fait cet effet. Avec lui, rien n'était facile. Il était aussi distant que sa maison était loin de tout, ce qui n'était pas peu dire.

— Je crois que ce sera bon pour aujourd'hui, déclara-t-elle. On poursuivra demain.

Il s'arrêta de gratter la terre, la regarda. Elle le regarda, elle aussi.

Moment étrange. Sans une parole. Juste leurs yeux qui ne se lâchaient pas. Et son cœur de fille émotive qui battait comme un fou.

Avec ses airs absents, il lui donnait envie de vraiment le connaître. De savoir ce qui se cachait sous son apparente indifférence, sous cette froideur qu'elle avait prise au départ, pour de la suffisance et qui le lui avait rendu franchement antipathique.

— J'ai toujours vécu à Londres. Je n'ai jamais habité dans un coin aussi reculé.

Elle s'arrêta de parler. Elle avait le chic pour en dire trop et le regretter ensuite. Ce fut lui qui la relança.

— Et qu'en dites-vous ?

— Je pense que j'aurais beaucoup trop de temps pour penser, justement.

Il vint s'asseoir près d'elle. Tous les deux dos à la mer, lui, les coudes plantés dans les cuisses et la tête tournée vers elle, ils se regardaient.

— Vous n'êtes pas obligée de rester ici, vous savez. Je ne vous retiens pas.

Le ton n'était pas aimable, seulement courtois. Il ne lui demandait pas de s'en aller. Simplement, il la libérait.

Oubliait-il que c'était elle qui avait demandé cette interview ? Elle s'apprêtait à le lui rappeler, quand il enchaîna.

— Le confort de la *finca* est sommaire.

D'un geste de la main, il montra la maison.

— C'est basique, je sais. Mais ça me plaît comme ça. En revanche, je comprends que ça puisse rebuter certaines personnes.

La maison était simple, en effet, et jolie. Pierres blanchies par le soleil, volets bleus décolorés eux aussi, des étendues sauvages, des terrasses domestiquées, un potager, des fleurs. La finca, dans son apparente simplicité était en harmonie avec la nature sauvage environnante.

— En tout cas, moi ça me plaît, s'exclama-t-elle avec un enthousiasme qui la surprit elle-même. Et si vous êtes d'accord, je reste.

— À cause du podcast ?

Avec ses autres interviewés, elle livrait quelques détails de sa vie pour jouer la copine et les mettre en confiance. La ruse fonctionnait. Toute distance abolie, rassurés, ils se racontaient. Avec Ivo, cela ne faisait aucun doute, mieux valait qu'elle s'y prenne autrement. Pourquoi ne pas être franche, tout simplement ?

— Oui, pour mon émission… Et aussi pour moi. Je sens qu'un court séjour ici me fera du bien. Cette semaine ne m'a pas épargnée. Voir les photos de mariage de mon ex m'a fait remonter des souvenirs que je préfère refouler.

Et voilà ! Une fois de plus, elle avait trop parlé. Il n'allait pas manquer de lui poser des questions.

Elle courba le dos, attendit.

— Je crois que vous avez raison. Un peu de temps ici vous fera du bien. San Jorbo est l'endroit idéal pour panser ses plaies.

Ouf ! Pas d'interrogatoire ! Elle pouvait respirer !

Ivo, en revanche, semblait regretter d'en avoir trop dit.

Elle en profita.

— Vous venez… vous guérir ici ?

Il haussa les épaules.

— J'aime la solitude, elle me laisse du temps pour penser. Il y a beaucoup trop de bruit en ce monde. On sous-estime les bienfaits du silence.

Elle aurait aimé acquiescer, mais franchement ça lui était impossible. Elle ne pouvait pas passer une journée sans voir du monde, papoter. Le silence la paniquait.

— Vous savez quoi ? Je me rends compte que je n'ai jamais vécu seule.

— Jamais ! ?

L'étonnement d'Ivo, l'intérêt qu'il semblait soudain lui porter la surprirent. Elle le regarda.

Aïe, aïe, aïe, il était magnifique ! Au mariage d'Alice, elle l'avait trouvé très chic et très beau, mais elle avait encore Dan dans la tête.

Elle sauta du muret pour caresser Paco et Lore.

— Ça peut vous sembler bizarre, mais c'est vrai. Je suis passée des bras de ma mère à ceux de mon ex. Nous étions encore à l'université quand j'ai emménagé avec lui. Ensuite, quand on a rompu, je suis retournée chez ma mère, pas trop longtemps. On s'entend bien, mais il ne faut pas que ça dure. Il paraît que je suis très désordre. C'est ce qu'elle dit. Maintenant, je vis avec une coloc…

Elle se tut. Ivo n'avait pas besoin de savoir à quel point elle était brouillonne. C'était sa coloc qui le disait.

— Pardon, je parle beaucoup de moi. Dites-moi plutôt, à part le jardin, la natation et le bateau, que faites-vous ?

Ivo allongea les jambes devant lui.

— Ça a duré combien de temps, avec votre ex ?

— Dix ans.

Il fit la moue.

Pas étonnant, tout le monde réagissait toujours comme lui. Et ensuite, on la plaignait.

— Vous êtes toujours amoureuse ?

Prise de court et troublée par le regard qu'il portait sur elle, elle se mit à bafouiller.

— Non... Je ne l'aime plus, mais... Comment dire... Il me... Je suis triste de ne plus le voir. Nous étions bons amis.

Il se leva – se déplia plutôt, tant il était grand – et s'approcha d'elle.

— Les amis ne font pas de mal comme il vous en a fait.

— C'est notre relation qui avait changé. Ce n'est pas sa faute.

— Ni la vôtre.

Punaise ! C'était qui l'intervieweur ?

— Ce n'est pas ce que je dis.

— Vous méritez mieux, Toni. Vous quitter après dix ans sans explications, sortir avec une autre fille quelques jours plus tard, et l'épouser dans la foulée sans avoir la décence de vous le dire. Vous méritez vraiment mieux que ce... type !

Elle recula, scruta son visage.

— Comment savez-vous tout ça ? C'est Alice ?

Mini-haussement d'épaules.

— Non ? Alors, c'est Kara. Pourquoi vous a-t-elle raconté mes malheurs ?

Très en colère, elle se reprit.

— Et puis non, ne me dites rien ! Pas besoin que vous vous apitoyiez.

Il croisa les bras, sembla la narguer.

— Tant mieux, parce que je n'en ai pas l'intention. Maintenant, venez, je vais vous montrer votre chambre. Et pendant que vous irez vous baigner, je préparerai le dîner.

Il la précéda dans la maison, prit sa valise dans le hall, longea un petit bout de couloir et entra dans une chambre. La valise posée près du lit, il se tourna vers elle.

— Bon bain.

Après avoir écouté les cours de Bourse de New York et adressé un courriel à son équipe nord-américaine, Ivo soupira.

Non, il n'allait pas, une fois encore, regarder dehors !

Toni avait mis son bikini noir et argent à sécher dans le jardin, sur une branche d'olivier. Et, c'était plus fort que lui, son regard était comme aimanté par ces petits triangles de tissu.

Son bain terminé, elle était remontée à la *finca*, une serviette nouée au-dessus de la poitrine et ses cheveux mouillés épinglés sur le sommet de la tête.

Nue sous son drap de bain !

Debout dans la cuisine en train d'émincer un poivron, lui, d'habitude si détaché, il avait failli se trancher le pouce.

Il n'était pas sorti avec une fille depuis des mois. Cette abstinence expliquait-elle qu'il ne parvienne pas à la quitter des yeux ? Pendant tout le dîner, il l'avait regardée jouer avec la mie de main qu'elle s'amusait à émietter sur la table. À la fin, son toc les avait fait rire aux éclats. Ce qui les avait décrispés. Ils en avaient besoin. Il régnait une certaine tension dans la *finca*.

Pendant ce dîner, il avait répondu aux questions qu'elle lui posait sur Monrosa, son histoire, sa géographie. Il avait même fini par lui dessiner une carte de l'île en soulignant les coins secrets qu'il fallait qu'elle voie.

À la fin du dîner, Toni s'était excusée pour appeler sa mère et Alice. « J'en ai pour deux secondes », avait-elle dit.

Il y avait au moins une heure de cela.

Les deux chiens, l'un allongé sur le canapé, l'autre en rond sur un coussin, dressèrent l'oreille et grognèrent.

Toni se tenait à la porte du salon dans une robe-crayon turquoise qui lui arrivait à mi-cuisses.

Superbe.

— Ah, vous êtes là ! Je me demandais où vous étiez passé.

Alice vous dit bonjour. Luis et elle ont une soirée, demain soir. Ils proposent qu'on se joigne à eux.

— Vous savez que je n'aime pas sortir. Mais rien ne nous empêche de demander une voiture pour vous.

Faisant mine de croire qu'il plaisantait, elle rit et lui demanda si c'était un prétexte pour ne pas sortir avec elle.

— Je sais que je parle beaucoup et que je pose trop de questions, ajouta-t-elle. C'est une sale manie et une habitude qui me vient de mon ancien métier de productrice. Mais, promis juré, je peux arrêter... Enfin, je peux essayer.

Nouvel éclat de rire. D'elle seulement.

— Vous pensez que vous m'agacez ?

— Un peu... Mais...

Elle s'esclaffa.

— Vous m'impressionnez. Sans rire ! Mais je crois comprendre que c'est une image de vous que vous aimez entretenir : « La Machine », impénétrable.

Cette fois, ce fut lui qui rit.

Depuis qu'il avait quitté l'univers de l'aviron où la rudesse était de mise, histoire d'impressionner les compétiteurs, il vivait dans un monde où, au contraire, on s'aplatissait devant lui.

— J'insiste, dit-elle. Pourquoi n'aimez-vous pas sortir ?

— parce que les conversations de salon m'ennuient.

Elle le regarda un instant puis fixa les toiles et les pinceaux posés sur la table derrière lui.

— Vous peignez ?

Il hocha la tête, vaguement gêné.

Peindre était son échappatoire, une facette de sa vie qu'il ne voulait partager avec personne.

Tout petit déjà, il aimait créer, peindre. Sa mère l'avait encouragé dans cette voie tandis que son père dénigrait son penchant pour le dessin et la peinture, estimant qu'il y avait mieux à faire. Après le décès de sa mère, il s'était mis à peindre des petits soldats de plomb. La précision et la concentration que demandait ce travail l'apaisaient, mais son père était intervenu et l'avait envoyé en pension. Quand il était revenu à la maison à la fin du premier trimestre, son matériel de peinture avait été fichu à la poubelle, et son père avait décrété qu'il n'avait plus le droit de passer du temps seul dans sa chambre. Ensuite, dans son club d'aviron, on se moquait de lui, on le surnommait Rembrandt. pour éviter les plaisanteries pas toujours bienveillantes de ses coéquipiers, il avait posé ses pinceaux, et personne ne savait qu'il avait recommencé.

— Je m'apprêtais à sortir les chiens, dit-il pour se donner une contenance.

Toni s'approcha, souleva la feuille de papier de riz sur laquelle il avait travaillé la veille.

— C'est beau, ce que vous faites. Où avez-vous appris ?

— Il y a quelques années, à New York, j'ai vu une exposition de dessins à l'encre de Chine d'un artiste de Shanghai. J'ai décidé d'essayer.

— J'aimerais essayer, moi aussi.

À la fois emballé et freiné par son enthousiasme, il hésita.

— L'encre est indélébile. Si vous tachez vos vêtements...

Elle lissa sa robe sur ses hanches et rit, l'air emprunté.

— Vous devez me trouver endimanchée ! En fait, je pensais séjourner au palais. C'est pour cela que je n'ai pris que des tenues habillées. Mais tant pis, j'ai vraiment envie d'essayer. Je vais faire attention.

— Attendez, je vais tâcher de vous trouver quelque chose de moins fragile.

Il alla chercher dans son armoire un T-shirt brodé d'un logo de son club, qu'elle enfila.

— Vous deviez être fier de représenter votre pays en sport.

— Ce sont les Monrosiens qui ont été fiers. C'était la première fois qu'on gagnait une médaille d'or dans une compétition internationale.

Il approcha une seconde chaise de la table, prit deux feuilles de papier de riz et des pinceaux, et il s'assit à côté d'elle.

— Ça doit vous manquer, l'aviron.

— Non, pas spécialement. Entre les entraînements et les déplacements, les avions, les hôtels, je n'avais plus de vie à moi.

Elle regarda par la fenêtre les champs d'oliviers à perte de vue, sur lesquels la lune répandait une lumière blanche fantomatique.

— Drôle de parcours, déclara-t-elle. Cela doit vous faire bizarre d'être passé de ce monde-là à... À celui-ci.

Il tripota la fine touffe de poils de blaireau du pinceau qu'il tenait.

— Franchement, non. Cette vie-ci me convient mieux.

— Pourquoi ne pas avoir arrêté plus tôt, alors ?

Il y avait songé. Plus d'une fois.

— Je voulais remporter l'or.

— Pour vous ?

— Et pour les autres.

Il voulait montrer à son père et à ses frères qu'il n'était pas que ce garçon mutique qui les irritait tant.

— Plongez doucement le pinceau dans l'encre et tracez des formes sur votre papier.

De son côté il se mit à dessiner des signes, lui montrant comment, en appuyant plus ou moins fort, cela créait des formes différentes.

Elle plissa le nez.

— Je n'y arrive pas.

— Je vais vous aider.

Il posa la main sur la sienne et la guida.

— Laissez aller. Ne réfléchissez pas. Ressentez.

Quand il ôta sa main, il se rendit compte qu'elle détournait les yeux.

Avait-elle perçu elle aussi ce qu'il avait ressenti ?

— Toni...

Elle lui rendit son regard. Ses grands yeux noirs avaient changé d'éclat. Ils étaient voilés.

— C'est...

Il attendit.

Visiblement incapable de formuler une phrase, elle inspira profondément.

— C'est compliqué, dit-elle.

Elle caressa la feuille de papier.

— Je suis ici pour mon travail. Sachez que, à part ce que j'enregistre, rien ne sortira d'ici. Tout est *off*. Vous me faites confiance, au moins ?

Il faillit s'esclaffer.

Elle l'ignorait sans doute, il ne faisait confiance à personne ou presque. Il avait compris très tôt que, en cas de besoin, les gens vous trahissent dès que cela sert leurs intérêts.

— Vous avez produit des films. C'est ce que vous m'avez dit. Pourquoi des podcasts, maintenant ?

À part des bribes de conversations surprises entre Kara et Alice, il ne savait pas grand-chose d'elle. Allait-elle accepter de lui parler de son passé ?

Elle fit la moue, resserra sa queue-de-cheval.

— Quand Dan m'a quittée, j'ai démissionné de la société de production où nous travaillions tous les deux. Je me suis mise à mon compte, et j'ai décroché un premier contrat d'une agence de pub avec laquelle je travaille toujours, en free-lance.

Elle soupira.

— Au début, j'ai regretté mon ancien boulot, mais aujourd'hui j'adore ce que je fais. Je suis curieuse – pas fouille-poubelle – hum, pardon ! J'aime les gens, j'aime les entendre cheminer dans leur histoire. Il y a beaucoup à apprendre des autres, vous savez.

Elle soutint son regard.

— Si les gens voulaient bien essayer de se comprendre eux-mêmes, le monde n'en serait pas là aujourd'hui...

Elle se tut. Pas longtemps, elle en était incapable.

— Je dis ça, mais parfois je m'en veux de trop parler. J'ai tendance à en dire trop. Je suis comme ça, une bavarde impénitente. Je l'ai toujours été. Quand j'étais plus petite, maman me disait tout le temps : « Tais-toi donc un peu. Tu parles pour entendre le son de ta voix ».

— Pas très gentil.

— Non. J'étais un cauchemar en classe. Je sais que trop parler n'est pas toujours recommandé. Je le dis... Et regardez ce que je fais en ce moment !

Elle éclata de rire, les yeux brillants.

Il ne rit pas. Il sentait les battements de son cœur redoubler. L'air semblait se raréfier dans la pièce.

Pourquoi n'avançait-il pas la main pour prendre la sienne ? C'était facile, il venait de la lâcher. Et pourquoi ne se rapprochait-il pas d'elle ?

— Je suis désolé qu'il vous ait fait tant de mal.

— Quand il m'a quittée, j'ai eu un gros choc, l'impression

qu'un rouleau compresseur me passait sur le corps. Il est vrai que notre relation avait changé. D'amants, nous étions devenus des amis. On riait beaucoup ensemble, mais ça ne suffisait pas. Une nuit où je n'arrivais pas à dormir, je suis sortie du lit. J'ai écouté un podcast sur une chanteuse qui racontait comment son mariage avait capoté. Elle regrettait de pas avoir rompu avant, mais elle avait eu peur de se retrouver seule…

Toni prit un pinceau encore plus fin, le plongea dans la bouteille d'encre et poursuivit, presque à voix basse.

— J'ai pris conscience cette nuit-là que le seul fait d'imaginer que je quittais Dan me terrorisait. Alors, le quitter pour de bon… Je savais que je n'étais pas heureuse, mais la peur de l'inconnu… J'aime la sécurité.

Elle était désarmante. Sa beauté, sa franchise, son naturel, et cette complicité qu'il sentait naître entre eux…

Sans réfléchir, il passa un bras sur ses épaules et lui embrassa les cheveux.

Attention ! À quoi jouait-il ? C'était dangereux. Le séjour de Toni chez lui ne devait pas déborder d'un plan strictement professionnel. Elle méritait qu'il soit franc envers elle. Il ignorait ce que les jours à venir leur réservaient, mais il voulait qu'elle sache exactement ce qu'elle pouvait attendre de lui.

Il recula et se leva.

— Quant à moi, je ne suis pas quelqu'un qui entretient facilement des relations avec les autres. J'aime mon indépendance, et vivre seul.

Elle haussa les épaules avec un faible sourire.

— Compte tenu de mon expérience désastreuse avec Dan, je fais ce que je peux moi aussi pour apprendre à me suffire à moi-même.

Il lui sourit en retour.

— Il va y avoir un feu d'artifice à Laredo parce que c'est la semaine de la *feria*. Je vais promener les chiens avant qu'il ne commence.

Toni se tourna vivement sur sa chaise.

— Je vous accompagne.

Il fit non de la tête. Il avait besoin d'être tranquille.

— Restez là et peignez.

Il siffla les chiens en faisant semblant de ne pas voir qu'elle était déçue.

Quelque chose lui disait qu'il commençait à apprécier sa compagnie. Entre ce ressenti et le fait qu'il commençait à la désirer, il n'y avait qu'un cheveu.

4

Des filets de lumière filtraient par les lames des volets clos. Dehors, les chiens aboyaient furieusement.

D'un coup de pied, Toni repoussa le dessus-de-lit. Intriguée par le bruit, elle ouvrit les baies vitrées et les volets qui donnaient sur la terrasse, et elle sortit.

Le soleil brillait déjà fort. La pierre déjà chaude lui brûla les pieds.

Clignant des yeux, elle tendit l'oreille.

Les aboiements provenaient de la plage.

Un problème ? Les chiens ? Ivo ?

Prenant ses jambes à son cou, elle descendit.

Paco et Lore couraient dans le sable et aboyaient aux vagues qui déferlaient à leurs pattes.

Ils aboyaient de plus en plus fort. C'était inquiétant. Était-ce Ivo qui était en difficulté ?

La main en visière, elle scruta la mer. Ne voyant personne, elle s'affola.

Elle scruta une dernière fois la mer avant de courir chercher le gardien, quand elle vit un bras se lever, puis un autre. Puis des pieds qui éclaboussaient l'eau.

C'était Ivo.

D'émotion, elle tomba assise dans le sable.

Mon Dieu ! Comme elle avait eu peur !

— Gentils, les chiens, dit Ivo en sortant de l'eau.

Un doigt de leur maître en l'air, Lore et Paco se turent sur-le-champ.

Elle se leva.

Ivo était magnifique dans son short de bain porté bas sur les hanches, qui faisait ressortir la minceur de sa taille. Sa poitrine était une cascade de muscles, ni trop ronds ni trop plats, comme une succession de vagues sous une peau bronzée à faire pâlir d'envie les accros aux cabines de bronzage.

C'était un péché, un corps aussi parfait. Un crime ! Comment respirer normalement, maintenant qu'elle le voyait presque nu ? Comment ignorer cette envie de passer la main dans le fin duvet de sa poitrine ? Comment ne pas fantasmer ?

— Ils vous ont réveillée. Je suis désolé.

Remarquant le regard qu'il portait sur sa tenue, elle remonta la bretelle de son haut de pyjama et tira sur son short.

— J'ai eu peur qu'il ne soit arrivé quelque chose, répondit-elle, gênée d'être vue dans cet ensemble un peu intime.

Il hocha la tête.

— Ils deviennent fous quand je me baigne. Merci de vous être dérangée, ajouta-t-il avec un sourire d'ange.

Pétrie d'émotion, elle lui rendit son sourire.

Dire qu'elle avait devant elle le prince Ivo presque nu ! Une chance incroyable. Il fallait qu'elle savoure chaque seconde de la présence, qu'elle mémorise chaque détail de son corps, chaque sourire, chaque regard... Ces souvenirs seraient des trésors dans les mois et les années à venir. Ce week-end garderait toujours un goût de nostalgie.

— Je pourrai vous interviewer, ce matin ?

Il alla prendre une serviette sur un des transats ouverts sur le sable.

— Je dois travailler. Le samedi, je réponds aux messages que j'ai reçus et je fais mon administration. Pourquoi ne profiteriez-vous pas de la plage ? Dans la cahute, là-bas, il y a des tas de choses à grignoter et à boire. Servez-vous.

Elle ne dit rien mais traduisit : il avait trouvé un prétexte pour échapper à un nouvel entretien.

Il fallait qu'elle en prenne conscience, elle ne pourrait pas travailler avec lui comme avec ses interviewés précédents. Il était fermé comme une huître. Il ne lui fallait s'adapter à son caractère pas facile.

— Attendez. Si on passait un marché ? Pas d'interview jusqu'à lundi, mais vous traînez avec moi les deux jours qui viennent.

— Pardon ? Traîner ?

— Je veux dire qu'on passe du temps ensemble. On va à la plage, on nage, on bavarde, bref, on apprend à se connaître. On se dore au soleil.

Il ne la quittait pas des yeux.

— Votre peau est trop fragile pour l'exposer directement au soleil. Protégez-vous. Il y a des parasols dans la cahute.

Cette voix suave pour évoquer la fragilité de sa peau...

Elle rougit, et son estomac se mit à gargouiller, comme toujours lorsqu'elle était nerveuse.

— Les crèmes solaires ne sont pas faites pour les chiens, rétorqua-t-elle

Son ton effronté dut amuser Ivo, car il éclata de rire.

Allons, le cas n'était peut-être pas désespéré.

— Ce serait bien que vous restiez. Vous pourrez me tartiner aux endroits que j'ai du mal à atteindre.

Le courant qu'elle avait déjà senti passer entre eux la fit frissonner. Leur échange prenait une tournure qu'elle n'avait pas prévue. Ils dérivaient vers une sorte de flirt qui ne disait pas son nom.

Étonné et amusé, il la regarda.

— Si je dois renoncer à travailler aujourd'hui, il faut que cela en vaille la peine. Ça ne sera pas pour me prélasser au soleil sur la plage.

Sur ces mots, il s'en alla vers le sentier qui remontait vers la *finca*.

— Eh, attendez-moi. Que cela en vaille la peine ? Qu'est-ce que vous voulez dire ? l'interpella-t-elle.

Il ralentit.

— Je vais appeler le magasin d'articles de sport pour faire livrer ce qu'il vous faut. Dans une heure, tout sera là. On partira aussitôt après, pour ne pas marcher durant les heures les plus chaudes.

Marcher ! Il faisait déjà un soleil de plomb ! Et puis, la randonnée et elle…

Sa serviette sur l'épaule, Ivo avalait le sentier comme s'il avait été en descente. Évidemment, avec ses grandes jambes… Elle ne réussirait jamais à le suivre.

L'idée qu'elle se faisait d'une grande marche était, à tout casser, les dix minutes qu'elle mettait pour se rendre de chez elle à l'arrêt de bus le plus proche.

Quel ennui ! Il fallait qu'elle parvienne à le convaincre que son idée n'était pas bonne.

Mais pour le lui dire, il faudrait qu'elle le rattrape.

Le voir avancer devant elle n'était pas déplaisant. Il était souple, avec une carrure d'athlète et une démarche élastique. Son dos était musclé, large aux épaules et descendant en V vers les hanches. Les fesses étaient rondes et hautes. Bien fermes. Un spécimen magnifique, assurément ! Un homme à faire rêver…

Comment se comporterait-il au lit ? Serait-il doux, brutal, exigeant ? Aurait-elle un aperçu de sa vraie personnalité, celle qu'il s'ingéniait à cacher au monde ? Révèlerait-il l'homme qu'il était vraiment ?

À la vue du serpent, Toni poussa un cri perçant qui déchira l'air.

Ivo se retourna et se précipita vers elle.

Elle agita le bras frénétiquement.

— Un serpent ! Il vient de traverser le sentier. Il est parti par là.

Il scruta l'endroit qu'elle pointait du doigt.

— Les serpents sont utiles. Ils contribuent à l'équilibre de notre écosystème.

L'écologie ! À tort peut-être, elle s'en fichait.

Elle le bouscula et partit en rouspétant. Après une dizaine de mètres, elle s'arrêta et se retourna.

— Ça fait des heures que l'on marche. Vous m'aviez promis que ce ne serait pas long !

Agacée, elle tourna la vieille casquette de base-ball qu'Ivo lui avait donnée pour se protéger la tête.

— Cela fait moins d'une heure. Et, regardez ! La vue en vaut la peine, non ?

La main dans l'encolure de son T-shirt, elle ronchonna, en nage.

— C'est trop serré ! Ça me donne chaud.

Quand le coursier avait livré les vêtements du magasin de sport, elle avait tout de suite vu que rien n'était à sa taille, et elle l'avait dit. Mais Ivo n'avait pas relevé, et maintenant elle était obligée de porter ce T-shirt et ce short qui moulaient à coup sûr ses rondeurs féminines.

Il lui tendit la gourde qu'il venait de sortir de son sac à dos.

— Tenez ! Mais je crains que ce ne soit pas un *Paradise City* !

En plus, il se moquait !

— Je ne l'aurais pas bu, l'alcool déshydrate, rétorqua-t-elle.

Elle avala une gorgée d'eau.

— Quand je pense qu'on pourrait être en train de déjeuner dans un restaurant climatisé ou, encore mieux, allongés sur la plage...

— C'est sûr ! Mais vous ne verriez rien des coins secrets de Monrosa que vous avez tellement envie de découvrir, selon ce que vous m'avez dit hier soir.

Elle haussa les épaules.

— Bon, dit-il. Il vaudrait mieux avancer si on veut retrouver Paco et Lore. Avec vos cris, ils ont eu peur et se sont enfuis.

Se sentant coupable, elle partit devant et les retrouva, allongés à l'ombre d'un pin géant.

— Pardon de vous avoir effrayés, gentils toutous, dit-elle se penchant pour les caresser.

Hum ! Ce short était vraiment trop serré.

Ivo arrivait, regardant ailleurs.

— Bien, on avance, dit-il. Mais, dites-moi, y a-t-il d'autres animaux qui vous font hurler aussi fort ? Les lézards, les araignées ? De grosses araignées, noires et velues, prennent des bains de soleil tout le long de la côte... C'est une spécialité de Monrosa !

Il se moquait. Vexée, elle faillit lui tirer la langue.

— Vous vous moquez de moi, c'est ça ? Qui aurait cru que La Machine avait le sens de l'humour ?

— Je réserve mes plaisanteries à mes proches. Mes *très* proches.

— En ce cas-là, je suis flattée. Mais qui sont-ils, ces gens proches de vous ? Parlez-moi de votre réseau.

Ivo fit semblant de se concentrer sur la passerelle en bois qu'ils allaient emprunter pour franchir le ruisseau qui descendait vers la mer.

— Mon réseau...

Elle crut qu'il allait changer de sujet, mais non.

— Me croirez-vous, dit-il d'un ton bougon, si je vous dis que je n'ai aucune attache avec personne ? J'aime autant me débrouiller seul dans la vie. Je n'ai pas de réseau, et je n'en éprouve pas le besoin.

Puis il se remit à marcher devant elle, un peu plus vite.

Il semblait contrarié. Qu'avait-elle dit qui l'agaçait ?

Piquée dans la curiosité, elle le rattrapa. Elle voulait le comprendre.

— Ivo ! Vous savez que j'admire votre capacité à vivre seul. J'aimerais, comme vous, me suffire à moi-même.

Il haussa les épaules.

— Vous êtes bien la première personne à me dire ça !

— C'est vrai, je trouve qu'il y a beaucoup de mérite à vivre sans s'entourer, et à se trouver bien dans sa peau dans la solitude que l'on a choisie. Dans le passé, je courais après le bonheur, je le cherchais partout, dans les mondanités, le travail, avec Dan. Sauf en moi. Je m'affirmais de cette façon alors que, en fait, je n'avais pas confiance en moi. C'est pathétique, non ?

Il s'arrêta, la regarda.

— J'aurais voulu être plus ferme, ajouta-t-elle. Prendre la vie pour ce qu'elle est, ne pas lui en demander trop. Vous voulez que je vous dise ? Je voudrais être comme vous.

Il se passa la main dans les cheveux.

— Non. Restez comme vous êtes. Moi, je me suis battu pour m'accepter. Vers douze, treize ans, on me comparait tout le temps à mes frères. Les gens se demandaient pourquoi je n'étais pas comme Luis, avec une cour autour de moi. Ou comme Edwin, le brillant Edwin. Avec le temps, j'ai fini par admettre que j'avais le droit d'être différent.

Il ne marchait plus, il la regardait. Avec une telle insistance qu'elle se troubla.

— Soyez honnête envers vous-même, Toni. Vous avez des atouts, servez-vous-en. Ma façon de voir la vie… comment dire ? Ce n'est pas celle qui convient à tout le monde. Moi, j'ai besoin de ma bulle. De me concentrer. Ce n'est pas pour rien que je me suis lancé dans les finances… Il faut du calme pour analyser les faits avant d'investir, et je suis obsédé par les chiffres. Vous, vous êtes une étoile montante dans le monde des podcasts. Vous pensez que vous devez votre réussite à votre sensibilité à fleur de peau. C'est vous qui le dites. Moi, je dirais à votre empathie.

Elle éclata de rire.

— Une étoile montante ! Comme vous y allez ! Et qui vous a dit ça ?

— Kara. Et j'ai écouté vos précédents podcasts. Je voulais savoir où je mettais les pieds.

— Et alors, vous en avez pensé quoi ?

Il reprit sa marche. Elle lui emboîta le pas.

— Que vous faites du bon travail. Votre personnalité passionnée transparaît dans vos interviews. Vous êtes chaleureuse, extravertie, cela se sent. Ne vous flagellez pas. Acceptez-vous telle que vous êtes. Comme je viens de vous le dire, soyez honnête envers vous-même.

Pourquoi parlait-il si bas, sur le ton de la confidence ? Elle avait presque l'impression qu'il lui faisait l'amour avec sa voix.

Il se tourna vers elle, lui remit sa casquette à l'endroit et lui effleura la joue avec un doigt tout en la dévisageant.

Avec les yeux aussi, il lui faisait l'amour. Son regard était si tendre… Le regard qu'elle imaginait chez un homme amoureux. Vraiment amoureux. Pas comme Dan, qui ne l'avait en fait jamais aimée.

Il se pencha pour ramasser une pierre, se redressa.

Croyant qu'il allait l'embrasser, elle retint son souffle… Mais non.

— Vous voyez, en bas, c'est Almijara.

Sous le choc, elle souffla.

— Ah oui. C'est joli, répondit-elle à la hâte.

— C'est un village qui se mourait et que des familles ont fait renaître. Elles ont rénové les maisons abandonnées et se sont installées. On a ouvert une épicerie, un restaurant et d'autres petites boutiques... Les touristes affluent maintenant. C'est une résurrection. Juste un hic, il n'y a pas d'école.

— Pourquoi avait-on déserté les lieux ?

— À cause d'un glissement de terrain. Les villageois se retrouvaient coupés du monde. Ils ne sont jamais revenus.

Ils continuèrent à marcher sur le chemin qui descendait vers le village. Elle avait les jambes en compote. Elle n'en pouvait plus.

— Ivo !

Au niveau de la première maison, derrière un mur de pierre bas, une femme d'âge mûr venait de se lever.

— Ah, Carmen ! Toni, je vous présente Carmen. Vous devriez l'interviewer, elle vous parlerait mieux que moi de l'histoire de ce village. Elle est à l'origine du renouveau d'Almijara. Tu y es née, n'est-ce pas Carmen ?

— Oui, mais c'est grâce à Ivo que ce projet a vu le jour. il a généreusement contribué financièrement à la reconstruction.

— Intéressant, déclara Toni.

— Et ce n'est pas tout, déclara Carmen. Le prince Ivo...

Ivo s'éloigna pour faire boire ses chiens, les laissant bavarder toutes des deux.

Après avoir salué la vieille femme, Toni rejoignit Ivo.

— Pourquoi avez-vous soutenu ce projet en particulier, Ivo ?

— Parce que la campagne se meurt. Il y a encore cinquante ans, Monrosa était une île essentiellement rurale. Mais peu à peu les villages se sont vidés, surtout ici, au nord de l'île. À ce rythme-là, nous aurons bientôt perdu toutes nos traditions, notre culture.

Le soleil était maintenant au zénith. La chaleur devenait intenable, même sous la casquette, trop grande pour elle qu'Ivo lui avait prêtée. Si ses chaussures de marche étaient de la bonne pointure, en revanche, son haut et son short, lui collaient à la peau.

En bas, encore loin, la mer lui faisait les yeux doux.

— Si on allait se baigner ? hasarda-t-elle.

Ivo haussa un sourcil interrogateur.

— Vous avez pris votre maillot de bain ?

— Non, mais je peux me baigner en culotte. Vous y voyez un inconvénient ? Rien ne l'interdit, si ? Qu'en dit le protocole princier ?

— Le prince Ferdinand a passé au XVIIe siècle une loi autorisant les bains, nus. Donc, libre à vous.

Elle remarqua son sourire coquin.

À quoi pensait-il ? Quelle idée fantasque lui passait par la tête ? Le prince Ivo semblait réservé comme ça, en surface, mais sous le vernis il semblait accumuler des tonnes de testostérone !

Ils continuèrent leur descente. Les muscles de ses cuisses, en feu, la faisaient souffrir pire qu'à la montée. C'était un supplice qu'il lui infligeait.

Fatiguée mais le suivant sans rien dire, elle réfléchit.

Pourquoi offrait-il au monde un visage fermé, une image de lui qui le desservait ? Personne ne pouvait se douter de son empathie, de l'humour qu'il cachait. Peut-être, en forçant un peu son talent, réussirait-elle à le dépapilloter ?

Mais fallait-il insister ou lui ficher la paix ?

Elle accéléra le pas pour arriver à sa hauteur.

— Pour quelqu'un qui est aussi renfermé que vous, et qu'on a baptisé la Machine, je vous trouve plutôt gentil et tourné vers les autres.

Pas de réponse.

— J'ai compris que vous avez aussi financé la plantation des oliviers d'Almijara et que le produit de la cueillette ruisselle sur la collectivité. Pourquoi faites-vous tout ça, Ivo ? Pour vous faire aimer ? Pour tout contrôler ? Pour dominer ?

Il but une longue gorgée d'eau puis remit la gourde dans son sac à dos et continua à marcher.

Sans un mot. Sans un mot. Sans un mot.

Exaspérée, elle brisa le silence.

— Vous n'êtes vraiment pas bavard !

— Pardon, je pensais à ce que vous venez de dire. Vous avez peut-être raison.

— Et donc ?

Pas de réponse.

Le silence s'éternisant, elle éclata de rire.

— Vous êtes décidément impossible.

Pourquoi riait-elle ? Elle n'en savait rien elle-même. Il y avait chez Ivo une capacité à rester silencieux, à accepter ce qui se disait sans chercher à argumenter, ce qui était rafraîchissant, comparé au besoin qu'elle avait de parler tout le temps.

De retour à San Jorbo, ils empruntèrent un petit chemin qui aboutit à une plage privée.

Oh ! En fait, vous aviez tout prévu !

Un plaid ouvert sur le sable et une glacière les attendaient, et aussi un jet-ski qui se balançait au gré d'une petite houle.

Ivo eut un mince sourire, visiblement satisfait de son effet.

— Alors ? Toujours partante pour vous baigner ?

— Oui... Si vous vous baignez vous aussi !

Ivo inspira un grand coup puis souffla lentement.

Comment résister à ce regard suppliant ? À ce sourire charmeur ?

Quand Toni lui avait demandé s'il attendait quelque chose des autres, il avait répondu non sans hésiter. La vie était tellement plus simple quand il tenait les gens à distance. L'ennui, depuis qu'elle était là, c'était qu'il ne réfléchissait plus comme avant. C'était une pipelette, d'accord, mais elle était solaire, ouverte, et physiquement très séduisante. Au fil des heures, l'attirance qu'elle exerçait sur lui devenait de plus en plus obsédante.

Mais il y avait des choses qu'il voulait lui dire.

— Vous êtes encore blessée... Je ne veux pas que vous regrettiez quoi que ce soit de ce week-end.

Elle pointa le menton crânement.

— Vous savez, moi, ce que je veux, c'est m'amuser.

— Mais encore ?

D'un geste de la main, elle montra ce qui les entourait.

— Tout ça, c'est déjà pas mal ! Le soleil, une plage magnifique et une charmante compagnie. Que vouloir de plus ?

Elle posa sa casquette sur le plaid et commença à soulever son haut, découvrant une bande de peau très blanche.

— Alors, vous venez ?

Il ne bougea pas.

Elle laissa retomber son haut.

Comment ne pas fondre devant ce sourire malicieux ? Elle était diabolique.

N'hésitant plus, il enleva son polo.

Les yeux écarquillés, elle fixa ses pectoraux, ses abdominaux...

Croisant les bras, il attendit.

Elle hésita puis, d'un geste vif, enleva son haut.

Dessous, elle portait un soutien-gorge vert pâle et blanc en dentelle.

Le sang cogna à ses tempes, lui chauffa les reins. C'était presque douloureux. Il regarda Toni – ses jolis seins dans leurs bonnets de dentelle –, suivit des yeux les mouvements de ses doigts qui déboutonnaient son short, découvrant une petite culotte vert pâle assortie au soutien-gorge.

De plus en plus troublé, il inspira de nouveau profondément, tentant d'absorber le choc que lui faisait la vue de ce corps nu sous la dentelle vert pâle et blanche.

De nouveau, elle releva le menton et, mi-crâneuse, mi-défiante, lui sourit. Ses yeux noisette brillaient, débordant de désir et... amusés.

Il s'approcha.

Elle voulait jouir de la mer, du soleil, de la plage... De la vie. Lui aussi, finalement. Il était trop sérieux, trop dans le contrôle. L'énergie incroyable de Toni, sa spontanéité, son appétit de vivre lui faisaient subitement envie.

— Moi aussi, j'ai envie de m'amuser.

Il baissa la tête et, les yeux dans ses yeux, prit sa bouche.

Ses lèvres étaient tendres et tièdes.

En soupirant, il la serra contre lui. Elle le prit par le cou. Il approfondit son baiser. Il laissa ses mains courir sur son dos, descendre, caresser ses hanches, puis ses fesses. Quand il tira sur l'élastique de sa culotte, Toni commença à se tortiller, gémit, ondula contre lui.

Encouragé par ses gémissements, il faillit tout précipiter. Il allait la déshabiller et l'allonger là, sur le sable, pour lui faire l'amour.

Non ! Il perdait la tête. Il ne fallait pas.

Il réussit à reculer. Haletant, il enleva son short et, lui prenant la main, courut avec elle dans la mer.

Ils plongèrent, sortirent la tête de l'eau et s'embrassèrent. Riant comme des enfants, ils s'éclaboussèrent, plongèrent encore pour mieux s'embrasser en émergeant.

Mais ce n'était pas assez.

Ses cheveux mouillés plaqués en arrière, les yeux pétillants, brillant comme les reflets du soleil sur la mer, Toni était ravissante, infiniment désirable.

Il se pencha sur son visage, cueillit sur le bout de la langue les gouttes d'eau accrochées à sa peau et serra ses jambes autour de ses hanches.

Et il recommença à l'embrasser.

Cette femme avait le magnétisme d'un aimant. Son goût, son parfum, sa peau… Il était séduit, envoûté. Irrémédiablement attiré. C'était une sirène maléfique, et lui un prince ensorcelé par la magie de son chant. Il fallait qu'il résiste.

S'armant du peu de courage qu'il lui restait, il la posa sur ses pieds, la prit par la main et sortit de l'eau avec elle. Il déplia un drap de bain, le lui jeta sur les épaules et la sécha en la tapotant doucement.

Elle souriait, respirait le bonheur.

Ils tirèrent le plaid à l'ombre d'un arbre pour pique-niquer à l'ombre, grignotèrent, s'embrassèrent, picorèrent encore, se caressèrent, de moins en moins timides, de plus en plus curieux de l'autre, leur désir tempéré par le souci de ne rien brusquer, pour savourer avec lenteur le plaisir sexuel que leurs sens leur laissaient entrevoir…

Même si ce n'était que pour quelques jours volés à leur quotidien.

5

Toni lança une balle en l'air.

— Allez, Paco, attrape la baballe !

Mais, lassé de courir, Paco lui tourna le dos et partit rejoindre Lore au bord de l'eau.

Plus de chiens à amuser, et le jour qui baissait. Elle n'avait aucune raison de ne pas remonter à la *finca*.

Sauf une : elle avait peur de faire des avances à Ivo.

Elle n'arrêtait pas de penser à lui et à tous les plaisirs que son corps magnifique lui laissait entrevoir.

Tout à l'heure, sur le jet-ski, la tête collée contre son dos, dans le creux de ses épaules, la joue contre sa peau, elle l'avait empoigné par la taille et, dans l'exaltation de ce contact, avait failli le lâcher.

Plus tard, au dîner, elle s'était comportée comme une sotte, gauche, sur les nerfs, parlant bêtement pour ne rien dire, comme aurait dit sa mère. Elle avait dû l'horripiler avec son babillage.

Quand, enfin, il lui avait dit qu'il allait s'enfermer quelques heures dans son bureau pour travailler, elle avait d'abord été soulagée, mais, à la réflexion, elle s'était dit que c'était une fuite. Elle avait dû le lasser. Peut-être regrettait-il leur après-midi ?

Elle, elle avait adoré. L'émotion, la sensualité, ses regards tendres sous lesquels, lui avait-il semblé, couvait la passion, comment ne pas le voir avec des yeux émerveillés ?

De l'autre côté de la baie, un hélicoptère se posait, sans doute dans une propriété privée. Des voiliers croisaient au large. Il y avait beaucoup d'animation. Paco et Lore remontaient déjà vers la *finca*.

Elle ne pourrait jamais passer la soirée seule avec Ivo. Elle était trop perturbée. Il fallait qu'elle se remette les idées en place.

Arrivée en haut, elle alla tout droit frapper à sa porte.

Il n'était pas dans son bureau.

Elle longea le couloir et entendit du bruit dans la salle de gym.

Il était là, sur le rameur. Son short et son T-shirt bleu marine lui collaient à la peau. Les va-et-vient réguliers de ses gestes gonflaient les muscles de ses bras et de ses cuisses. Il était puissant.

Une pensée folle lui traversa la tête : aimerait-elle le sentir peser sur elle ?

Elle n'avait couché avec aucun homme depuis Dan. C'était sans doute le manque qui expliquait son excitation...

Le manque ? Ou le corps prometteur de ce bel athlète qui la poussait à imaginer des jeux érotiques auxquels elle n'avait jamais pensé jusqu'alors ?

D'un geste, elle balaya ces images. Souffla et, reprenant sa respiration, entra dans la salle de sport.

— Je suis épuisée rien qu'à vous voir.

Il ralentit deux secondes mais reprit vite le rythme.

— Ça vous dirait, un cours particulier ?

C'était exactement ce qu'elle détestait, cette espèce de flirt qui ne disait pas son nom.

— Il y a beaucoup d'animation sur l'eau, du côté de Laredo. Que se passe-t-il ?

— Federico, le chanteur, a une propriété à Laredo. Il donne une soirée tous les ans au moment de la feria.

— Federico ! J'avais le béguin pour lui quand j'étais plus jeune.

Cette fois, Ivo arrêta de ramer.

— Oui, il est sympathique. C'est dommage, mais son chirurgien esthétique l'a complètement raté. C'est une horreur, il est méconnaissable.

— Ce n'est pas possible ! Il était beau comme tout ! Mais... Ça doit faire dix ans qu'il ne se produit plus. Vous le connaissez ?

— C'est petit, Laredo. il arrive qu'on se croise.

— Vous êtes invité à sa soirée ?

— Oui, mais ça ne m'intéresse pas.

Il prit une serviette et se frotta la nuque, puis tout le visage.

— Vous avez tort. C'est chouette de faire de nouvelles connaissances...

Visiblement agacé, il se leva.

— Je ne vous comprends pas, reprit-elle. Vous devriez y aller. Vous n'êtes pas obligé de vous éterniser. Une heure ou deux hors de chez vous. Ce n'est pas la mer à boire.

Il s'approcha d'elle, et là, contre toute attente, il happa sa bouche.

Il était moite. Il la serrait contre lui, et elle aimait ça. Elle aimait même l'odeur de transpiration que son corps dégageait...

Elle sut qu'elle était perdue. S'il la désirait autant qu'elle le désirait, elle se donnerait à lui, sans frein, sans réserve.

Mais il lâcha ses lèvres et recula.

— Vous ne comprenez pas que la seule chose que je veux...

Il lui caressa tendrement les cheveux.

— C'est rester ici, seul avec vous.

— Seul avec moi ? releva-t-elle. Raison supplémentaire pour que nous y allions...

— Je vais prendre une douche.

Sa voix était rauque, troublante. Il marmonna encore quelques mots inintelligibles et s'éloigna.

Ivo se frotta la tête puis ouvrit l'eau à fond.

Tout à l'heure, incapable de se concentrer sur ses finances, il s'était jeté sur son rameur dans l'espoir de se dépenser physiquement. Ça ne l'avait pas calmé.

Il commençait à peine à se détendre, quand Toni avait surgi dans son paréo rouge moulant, et tous ses efforts avaient été anéantis.

Ce qu'il s'était passé à la plage lui était revenu. Leurs jeux faussement innocents, leurs baisers, leur complicité... Elle était vraiment trop désirable. Un péché !

Avec ses précédentes conquêtes, il n'avait eu aucun problème.

Leurs relations se réduisaient à des jeux au lit. Aucun sentiment dans leurs ébats, juste un plaisir physique. Un parfait détachement.

Avec Toni, c'était différent. Il avait envie d'elle, besoin de la toucher, de bavarder, de la taquiner, toutes choses qui ne lui ressemblaient pas d'ordinaire. Perdait-il le contrôle ? Raisonnait-il mal ?

Il se sécha, passa un pantalon et une chemisette et la rejoignit sur la terrasse.

Elle avait les yeux tournés vers Laredo, des écouteurs sur les oreilles.

Elle enleva ses jambes de la table basse, s'assit correctement sur le canapé et retira ses écouteurs.

Il s'assit en face d'elle.

— J'aime la vie que je mène. Je n'ai pas besoin d'aller à des soirées.

Ni question, ni protestation. Le silence.

Alors il poursuivit.

— Je me contente de moi. Mon entourage a du mal à l'accepter. C'est frustrant de devoir tout le temps se justifier.

— C'est pour cela que vous préférez rester seul, parce que vous vous sentez obligé de vous justifier ?

— Oui... non... enfin... C'est si difficile d'admettre que je puisse être heureux comme ça ? Je suis bien à San Jorbo, je n'ai besoin de rien d'autre.

Pourquoi lui racontait-il ça ? Cela ne servait à rien.

— Mais votre famille, elle ne vous manque pas ?

— Oh ! Nos relations familiales sont compliquées. Mes frères et moi avons été mis en pension très jeunes. Finalement, on ne se connaît pas beaucoup.

— Vous le regrettez ?

— Ça servirait à quoi ? On ne réécrit pas l'histoire.

— Je sais. Il n'empêche. Je prends mon cas. Moi, il y a des choses que je regrette.

Quelque chose dans sa voix le toucha. Sans réfléchir, il lança, la voix blanche.

— J'étais seul avec elle quand elle est tombée.

Pourquoi, mais pourquoi parlait-il de ça ? Cela lui avait échappé. C'était ridicule, il n'avait qu'à s'excuser et partir.

Au lieu de s'éclipser, il resta assis là, silencieux, les yeux perdus dans le vague.

Et, brusquement, cela sortit.

— Ma mère... Nous étions à cheval. Je trottais devant. Je me suis retourné, et j'ai vu Cassini, son cheval, qui galopait vers moi, sans elle. Je suis revenu en arrière et l'ai retrouvée par terre, inconsciente.

Il ferma les yeux. Cette scène cesserait-elle un jour de le hanter ?

— J'ai essayé de la ramener à elle, mais elle ne réagissait pas. J'ai couru chercher de l'aide. J'aurais dû rester. Elle ne serait pas morte seule.

Il attendit que Toni commente, qu'elle lui dise s'il avait bien ou mal réagi, comme son père l'avait fait.

« Arrête d'y penser. » « Ça ne sert à rien de ressasser. » « Tu ne pouvais rien faire. »

Peut-être, mais il y avait une chose que son père n'avait pas comprise. Il savait bien qu'il ne l'aurait pas sauvée, mais l'idée qu'elle soit morte seule, sans personne à côté d'elle, le rongeait. Avait-elle su qu'elle était seule ? S'était-elle sentie abandonnée ? Quelle avait été sa dernière pensée ? Pourquoi avait-il fallu qu'elle meure, seule, sans personne pour lui tenir la main, pour lui dire qu'on l'aimait ?

Toni vint s'asseoir près de lui. Il attendit qu'elle parle, mais au lieu de dire quelque chose, elle posa la main sur la sienne.

— Avez-vous pu parler avec votre famille comme vous venez de le faire avec moi ?

Immédiatement, l'envie de hurler et de partir le submergea comme une lame de fond.

Ce n'était pas lui, ça. Il ne se répandait jamais en souvenirs. Il ne parlait jamais de son passé.

Il repoussa sa main. Tendu, il ricana.

— Dans ma famille, on a un mot d'ordre : « Moins on en parle, mieux on se porte ».

Elle reprit sa main, la serra.

— Elle vous manque ? Votre mère.

Le poids qu'il avait sur la poitrine s'aggrava encore.

— Elle me comprenait. Elle comprenait mon côté secret et le fait que j'aie besoin d'être seul…

Il hocha la tête.

— Je sais. Il y a mieux comme qualité quand on est appelé à une sorte de vie publique.

— Sur ce plan-là, Luis compense ! plaisanta-t-elle.

Sa remarque le fit rire, mais sa tristesse lui écrasant de plus en plus la poitrine, il souffla.

— Quand j'étais plus jeune, je tolérais la vie publique, mais après sa mort…

Il laissa sa phrase en suspens.

— Quand votre mère n'a plus été là…

— Je ne voulais plus quitter ma chambre. Je créais des mondes imaginaires avec mes soldats de plomb. Ça rendait mon père fou.

— Vous avez été victime d'un traumatisme violent. Vos soldats de plomb ont été votre thérapie.

— J'avais besoin qu'on me laisse tranquille, de pouvoir pleurer sans qu'on me voie. Au lieu de ça, j'ai été obligé de m'exposer avec mon chagrin devant le monde entier. La foule, les badauds, les caméras de télévision, tous ces voyeurs… J'aurais tout saccagé.

Elle se tourna entièrement vers lui pour mieux le voir.

— Je suis triste pour vous, Ivo. Je ne comprends pas qu'on ne vous ait pas laissé en paix. J'aimerais pouvoir dire, faire quelque chose qui vous réconforte, mais je ne sais pas…

Il vit ses yeux briller. Des larmes. Elle était émue.

— J'avoue n'y avoir jamais pensé avant, mais le jour où ma mère…

Elle se tut, pensive, et reprit un instant plus tard.

— Je veux être là quand elle mourra, et je suis triste pour vous que vous ne l'ayez pas pu.

Il ne dit rien mais la rapprocha de lui et la serra.

Sa compassion, sa compréhension, sa gentillesse n'étaient pas données à tout le monde. Il les appréciait d'autant plus.

Quelque chose, pourtant, le retenait de le lui dire. Une panique sourde le gagnait sournoisement.

À cause de sa délicatesse, de son écoute, le détachement derrière lequel il se retranchait commençait à s'effriter.

Non et non, il ne serait plus jamais fragile et vulnérable ! Il ne voulait plus souffrir ni être déçu. Il ne voulait plus ni se battre ni avoir à négocier avec quiconque.

Il s'écarta d'elle et se leva. Fit un signe de tête vers Laredo.

— Allons à la soirée de Federico. Vous avez raison, il faut qu'on bouge.

Sur la route qui passait en contrebas de la propriété de Federico, dans les battements des tambours et au son de l'ocarina, la parade de la *feria* avançait à pas lents. Elle arrivait du port et se dirigeait vers le centre-ville. La statue du saint local, grandeur nature, portée sur une plate-forme en bois par quatre hommes en tenue d'apparat, ouvrait la marche. Suivaient les jeunes filles de Laredo dans des robes chatoyantes, leurs cheveux noirs ramassés en chignon. Venaient ensuite des cavaliers, des pêcheurs poussant un bateau sur un chariot, et une flottille de voitures dans lesquelles s'étaient entassés quelques belles brunes et tout ce que la ville semblait compter de jolis garçons.

Le cortège était heureux, les spectateurs aussi. D'un côté à l'autre de la route, on s'interpellait, on se congratulait, on applaudissait et chantait. On s'adressait des baisers et des encouragements. C'était chaleureux et bon enfant.

Toni rayonnait.

Elle avait sa fête ! De quoi distraire son attention d'Ivo et des fantasmes qu'il lui inspirait.

La propriété de Federico était pleine à craquer d'invités, sophistiqués pour la plupart, mais le niveau des voix et de la musique était assourdissant. C'était une soirée comme celles auxquelles elle était souvent conviée, mais en beaucoup plus glamour, plus bruyante... Plus excessive en tout. Le champagne coulait à flots, ce qui n'était pas pour lui déplaire. Apprenant qu'elle était une amie d'Alice, Federico l'avait présentée à Carolina, l'assistante personnelle d'Alice, qui l'avait prise sous son aile et présentée à un réseau étourdissant d'autres invités. Tout était plus, plus, plus ! Elle était à son affaire...

Enfin, presque. Car cette soirée, tout ébouriffante qu'elle était, ne la satisfaisait pas totalement.

Elle voulait être avec Ivo.

Le bruit, l'agitation, le champagne, tout qu'elle pensait aimer tant, cela ne cachait-il pas, en fait, une faiblesse, un sentiment qu'elle refusait d'admettre ?

Avec Dan, elle s'était abrutie dans le travail et les sorties pour ne pas voir les problèmes de son couple. Depuis leur rupture, elle n'avait fait que travailler, travailler, travailler, sans jamais s'autoriser de plage de temps silencieux, sans jamais admettre ni accepter la solitude.

Elle savait qu'il valait mieux qu'elle continue à s'amuser, à bavarder, à boire... à s'étourdir pour oublier de penser à ce qui l'empêchait d'être elle-même. Pour éviter d'être tentée de se rapprocher d'Ivo au prétexte de mieux le connaître. Qu'elle n'écoute pas la petite voix qui lui soufflait de lui dire qui elle était vraiment. Il fallait qu'elle soit raisonnable et qu'elle reste !

Peine perdue. Presque mécaniquement, elle remonta l'escalier du jardin. Le cœur battant, elle fixa Ivo des yeux, attendant qu'il la voie.

Il s'excusa auprès des invités avec lesquels il discutait et vint la rejoindre.

Il était beau, c'était indiscutable. Elle en avait le souffle coupé. Ses doigts la démangeaient, mais elle ne pouvait pas caresser ses cheveux, son visage, son corps long et souple plein de promesses exquises. C'était une torture. Si un jour il la prenait dans son lit...

Un concert de klaxons venant de la route l'interrompit dans son rêve. Elle releva la tête.

— Si on rentrait ? s'entendit-elle murmurer.

Le bateau glissait sur une mer éclairée par la lune, l'air du large leur fouettait le visage, fraîcheur bienvenue après la journée étouffante.

Ivo aurait voulu comprendre. Savoir pourquoi Toni avait voulu rentrer. Mais elle restait murée dans le silence.

Elle avait retiré ses sandales à talons et était pieds nus. La main sur la cuisse, elle essayait d'empêcher sa robe turquoise de remonter. Cette robe qui soulignait ses formes, le bombé de ses seins et ses fesses rondes et hautes.

Ils allaient bientôt accoster à San Jorbo. Qu'allaient-ils faire, une fois arrivés ?

Une idée lui passa par la tête, et il dévia de sa route.

Voyant qu'ils approchaient d'une crique où brillaient quelques lumières pâlottes, elle s'inquiéta.

En guise de réponse, il dit,

— Je vous emmène prendre un dernier verre.

Interloquée, elle rit, sans faire de commentaire.

Leur bateau heurta le vieux ponton qui desservait le bar à flanc de falaise, accessible uniquement par la mer.

Il y avait là une dizaine de clients, des habitués, car il fallait être du coin pour connaître ce refuge.

Après avoir présenté Toni à Antonio et Dolorès, les propriétaires, il lança :

— Un *Paradise City* pour mademoiselle !

Antonio ouvrit de grands yeux. Cela faisait des dizaines d'années qu'il n'avait pas changé un iota aux consommations qu'il proposait.

— C'est facile, lui dit gentiment Toni.

Et, devant un Antonio incrédule, elle énuméra les ingrédients nécessaires à la confection de son cocktail.

— Bon, eh bien ce sera une bière, alors, conclut-elle. Comme Ivo.

Leur chope à la main, ils sortirent.

Il y avait quelques oliviers accrochés à la falaise dont on se demandait comment ils avaient pu pousser là. Sur les quelques tables installées sur ce qu'on appelait pompeusement la terrasse, des petites bougies vacillaient dans la brise. Du jukebox de l'intérieur sortait la lamentation d'un flamenco, que le bruit des vagues venant s'écraser contre la falaise couvrait par moments.

— J'ai l'impression que nous sommes le sujet de conversation de tout le bar, dit Toni. Vous savez pourquoi ?

— Parce que c'est la première fois qu'on me voit ici avec une femme.

— Pourquoi ne pas m'avoir présentée comme une journaliste venue là pour vous interviewer ?

Il recula sur sa chaise et l'étudia.

Elle jouait avec ses cheveux, mais c'était sa bouche et son regard qui le fascinaient.

— Pourquoi ? Parce que j'aurais menti, non ? Vous sentez bien que notre relation ne s'arrête pas à la nécessité de faire votre métier. Osez me dire que je me trompe !

Elle plissa le front.

— Pourquoi m'avez-vous amenée ici ?

Il s'était dit que ce serait une façon de donner du temps au temps... Le temps de reprendre ses esprits, le temps de calmer le désir qu'elle lui inspirait et qu'il craignait de ne pas pouvoir contrôler. Il rêvait de coucher avec elle, mais il ne voulait rien précipiter. Il devait d'abord être certain qu'elle en avait aussi envie que lui.

— Pour prendre un dernier verre et pour vous montrer le genre d'endroits où j'aime aller, quand, par extraordinaire, je sors.

Il balaya d'un geste de la main le bar rustique, les quelques clients attablés qui bavardaient discrètement, et l'étendue d'eau sombre et bruissante, à peine éclairée par les lumières des maisons de l'autre côté de la baie.

— C'est moi, ça. C'est ce que j'aime. Évidemment, pour ceux qui aiment que ça brille, ça peut paraître ennuyeux. Moi, c'est ce qui me rend heureux.

Elle pencha la tête de côté et l'observa, songeuse.

— Vous pensez quoi ? Que je vais porter un jugement sur vos goûts ?

— Non, mais les gens en général n'aiment pas ce que j'aime.

Des papillons dans le ventre, Toni essayait de réfléchir. Qu'est-ce qu'il lui arrivait ?

Ivo lui avait déjà parlé de sa mère, et il se livrait encore. C'était une marque de confiance, et ça lui faisait plaisir. À elle, dorénavant, de ne pas poser de questions embarrassantes qui le pousserait à replonger dans le silence.

Mais elle ne savait pas encore grand-chose de lui, et elle avait vraiment envie de le connaître.

— Les gens en général, comme vous dites, ne savent pas toujours ce qu'ils veulent car ils ne prennent la peine d'y réfléchir. Ils suivent comme des moutons ce que les médias leur désignent comme étant le bonheur. Quand j'étais avec Dan...

Elle regarda Ivo.

Il l'écoutait.

— Si on m'avait demandé si j'étais heureuse, j'aurais dit que oui. J'avais un bon métier, de l'argent, une belle maison et un amoureux. Je me rends compte maintenant que c'était ce que je voulais croire, mais ce n'était la réalité. Au départ, j'ai aimé Dan, mais notre relation s'est effritée bien des années avant qu'on ne se sépare.

Elle se tut et réfléchit à ce qu'avait été sa vie avec lui. En fait, il n'y avait pratiquement pas eu d'amour dans cette vie-là.

— En ce cas, pourquoi êtes-vous restés ensemble ?

— Bof ! L'habitude. Et peut-être de la paresse de ma part.

L'air de ne pas comprendre, Ivo haussa les sourcils.

— Dan a émis l'idée qu'on se sépare à plusieurs reprises, mais j'ai chaque fois refusé. Je me moquais même de ce qu'il suggérait. Je répétais à Dan que notre destin était de vieillir ensemble...

Elle frotta ses joues brûlantes.

Pourquoi lui racontait-elle ça ? Elle ne l'avait jamais avoué à personne, même pas à elle-même. À Alice non plus, elle n'avait jamais rien dit. Elle avait honte d'elle, en fait !

— Quel manque de dignité ! Je ne supportais pas la perspective d'être seule. Ça me terrifiait.

Il se pencha vers elle.

— Pourquoi ?

Elle resta à le regarder, sans répondre, fascinée par le creux à la base de son cou, par sa peau cuivrée dans le V de son col ouvert et, plus bas, par la rangée de petits boutons de sa chemise…

L'envie d'approcher la main la prit. Sa peau devait être tiède et douce. Elle n'avait qu'à la caresser… juste pour voir.

Elle reprit ses esprits et croisa son regard.

— Parce que, quelquefois, j'ai besoin de sécurité… Je sais, ce n'est pas brillant, je le reconnais. Mais si je peux être comme ça, j'évite quand même de retomber dans le piège d'une relation toxique.

— Vous n'aimiez plus Dan. Pourquoi ?

Elle y avait réfléchi, mais pas trop.

Elle plissa le nez.

— Il est très intelligent et sait ce qu'il veut, mais il est terriblement désorganisé et distrait. Encore pire que moi. Quand il a commencé à très bien marcher dans son métier, il a stressé. C'est devenu infernal. On ne discutait plus, on se disputait. Il était devenu impossible… Je hais les affrontements.

Ivo hocha la tête.

— Pourquoi ?

Le son grave de la guitare flamenco la fit frissonner malgré la chaleur de la nuit.

— Je…

Elle essaya de rire.

— Je vous l'ai déjà dit, je suis à fleur de peau. Je ne plaisante pas ! Je déteste l'idée de me disputer parce que j'ai une peur quasi viscérale de contrarier les autres, j'ai peur qu'ils n'aient une mauvaise opinion de moi ou qu'ils ne veuillent plus me voir.

— Vous pensez vraiment que des gens comme ça sont indispensables à votre bonheur ? Des gens incapables de respecter vos points de vue ?

Elle tourna la tête de droite à gauche comme si un col la grattait. Elle cherchait en réalité quoi répondre.

— Ce que je veux dire, c'est que j'aime avoir de bonnes relations, que ce soit avec ma famille ou mes amis. Je ne veux pas non plus me priver. Depuis que je suis toute petite, j'ai toujours vu maman gratter les fonds de tiroirs pour trouver trois sous. C'est une artiste, mais elle devait faire des petits boulots annexes pour joindre les deux bouts. Je ne savais jamais à quelle heure elle reviendrait de son travail. Je ne compte pas les soirées que j'ai passées toute seule à la maison. Et je détestais ça. Ado, je squattais chez des amies. Plus tard, quand j'ai rencontré Dan, on était en fac tous les deux, et on a tout de suite habité ensemble. Je me rends compte aujourd'hui que j'aurais fait n'importe quoi pour être avec quelqu'un, pour ne pas me sentir seule.

— Et votre père ?

— Ah, lui... Il allait et venait, comme ça lui chantait. Lui aussi était artiste. Il bougeait beaucoup. Il a vécu en Italie, en France. Il venait nous voir de temps en temps et essayait de convaincre ma mère de reprendre la vie commune. Mais ça ne marchait jamais. Ils se disputaient pour tout. Pour l'argent, pour les femmes, qu'il draguait effrontément... Il est arrivé que j'aille me coucher le soir et que je ne le retrouve pas le lendemain matin. Parti, volatilisé !

— Et aujourd'hui ? Vous le voyez ?

— Il est mort il y a cinq ans. On l'a appris quand sa partenaire de l'époque, une Française. Elle a écrit à maman pour la prévenir plusieurs semaines après son enterrement. Si je l'avais su, je serais sûrement allée à ses obsèques. Il n'avait pas été un bon père, mais c'était *mon* père.

Elle releva la tête et regarda Ivo.

L'air songeur, celui-ci considérait ses mains qu'il avait posées à plat devant lui sur la table.

— Et vous ? Parlez-moi un peu de vous. Vous avez eu beaucoup d'amies ?

— Rien qui ait duré plus de quelques mois...

Montrant leurs verres vides, il proposa de partir.

Ils redescendirent vers la mer. Comme il faisait nuit et que le chemin était scabreux, Ivo lui prit la main. Tiède et rassurante, elle scellait une amitié naissante.

En bas du chemin, il s'arrêta et la fixa d'un air étrange. Elle, le cœur serré, ne bougea plus, attendant qu'il parle.

La beauté de la mer inondée de l'éclat du clair de lune ajoutait à la magie du moment.

Mais il ne parlait toujours pas.

Il finit par lui sourire, un sourire d'une tendresse infinie.

— Vous devriez être avec quelqu'un, déclara-t-il.

Attendant la suite, elle ne posa pas de questions, mais il ne dit rien d'autre.

Pourquoi lançait-il de telles affirmations sans poursuivre ? Elle voulait des détails, qu'il s'explique ! Comment pouvait-il dire une chose pareille aussi platement, alors qu'il tenait sa main dans la sienne et la serrait très fort ? Avait-il oublié quand ils étaient allongés côte à côte sur la plage ?

— Pourquoi ?

« Et avec qui ? », pensa-t-elle.

— Pour être avec une personne qui vous offrirait la sécurité qui vous manque.

— Je vous croyais contre le fait d'avoir quelqu'un dans sa vie.

— Pour moi, oui, mais pas pour les autres. Je pense à mes frères, leur bonheur ne m'échappe pas.

Elle serra les dents.

Elle voulait faire semblant d'être cool, mais cette conversation touchait un point sensible.

Du calme ! Elle ne voulait personne dans sa vie en ce moment, et sûrement pas un homme aussi compliqué que lui. Elle deviendrait dingo avec ses valses-hésitations, un pas en avant, deux en arrière. Ça rimerait à quoi, une aventure avec un type qui, justement, ne voulait s'attacher à personne, qui ne voulait ni liaison ni aventure, et surtout pas de mariage. Tout ça, c'était pour rire. Rien de plus. À prendre comme une étape pour elle, une façon de se connaître soi-même et de faire la lumière sur ce qu'elle attendait de la vie. Elle n'allait pas flancher à la première occasion en tombant amoureuse du premier type qui l'embrassait !

— Vous avez peut-être raison… Peut-être pas. Je ne cherche pas tout le temps à savoir qui je suis. J'ai juste envie d'apprendre à être heureuse seule. Pour ce qui est de retrouver un petit ami, je verrai plus tard.

Elle partit vers le ponton en bois où il la rejoignit.

— J'ai envie de m'amuser. Un point, c'est tout. Je ne cherche rien d'autre. Vous en pensez quoi ? minauda-t-elle.

Il la regarda et, réponse inattendue, lui adressa un sourire complice.

— Si c'est ce que tu veux...

Alors qu'elle faisait oui de la tête, il la prit brusquement par la taille et la serra contre lui.

Sous leurs pieds, le ponton tangua.

S'enhardissant, il resserra son étreinte et, de sa main libre, caressa son sein droit, puis sa hanche, et ses fesses.

La douleur sourde qui ne la quittait pas depuis des heures disparut sur-le-champ. Elle lui sourit, aux anges.

Ils reprirent le bateau pour regagner San Jorbo. Assise près de lui, Toni ne sentait plus ses jambes. Comment allait-elle remonter jusqu'à la *finca* avec ce cœur qui battait comme un fou et ces jambes en coton qui ne la portaient plus, tant ses caresses l'avaient troublée ?

Ils entrèrent en silence dans la *finca*, et Ivo referma soigneusement la porte derrière lui.

Enveloppée dans la quasi-obscurité du hall, elle attendit qu'il allume, mais il ne bougea pas.

Elle savait qu'il se tenait près d'elle. Elle ne le voyait pas distinctement, mais elle sentait sa présence. Son magnétisme.

Enfin, il la toucha. Du bout des doigts, il effleura son cou puis descendit vers la vallée creusée entre ses seins, jusqu'à l'échancrure de son décolleté et plus bas.

Elle sursauta. La main sur sa poitrine, elle essaya de ralentir les battements de son cœur qui cognait tellement fort.

Elle voyait ses dents briller dans l'ombre. Souriant de plaisir, il fit glisser le tissu élastique de ses épaules, dévoilant ses dessous, qu'il dévora du regard.

Il inspira alors très fort, comme s'il manquait d'air, se pencha sur ses seins et les embrassa. La tiédeur de sa langue à travers la dentelle du soutien-gorge la fit ronronner de plaisir. Elle se cambra, mais il la ramena contre lui et déposa une pluie de petits baisers sur son cou.

Elle lui prit la tête dans ses mains et, passant les doigts dans ses cheveux, la tira en arrière. Elle avait chaud partout, elle avait envie de lui, envie de plus, de beaucoup plus. Elle ne voulait plus attendre.

Le percevant, il lui prit la main et l'entraîna dans sa chambre. Sans qu'elle sache comment, sa robe tomba à terre. Il l'allongea alors sur le lit et alla ouvrir la baie vitrée qui donnait sur la terrasse, repoussa les volets.

Aussitôt, la lumière de la lune et le roulement hypnotique du ressac emplirent la pièce.

Il enleva sa chemise, son pantalon et s'allongea à côté d'elle. Relevé sur un coude, il la regarda,

— Es-tu certaine que... ?

Il laissa sa phrase en suspens, car, impatiente, elle l'attirait déjà à elle.

Elle voulait sa chaleur, son poids sur elle. En elle.

Il dégrafa son soutien-gorge, embrassa ses seins, et très vite elle sentit sa main descendre le long de ses hanches, repousser sa culotte et caresser intimement le creux entre ses cuisses. Il commença à la caresser, tendrement d'abord, puis avec des gestes plus appuyés, bien que toujours maîtrisés.

Elle ne savait plus où elle était. Elle gémissait, se tordait, s'exclamait.

Oui... Non... Ivo... Oh oui...

Encouragé par ses suppliques, il lui enleva sa culotte et se déshabilla complètement. Totalement nu, il s'allongea sur elle et, sans attendre, la pénétra.

Elle poussa un cri et se tendit pour sentir les délices de cette chair tiède et lisse qui allait et venait en elle.

C'était exquis, elle n'avait jamais rien connu d'aussi fort, d'aussi merveilleux. Elle avait envie de hurler son plaisir, de l'appeler par son nom et de lui dire qu'elle l'aimait.

Il donna un nouveau coup de reins, plus violent que les autres et, dans un râle de plaisir, retomba sur elle, qui criait elle aussi son bonheur.

Reprenant peu à peu ses forces, il roula sur le côté, l'entraînant avec lui.

— Tu ne regrettes pas, au moins ?

6

Ivo n'avait pas dormi tard.

Toni était touchante dans son sommeil. Elle souriait. Cela l'avait bouleversé.

Mais pourquoi, bon sang ? Il ne fallait pas qu'il se laisse émouvoir. Il ne devait pas l'oublier, leur aventure n'était qu'une passade, une parenthèse dans laquelle s'offrir un peu de bon temps. Rien de compliqué. Rien qui mette en péril sa paix jalousement gardée.

Embêté de se rendre compte qu'il aimait se réveiller près d'elle, il s'était levé et était descendu se baigner à la plage.

— Ivo ! J'ai vu ton mot. Que se passe-t-il ?

Il remonta ses lunettes sur sa tête et la regarda s'approcher en sautillant car le sable était déjà brûlant.

Elle était délicieuse dans son bikini noir et argent, avec sa queue-de-cheval qui dansait d'un côté à l'autre de ses épaules.

— Tu as dit que tu voulais passer du temps à la plage, alors j'ai pensé qu'on pourrait y prendre notre petit déjeuner et s'y prélasser ce matin avant d'aller au baptême de Gabriela.

— Ah ? J'avais cru comprendre que, pour toi, rester sur la plage était synonyme de passer des heures en enfer.

— Cela dépend avec qui.

Il alla prendre deux matelas dans la cabine et les posa sur les transats. Puis il ouvrit le parasol. Et enfin la glacière.

— J'espère que tu as faim, dit-il. Regarde...

Surprise, elle le regarda sortir ce qu'il avait apporté.

Des tranches d'ananas et du raisin, des croissants, des cocktails de jus de fruits...

Il lui en tendit un.

— Ma version de *Paradise City*, plaisanta-t-il.

Elle goûta et ronronna de plaisir.

La nuit passée, entre deux soupirs, elle avait ronronné de la même façon, ce qui l'avait enchanté. C'était une jouisseuse.

Elle se passa la langue sur ses lèvres et posa la question qui le taraudait lui-même.

— Pourquoi fais-tu ça, Ivo ?

— J'ai pris conscience que je ne me suis jamais permis de passer du temps à la plage. Ce qui est idiot. Et puis, je veux te remercier pour la nuit dernière. En plus, tu vois, j'aime être avec toi.

Elle haussa les épaules en riant.

— Bien que je parle trop ?

— Je n'ai jamais dit ça.

— Non, mais au mariage de Luis et Alice, j'ai bien vu que je t'exaspérais parce que je n'arrêtais pas de jacasser !

— Tu étais très excitée.

— Pas vrai. J'étais nerveuse, c'est tout. Et tu veux savoir pourquoi ? Parce que tu étais là !

— Pourquoi donc ?

— Tu étais tellement sérieux et... tellement beau. Et moi, je me trouvais tellement moche. Tu sais que tu fais cet effet aux gens ?

Amusé par son explication, il admit que, parfois, ça lui avait rendu service.

— Et maintenant ? Je te rends toujours nerveuse ?

Toni prit un air sérieux mais plein d'autodérision.

— Oh non ! Je crois que je commence à être immunisée.

Il se pencha vers elle et lui toucha le genou du bout des doigts.

— Tu es immunisée contre moi... Et contre ça aussi ?

Il avança la main et lui caressa l'intérieur de la cuisse.

La douceur de sa peau lui donna envie de poursuivre, mais il se raisonna et s'arrêta juste à temps.

— Immunisée à cent pour cent, répondit-elle, crânant d'autant plus.

Puis elle pouffa de rire, les mains sur ses joues devenues d'un seul coup adorablement rouges et sûrement très chaudes.

— À ce que je comprends, sous son air honnête, la Machine est un bel exemple de lubricité. Je me trompe ?

À son tour, il rit.

— On ne le remarque pas, généralement, mais tu as un talent fou pour faire ressortir ma face cachée !

Elle reprit sa respiration.

— Et notre petit déjeuner ? l'interrogea-t-elle.

Elle avait raison. Il avait complètement oublié.

Un peu plus tard, lorsqu'ils eurent fait honneur au contenu de la glacière,

de la glacière, elle le fixa avec plus de sérieux.

— Qui t'a surnommé la Machine ? Et pourquoi ?

Il soupira intérieurement

— Mon coach d'aviron. C'est une longue histoire. Pour la faire courte, le coach m'avait éliminé de l'équipe, et je l'avais très mal vécu au début. Mais plutôt que de ruminer ma déception, j'ai décidé de m'entraîner comme un fou pour lui prouver qu'il avait eu tort et que j'étais digne de faire partie de l'équipe. Quand il m'a revu, il a constaté que je ramais plus vite, plus fort et plus régulièrement qu'une machine. D'où mon surnom. Ça m'est resté.

— Dans les affaires aussi ?

— Oui. Les clients aiment ça. Ma réactivité les rassure.

— Et ton équipe de Pacolore ? J'ai remarqué vendredi que ton personnel te tient en haute estime. Ce n'est pas facile, pourtant, d'entretenir de bonnes relations avec une équipe, que ce soit dans le cadre professionnel ou personnel. Il faut être franc et se parler. Si Dan et moi avions été plus francs l'un envers l'autre, nous n'en serions pas là aujourd'hui. C'est comme avec mon père. Je lui faisais croire que ses absences ne me faisaient rien, ce qui était faux, évidemment. Si je lui avais dit combien j'en souffrais, il aurait peut-être fait un effort, et nous aurions eu de meilleures relations...

Elle chercha son regard et ajouta tout bas, presque sur le ton de la confidence.

— C'est souvent plus facile de ne rien dire, mais c'est une erreur. On a tort.

Il détourna les yeux

Après le décès de sa mère, il avait essayé de parler avec son père, mais celui-ci n'avait pas eu envie d'écouter et l'avait éconduit. Que serait-il arrivé s'il avait insisté ? S'il avait forcé son père à l'entendre ? S'il lui avait expliqué ce qu'il ressentait, sa solitude lors de l'accident, l'horreur devant sa mère mourante, sa culpabilité totale et entière dans ce drame ?

Sa relation avec son père ressemblait à celle qu'il avait eue avec son équipe d'aviron. Il avait gardé ses distances, ne se fiant qu'à lui-même et mal à l'aise à l'idée de demander de l'aide à quelqu'un. Se serait-il senti moins seul, moins délaissé par ses camarades s'il avait eu le courage de leur parler ouvertement de son stress les jours de course, ce stress qui le paralysait, ou de ses nerfs qui le lâchaient. Quelle dose d'orgueil fallait-il qu'il ait pour avoir toujours refusé de leur parler de sa frustration et des peurs qu'il avait eues tout au long de sa carrière à cause de sa blessure à l'épaule.

On ne refait pas l'histoire, mais, avec Toni, il pouvait parler franchement.

— Quand on ne se sent pas sûr de soi, en général, on parle beaucoup. Moi, je me tais.

La tête penchée sur le côté, elle l'interrogea du regard.

— Je ne comprends pas où tu veux en venir.

Il ouvrit la bouche pour parler, s'arrêta, sourit, rouvrit la bouche.

— Au mariage de Luis, tu m'as... Je suis resté sans voix. Je parle quand même plus, d'habitude. Mais tu étais incroyable !

Elle écarquilla les yeux.

— Moi ? J'étais moche ! Avec des yeux de biche larmoyante.

— Pas pour moi. J'ai pensé qu'il fallait que je te le dise.

Son air étonné, son sourire timide l'émurent.

— Merci beaucoup !

Elle se moquait de lui, ce qui le fit rire.

Toni retint sa respiration.

C'était déjà difficile de résister à Ivo quand il était sérieux et bougon, mais voir son sourire tendre et repenser à ses caresses de la nuit passée... Il y avait de quoi y laisser sa raison. Que diraient Kara et Alice si elles savaient ce qu'il se passait entre eux ?

Elles seraient peut-être un peu inquiètes pour elle, mais ravies de la voir reprendre goût à la vie. Et puis, elle ne faisait de mal à personne. Ivo et elle, ce n'était qu'un intermède. Rien de plus qu'une attirance physique et l'occasion de s'amuser un peu.

Au réveil, ce matin, elle avait été déçue qu'il ne soit plus au lit, mais elle n'avait pas voulu se poser de questions.

Il ne lui devait rien, elle ne lui devait rien, elle n'allait pas décortiquer chacun de ses gestes, chacun de ses pas ! Il faisait ce qui lui plaisait, quand il voulait, comme il voulait. Il était libre. Exactement le genre de personne qu'elle rêvait d'être, relax, insouciante, quelqu'un qui ne se prenait pas la tête.

Elle se leva et ferma le parasol.

— Tu veux bien me passer de la crème dans le dos ?

Elle enleva son haut puis son short et nota qu'il suivait des yeux chacun de ses mouvements avec gourmandise.

Rougissante, elle s'allongea sur la chaise longue, la tête tournée sur le côté pour le voir.

Il avait ouvert le tube et déposait une noix de crème dans le creux de sa main. Elle ferma les yeux et attendit. Le contact de la crème froide sur sa peau tiède, puis le poids de sa main sur son dos la firent sursauter. Instinctivement, elle se cambra. Sentant qu'il soulevait légèrement le bord de son bikini pour passer de la crème sous l'élastique, elle tenta de retenir un frisson. Le soleil était chaud en cette belle matinée, il ne la croirait pas si elle prétendait qu'elle avait froid...

— Toni.

Elle se raidit, le cœur battant.

Il faisait des ronds avec ses doigts sur le bas de son dos.

— Je vais faire tes jambes, dit-il, posant la main sur une de ses cuisses. Par sécurité, car le soleil tape.

Il avait les yeux brillants, presque fiévreux.

Il ne pouvait pourtant rien se passer entre eux sur la plage...

— Non, ça va. Je peux me débrouiller, répondit-elle très vite.

Mais elle ne s'était pas trompée.

Il eut un sourire qui en disait long sur les pensées qui lui trottaient dans la tête – un sourire diabolique –, et il déposa un filet de crème sur une de ses chevilles. Puis sur l'autre. La crème glissait, sous ses grandes mains, sur ses jambes, entre ses jambes. Elle sentit le plaisir qu'il mettait à l'étaler, à la faire pénétrer.

Elle aimait ses mains, la pression qu'elles exerçaient en remontant, lentement, de ses pieds vers le creux de ses genoux où elles s'attardaient, puis vers le haut de ses cuisses. Elle en éprouvait une émotion physique violente, jouissive, qu'elle contenait mal mais s'interdisait de laisser exploser.

— Arrête, s'il te plaît.

Les joues en feu, incapable de supporter plus longtemps le ballet de ses mains sur ses jambes, elle se retourna.

Leurs regards s'accrochèrent. Leur désir l'un pour l'autre si évident qu'il n'était plus question de faire semblant.

Ivo posa un doigt à la base de son cou et, tout doucement, l'effleurant à peine, caressa sa poitrine.

Elle retint son souffle. Ses seins se dressèrent dans leurs petits triangles d'étoffe.

Il descendit plus bas, s'amusa à dessiner des cercles autour de son nombril. Il continua de descendre, frôla le bord de son bikini et la regarda dans les yeux, lui posant tacitement LA question.

La gorge nouée par l'émotion, elle hocha la tête.

Oui.

Son doigt ne bougea plus. Le regard voilé par le désir, il se pencha et prit ses lèvres, qu'il embrassa tendrement.

Elle sentit l'émotion lui serrer la gorge, lui coupant le souffle,

Il releva la tête sans la quitter des yeux. Ses doigts glissèrent sur son bikini.

Automatiquement elle souleva les hanches et écarta un peu les jambes.

Il n'exerçait plus de pression sur elle, au contraire. Ses mains l'effleuraient à peine, aussi légères que des ailes de papillon. Des plumes…

Elle se laissa faire. Les yeux fermés, le sourire aux lèvres, elle savourait la douceur de ses gestes. Elle serait restée comme cela des heures, sans bouger, sans penser, dans cette bulle presque irréelle, s'il ne l'avait ramenée à la réalité en reprenant ses lèvres.

Elle gémit, rouvrit les yeux et plongea les mains dans ses cheveux. L'attirant à elle, elle caressa son cou, ses épaules, son dos athlétique.

— Tu as un corps incroyable, dit-il. Il est tellement doux, tellement sensuel.

Elle cligna des yeux.

Mais non, son corps n'avait rien d'incroyable ! En dix ans de vie commune, Dan ne le lui avait jamais dit.

Elle voulut répliquer mais ne trouva rien à dire. Ivo semblait tellement sincère en lui faisant ce compliment que, pour un peu, elle l'aurait cru.

il la regardait, l'air grave, comme s'il réfléchissait au prochain plaisir qu'il voulait lui donner.

Tout excitée au souvenir de la veille, elle se dressa sur son matelas de plage, trouva sa bouche et retomba avec lui.

Il était allongé sur elle, maintenant. Il frottait ses hanches contre les siennes, et son sexe dur appuyait sur son ventre, ce qui l'excitait. Elle n'allait pas pouvoir endurer cela très longtemps.

Elle se cambra, passa les bras derrière son dos et le serra très fort. Elle écarta les jambes, gémit et, ne se contrôlant plus, pinça son dos, griffa ses épaules. Elles étaient musclées et dures d'avoir tellement ramé. Elles étaient aussi tellement rassurantes.

Elle ne pouvait plus bouger. Il pesait lourd... Mais elle aimait ce poids et l'impression qu'il lui donnait de lui appartenir. Il dut le sentir car, sans la lâcher, il se retourna. Sur le dos maintenant, il écarta les bonnets de son soutien-gorge et embrassa ses mamelons qui durcirent sur sa langue.

Allongée sur lui, elle sentait le feu du soleil sur sa peau et la brise de mer lui caresser le dos. Elle sentait aussi les mouvements de ses hanches contre les siennes et le plaisir qu'il semblait prendre à la torturer.

Quand il fit glisser son doigt jusqu'en bas de son dos, un long frisson la parcourut. Il tira sur la bretelle de son haut et chuchota,

— Assieds-toi.

Quand elle fut assise, il s'assit lui aussi et, petit à petit, souleva son haut de bikini, buvant des yeux la beauté de ses seins.

— Approche, dit-il, prenant ses fesses dans ses mains.

Comme elle se serrait contre lui, il mordilla un à un ses mamelons, les yeux levés vers son visage pour jouir de sa réaction.

Elle trembla violemment, tant la sensation était intense.

Il s'écarta d'elle, mais son visage trahissait un désir au moins égal à celui qu'elle éprouvait pour lui.

Comment un tel délire était-il possible ? Quels démons les égaraient ?

Il rabaissa son top sur sa poitrine et le renoua dans son dos sans rien dire.

Muette de stupéfaction, elle le fixa. C'était tout ?

La prenant alors par les hanches, il la rallongea sur le matelas.

— Pas maintenant, murmura-t-il lui caressant les cheveux. Nous avons un petit déjeuner à honorer.

7

La réception organisée pour les personnes conviées au baptême de Gabriela avait lieu dans la grande serre du palais. De somptueux bouquets de roses blanches ornaient l'immense verrière qui surplombait le port de Monrosa.

Assis près de son oncle Johan, Ivo essayait de s'intéresser aux problèmes financiers de son oncle qui se lamentait d'avoir fait de déplorables investissements, mais son attention était attirée par Toni, qui se tenait de l'autre côté de la serre et qui n'hésitait pas à se présenter aux invités, surpris et charmés par sa beauté et son aisance.

Dans une très jolie robe rose pâle qui lui arrivait aux genoux, ses cheveux retenus en arrière par une pince en écaille de tortue, elle était ravissante. Les beautés explosives et refaites qui le dévoraient des yeux depuis quelques heures pouvaient aller se rhabiller, elles ne lui arrivaient pas à la cheville. Il n'était pas intéressé par leur pseudo-élégance, il aimait le naturel de Toni, sa sensualité. Il la voulait nue, offerte. Sans frein. Il voulait lui faire l'amour.

Sur la plage, il s'était fait violence pour ne pas aller plus loin alors qu'il ne pensait qu'à se débarrasser de ces bouts de tissu qui l'empêchaient de caresser ce qu'elle avait de plus sensible, de plus secret, de plus précieux.

Sa peau, son odeur, la façon dont elle se mouvait, ses gémissements le rendaient fou. Il n'avait jamais rien expérimenté de pareil. Sa façon de se blottir contre lui, ingénument, sa féminité adorable, sa sensibilité... tout en elle représentait à ses yeux ce qu'il y avait de plus épatant dans la vie.

C'était pour cela, parce que ça n'avait aucun sens, qu'il s'était interdit d'aller plus loin.

Pour l'heure – il la regarda du coin de l'œil –, elle se dirigeait vers Edwin et Kara. Elle semblait préoccupée.

Elle l'aperçut, lui sourit, mais il détourna les yeux.

C'était invivable cette envie d'être avec quelqu'un. Cela ne lui était jamais arrivé. Lui qui était si jaloux de sa solitude...

Il inspira profondément et rappela à Johan quelques statistiques sur les mouvements des marchés mondiaux, les prévisions de la Banque Mondiale et du Fonds monétaire international, tout en suivant des yeux Toni en grande conversation avec Edwin, qui affichait un bonheur sans partage depuis la naissance de Gabriela.

Kara, qui portait sa fille dans ses bras, parlait avec Luis, qui faisait des *areu areu* à sa nièce. L'enfant regardait son oncle, sous le charme, comme toutes les filles qui avaient l'occasion de l'approcher, Kara y compris.

Edwin et Luis travaillaient ensemble. Edwin dirigeait, Luis était son bras droit. Il s'occupait plus précisément du tourisme, pan important de l'économie du pays. Maintenant qu'il collaborait avec Edwin et qu'il avait fait, comme son frère, un mariage heureux, le lien entre eux s'était resserré.

Quand Johan se leva, Ivo ne bougea pas.

Que pouvait dire Luis à Toni qui la fasse rire autant ?

Agacé, jaloux peut-être, il regarda ailleurs, des picotements dans la nuque.

Malheur ! Ces picotements, c'était son père ! Il était là. Assis près d'une débauche d'orchidées, la passion de sa mère, il écoutait Alice, intarissable sur l'histoire de Monrosa. Mais son attention était ailleurs, cela se voyait.

Brusquement, faussant compagnie à Alice, il se leva et vint vers lui.

Que lui voulait-il ? Pourquoi le fixait-il avec cette insistance ?

Son père changeait. Depuis son abdication et la naissance de son premier petit-enfant, il s'était adouci, et Ivo ne savait plus trop comment se comporter avec lui maintenant. Il ne savait surtout pas comment régler les étranges demandes de son père sur la situation de Pacolore. Le mois dernier, il avait fait irruption à la *finca*, et ils avaient passé une heure ensemble, mal à l'aise, à parler de son portefeuille en bourse. En partant, son père semblait mécontent, comme s'il n'avait pas accompli ce pour quoi il était venu.

Ivo n'était pas idiot, il comprenait que son père voulait renouer. Mais comment retisser un lien après vingt années de silence ?

Voyant son père se diriger vers lui, il se leva, dans l'intention d'aller parler à Toni pour échapper à son père.

Zut ! Elle aussi venait vers lui, rayonnante, le bébé dans les bras.

Comme son père approchait, il se précipita vers elle.

— Partons ! Dit-il.

Toni lui tendit le bébé.

— Non, pas tout de suite. Prends donc un peu Gabriela dans tes bras.

Et, se tournant vers l'ex-souverain, elle sourit.

Pendant la cérémonie du baptême, Ivo avait reçu Gabriela des bras de son père et l'avait tenue au-dessus des fonts baptismaux. Puis il s'était tenu un peu à l'écart, muré dans le silence comme d'habitude. Gabriela réussirait-elle à resserrer les liens entre Ivo et sa famille ?

Pour l'instant, ce n'était pas gagné.

Il n'empêche... Il semblait sensible à l'innocence de sa nièce et lui souriait.

Mon Dieu ! La Machine, amadoué par le gazouillis d'un bébé !

— J'ai appris que vous êtes là pour interviewer mon fils Ivo.

— C'est exact, Votre Altesse.

— Vous en sortez quelque chose ?

Elle baissa les yeux, gênée d'être prise à témoin devant Ivo.

— Oui... Il me surprend à plus d'un titre. Ce sera sûrement la meilleure interview que j'aurai faite. Votre fils est un homme vraiment bien. C'est un plaisir de l'interroger. Il pousse à réfléchir.

D'abord étonné, l'ex-souverain regarda Ivo, puis une expression triste assombrit son visage.

— En ce cas, je l'écouterai. Qui sait ? J'apprendrai peut-être quelque chose !

Ivo fronça les sourcils.

— Tu écouteras ?

— Bien sûr.

Surpris, Ivo regarda l'enfant qu'il avait toujours dans les bras et déclara qu'il n'avait pas encore tout dit.

— Puisque le but de ce podcast est d'éveiller l'attention sur les maladies mentales chez les jeunes, j'ai l'intention de parler de mère et des conséquences que son décès a eues sur moi.

L'air sembla se raréfier dans la serre. La tension entre Ivo et son père devint presque palpable.

— Les affaires de notre famille ne regardent personne.

Ivo voulut rétorquer, mais son père balaya d'un geste la réplique qu'il avait sur la langue.

— Mais je comprends que tu veuilles en parler. Il est temps de régler les comptes avec le passé. Je n'ai sans doute pas toujours pris les bonnes décisions en ce qui concerne ma famille, et mes enfants en ont peut-être payé le prix. Une chose est certaine cependant, si j'ai pris ces décisions c'est que je les croyais les meilleures pour vous, mes trois fils.

Sur ces mots, il se retourna et partit.

De plus en plus sombre, Ivo regarda Toni, l'air furieux.

Elle n'avait rien fait de mal. Pourquoi, en ce cas, la regardait-il comme une ennemie ?

— Tu peux me dire pourquoi tu es contrarié ?

Ivo accéléra encore plus. Agrippé à son volant, il bouillait et ruminait les mots qu'il aurait dû dire mais n'avait jamais osé prononcer.

Tout changeait, et il ne savait comment réagir. Il se vantait d'être cool, de savoir laisser filer ce qui le dérangeait. Pour l'heure, ce n'était plus le cas. Il était débordé par sa colère et par d'autres émotions.

— Tu veux bien ralentir, s'il te plaît ?

De mauvaise grâce, il décéléra.

— Je ne vais pas vite.

— Si tu me laissais conduire ?

Soupir exaspéré.

— Non !

— Qu'est-ce que tu as ? Je vois bien que ça ne va pas.

— Je vais très bien.

Il mentait. Il en avait assez. De tout. De Toni. De ses questions. De sa vie. D'être incapable d'exprimer ses sentiments. D'être un emmuré vivant. Un handicapé de la vie.

— Je suis un outsider.

Elle écarquilla les yeux.

— Étranger à ma propre vie, si tu préfères.

Étonné de s'entendre parler, surtout de lui, il se referma.

— Ah ?

— Spectateur de ma vie, si tu veux, reprit-il. J'ai l'impression de la regarder de loin. Je me demande comment on peut être autant détaché de soi.

Estimant qu'il avait trop parlé, il poussa un soupir que Toni dut interpréter comme de l'irritation.

Elle posa la main sur son siège, près de sa cuisse, délicatement.

— C'est nouveau, ou ça a toujours été le cas ?

Malgré lui, les mots se formèrent.

— Avant la mort de ma mère, je n'étais pas comme ça... Enfin, il me semble. C'est tellement vieux ! Après, je n'ai plus su vers qui me tourner, à qui me fier. Je me suis dit que le plus sûr, c'était de ne compter que sur moi.

— Tu avais ton père, tes frères...

— Ils avaient leurs trucs à régler, eux aussi.

Comment expliquer qu'il suffoquait de culpabilité quand il pensait à la mort de sa mère ? Comment expliquer qu'il s'était interdit d'être un poids pour les autres ? Qu'il avait été terrorisé à l'idée de pleurer devant les milliers de badauds qui regardaient passer le cortège funèbre ? Une démonstration de chagrin en public aurait horripilé sa famille. Pire que tout, il aurait déçu sa maman en faisant étalage de son chagrin au lieu de la respecter en restant digne dans sa peine.

— Tu as dû te sentir très seul, à l'époque.

Un poids dans la poitrine, il haussa les épaules.

— À l'époque ? C'est vieux, mais c'est comme si c'était hier.

Sa mémoire était là pour lui rappeler les journées passées seul, enfermé dans sa chambre dont il ne parvenait pas à sortir. Pour lui rappeler sa famille qu'il voyait aller et venir dans le palais alors qu'il désespérait de voir quelqu'un entrer dans sa chambre, s'asseoir près de lui et le consoler. Mais non, au lieu d'une oreille secourable, c'était un aide du palais que son père lui avait adressé pour le persuader de quitter sa chambre !

— Compte tenu de ce qu'a dit ton père tout à l'heure, tu peux peut-être essayer de te rabibocher avec lui ?

— Peut-être.

— Pourquoi ne parles-tu pas ? Pourquoi ne dis-tu pas aux gens ce que tu attends d'eux ? Tu as peur de quoi ?

— Peut-être que je n'en ai pas envie.

Toni attendit qu'il ait fini de contourner un groupe de cyclistes et se tourna vers lui.

— Je comprends que tu es un vrai solitaire, mais la vie ne marche pas comme ça, Ivo. Il faut sortir, parler, se faire des relations, les entretenir. Évidemment, il faut bien choisir. Ensuite, faire confiance et te dire que personne ne te fera de mal intentionnellement.

Il la regarda par en dessous.

— Je peux te faire confiance, à toi ?

Si sa question la blessa, elle fit en sorte qu'il ne puisse pas s'en rendre compte.

— J'aurais pensé que tu avais la réponse. Mais puisque tu me le demandes, oui, tu peux me faire confiance.

Elle inspira une grande bouffée d'air.

— Mais ce n'est pas moi, l'important, c'est ta famille, les gens qui jouent un rôle dans ta vie. C'est à eux que tu dois t'ouvrir. Je sais, cela ne sera pas facile car il y a plein de non-dits chez vous, mais j'ai constaté ce soir que tu es attaché aux tiens. Le moment est venu de faire bouger les choses, non ?

Sa colère était retombée, remplacée par une espèce de découragement.

Ils arrivaient aux grilles de San Jorbo. Il les franchit et fila jusqu'à la maison sans dire un mot aux gardiens comme il le faisait d'habitude.

— Je ne saurais même pas par quel bout commencer, souffla-t-il.

— Passe du temps avec eux. Invite ton père ici, va voir Gabriela. Tu es tellement heureux avec elle. Nouvelle génération égale souvent nouveau départ. Pour tout le monde. Les choses peuvent changer, les gens peuvent changer.

— Même moi ?

— Oui, si tu le décides. Es-tu prêt à te rapprocher de ta famille avec tout ce que cela suppose de négatif et de positif ? Ou es-tu plus heureux tout seul, ne te reposant que sur toi ?

Sourire en coin, il la fixa.

— Et si je te retournais la question ?

Ils se regardèrent et rirent.

— Oh... Moi, j'ai ma mère et mes amis !

— Ça te suffit ?

La voiture s'arrêtant devant la *finca*, Toni se pencha pour prendre son sac sous ses jambes.

— Tu veux que je te parle franchement ? Si je cherchais un compagnon, tu serais la dernière personne que je voudrais. OK, tu as plein d'atouts, tu fais l'amour divinement, tu réussis, tu es intelligent, etc. etc. Mais tu es beaucoup trop compliqué pour moi. Tu me rends folle avec tes silences. J'ai besoin de quelqu'un d'ouvert, de direct, quelqu'un qui dise ce qu'il pense... Éventuellement ce qu'il a sur le cœur.

Elle reprit son souffle.

— Je serais une enquiquineuse, toujours à me demander ce que tu ressasses, à quémander ton amour. Tu ne me supporterais pas longtemps. Et, très franchement, moi non plus !

Après réflexion – devait-il se sentir offensé, ou être soulagé ? –, il hésita à répondre. Que dire ?

La première chose qui lui passait par la tête lui échappa.

— Pourquoi me dis-tu ça ?

— Pour que les choses soient bien claires et qu'on sache exactement où l'on se situe l'un vis-à-vis de l'autre.

— Comment cela ?

— On a couché ensemble, et ensuite, à la plage, tu as littéralement décampé...

Vexé par sa réponse, il tenta de s'expliquer.

— Partis comme on était partis, – rappelle-toi hier soir –, j'ai eu peur qu'on n'arrive pas à temps au baptême de Gabriela... Mais je te prie de m'excuser.

Toni se mordit la lèvre.

Oh là là ! Terrain miné ! Pourquoi s'était-elle engagée dans cette voie-là ?

Pressée de descendre de voiture, le cœur battant, elle fila vers l'entrée, où elle attendit Ivo qui semblait s'ingénier à prendre son temps.

Son cœur cognait, elle était étourdie, et il fallait qu'elle joue la femme détachée !

Elle s'en sentait incapable.

À cet instant, Ivo la rattrapa, la regarda de ses beaux yeux gris. Sans rien dire. Et resta sans bouger devant elle.

Excitée par sa présence corporelle et déjà énervée par son silence, elle sentit qu'il ne lui restait plus qu'une chose à faire : prendre ses jambes à son cou et déguerpir. Loin. Et tant pis pour les interviews...

Ce fut à ce moment-là qu'il la saisit par la taille.

Ce qu'elle se rappelait de la suite se résumait à trois choses : elle s'était retrouvée sur les épaules d'Ivo. Il descendait vers la plage en la portant comme un sac, semant ses sandales en chemin.

— Qu'est-ce que tu fais ?

— Je crois que ce serait pas mal qu'on se calme un peu tous les deux, dit-il.

Arrivé à la plage, il la déposa au bord de l'eau et, sans dire un mot, la fit pivoter, défit sa fermeture Éclair et l'embrassa dans le cou.

Au lieu de se calmer, elle se tendit vers lui. Il souleva alors son soutien-gorge en dentelle et caressa ses seins. Puis, lui mordillant l'oreille, fit glisser sa robe, qui tomba dans le sable.

Stressée, elle inspira une grande bouffée d'air.

— Mais... On va nous voir.

— Il fait trop noir, dit-il en riant. Pourquoi dis-tu cela ? Tu ne veux plus ?

Et sans attendre sa réponse, il déboutonna sa chemise et la jeta par terre. Ses chaussures et son pantalon suivirent. Moulé dans son caleçon, il était terriblement excitant. Elle ne résista pas longtemps.

Il tomba à genoux, la déséquilibrant, mais il la rattrapa par les hanches et la ramena à lui.

Tombant à genoux à son tour, elle entrouvrit la bouche.

Elle voulait ses lèvres sur les siennes. Tout de suite !

Penché sur elle, il happa ses lèvres, décuplant son excitation. Elle gémit, gémit plus fort.

Encouragé par son enthousiasme, il fouilla sa bouche. Mais elle voulait encore plus. Elle voulait tout. Il s'écarta, se leva, l'aida à se relever, la déshabillant du regard.

— Je te veux nue, dit-il.

Elle hésita, mais son regard fiévreux sur sa poitrine et sur ses hanches la décida. Elle dégrafa son soutien-gorge, fit glisser les bretelles sur ses bras tout doucement pour le faire languir. Dans l'air froid de la nuit, ses seins pointèrent.

Se délectant de la sensualité de la scène qu'elle jouait sous ses yeux, Ivo, soupira de plaisir.

Il prit un de ses seins dans sa main, en titilla le mamelon et, excité de la voir se tortiller, sourit.

Elle avait envie qu'il la prenne maintenant. Qu'il l'allonge sur le sable et lui ôte sa culotte. C'était fou, elle n'avait jamais autant désiré un homme.

— Tu es sûre que... ?

Elle recula pour mieux le voir.

— Pourquoi ? Pas toi ?

— Si, mais je veux être certain que tu en as vraiment envie.

— Tais-toi, dit-elle. Arrête de parler. Pour une fois, c'est moi qui te le demande.

Il rit et reprit le bout de son sein dans sa bouche, le mordilla. Sa langue était râpeuse, elle décuplait son plaisir. Elle se cambra. Mais, vite, il s'arrêta. Il leva le visage vers elle, l'air soudain grave.

— Je veux que tu saches que ce que je fais là, je ne l'ai jamais fait auparavant, commença-t-il. Qu'avant toi, je n'avais jamais fait l'amour à une femme sur cette plage. J'en ai toujours rêvé, mais jusqu'à ce que je te connaisse, je n'ai jamais rencontré quelqu'un qui me donne envie de vivre ce fantasme.

— Dois-je prendre ça comme un compliment ? souffla-t-elle.

— Absolument.

Elle vit qu'il cherchait ses mots.

— Comment dire... ? Je veux que tu saches que tout ceci est... n'est pas la norme pour moi. Qu'avec toi, tout est différent.

Le cœur battant comme un fou, elle ne réagit pas, n'osant accorder du sens à ce qu'elle entendait.

Ivo sentit qu'il fallait qu'il s'explique.

— Avec toi... Mon besoin d'être avec toi est quelque chose de nouveau. Une chose que je n'avais jamais connue. C'est un besoin violent. intense. C'est... Comment dire ? Indomptable. C'est le mot, indomptable. Tu vois ce que je veux dire ?

Toni fit oui de la tête, ses yeux sombres l'attirant dans un univers empli de chaude compréhension.

Il l'embrassa, tendrement maintenant, et la tenant par la main, il entra dans la mer. Quand l'eau arriva aux épaules de Toni, il la souleva et, serrant ses jambes autour de ses reins, l'embrassa de nouveau. Puis il la reposa sur le sable. Elle se dégagea de ses bras et l'entraîna vers le bord. Là, elle lui enleva son caleçon et le caressa. À son tour, il lui ôta son slip et la plaqua contre lui, violemment.

Serrés l'un contre l'autre, échangeant des baisers passionnés tout en se balançant d'avant en arrière, ils sentirent qu'ils n'allaient plus contrôler longtemps leur désir.

— Viens, remontons à la *finca*, dit-il.

Elle secoua la tête.

— Non, je veux être ton fantasme ! Je veux faire l'amour ici, en pleine nature. C'est vrai et c'est beau.

Il la ramena dans la mer, et là, il la pénétra.

Elle poussa un cri, sa tête retomba sur son épaule. Il se retira et recommença, de plus en plus vite, en rythme avec elle, qui se cambrait pour mieux s'offrir.

Brusquement, elle rejeta la tête en arrière et, poussant un long gémissement, trouva l'apaisement.

Il la regarda jouir et, convulsé par un plaisir comme il n'en avait jamais connu, il se libéra lui aussi.

8

Elle se réveilla, les jambes d'Ivo et les siennes emmêlées, et ne s'étonna pas de se trouver dans son lit.

Qu'y avait-il de bizarre à être allongée près de lui ? À le découvrir penché sur elle, lui souriant ?

— Bonjour...

Il caressa l'ourlet de son oreille aussi tendrement qu'il lui avait fait l'amour toute la nuit... Hier soir, à la plage, incapable de résister, il l'avait prise comme un fou. Leur étreinte avait été torride. Une fois remis, ils étaient revenus à la finca, s'étaient douchés et avaient refait l'amour. Au lit, cette fois.

— Tu as du sable dans l'oreille.

Sa voix encore endormie était rauque et sensuelle. Il avait les cheveux en bataille. Et elle, elle était au septième ciel.

Pour l'instant, car dans vingt-quatre heures, ces quelques jours volés à sa routine seraient du passé. De l'histoire ancienne.

Inutile d'y penser. À quoi bon se faire du mal ? Au contraire, elle devait en profiter jusqu'à la dernière minute, paresser sans réfléchir sauf au bonheur de se vautrer dans le plaisir. Cela faisait tellement de bien !

Elle fit rouler Ivo sur le dos et s'allongea sur lui. Le nez dans le creux de son cou, elle inspira son odeur. Un mélange de musc, de fatigue et de drap fraîchement lavé.

— Tu as des mains incroyables, dit-elle les sentant courir sur son dos.

Elle releva la tête et rit.

— Si un jour tu en as assez de ton métier, deviens masseur. Tu ferais ça très bien.

Il la fit rouler sur le côté et l'embrassa.

— Tu as un corps... Je ne serai jamais rassasié de toi, murmura-t-il.

Elle sentit son cœur faire un bond.

Elle savait, pourtant, le peu d'importance qu'elle devait accorder à ce qu'il venait de dire. Ces mots-là avaient déjà échappé à Ivo dans le feu de leurs étreintes. Il n'y entrait pas de sentiments – pour sa part à lui, car de son côté elle se sentait de plus en plus attachée, comme par un lien invisible, une émotion qui ne disait pas son nom. Mais cela ne changeait rien à ce que l'un et l'autre attendaient de cette aventure. Depuis le début, il avait été clair, il n'était question que de plaisir, celui d'être ensemble le temps d'un week-end prolongé.

Elle glissa sur lui, embrassa sa poitrine. La faute à leurs ébats, sa peau avait un goût de sel. Elle glissa plus bas, sentit son sexe dur, gonflé de désir.

Il la ramena vers lui, la retourna et s'allongea sur elle. Très vite, ses doigts palpèrent le creux entre ses cuisses.

— Tu es prête ? s'inquiéta-t-il, le regard fiévreux,

D'un signe de la tête, elle répondit oui. Elle avait envie de lui, vite, très vite. Son désir la torturait.

Comprenant à son regard qu'elle ne voulait plus attendre, il la pénétra.

Yeux dans les yeux, silencieux, connectés, ils commencèrent à aller et venir, ensemble, à l'unisson. Quand il accéléra la cadence, elle multiplia à son rythme les mouvements de ses hanches, se soulevant pour le sentir la remplir complètement.

— Ivo !

Il donna un coup de reins violent, se jeta en arrière avant de retomber sur elle, poussant un râle de jouissance.

Comblée, bouleversée, elle se resserra autour de lui et, émerveillée par la volupté qu'elle ressentait, lui cria son plaisir.

La dernière interview était en cours. Assis sur le canapé du salon, les portes donnant sur la terrasse grandes ouvertes pour laisser passer la brise de mer, Toni et Ivo discutaient.

Elle avait beau faire des efforts, elle avait du mal à cacher sa nervosité. Il y avait tellement de gentillesse et de compréhension dans leur échange qu'elle ne voulait pas risquer de tout gâcher en posant des questions inopportunes qui contrarieraient peut-être Ivo.

Elle rajusta son short – il lui avait promis de l'emmener voir le cap le plus occidental de l'île après l'interview – et lui demanda s'il voulait bien évoquer sa carrière.

Elle brancha son micro.

— Faire de l'aviron, est-ce compatible avec un statut de prince et une vie de famille ?

Il se crispa.

— Je vois que vous n'êtes pas à l'aise avec cette question, insista-t-elle.

En guise de réponse, il haussa les épaules.

Elle coupa le micro.

Elle avait besoin de cette interview. Ses entretiens précédents étaient trop courts, ils ne rempliraient jamais un format d'une heure. De plus, la matière qu'elle lui avait arrachée jusque-là n'apportait pas d'éclairage sur le prince. Pouvait-elle se permettre d'insister parce qu'elle en avait besoin professionnellement ?

Elle le regarda et soupira.

— Je manque de contenu, se hasarda-t-elle. Mais je ne veux pas te mettre la pression. À cause de ce qu'il s'est passé entre nous sur le plan personnel, je ne parviens plus à faire la part de ce que je peux dire dans mon podcast. J'ai peur de mélanger, tu comprends ? Je ne voudrais pas que mon interview te desserve, évidemment. Mais je veux qu'elle intéresse les auditeurs, qu'elle leur montre qui tu es vraiment, tout en respectant ta vie privée.

— Pourquoi ?

Il connaissait la technique, elle était habile. Répondre à unc question par une autre question.

Se mordillant les lèvres, elle réfléchit à la manière de lui exprimer son problème.

— Comme je t'aime beaucoup et comme je te respecte, je ne sais pas comment faire le tri entre ce que tu m'as dit sur le ton de la confidence et ce que je peux divulguer sur les ondes.

L'air grave, Ivo la considéra un moment, puis elle vit le coin de ses lèvres se rebiquer.

— Merci, dit-il avec un sourire.

Elle attendit qu'il poursuive, mais il en resta là.

Cherchant à se conforter dans l'idée que seul le besoin de sortir une interview expliquait ce qu'elle venait de lui dire, elle réfléchit. Si elle était honnête, qu'est-ce qui la motivait réellement ? Ne chercherait-elle pas, plutôt, à consolider le lien qui s'était noué entre eux, ce lien qu'elle aimerait voir durer au-delà de ce trop court week-end ?

Ivo souriait toujours, et son sourire était adorable. Comment ne pas fondre devant tant de charme ? Comment ne pas le désirer ?

S'impatientant soudain, il montra le matériel d'enregistrement.

— Finissons-en avec ça, dit-il. Avant que nous ne fassions autre chose… une nouvelle fois.

À plusieurs reprises, ce matin, ils avaient tenté de se préparer, mais le premier à peine levé, l'autre le rattrapait par le bras et le rallongeait dans le lit. Quand elle était allée se doucher, Ivo l'avait suivie jusque sous le jet. Plus tard, il avait recommencé, le coquin ! Elle voulait s'habiller mais, à peine sa culotte enfilée, Ivo la lui avait enlevée sans se soucier de ses protestations, et il l'avait plaquée contre la porte du dressing. Là, il lui avait refait l'amour bien qu'elle n'ait cessé de gigoter.

Il avait des jeux comme ça… Qui l'aurait soupçonné ? La duplicité, toujours !

D'une main tremblante, elle appuya sur *enregistrement* et jeta un coup d'œil aux questions qu'elle avait préparées le matin, pendant qu'il consultait ses courriels. Dans la pièce silencieuse, son cœur s'était emballé en rêvant à d'autres week-ends, plus longs que celui-ci, seule avec lui.

— Bien, commença-t-elle. Vous avez participé à deux

compétitions internationales. Vous étiez favori pour les deux. Vous avez décroché la médaille d'or à la seconde course. Comment se fait-il que vous ne soyez arrivé que quatrième à la première ? C'était une contre-performance. Comment l'avez-vous vécu ?

— Très mal. Notre équipe n'avait pas tout donné. Nous avions déçu les Monrosiens qui comptaient beaucoup sur nous. C'est ce qui m'a le plus blessé. Personnellement, j'ai failli tout arrêter. À ce niveau, les efforts et les entraînements sont drastiques... Et puis, je me suis interrogé. Étais-je assez bon ?

— Vous étiez considéré comme la vedette de l'équipe. Qu'ont pensé vos équipiers quand vous avez songé à tout abandonner ?

Il haussa les épaules.

— Après les courses, nous sommes partis chacun de son côté. Nous n'avions pas vraiment envie de commenter. Ils voulaient tous retrouver leur femme ou leur compagne au plus vite.

— Vous n'avez parlé à personne de votre déception ? De votre envie de tout laisser tomber ?

— Non.

— Vous en avez bien discuté *un peu* avec eux... Ou avec quelqu'un d'autre ?

Ça la dépassait ! Il était encore plus coupé du monde qu'elle ne l'avait imaginé. Comment pouvait-il mener ce genre de vie ?

Une fois de plus, Ivo haussa les épaules.

— À quoi bon ? On avait raté, c'était plié, comme vous dites.

— Donc, pardon si je me répète, vous n'avez partagé la... frustration de votre échec avec personne.

— Non. Cela n'aurait servi à rien. J'ai vite compris que je perdais mon énergie à ressasser ma déception. Qu'il valait mieux que je me concentre sur l'objectif suprême, ramener une médaille d'or à Monrosa. Avec l'équipe, nous nous sommes revus et nous avons travaillé ensemble à améliorer ce par quoi nous avions échoué. Depuis nos entraînements jusqu'à notre alimentation – oui, ça compte – en passant par l'agenda des compétitions. Donc, vous voyez, une défaite peut rendre plus fort, tout dépend de la façon dont on l'aborde.

Ce n'était pas le sujet. Il déviait la conversation du thème qu'elle souhaitait développer : le fait de n'avoir parlé à personne après leur échec. Il le faisait certainement exprès.

Pouvait-elle insister ? Si elle le faisait, comment réagirait-il ? Elle avait l'impression de marcher sur une corde raide.

Elle réfléchit deux secondes.

Pourquoi n'osait-elle pas le pousser dans ses retranchements, lui demander de pousser plus loin l'analyse ? Cela en disait long sur les limites de leur relation.

Il n'empêche, elle avait un podcast à fournir et...

— Je reviens à notre sujet, dit-elle. Vous dites que vous n'avez parlé à personne de ce que vous avez éprouvé à la suite de votre échec. Pourquoi ? C'était trop difficile pour vous de parler ? Mais n'était-ce pas encore plus difficile de ne rien dire ?

Ivo plissa le front. La question l'agaçait.

Elle crut qu'il allait botter en touche, mais finalement, après un hochement de tête, il commença.

— À cette époque, je me disais que se répandre en palabres ne servait à rien. Mais j'ai révisé mon jugement. Grâce à ces quelques jours avec vous, je commence à comprendre l'utilité de partager ses expériences. Oui, aujourd'hui, je me dis que c'est bénéfique.

Elle sourit, rougit un peu.

— L'équilibre est fragile entre se protéger et se livrer. Mentir ou être sincère.

Elle capta son regard, le soutint et, leurs ébats amoureux vibrant encore dans ses yeux gris, elle s'empressa de poursuivre.

— Je sais que vous ne serez sans doute pas d'accord mais, à choisir, je crois que je préférerais avoir une vie sociale ouverte.

— Je pense que vous avez raison. C'est une option plus courageuse. Être ouvert.

Prise de court, elle le dévisagea.

— Vraiment ? Vous le pensez vraiment ?

— Oui.

Elle devait se rappeler ses auditeurs. Ce qu'il racontait là ne signifierait pas grand-chose pour eux. Il fallait lui poser des questions plus directes, qu'il se dévoile. Mais cela risquait de fragiliser l'équilibre de leur relation.

Ce lien était-il si précaire qu'il pourrait se défaire à la première occasion ?

Elle serra des dents.

En vérité, elle redoutait de lui servir un prétexte pour s'éloigner d'elle.

Elle reprit.

— On vous surnomme la Machine. Vous avez la réputation d'être impénétrable. Êtes-vous en train de dire que vous aimeriez être plus sociable ? Que vous allez faire des efforts pour le devenir ?

— Je suis d'une nature renfermée. Cela m'a servi dans le passé, mais ma vie et ma carrière évoluent, et je commence à apprécier une certaine ouverture. Quant à savoir si je saurai mettre en œuvre ce que je souhaite, l'avenir nous le dira.

Il fit une mimique amusée.

— Comme on dit, les habitudes ont la vie dure.

— Avec qui aimeriez-vous vous montrer plus ouvert ?

Sa question lui valut un sourire.

— Grâce à vos interviews, avec le monde entier ! J'en ai dit plus en quelques entretiens que depuis ma naissance ! Plus sérieusement, j'aimerais être plus proche de ma famille, car je me rends compte à présent que j'ai besoin d'elle.

Elle opina sans rien dire, espérant secrètement qu'il ajoute qu'il souhaitait *aussi* resserrer son lien avec elle.

Mais Ivo ne lui avait donné aucune raison d'espérer. Et d'ailleurs cela ne regardait pas les auditeurs. Cette pensée étant absurde, elle tenta de la chasser.

Heureusement il reprit, la détournant de ses illusions.

— Depuis qu'on m'a mis en pension à douze ans, l'idée de faire de l'aviron a dominé ma vie. Mes relations avec ma famille en ont souffert. Elles se sont distendues et, je le sais, c'est une situation qu'il faut que je corrige.

Heureuse de cette confession, elle lui fit un grand sourire d'encouragement.

Elle ne saurait jamais s'il avait finalement renoué avec sa famille. C'était dommage...

Pour se donner une contenance – ne pas penser qu'à partir

de demain elle n'entendrait parler de lui qu'à travers les bribes de conversation qu'elle glanerait auprès de Kara et d'Alice –, elle plongea le nez dans ses notes.

— Étant donné les sacrifices qu'exige une carrière de sportif de haut niveau comme la vôtre, diriez-vous que votre unique motivation était de décrocher une médaille d'or ?

— Je suis fier d'être monrosien. Je voulais cette médaille d'or pour mon pays. Je suis conscient des privilèges dont je bénéficie en tant que membre de la famille princière. Il me semble que je dois contribuer à l'identité et au succès de Monrosa. Cette médaille est ma contribution.

Il reprit son souffle.

— Je suis quelqu'un qui a toujours préféré adopter un profil bas. J'espère que mes concitoyens comprennent ma préférence pour ce style de vie. Cela ne veut pas dire que Monrosa ne compte pas pour moi. Maintenant que je vis toute l'année ici, je goûte les charmes de ce pays. Je veux qu'il continue de bouillonner...

Elle remarqua qu'il était ému.

— Je suis fier des transformations que mon frère aîné Edwin a déjà entreprises, et je joindrai mes efforts aux siens pour améliorer encore le quotidien des Monrosiens et accroître le rayonnement de notre île dans le monde.

Elle hésita et, après quelques secondes, se décida. Se demandant s'il allait répondre sincèrement, elle le regarda droit dans les yeux.

— L'abdication de votre père au profit de votre frère Edwin a choqué le monde. Et vous ?

Ivo inclina la tête.

— Oui, ça m'a fait un choc. Régner était tout pour mon père. Encore plus après le décès de ma mère. Cette responsabilité lui donnait un but, une raison d'être. Je n'aurais jamais imaginé qu'il abdique. Mais il a estimé que Monrosa méritait une gouvernance plus jeune. Plus dynamique. Avec plein de projets et d'idées nouvelles. J'admire la décision qu'il a prise. Rien ni personne ne l'y contraignaient...

Ivo lui fit signe d'arrêter l'enregistrement.

— En fait, ce n'était pas la seule raison de son abdication. Il l'a fait pour obliger Edwin à se marier et avoir des enfants.

Avait-elle bien entendu ?

— Tu veux dire qu'il a forcé ton frère à se marier ?

— Oui. Edwin et Kara, c'est un mariage arrangé.

— Non ! Ils sont amoureux comme pas deux !

Sidérée, elle s'arrêta. Ce n'était pas possible ! Il inventait.

— Je sais. Ils ont toujours été fous l'un de l'autre, mais il a fallu l'intervention de mon père pour qu'il se passe quelque chose.

— Tu veux dire que c'est une espèce de coup monté ?

— Oui... Si l'on veut. Mon père voulait des héritiers pour la couronne. Il est bourré de défauts, mais il y a une chose qu'on ne peut pas lui enlever : il adorait ma mère. Je pense qu'il a voulu la même chose pour mon frère.

— Pour Luis et pour toi aussi, alors ?

Il opina.

Le souffle coupé, elle le dévisagea.

L'idée que le père d'Ivo allait peut-être le marier était monstrueuse ! Heureusement, elle était assise, car en s'imaginant devant son téléviseur en train de regarder Ivo sortir de l'église au bras de sa femme, elle sentit que la tête lui tournait. Prise de vertige, au bord du malaise, manquant d'air, elle plaqua la main sur son cou et agrippa de l'autre le siège de son fauteuil.

Ivo avait beau dire qu'il ne se marierait pas, devant l'insistance de son père, il se laisserait peut-être faire. Oui, sans doute cèderait-il.

Elle prit son courage à deux mains et, au lieu de lui poser la question qui lui brûlait la langue – pourquoi m'as-tu fait cette confidence ? –, elle lui adressa le sourire le plus dégagé qu'elle put.

— Je suis sûre que tu seras un papa poule formidable... Quand tu te décideras à être père.

Il la regarda, l'air surpris.

— Eh bien, oui, insista-t-elle. Je t'ai vu avec Gabriela. Avant le baptême, je me disais que si tu devenais père, je plaindrais tes enfants. Ça ne serait pas rigolo tous les jours. Tu serais psychorigide, distant et strict. sévère. Maintenant, je sais que tu seras un papa gâteau.

Un sourire triste aux lèvres, Ivo remua bizarrement les épaules. Comme si quelque chose dans son col le démangeait.

— Bien, si nous retournions à nos moutons ?

Elle consulta sa liste de questions sans vraiment prêter attention à ce qu'elle lisait, la tête ailleurs.

La croyait-il quand elle disait qu'il serait un bon père ? Accordait-il une quelconque valeur à ce qu'elle pensait ?

Mais pourquoi se poser ce genre de questions ? Où voulait-elle en venir ? Savoir s'il pensait qu'elle ferait une bonne mère ?

Elle avait trop de choses dans la tête. Il fallait qu'elle fasse le vide. Ce week-end n'était qu'une aventure, l'occasion de prendre un peu de plaisir. Elle avait tort de décortiquer ce que disait Ivo, d'accorder de l'importance à ce qui n'était qu'une parenthèse dans sa vie.

Elle releva la tête de ses notes. Appuya sur la touche Enregistrement.

— Vous arrive-t-il de trouver la vie publique pesante ?

Il la regarda avec une telle insistance qu'elle dut inspirer très fort pour ne pas flancher.

— Je vous l'ai dit plus tôt, je n'aime pas m'afficher. Mon échec au championnat d'aviron m'a cassé, mais c'est dès après le décès de ma mère que j'ai dû me battre contre ma nature renfermée. Faire bonne figure en public m'a beaucoup coûté…

Ivo sentit – entendit presque – son cœur cogner dans sa poitrine.

C'était la première fois qu'il se livrait de cette façon. Il n'en revenait pas. Son statut de prince lui imposait d'être stoïque et de ne jamais étaler ses sentiments, ni joies, ni peines. Or, c'était exactement ce qu'il était en train de faire.

C'était la faute de Toni et de ses questions. Aucun journaliste avant elle n'avait cherché à creuser pour savoir qui il était vraiment. D'accord, elle ne lui avait pas mis le couteau sous la gorge pour l'obliger à répondre. Il avait répondu parce qu'il avait envie de parler, de dire sa difficulté à s'accepter. Envie que les gens comme lui comprennent qu'ils n'étaient pas seuls dans leur mal-être.

C'était comme si Toni l'avait décadenassé. Était-ce le résultat de sa présence dans la *finca* ? Sa présence souriante et joyeuse qu'il avait finalement appréciée malgré sa réserve du début ? Ou l'effet de l'épuisement physique qu'il éprouvait pour s'être trop adonné aux plaisirs du sexe ? Ou la sérénité qu'il ressentait lors de leurs étreintes quand, lui faisant l'amour, il la regardait dans les yeux et qu'elle lui souriait tendrement, acceptant ses baisers ardents, ses caresses profondes, sans frein, comme si les moments intimes qu'ils partageaient la transportaient comme par magie dans un monde de merveilles.

— Souhaitez-vous parler de votre mère ?

Il ferma les yeux un instant.

La plaie du deuil n'avait jamais cicatrisé. Mais il n'était pas le seul à avoir perdu un parent. À cet instant précis, des pères et des mères laissaient des orphelins. Peut-être pouvait-il leur dire, à ces enfants meurtris, qu'ils avaient le droit de pleurer ?

— Quand elle est morte, j'ai été... comment dire ? Assommé et immensément triste. Au début, j'étais tellement sous le choc que je ne pouvais plus parler. Quand j'ai récupéré un peu et que j'ai voulu parler, mes proches étaient pour la plupart passés à autre chose. Ils avaient fait leur deuil à leur façon. Si des parents ou des personnes en charge d'enfants orphelins m'écoutent, je ne puis que leur conseiller de laisser ces enfants exprimer leur chagrin, aussi longtemps qu'ils en ont besoin. Il faut du temps pour surmonter une telle épreuve. L'essentiel est de respecter la souffrance et de savoir être présent quand le besoin de parler renaît.

— Vous-même, avez-vous trouvé des oreilles bienveillantes ?

Il haussa les épaules.

— Je n'étais pas prêt. Et, autour de moi, il y avait aussi du désespoir.

Se rappelant l'attitude de son père après l'accident, il se bloqua. Il ne lui avait jamais pardonné sa colère et encore moins l'obligation qu'il lui avait faite de défiler le jour des funérailles. Mais, la veille, son père avait promis de parler de tout cela. C'était la première fois qu'il faisait preuve d'une telle ouverture envers lui.

Il hocha la tête. Il n'allait pas assassiner son père sur les ondes. Aucun des deux n'en tirerait avantage.

— Longtemps, j'ai cru que me renfermer sur moi-même et nier mes sentiments m'aideraient à m'en sortir. Je me suis coupé des miens pour pouvoir pleurer sans me cacher, gérer mon remords, et surtout la monstrueuse culpabilité qui me hantait.

— *Quelle* culpabilité ?

Bon sang ! Ça allait durer encore longtemps, cet interrogatoire ? Elle n'avait rien d'autre à faire ? Il n'allait pas les assommer avec son histoire, elle et les auditeurs !

Son caprice : avoir insisté pour qu'elle monte avec lui ce jour-là, alors qu'elle n'était pas bien. La chute de cheval de sa mère. Lui qui la laisse pour aller chercher du secours....

Quel intérêt y avait-il à faire étalage de ses torts pour que les autres s'en gargarisent ?

— L'accident de ma mère ! Si je n'avais pas galopé loin devant elle, elle serait peut-être toujours en vie. Ensuite, je le dis pour la Xième fois, j'ai fait l'erreur de me renfermer sur moi-même. Aujourd'hui, je sais que le contact avec les autres est important. Je peux même dire que je l'apprécie. Oui, j'ai changé. Et mon attitude envers mes proches est en train de se modifier. Je ne veux pas que les tensions qui affectaient notre famille impactent la future génération.

Toni sourit et jeta un coup d'œil à sa liste de questions.

— Quels sont vos espoirs pour l'avenir ?

Quelques jours plus tôt, il aurait répondu sans hésiter : développer Pacolore Investments, engager de nouveaux talents pour diversifier notre offre, réhabiliter des villages en déshérence. Mais, après ce week-end avec Toni, après avoir pris conscience du plaisir d'avoir une compagnie à la *finca*, la question de ses aspirations personnelles devenait une *vraie* question, prématurée pour l'instant car il ne savait pas précisément ce qu'il souhaitait vraiment.

Il hocha la tête.

Si, il le savait mais, pour l'heure, il préférait faire l'autruche ou, plus exactement, ne pas encore en parler.

— J'ai une vie très remplie. Je ne vois pas ce que je pourrais changer, excepté passer plus de temps avec ma famille.

Toni opina, mais il nota une certaine retenue dans son sourire.

— Nos auditeurs seront sûrement curieux de savoir comment votre vie a évolué. Nous accorderez-vous un autre entretien à l'avenir ?

La proposition de Toni le fit sourire. Il détestait les interviews, mais la perspective de la revoir lui plaisait.

— Vous voulez dire pour un week-end de quatre jours, comme cette fois-ci ?

— Comme vous voudrez. Au téléphone, si vous préférez

Toni haussa les épaules pour lui montrer que, quoi qu'il décide, cela lui était indifférent.

Était-ce vraiment ce qu'elle ressentait ? N'avait-elle pas envie de le revoir, sincèrement ? Et s'ils se revoyaient, serait-ce seulement pour un podcast ?

Elle rapprocha le micro de ses lèvres.

— Mon entretien avec le prince Ivo, ici, à Monrosa, touche à sa fin. Merci pour votre hospitalité...

Elle posa les yeux sur lui, sourit – mais ses lèvres tremblaient – et éteignit son équipement. Puis elle se leva et commença à tout ranger.

— D'habitude, je revois rapidement la séance avec mon invité, mais il fait tellement beau dehors que ce serait dommage de ne pas profiter du soleil. Je ferai mon pitch à Londres la semaine prochaine.

Elle ne disait pas la vérité. Cela s'entendait, cela se voyait. Qu'avait-elle comme motif pour ne pas faire son pitch tout de suite ? Allait-elle critiquer son mode de vie ? Ou le critiquer lui, tout simplement ?

— Que comptes-tu dire de ton séjour ici ?

Sans lever les yeux, elle répondit qu'elle ne savait pas.

— Je pense que je manque de sommeil, ajouta-t-elle. Je n'ai pas les idées en place. Tout est confus dans ma pauvre tête.

La tristesse dans sa voix le frappa.

Elle n'avait pas les idées en place ? Lui non plus. C'était comme si sa lucidité s'était évaporée... Lui dont les clients de Pacolore Investments vantaient le raisonnement éclairé ! Mieux valait qu'ils ne soient pas témoins de cet épisode...

Tout à ses pensées, il ne répondit pas.

Devait-il la laisser partir, accepter que ce week-end n'ait été que ce qu'il était, ou prendre le risque d'inviter quelqu'un à entrer dans sa vie ?

C'était tout simplement incroyable qu'il se pose cette question.

L'air un peu déboussolé, Toni alla sur la terrasse, s'étira et resta là à contempler la mer.

La magie de San Jorbo avait opéré. Elle semblait sous le charme de l'endroit.

Se rappelant combien elle avait été agitée au début, il sourit malgré lui.

Pourrait-elle être heureuse ici ? Ou ressentirait-elle très vite le besoin de humer l'odeur de macadam et de gaz d'échappement du trafic d'une grande ville ?

Elle tira ses cheveux en arrière pour se faire une queue-de-cheval. Satisfaite, elle se retourna et lui sourit, tellement tendrement qu'il en fut bouleversé.

Non, il ne pouvait pas la laisser partir. Il fallait qu'il trouve un moyen pour la garder dans sa vie.

La main en visière sur le front pour se protéger du soleil, Toni regardait l'endroit qu'Ivo pointait du doigt.

— C'est la chapelle de San Amaro. Elle date du XVIe siècle. Elle a été édifiée au point le plus occidental de l'île. C'est le symbole de bienvenue que Monrosa adresse aux marins.

Empruntant un chemin étroit, ils s'approchèrent de la chapelle.

De petits groupes de personnes, sans doute des touristes, tournaient autour de l'édifice. Au loin, la Méditerranée brillait sous un soleil ardent.

Elle adorait cette île. Surtout cette côte, éloignée de tout. Elle y puisait une sérénité qu'il y a peu de temps encore elle aurait fuie. Elle comprenait maintenant qu'Ivo aime la solitude de San Jorbo – l'immersion totale dans la nature et le silence propice à la réflexion. C'était quelque chose qu'elle souhaitait dorénavant aussi pour elle.

Aurait-elle le courage de revenir à San Jorbo ? De surmonter sans flancher les souvenirs doux-amers attachés à cette île ?

Ivo, qui la précédait, s'arrêta au bord du chemin.

— Ça va ? Veux-tu que l'on s'arrête un peu ? Tu as peut-être soif ?

Elle fit non de la tête avec un grand sourire pour qu'il croie que *oui, oui, oui,* elle allait très bien et que tout allait pour le mieux.

Puisque tout allait bien, il se retourna pour continuer. Elle soupira en le regardant marcher à grandes foulées, d'une démarche élastique, souple et agile sur ses grandes jambes.

Attention, elle ne devait pas commencer à espérer et à rêver ! Il ne fallait pas confondre, ce qu'elle vivait là n'est même pas une amourette. Elle avait passé des années avec Dan, accrochée à ses basques faute de mieux, dans une relation toxique. Elle n'allait pas remettre ça aujourd'hui, s'embarquer dans une situation bourrée d'incertitude, de doute et d'espoir vain !

En approchant de la chapelle, ils comprirent que, en guise de touristes, c'était un mariage qui allait être célébré. Le groupe reconnut tout de suite Ivo, qui alla féliciter le jeune couple, fier d'être salué par le fils de l'ex-monarque. Le père de la mariée, tout excité, leur présenta la famille et les invita aux réjouissances, mais Ivo refusa aimablement.

Toni ne le quittait pas des yeux.

Il était méconnaissable. Il parlait non seulement aux mariés mais à leurs proches, très à l'aise. Où était passé l'homme renfermé qui disait se plaire à l'écart de l'humanité ? L'homme qui se complaisait dans le silence et la solitude ? La vie publique ne lui plaisait peut-être pas, mais les contacts en petit comité lui convenaient bien. Il y semblait vraiment à l'aise, amical, chaleureux même.

En voyant la mariée pénétrer dans la chapelle au son d'une guitare sèche, Toni se détourna.

Bien qu'elle rêve d'une nouvelle nuit avec Ivo, il était urgent qu'elle s'en aille si elle ne voulait pas s'effondrer à ses pieds, le cœur en miettes.

Après cela, ils prirent la route du littoral pour regagner San Jorbo.

— Ça va, Ivo ? dit Toni. Tu as l'air complètement ailleurs.

Il haussa les épaules et souffla pour chasser l'angoisse qui l'étreignait.

— Je pense à la semaine prochaine. Les marchés étaient fébriles la semaine dernière à cause des approvisionnements en pétrole.

Elle plissa le front, et il sut qu'elle ne le croyait pas.

Mais bon ! Comment lui dire la vérité ? Comment lui dire que, quelques minutes plus tôt encore, il avait failli lui proposer qu'ils se revoient et même songé à lui demander de sortir avec elle.

Mais cette idée était absurde. Ils n'étaient pas faits pour vivre ensemble. Elle méritait mieux qu'un homme incapable de s'engager pour de bon. Un homme qui, s'il se mariait un jour, ne serait pas rayonnant de bonheur le jour de son mariage comme le couple vu un peu plus tôt à San Amaro.

Il vivait dans ses pensées, retranché dans son désert affectif. Il se sentait sentimentalement fragile, tout simplement incapable d'aimer une femme, même s'il détestait se l'avouer.

À une fourche du chemin, ils s'arrêtèrent. Il y avait une belle plage en bas. Il avait envie de descendre, de s'allonger sur le sable avec Toni, de l'écouter bavarder et rire... Envie de se perdre dans leurs caresses et leurs baisers. Mais au lieu de descendre, il consulta l'heure à sa montre.

— On a mis plus de temps que prévu, prétendit-il. Je dois rentrer à la *finca*. Les bourses étrangères sont ouvertes aujourd'hui.

— Je croyais qu'on devait pique-niquer, dit-elle, essayant de cacher sa déception.

— Oui, mais...

— Pas de problème, l'interrompit-elle, adoptant un ton faussement dégagé. En fait, ça me va très bien. Maintenant que nous en avons terminé avec l'interview, je vais pouvoir avancer mon retour pour Londres à aujourd'hui. Cela tombe à pic, puisque tu es pris.

Toni se força à sourire.

Elle mourait d'envie de rester, de voir une dernière fois Ivo prendre sa douche le matin, tartiner de miel son pain grillé, l'entendre, sérieux comme un pape, parler affaires au téléphone. Elle voulait rester jouer avec Paco et Lore, et avec lui le soir, et l'entendre rire des facéties des chiens. Elle voulait faire l'amour avec lui, le jour, la nuit, tout le temps.

C'était trop tôt pour se dire au revoir. Trop tôt pour être privée de l'ivresse, de la liberté, de l'équilibre qu'ils avaient trouvés ensemble. Encore quelques jours. Ce n'était pas trop demander, si ?

— Si c'est ce que tu veux.

Quel ton ! Distant. Froid. Elle faillit pleurer. Se ressaisissant, elle plaqua un sourire sur son visage.

— Je crois que ça vaut mieux, non ?

Sur ces mots elle reprit sa marche, furieusement, comme si des rafales de vent la poussaient.

Elle était déçue, dépitée...

Qu'espérait-elle ? C'était elle qui avait parlé de partir. C'était elle qui l'avait décidé. Elle ne savait pas ce qu'elle voulait. Elle l'avait dit elle-même, elle n'était pas dans un mode relation à long terme. Surtout pas de sentiments...

Alors ?

Oui mais, avec Ivo, cela aurait pu être différent. Elle croyait qu'il le sentait lui aussi. Que ce n'était pas que des galipettes en passant, mais de... De l'amour. Car, oui, elle était amoureuse.

Et voilà. Ce n'était pas exprimé ouvertement, mais elle le pressentait. Elle était amoureuse. Et pas qu'un peu.

C'était navrant de bêtise !

Allons, un peu de jugeote. Était-elle vraiment amoureuse ? Voyons voir. S'il l'appelait maintenant et lui demandait de rester, que ferait-elle ?

Elle serait excitée, évidemment… mais pas plus de cinq minutes. Ensuite, ce serait la panique. Parce qu'elle ne saurait pas si elle pouvait lui faire confiance. Parce que se lancer dans une histoire sérieuse avec un autre homme après ce que « l'autre » lui avait fait subir, elle n'était pas sûre d'en avoir envie. Parce qu'elle savait qu'elle ne penserait qu'au jour où il lui annoncerait qu'il s'en allait. Comme Dan. Comme son père. Elle l'aimait, mais elle tremblerait à l'idée de ce qu'il pourrait lui infliger comme chagrin. Elle ne serait jamais tranquille avec lui. Avait-elle vraiment envie de ça ?

Ivo essayait de se concentrer sur ce que lui disait son interlocuteur au téléphone mais il n'y arrivait pas. Sa tête allait éclater.

Toni partait.

Il aurait dû être heureux à l'idée de cet éloignement. Ce qu'il se passait entre eux était trop… Comment dire ? Il sentait que le contrôle de sa vie lui échappait.

Il n'empêche, sa précipitation à le quitter le prenait de court. Il savait qu'il ne lui offrait pas l'amour dont elle rêvait, ni l'ouverture, ni la conviction qu'il fallait pour entamer une relation sérieuse, mais la facilité avec laquelle elle s'en allait le déconcertait.

Pivotant sur sa chaise, il la vit, à la porte de son bureau. Depuis quand était-elle là, avec ses cheveux mouillés, dans la robe jaune qu'elle portait à son arrivée à Monrosa ?

Elle le regarda fixement puis lui sourit. Un sourire lumineux qui lui fit d'autant plus mal au cœur.

— Je peux te parler deux minutes ? murmura-t-elle.

— Je vous rappelle plus tard, dit-il au téléphone.

Et il raccrocha.

Elle fit deux pas dans le bureau puis recula d'un pas. Il comprit qu'elle tenait à garder ses distances.

— Tu vas être content. Je viens te dire que j'ai réussi à changer mon billet d'avion. Mes bagages sont prêts. Je suis sur le départ.

Il se leva.

— Tu t'en vas ? Tout de suite ?

— Oui, mon taxi ne va pas tarder. C'est bien, tu ne m'auras plus dans les pattes.

Il pensait qu'elle partait ce soir. Sûrement pas tout de suite.

Il aurait dû être soulagé. il ne serait plus tenté de lui demander de rester, plus tenté de lui dire qu'ils pouvaient réussir ensemble. C'était peut-être un peu vague mais... Mais dans quel but ?

Pris de panique, il la fixa.

— J'espérais que nous aurions le temps de parler.

— De quoi ?

Il avança vers elle.

— Il s'est passé des choses, ces derniers jours... Tu es bien d'accord ?

Haussant les épaules, elle regarda par la fenêtre.

— Ah ! Voilà mon taxi.

Elle partit en courant dans le couloir, le laissant debout au milieu de la pièce, sidéré.

Sa stupéfaction passée, il courut derrière elle, prit sa valise au passage dans le couloir. Sans se retourner, sans un regard, elle ouvrit la porte pour sortir, mais il eut le temps de lui barrer le passage. Dehors, le moteur du taxi ronflait.

— Reste. Il faut qu'on parle.

Elle hocha la tête.

— Merci, mais je veux vraiment retourner à Londres. Merci pour ce formidable week-end.

Il la regarda avec attention.

Elle avait beau sourire, il vit que son sourire était forcé. Et il n'y avait pas que le sourire, la voix aussi sonnait faux.

Elle brandit la mallette de son matériel d'enregistrement.

— Je vais éditer l'entretien et t'en enverrai une copie à la fin de la semaine ou la semaine prochaine.

Nouveau sourire.

— Merci pour cette interview. Et...

Elle marqua un temps d'arrêt. Les joues rouges, l'air bravache, elle insista.

— Merci pour tout. C'était sympa.

— Tu sais que tu n'es pas obligée de partir.

Son sourire se figea.

— Si.

— Pourquoi ?

Les yeux plissés, les traits tendus, elle le regarda.

— S'il te plaît, Ivo... C'est déjà assez difficile comme ça. Pour tous les deux.

Il baissa les yeux.

Elle avait raison. En l'espace de quelques jours, elle avait bouleversé le confort et la sécurité que lui assurait son détachement. Elle partait en le laissant fragilisé comme il ne l'avait jamais été de sa vie.

Arrivée dehors, elle s'engouffra dans le taxi. Il lui dit au revoir d'un geste de la main, auquel elle répondit en haussant les épaules. Elle était déçue, son air triste la trahissait.

Cloué sur place, il regarda Paco et Lore se lancer à la poursuite du taxi qui traçait sa route entre les champs d'oliviers.

Il aurait dû la rappeler avant qu'elle monte dans le taxi. Il aurait dû prendre sa voiture et les suivre. au lieu de quoi, il resta là, hébété, à regarder filer le 4x4 qui emportait la seule femme qui ait su le réveiller à la vraie vie.

9

D'humeur maussade, Toni déboula dans la cuisine que ses colocataires avaient négligé de nettoyer après leur petit déjeuner.

— Elles se fichent du monde, gronda-t-elle.

Il était dix heures passées. Elle n'avait pas l'intention de se coucher tard hier, pas plus que les autres soirs de la semaine, mais l'idée d'être au lit, les yeux au plafond à penser à Ivo, la déprimait tellement qu'elle avait repoussé le moment d'aller s'allonger.

Cela faisait deux semaines qu'elle avait interviewé Ivo de Monrosa. Son podcast était programmé pour dans deux jours, et elle ne l'avait pas encore édité. Elle s'était inventé toutes sortes de prétextes pour excuser son retard, mais, aujourd'hui dernier carat, elle devait le rendre.

Elle devait le faire parvenir au palais et à Ivo pour leur accord avant l'émission.

Demain, elle s'envolait pour Amsterdam pour un entretien avec un nouvel invité. Elle aurait dû être aux anges. À la place de l'excitation qui, normalement, lui aurait fait pétiller les yeux – elle n'avait pas remis les pieds en Hollande depuis des lustres –, elle affichait un air bougon, et elle était à plat.

Pourquoi avait-il fallu qu'elle tombe amoureuse ? Qu'elle s'englue dans une mélasse de sentiments, alors qu'Ivo ne ressentait rien ? Son imagination l'avait trompée. Elle avait cru à une attirance réciproque, sexuelle ET émotionnelle quand, de sa part à lui, il n'y avait rien que la jouissance du plaisir égoïste qu'il prenait.

Elle aurait dû se méfier. Elle était incorrigible !

Kara et Alice lui avaient téléphoné dès son retour à Londres. Elles voulaient savoir comment ces quatre jours s'étaient passés.

— Tu n'es pas restée longtemps au palais, avait mentionné Alice.

— On se voit très vite, avait renchéri Kara.

— Je n'ai pas grand-chose à vous raconter, avait rétorqué Toni. Ivo et moi, on n'a rien en commun.

Kara, qui espérait que son rôle d'entremetteuse ait fonctionné, avait raccroché, déçue.

C'était gentil de sa part de vouloir qu'elle connaisse le même bonheur qu'elle, avait pensé Toni. Mais les sentiments ne se commandent pas.

Elle débarrassa la table et attendit que l'eau bouille.

Sa tasse à la main, elle s'assit à son bureau et commença à écouter les enregistrements.

Mon Dieu, comme sa voix était mauvaise ! Pas radiophonique pour un sou. Elle était nerveuse, excitée. Ivo, lui, concis, calme, répondait du bout des lèvres. Lapidaire souvent, pas forcément gracieux.

Comme elle s'y attendait, l'entendre la bouleversait.

Elle ferma les yeux.

Au moment de son départ, debout sur les marches il lui avait dit au revoir de la main, comme à une vieille tante qu'on aime bien mais qu'on n'est pas mécontent de voir partir.

Une fois dans le taxi, le cœur gros, elle avait pleuré en silence. Elle avait tort, il ne lui avait rien promis. Encore heureux qu'elle ne lui ait pas avoué qu'elle l'aimait dans un moment de tendresse excessive ou d'égarement. Oh là là, elle se serait couverte de ridicule !

Son café refroidissait.

Elle rouvrit les yeux.

L'émotion à fleur de peau, elle écouta la bande, s'arrêtant par moments pour une correction ou pour éliminer ce qui lui semblait hors sujet. Peu de choses en réalité, car elle avait pris soin d'éteindre son micro quand ils s'éloignaient de leur propos.

« J'avais besoin de temps, seul, pour pouvoir pleurer sans me cacher. »

Elle appuya sur Arrêt.

C'était le passage où il avait parlé du chaos qui avait suivi le décès de sa maman.

Dans une lueur d'espoir, elle se dit qu'il avait peut-être, également, besoin de temps pour penser à eux. Que, avec le temps, il prendrait conscience de la nature exceptionnelle de leur rencontre. Que...

Mais pourquoi s'enfermer dans cet espoir ? Et d'abord, était-elle sûre de l'aimer vraiment ?

Elle enleva son casque et s'approcha de la baie vitrée.

En bas, la rue était déserte. Seulement des voitures garées le long du trottoir.

Elle avait adoré faire l'amour avec Ivo. Leurs promenades, la plage... Avec lui, elle sentait qu'elle ne craignait rien, ce n'était pas comme avec son père out avec Dan. À eux deux, ils lui avaient fait perdre confiance en elle et dans l'espèce humaine tout entière.

Dommage. Ivo et elle, c'était du gâchis. Mais elle ne pouvait pas le forcer à l'aimer et à vivre une vie qu'il n'envisageait pas. Il ne lui restait plus qu'à apprendre à vivre seule. À se dire qu'elle était capable de s'assumer.

Debout sur la terrasse de la *finca*, Ivo regardait Paco et Lore gambader vers la plage.

La vie au palais ne leur convenait pas. Comme ils couraient partout, on les chassait. À San Jorbo, ils étaient heureux. C'était pour eux qu'il était revenu...

À reculons. Ici tout lui rappelait Toni. La plage, qu'il devinait en bas, leurs étreintes dans la mer, leurs ébats... Il avait adoré faire l'amour à Toni. Au palais où il avait erré pendant ces deux semaines, il avait revu ses frères et ses belles-sœurs, sa nièce Gabriela aussi, et surtout, son père. Il avait éprouvé le besoin de le revoir. Malgré tout ce qui les opposait, c'était son guide, son modèle. Il avait surtout besoin de savoir que son père l'aimait.

Finalement, sa famille comptait beaucoup pour lui. Toute sa famille.

Le soleil baissait. S'il voulait se baigner, c'était tout de suite.

Au lieu de se préparer, il ferma les yeux et écouta les cigales.

Elles étaient synonymes de San Jorbo, et San Jorbo, synonyme de paix. Il en avait besoin après les tracas professionnels de la journée.

Mais l'image de Toni ne le quittait pas.

Dès son arrivée, il y avait plus de deux semaines maintenant, il ne s'était pas caché. Elle avait pu voir qui il était. Secret, introverti, fracassé. Quelqu'un d'invivable. À la dernière interview, il lui avait semblé que les questions qu'elle lui posait, elle les posait pour elle personnellement. Pas pour ses auditeurs. Étrange…

Pourquoi l'avoir laissée partir, alors ? Était-ce si difficile de lui demander de rester ? Si terrifiant ? Son besoin de liberté commandait donc tout ?

Il soupira.

Elle croyait en lui, il en était sûr. Enfin, quelqu'un qui croyait en lui ! C'était ce qu'il cherchait depuis toujours. Une personne qui lui fasse confiance, qui partage les mêmes espoirs et les mêmes rêves que lui pour l'avenir.

La tête penchée en arrière, il étudia le ciel. Vénus brillait comme un diamant, elle semblait le narguer, la punaise !

Il ne voulait plus être seul.

Sa mère était morte jeune. La mort lui avait volé des années de bonheur. Avec ses fils. Avec son mari qui l'adorait. Avec Gabriela. Il n'avait pas été fichu de la sauver, le jour de sa chute de cheval, mais il pourrait quand même lui rendre hommage aujourd'hui en adoptant l'attitude qu'elle aurait aimé qu'il ait.

Il fallait qu'il arrête de se mentir. Qu'il admette qu'il voulait aimer et être aimé.

Il ferma les yeux.

Et si Toni disait non à son amour ? Et si elle ne l'aimait pas ? Quand il lui avait fait l'amour, son regard, ses caresses, son ardeur, ses gémissements… Tout lui avait semblé sincère, vrai.

Il ne pouvait pas s'être trompé, c'était de l'amour. Un véritable amour !

Oui, mais... Il ne se fiait pas à son instinct, il était trop logique pour ça.

Peut-être, mais aujourd'hui, s'il voulait bien écouter son instinct au lieu de ses peurs, il l'entendrait lui crier qu'elle l'aimait.

Il fallait qu'il lui dise le fond de sa pensée. De son cœur. Ses peurs et ses faiblesses, ses espoirs et ses rêves pour l'avenir. Il fallait qu'il parle. Avant tout, il fallait qu'il soit honnête envers elle. Son silence et son éloignement ne l'étaient pas.

Perplexe, il s'appuya au muret de la terrasse.

Il savait combien les dégâts causés par Dan et par son père l'avaient sensibilisée. Lui-même, il n'avait pas été parfait. Il lui devait des excuses. Mais en serait-il capable ? Et si elle n'en voulait pas, de ses excuses ? Il n'était peut-être pas la personne qu'il lui fallait, après tout. Elle recherchait sans doute quelqu'un de plus sensible, de plus généreux, de moins compliqué que lui. Saurait-il la rendre heureuse ?

Son avion ne décollant que dans quelques heures, Toni avait pensé aller visiter le Rijksmuseum, mais, rebutée par la file d'attente, elle avait renoncé.

Comme elle avait un peu de temps devant elle et qu'il faisait beau, elle avisa un banc libre et alla s'asseoir en traînant sa valise.

À peine assise, elle entendit son portable sonner. C'était encore un message de Kara.

Es-tu toujours avec Kaag ?

Elle tapa que non et expliqua à son amie qu'elle passait le temps sur un banc au bord du canal Herengracht et qu'elle était fascinée par les vélos qui roulaient dans tous les sens.

Son interview avec le Chef étoilé Evi Kaag avait été passionnante. C'était un créatif, un génie de la nouvelle cuisine. Chacun de ses plats était une œuvre d'art. Son enthousiasme avait le don de faire naître des vocations chez des jeunes gens qui n'étaient pas destinés à ce métier et qui le découvraient grâce à lui. Il lui avait parlé de sa vie, de ses échecs personnels. Un divorce et d'autres difficultés... Il s'était livré sans retenue.

Immanquablement, elle avait pensé à la différence de tons entre Ivo de Monrosa et Evi Kaag, mais elle avait aussi établi un parallèle entre leurs deux vies.

Était-elle sûre de bien connaître celui qu'on appelait la Machine ?

Penser à son surnom la fit sourire. Malgré tous ses défauts, il lui manquait. Son calme, ses regards qui la faisaient frissonner, sa gentillesse et son humanité lui manquaient. Ajouté à ces qualités, un ego sous-dimensionné... Cette « Machine » était un amour.

Sur un banc non loin d'elle, des amoureux s'embrassaient, et rien qu'à les voir, la certitude que quelque chose de précieux lui avait échappé lui mit les larmes aux yeux.

Pourquoi fallait-il qu'ils soient aussi compliqués l'un que l'autre ? C'était simple d'aimer, il suffisait d'ouvrir son cœur...

Alors qu'elle s'essuyait les yeux, elle entendit qu'on lui parlait.

— Toni. Je te cherchais.

Elle sursauta et considéra, incrédule, Ivo planté devant elle.

Un arbre tout proche étendait son ombre sur son visage. Ses traits étaient tendus. Il semblait angoissé, comme s'il pressentait une catastrophe,

Le premier choc passé, elle s'emporta.

— C'était indispensable de me faire peur comme ça ?

— Puis-je m'asseoir ? demanda-t-il, montrant le banc.

Comme il était solennel, subitement !

Il s'assit près d'elle, mais elle se poussa.

— C'est à propos du podcast ? Ça n'a pas plu à ton père ? Ton bureau avait dit qu'on pouvait le programmer. En tout cas, le retour est excellent. Demande à Kara.

— Je ne suis pas là pour parler de l'interview, Toni. Je suis là pour te demander de m'excuser.

Elle écarquilla les yeux.

— T'excuser ? De quoi ? Et d'abord, comment m'as-tu trouvée ?

— C'est Kara.

— Ah ! Je comprends maintenant tous les messages qu'elle m'envoyait. Mais...

Elle s'arrêta, horrifiée.

— Tu lui as expliqué pourquoi tu voulais savoir où j'étais ?

Il ne manquait plus que Kara se doute de quelque chose !

— Ne te fatigue pas. Ma famille est au courant.

— Quoi ! ?

— Oui, je leur ai parlé de toi.

— Ivo ! Franchement ! Pourquoi as-tu fait ça ? Comme si ma vie n'était pas déjà assez compliquée ! J'ai dit à Kara et à Alice qu'il ne s'était rien passé entre nous. Je vais avoir l'air de quoi, maintenant ? Bravo !

Elle détourna le regard.

Penaud, Ivo baissa la tête.

Furieux de s'être fait gronder par Toni comme un petit garçon, il serra les dents, les poings. Son naturel, le silence, reprenant le dessus, il se tut. Réfléchit.

Dans le fond, il ne la méritait pas. Il ne s'ouvrirait jamais assez pour satisfaire son besoin de confiance.

Se ressaisissant, il desserra les poings. À court de mots, il la regarda.

Il avait besoin d'elle, c'était terrible. Elle lui avait manqué bien plus qu'il ne se l'était avoué. La revoir aggravait encore le sentiment de solitude qui l'avait rongé depuis qu'elle était partie.

Un vent léger soulevait ses cheveux, qui lui caressaient les joues. Il n'avait jamais vu une fille aussi belle. Sa bouche rieuse, l'ourlet fin de ses oreilles, les petites taches de rousseur sur ses bras... Quel charme ! Comment pouvait-on être aussi jolie dans le simple T-shirt blanc et le jean qu'elle portait aujourd'hui ?

Elle se tourna vers lui en soupirant.

— Ivo, tu as l'intention de parler, ou tu vas rester planté là sans rien dire ? Bon sang de bonsoir, quel besoin avais-tu de parler de nous à ta famille ?

— Ce n'est pas toi qui m'as dit qu'il fallait être franc ?

— Oui, mais tu n'avais pas besoin de leur dire qu'on avait couché ensemble !

— Évidemment que je ne le leur ai pas dit ! En revanche, je leur ai dit qu'on s'était trouvé très bien ensemble, qu'on avait beaucoup de points communs mais que j'ai tout gâché... Et que je voulais essayer de recoller les morceaux.

Elle secoua la tête.

— Tu n'as rien gâché ! Il n'a jamais été question que nous restions ensemble. On traîne trop de boulets, toi et moi. Voyons les choses en face. Nous ne sommes pas faits l'un pour l'autre.

Le pensait-elle vraiment ? Elle avait peut-être raison, dans le fond. Mais toute cette tendresse quand ils faisaient l'amour, ces rires qu'ils avaient partagés, leur complicité, même quand ils ne parlaient pas... Tout cela comptait, non ?

— Je ne suis peut-être pas l'homme qu'il te faut, c'est toi qui vois. Mais j'ai beaucoup réfléchi. J'ai tout fichu en l'air, je sais. J'aurais dû te demander de rester à Monrosa. J'aurais dû te dire tout ce que tu représentes pour moi. Si je ne l'ai pas fait, c'est que j'avais fini par me convaincre que j'étais incapable d'aimer.

Il reprit sa respiration.

— J'ai vécu des moments merveilleux avec toi à Monrosa. Je n'avais jamais rien vécu de pareil. J'adore être avec toi, et je voulais te proposer qu'on se revoie. Mais quand j'ai vu les mariés à San Amaro, quand j'ai vu combien ils étaient heureux et sûrs de leur décision, je me suis dit que je ne serais jamais à la hauteur de l'amour que tu mérites. Je suis incapable d'exprimer mes sentiments. Quand tu as dit que tu avançais ton départ, tu ne l'as peut-être pas vu, mais j'ai paniqué. J'ai tout bousillé, et depuis, je suis une épave. Tu me manques affreusement. J'ai voulu me faire croire que j'étais satisfait de ma vie, mais je me mentais. Je n'en peux plus de ma vie de solitaire, j'en ai assez de faire croire que je suis très bien seul. J'ai envie d'être avec toi. J'ai envie de faire ma vie avec toi, Toni.

Triste, comme résignée, elle hocha la tête.

— Sur quoi te bases-tu pour avancer ça ? Qu'avons-nous en commun, à part l'attirance physique ? Faire l'amour, c'est bien, mais on ne construit rien de solide à partir du seul plaisir de faire des galipettes.

Le ton affirmatif de sa remarque le déconcerta. Se sentant humilié, dépité, comme d'habitude en pareille circonstance, il faillit se retrancher dans son silence.

Mais il réagit.

— Au contraire, dit-il avec une assurance qu'il ne se connaissait pas, cette attirance prouve que nous sommes faits l'un pour l'autre. Ton corps le sait. Le mien aussi… C'est notre mental qui doit l'enregistrer…

— Et les sentiments dans cette histoire ? Qu'en fais-tu ?

Fallait-il lui avouer la vérité ? Pas facile mais l'heure était à l'ouverture. À la franchise. Il devait parler.

— Je t'ai aimée dès que je t'ai vue au mariage de Luis. Tu me crois ? Je sais, ça paraît fou.

Elle le regarda, les yeux ronds comme des soucoupes.

— Parce que tu m'aimes ? Mais… Tu as passé ton temps à fuir dès que je t'approchais.

Toujours malhabile à parler sentiments, il inspira profondément pour s'armer de courage.

— Quand maman est morte, dit-il, la gorge nouée, j'ai appris que, pour survivre, le plus facile était d'ignorer ce que je ressentais. Pendant des années, je me suis protégé derrière de l'indifférence et du détachement pour ne pas souffrir. Et quand je t'ai rencontrée, ton ouverture, la facilité avec laquelle tu pouvais parler et même pleurer m'a sidéré. J'ai admiré ces qualités, je t'ai même enviée.

— Avec mes yeux rouges ? En plus, je bafouillais, je crois.

— Ce n'est pas ce que je me rappelle. Tu étais épanouie, sociable, enthousiaste. Tu débordais d'énergie… Et tu étais très, très belle.

Les yeux fixés sans les voir sur le couple d'amoureux qui se caressaient non loin d'eux, elle dit d'une voix triste.

— Nous avons plein de raisons de ne pas nous lancer dans une relation à long terme, tu ne penses pas ? Personnellement, j'ai très peur de m'aventurer dans une nouvelle histoire pour de mauvaises raisons.

— Oublie les mauvaises raisons et dis-moi quelles sont, selon toi, les bonnes raisons pour qu'une relation fonctionne.

La tête pleine à craquer d'idées contradictoires, Toni regarda de nouveau le couple enlacé sur le banc.

— Les bonnes raisons ? répéta-t-elle, pensive. Être proches, intimes. Que l'autre soit à la fois un amant et un ami... Quelqu'un à qui tu peux faire confiance. Je sais, je répète tout le temps la même chose mais, après mon père et Dan, j'ai tendance à ne plus croire personne. Je le reconnais, ce n'est pas juste.

Ivo se tourna vers elle.

— Je *sais* que tu peux avoir confiance en moi, murmura-t-il. Je *veux* que tu me croies.

Elle hésita mais, assaillie de nouveau par les raisons pour lesquelles elle s'était interdit de retomber amoureuse, elle bredouilla.

— J'ai peur de croire que tu m'aimes parce que, le jour où tu... me quitteras, je... Je sais que je ne le supporterai pas.

Ivo glissa sur le banc pour se rapprocher d'elle. Leurs genoux se touchèrent.

Sur le point de fondre en larmes, elle regarda ses grands yeux gris. Ils débordaient d'amour.

— Je ne te quitterai jamais. Franchement, tu penses que je te quitterais après tout ça ? dit-il. Tu m'as brisé en partant, je ne l'aurais jamais cru. Je sais, je suis renfermé, mais il ne faut pas m'en vouloir. J'ai dû me battre contre mes démons pour faire ce que je fais là, en ce moment. Être là tout simplement avec toi et te dire que je t'aime, moi qui suis si maladroit avec les sentiments. Je te veux avec moi, avec ton ouverture, ta franchise, tes rires et même tes papotages. Je supporterai ton désordre... Que tout soit en vrac !

Ils éclatèrent de rire mais retrouvèrent vite leur sérieux.

Toujours perplexe, elle lui demanda ce qu'il espérait d'une relation avec elle. Et ce qu'il ferait si elle souhaitait continuer de vivre à Londres. Et quel était son plus grand regret, et...

Il leva la main pour arrêter le flot de ses questions

— Mon regret ? T'avoir laissée partir.

Il se frotta la nuque. Des secondes passèrent, une éternité pour elle, qui commença à douter.

— Je regrette d'avoir insisté auprès de ma mère pour qu'elle monte à cheval avec moi ce jour-là... Et toutes les conséquences de mon caprice.

— Tu es responsable, Ivo, mais tu n'es pas coupable. Je suis triste que tu aies eu à porter seul le poids de cette responsabilité.

La gorge trop serrée pour continuer, elle lui sourit.

— Merci de m'avoir dit ça, Toni.

Elle posa la main sur la sienne et dit très bas.

— Parfois, j'ai pris ton calme pour une façon de me rejeter. Je ne sais pas pourquoi je comprenais que tu cherchais à te débarrasser de moi.

— Comment une pensée pareille a-t-elle pu t'effleurer ? Tu es tout pour moi, Toni. Tu es le centre de ma vie. Je t'aime.

Elle refoula les larmes qui lui noyaient les yeux.

La sincérité du regard d'Ivo, la passion dans sa voix avaient effacé d'un coup les malentendus et les doutes qui la tenaillaient à l'idée de se lancer dans une nouvelle histoire d'amour.

— J'ai toujours pensé que l'amour est incertain. Mais non ! Ce sont les hommes qui ne sont pas sûrs, pas l'amour. Toi, tu as toujours été vrai, honnête envers moi, et tu m'as respectée. Tu m'as crue alors que moi je refusais de te faire confiance. J'avais peur de souffrir. Je te suis reconnaissante de m'avoir appris à me sentir forte. La meilleure façon de me prouver que je crois maintenant en moi, c'est me fier à mon jugement, qui me dit que je peux totalement te croire.

Elle se tut, avant d'ajouter avec force et conviction - et des larmes plein les yeux :

— Je t'aime, Ivo, je veux vivre avec toi.

Les traits d'Ivo se détendirent. Une grande joie éclaira son visage.

— Si tu savais combien ces mots me rendent heureux ! Redis-les, s'il te plaît !

Elle rit.

— Je t'aime.

— Encore.

— Je t'aime.

Il la prit dans ses bras, l'étreignit, l'embrassa à perdre le souffle. Mais elle le repoussa.

— Finalement, on ne sait pas grand-chose l'un de l'autre. Cela ne t'effraie pas ?

Une péniche passait dans le canal. Il la suivit des yeux.

— En vrai, je commence seulement à apprendre des choses sur moi, grâce à toi…

Voyant qu'elle réfléchissait encore au lieu de se laisser aller à leur tout jeune bonheur, il la reprit dans ses bras et la serra contre lui.

— Je ne suis pas inquiet. Nous serons bien, je le sais.

— Comment vois-tu notre vie future ?

Voyant son visage se crisper, elle paniqua.

— J'aimerais que tu viennes vivre avec moi à San Jorbo et que tu aimes cet endroit autant que moi. Mais si tu veux vivre au palais ou à Londres, on y réfléchira. Il faudra tout de même que je sois de temps en temps à Monrosa pour accomplir mes obligations de prince.

— J'aime déjà Monrosa. Être près d'Alice et de Kara, ce sera formidable. Sais-tu que San Jorbo m'a manqué ! Mais il me faudra un studio pas trop loin de l'aéroport pour aller faire mes interviews.

— Ça ne sera pas un problème.

— J'aime infiniment San Jorbo, mais je te préviens tout de suite, je n'ai pas l'intention de m'y enterrer. Je t'emmènerai à mes soirées, je te traînerai s'il le faut !

Les beaux yeux gris se mirent à briller très fort. Ivo se pencha à son oreille.

— Tu es irrésistible avec du rouge à lèvres et en talons aiguilles.

Elle se mit à trembler.

Comme le couple voisin, il commença un jeu coquin. Il frotta son nez dans le creux de son cou, lui caressa le dos, puis plus bas, la taille, les reins. Il ramena sa main devant elle et pinça sa cuisse, l'embrassant passionnément comme s'ils avaient été seuls au monde.

Cherchant de l'air, elle recula la tête, mais il la rapprocha vite et frotta son nez contre le sien.

— Quand on sortira, il faudra qu'on rentre assez tôt pour profiter aussi de nos enfants, dit-il.

Entre joie et surprise, elle ne put retenir un cri.

— Oh ! Ivo ! L'avenir que tu me laisses entrevoir est… C'est magique. Et est-ce que tu te rends compte que tout cela a été à deux doigts de ne jamais arriver ?

Il lui entoura les épaules et, lui prenant le menton, la regarda droit dans les yeux.

— Oui, dit-il.

Il lui effleura la joue avec son pouce.

— C'est pour cela que je ne considérerai jamais rien comme acquis.

Plus tard ce soir-là, éclairés par la lune et précédés de Paco et de Lore qui gambadaient devant eux, encore plus fous depuis qu'ils avaient une compagne pour leur promenade du soir, Toni et Ivo longeaient la côte. Blottis l'un contre l'autre, emmitouflés dans des vestes en flanelle pour se protéger du vent froid qui tombait de la montagne, ils se donnaient la main.

— Je n'avais pas imaginé que tu allais aussi loin tous les soirs, dit Toni. Je pensais qu'on ferait juste une petite balade.

Ivo hocha la tête.

Il savait qu'il précipitait les choses, mais il était si heureux de l'avoir de nouveau dans sa vie qu'il ne pouvait attendre pour lui faire part de ce qu'il avait imaginé pour eux.

— J'ai quelque chose à te montrer.

— Ah ! Ne me dis pas que c'est encore une de tes araignées monstrueuses ! Je sais que c'est une spécialité de Monrosa, mais quand même…

Arrivé dans une clairière au pied de la montagne, il pointa du doigt l'autre côté de la baie.

— Tu te rappelles la chapelle de San Amaro ? J'aimerais qu'on se marie là… Si tu es d'accord pour un petit mariage.

Interdite, Toni le regarda, puis elle regarda la chapelle, puis de nouveau lui.

— Se marier… À San Amaro ?

— J'aimerais un mariage intime. Maintenant, si tu préfères

le cérémonial de la cathédrale... Moi, le jour de notre mariage, je voudrais ne m'occuper que de toi. C'est difficile quand il y a des centaines d'invités.

— C'est une demande en mariage ? Tu... Tu veux vraiment m'épouser ?

Son étonnement le fit rire puis le vexa.

— Pardon, tu aurais sans doute préféré une demande en mariage plus classique. C'est possible, si tu veux. Que préfères-tu, Paris ou Venise ? Avec une bague de fiançailles, bien sûr...

— Ce n'est pas ce que je voulais dire. Il n'y a pas mieux que cet endroit puisque c'est ici que nous vivrons ensemble. Je suis simplement soufflée. Ta demande en mariage est tellement inattendue.

— Tu préfères qu'on en parle une autre fois ? demanda-t-il, dépité.

Elle secoua la tête avec conviction.

— Non, non, non ! Inattendue, je voulais dire que je ne m'attendais pas à ça de ta part. Il paraît que c'est moi qui suis sentimentale et impulsive.

Les yeux brillant d'amour et de rêves, elle lui fit un sourire immense.

— À San Amaro, ce sera magique.

Épilogue

Toni avait voulu une robe de mariée en soie et dentelle ancienne avec des poches. Pour y mettre des mouchoirs parce qu'elle savait qu'elle allait pleurer.

En effet, lorsque Kara et Alice étaient arrivées le matin, resplendissantes dans leurs robes roses de demoiselles d'honneur, elle avait fondu en larmes. Alice, le ventre rebondi par sa grossesse, l'avait particulièrement émue.

Quand, sur le parvis de la chapelle, elle avait donné le bras à sa mère pour entrer et avancer vers l'autel, sa gorge s'était serrée. La chapelle, déjà belle naturellement, était ornée de roses blanches et de branches d'olivier. C'était ravissant.

Les larges sourires du petit groupe d'amis invités au mariage – des amis de Londres, de l'université, et de l'équipe d'aviron avec lesquels Ivo avait gardé le contact – avaient aussi failli la faire pleurer. Mais le mouchoir de linon et de dentelle qu'elle sortait maintenant de sa poche n'était pas pour sécher ses larmes, mais celles d'Ivo.

Discrètement, il le lui prit de la main et se sécha les yeux sous le regard amusé de ses frères, Edwin et Luis, superbes dans leurs jaquettes. Les amis aussi étaient en jaquette. Gabriela, une petite couronne de roses blanches sur la tête – comme celle de Toni –, se mit à gazouiller, déclenchant le rire des invités. Les yeux tout humides mais visiblement radieux, Ivo se pencha vers Toni.

— Je t'aime...

Mais le prêtre commençait à s'impatienter.

— Nous pouvons commencer, dit-il, pour leur faire presser le pas.

Tous deux opinèrent, mais Toni avait décidé de ne pas se précipiter. Elle voulait jouir de chaque seconde de la cérémonie, savourer chaque minute de ce jour extraordinaire.

Ivo déplia la feuille sur laquelle il avait écrit ses vœux et se gratta la gorge pour éviter que sa voix ne craque.

— Toni, tu es le centre de mon monde. Tu m'apportes la joie, la sérénité, le bonheur. Tout au long de notre vie, je te promets de t'aimer et de te respecter. D'être toujours à tes côtés. Je me donne à toi et seule la mort nous séparera.

Toni, débordante d'amour, lut ensuite ses vœux, sans flancher, sans une larme dans les yeux.

Elle savait que leur relation était solide, qu'Ivo l'aimait d'un amour profond et sincère et que la vie ne lui ferait plus d'entourloupettes.

Le père d'Ivo s'approcha alors.

Lui aussi avait préparé quelques mots. Quand il leur avait demandé s'ils accepteraient qu'il parle, ils étaient restés éberlués, car l'ex-monarque ne participait à aucune cérémonie qui ne se déroule pas dans le cadre strict du protocole du palais. Ils avaient dit oui, évidemment, à la fois touchés par l'intention et un peu inquiets par ce qu'il formulerait.

Debout au pied de l'autel, il commença par regarder, tour à tour, chacun de ses fils. Puis il se lança.

— J'ai couché sur le papier quelques réflexions sur l'amour que je souhaite partager avec vous tous.

Il leva les yeux de sa feuille, regarda l'assemblée et reprit sa lecture.

— L'amour se manifeste dans les moments les plus sereins, dans les gestes les plus simples. La caresse d'une main. Un chuchotement. Dans l'acceptation de ce qu'est l'autre. L'amour tient bon dans les tempêtes de la vie, dans les envies de changement. Aimer, c'est être capable de dire au revoir à ce que l'on avait auparavant. C'est prendre la vie à bras-le-corps. Aimer, c'est donner, c'est pardonner. Aimez, mes enfants. À cœur ouvert et dans la joie.